新潮文庫

オイアウエ漂流記

荻原　浩著

新潮社版

9369

オイアウエ漂流記

1

たったいま入ったニュースです。日本時間の本日未明、トンガ王国ファアモツ空港から飛び立った小型旅客機が消息を絶ちました。旅客機はトンガ東方のラウラ諸島共和国に向けて海上を航行中に交信がとだえ、行方は現在も確認されておりません。トンガ、ラウラ当局が懸命な捜索活動を続けていますが、悪天候のため難航しており、乗員乗客の安否が気づかわれています。乗客の中には複数の日本人が含まれている模様。現在、判明している日本人と見られる乗客のお名前は次のとおりです。

ツカモトケンジさん……

塚本賢司は、シートベルトを握りしめ、目を閉じた。また飛行機が揺れたのだ。だが、閉じたら閉じたで今度は、座席の下にぽっかり穴が空き、自分が海に落下していくシーンがまぶたの裏に浮かんでしまい、再び目を開ける。さっきからそれの繰り返しだった。

飛行機は嫌いだ。

海外旅行の経験は彼女と出かけたプーケット島三泊四日。それきりだ。飛行機が着陸するまでのあいだ、ずっと目をつぶって寝たふりをして、大喧嘩になった。

日本からの直行便のないトンガへ行くために、まず八時間半かけてフィジーへ、フィジーから約千キロ飛んでやっとトンガに到着したと思ったら、今度はトンガからラウラへ。飛行機は乗り換えるごとに心細いサイズになっている。

それにしても、飛行機ってこんなに揺れるものだったっけ。プロペラ機だからか？

何の前ぶれもなく大きく上下に、時には左右に、心臓に悪い響きとともに尻が浮くほど揺れる様子は、尋常とは思えなかった。「仏像を持ち込み荷物にしたみたい」と菜緒子《なおこ》に怒られたタイ航空のジャンボジェットなど、これに比べたら新幹線のグリーン車だ。

揺れるだけじゃない。震度2か3はありそうな振動も絶え間なく続いている。天井も壁も床も軋《きし》みをあげっぱなし。生卵パックを握った手に力をこめすぎてしまった時の不吉さを思わせる軋み方だ。遊園地の新型絶叫マシーンに乗せられている心地がした。新型も新型、レールのないマシーンだ。名前をつけるとしたら『エアライン・パニック絶体絶命ＳＯＳ』。だいじょうぶなのか、この飛行機。

定員二十人にも満たない鉄肌剝《む》き出《だ》しの客室は、キャビンというより椅子付きの土管だ。賢司の座るシートは、ほころびをガムテープで補修してある。もちろんキャビン・アテンダントなどいない。いたとしても「ビーフ・オア・フィッシュ？」と尋ねるあいだに、三回は舌を嚙《か》むだろう。

コクピットの扉が開いたままだから、中の様子がよく見える。巨漢の機長が、彼には小さすぎる操縦席に、カボチャをデザート皿に載せたように座っていた。国際線のパイロットというよりトンガのスーパーマーケットの警備係に見える機長は、のん気に現地新聞トンガ・クロニクルを読んでいる。

小型機とはいえ、パイロットが一人っていうのはどういうわけだ？　ラウラまでは千五百キロ以上、所要時間は三時間半もあるのだ。そのあいだにもし機長が突然心臓麻痺を起こしたら――良からぬ想像を払うために、賢司はかぶりを振り、空港で買ったコーラのペットボトルをお守りのように握りしめた。

だいたい、本来は副操縦士がいるべき隣の操縦席に、犬が座っているのはなぜだ？

コクピットのもう一方のシートでは、大きな茶色のセントバーナードが長い舌を上下させている。賢司たちが乗りこむ前からキャビンにうずくまっていた犬だ。機長は訝《いぶか》る乗客たちに「ホワイ？　なぜ驚くの。これはただの積み荷《カーゴ》ね。ノープロブレム」と肩をすくめていたっけ。口笛を吹いて積み荷を呼び寄せ、いとおしそうに積み荷の首をごしごし撫ぜた。積み荷も機長によく懐いている様子で手を舐《な》めて応えていた。

ホワイ？

機長がようやく新聞を畳んだ。と思ったら、

ああ、おい。犬とじゃれはじめたよ。

ココナッツ味のコーラをからからの喉に流しこむ。機内にはトイレがないと聞かされていたから、ちびちび飲んでいたのだが、心配はいらなかった。体中の水分が冷や汗となって噴き出し、ネクタイに締めつけられた衿《えり》もとや長袖ワイシャツの背中を濡らしている。

空港の搭乗カウンターでは、荷物だけでなく、乗客も重量計に乗せられた。「小型機を無事運航させるために必要な、手荷物検査よりインポータントな手続き」だそうだ。タラップを上がると、トンガ人の機長は乗客名簿を眺めながら、通路を隔てて二

列、二人分ずつ配置されている座席に、こちらの都合に関係なく乗客を割りふった。体重を計ったのは、機体のバランスを取るためらしい。それがインポータントな手続きである飛行機ってのは、いったい――

操縦席でセントバーナードに頬を舐められて目を細めている機長を眺めながら賢司は思った。客室の重量バランスにそれだけ慎重であるのなら、コクピットの片側に座る機長の体重は計算に入れなくていいのだろうか、と。

トンガの人々は、みなケタ外れに大きい。島全体が相撲部屋のようだ。機長もごたぶんに漏れず、どう見積もっても日本の成人男子二人分の体重がありそうだった。横揺れするたびに、機体が左下がりになる気がするのは、あの男の体重とは無関係だろうか。

フィジーでもトンガでも呆れるほど日本人観光客を見かけたから、別に驚くには値しないが、乗客はほぼ全員が日本人だった。機長もやけに日本人慣れしていて、サービスのつもりか、下手くそな日本語まじりの英語で軽口を叩いていた。

「オイアウエ、みなさん軽くて助かるよ。きっといつもの倍の速さで着くね」

機長がトンガ人だとわかったのは、「オイアウエ」という言葉を連発していたからだ。

「ニホンのビジネスマン、大変ね。オイアウエ、こんな暑い日もネクタイ締めるか」

「オイアウエ、今日のラウラは天気がよくないね」

「オイアウエ、あなたきれいね、お化粧が」

トンガに到着して、まだ三日目だが、町中のいたるところで聞いた言葉だ。日本語に訳すとしたら、「おお」、「ああ」、「いやはや」、あるいは「えっ」、「うわっ」だろうか。喜怒哀楽すべてを表す言葉らしい。嬉しい時も、悲しい時も、トンガの人々は、まずこう言うのだ。

オイアウエ。

というわけで賢司は、出張の同行者である、㈱パラダイス土地開発の開発事業部の面々とは離れ離れの席に座っている。

荷物を尾翼側に積んでいるためか、体重が重い人間が前方に座るというルールになっているらしい。短軀だがよく肥っていて、機長から「トンガ人のキーホルダーね」と言われていた河原部長は、最前列の左手窓側。いっときでも部長から離れられたのは、この絶叫マシーンに乗り合わせた不幸中の唯一の幸い。

河原部長は、周囲の人間を自分の小言を記録するテープレコーダーだと思いこんでいる人だ。口から飛び出すのが小言でないとしたら、自慢話。パラダイスの親会社である大手不動産会社にいた頃の武勇伝だ。別名「パワ原」。パワは、パワーハラスメントのパワ。

成田からフィジーまでの八時間半、隣の席だった賢司は延々と説教を食らった。まだ慣れてなくてミスの多い仕事ぶりから、部長には「トイレカバーにしか見えん」らしいネクタイの柄まで。話は途中で自分の若い頃の自慢話に飛び、それに比べてお前らは、とまた説教に戻る。これがエンドレス。たまらず居眠りのふりをしていたら、一人で機内食の寿司ネタの鮮度に毒づいていた。

右手の席にいる賢司には、たんねんに撫でつけて乏しくなった部分に蓋をしている頭頂部しか見えないのだが、背後から観察するかぎり小細工は成功していない。毛髪より面積の広い地肌が赤黒いから、沈みかけの夕日のようだ。高血圧で糖尿気味なのだ。だから部長は常に薬を手放さない。

ただし、いま肌が赤らんでいるのは、むしろ怒りのためだろう。プロペラや振動の音にまじって時おり、この航空便を手配した安田課長を罵倒《ばとう》する声が聞こえた。

大柄な安田課長は部長の隣。この飛行機のルールに則《のっと》れば、部長より体重のある課長が窓側のはずなのだが、座席を交換させられている。

安田課長は、河原部長とは対照的に温厚な人で、部下の誰かに声を荒らげる姿や、嫌味めいた言葉を放っているところは見たことがない。しかし、会社という組織の中では、そういう人物は往々にして貧乏くじを引かされる。課長は部長のパワーハラスメントの最大の標的だ。大学ラグビーで名の通った選手だったことを社長に気に入られて入社したという話だが、その経歴すら罵倒の対象にしかならない。

「お前の脳味噌はラグビーボールか？　何が詰まってる？　空気か？」「少しは頭を使え。頭ってのはヘッドギアをつけるためについてるんじゃないんだぞ」

今回の出張中も、四六時中怒鳴られ、部長よりはるかに高い背丈のことまで詫びるように、低く深く頭を下げ続けていた。

トンガ出張を三度経験している課長にも、いまの機体の揺れが異常に思えるのか、椅子の背からずいぶん突き出た頭を落ち着きなく左右に向けている。いや、落ち着きなく見えるのは煙草《たばこ》が吸えないせいかもしれない。会社でも部長がデスクにいる時には喫煙所へ行くことができずにいるぐらいだから、朝から晩まで顔を突き合わせているいまは、食後の一服すらままならない状態なのだ。

菅原主任は賢司の真後ろ。さっきから何度もコンパクトを開閉する音が聞こえていた。語学力を買われて急遽《きゅうきょ》、同行メンバーに加わったのだが、今回のトンガ行きは、菅原典子主任にとって、飛行機嫌いの賢司以上の決死行に違いない。立ちはだかる敵は紫外線だ。

フィジーに降り立った時から——いや、成田に集合した時からすでに——日傘とつば広の帽子で完全防備態勢を整えていた。もうすぐ三十五歳になる主任にとって、白い肌を守ることこそが、トンガ出張の最大のプロジェクトのようだった。

菅原主任は、搭乗カウンターの重量計に乗ることを断固拒否した。「体重を計らなければ搭乗させられない」と言い渡されても首を縦に振らなかった。

英語が堪能な彼女がいないと困るから、課長が懸命に説得した。係員からも「名簿が乗務員以外の目に触れることはない」と諭され、ようやく靴と紫外線防止用の長袖を脱ぎ、アクセサリーもはずし、全員を遠ざけてから重量計に乗った。主任はけっして太っているわけではない。どちらかと言えばスリムに見えるし、重量計に乗る前も、最初は自己申告ですむと思ったらしく、「私は四十九キロ」と断言していた。

機長は、日本人の名前の発音がややこしかったせいか、全員を名前ではなく体重で呼んで、座席を割り振った。賢司の場合、

「六十三キロ誰？　ああ、あなたは、ここよ。とても痩せっぽちね」

主任の目玉がまるくふくらんだ。機長に得意の英語でクレームをつけたのは言うまでもない。

「数字だけで人を呼ぶなんて、どういうつもり？　私たちは荷物じゃないのよ。人を呼ぶ時にはきちんと敬意を払ってちょうだい」

機長の巨大な肩がすぼんだ。本当に申しわけながっている様子だった。

「すまなかった。気をつけるよ。ミズ・五十六キロ、あなたここ」

主任の目がさらにふくらんだ。トンガ・セント硬貨のように。近視の目からコンタクトレンズが落ちてしまうのではないかと思うほど。

トンガに来たのは、㈱パラダイス土地開発が、この地にゴルフ場の建設を計画しているため。今回はその視察旅行だ。パラダイス社にとって、初の海外事業。数年前、独自で温泉を掘り当てようとして失敗して以来、業績悪化の一途を辿《たど》っている会社の起死回生のプロジェクトだ。

パラダイスの社長は学生時代、ラグビーの大型ロックとして鳴らした人物。同じくラグビー選手で、日本に留学経験のあるトンガの大臣と「タックルで倒し倒された仲」であることが縁で、事業許可を得、用地借り上げのメドが立った。環境アセスメントも終了し、周辺住民との交渉も順調。後はスポンサーさえつけば、工事に着手できる段階まで来ている。

トンガ出張に来ている社員は四人だが、一行にはもう一人加わっている。スポンサーとなる予定の泰宝《たいほう》グループ副社長、野々村晃《ののむらあきら》氏だ。

宝石の輸入・加工・販売から、全国にチェーン展開しているエステティックサロン、回転寿司店の経営まで、本業が何だかわからないほど手広く商売をしている泰宝グループの会長は、パラダイスの社長と同じカントリークラブの会員。ゴルフ場建設のひとつやふたつ、フェアウェイ談議で、ほいほい口約束してしまうぐらい金が余っているらしい。今回の視察の最大の目的は、野々村副社長から好感触を得、正式なゴーサインをもらうことだった。

野々村氏は泰宝グループ会長の長男で、副社長といっても、三十そこそこ。二十八歳の賢司と、いくつも変わらない年齢だ。賢司は初対面だったが、成田空港で握手を求められ、副社長らしからぬ気さくな口調で「よろしく、今日は暑いね」と挨拶《あいさつ》された時に、彼の人となりを理解した。

ただの馬鹿。

野々村氏は少年ジャンプをウチワにしながら、続けてこう言った。

「君が僕の世話係？　さっそくだけどアイス買ってきてくれるかい。なにしろ暑いもの。あ、ハーゲンダッツのクッキー&クリームね」

最初はエグゼクティブのあいだで流行っているビジネスジョークだろうか、と思ったのだが、部長はいつもふんぞり返っている反動のように、何度も何度も九十度を超える角度まで頭を下げた。下げつつ課長を罵倒し、賢司を叱咤した。

「猛暑の中、ご足労いただき、誠に誠に恐縮しごくです。安田っ。晴れの出立の日が、なんでこんなに暑いんだ。日程の調整ミスだぞ、能無しが。ああ、副社長、どうぞどうぞ、空調の下へ。塚本、クリームクッキーだ。早くしろ。溶かすな」

馬鹿なだけならいいが、とにかく面倒くさい人だった。

馬鹿とはいえプロジェクトの命運を握るキーパーソン。トンガでは最高のホテルのロイヤルスイートを用意した。到着した夜のホテルでのディナーも、もちろん最上級コース。

ところがホテルに着いてそうそう、レストランのワインリストにお気に入りだというシャトー・ムートン・なんたらがないとわかると、ここでは食事をしたくないと言いだした。

「いつものでなくちゃ、だめなんだ。安いワインを飲むと、僕、発疹《ほっしん》が出ちゃうの」

だったら、飲むな。

とは言えない。野々村氏ご指定のワインが置かれている店を求めて主任が電話をかけまくり、トンガ中を駆けずりまわった。もちろん、駆けずりまわったのは、賢司だ。

ようやく探し当てた店で、結局野々村氏はシャトー・ムートン・なんたらをろくに飲みはしなかった。「これ93年なんだもの。やっぱり78年のじゃないと」

トンガ二日目の昨日は、大切なセレモニーがあった。パラダイス社の社長に折られ、スコールが来るたびに痛む肋骨《ろっこつ》が日本の思い出という大臣への表敬訪問だ。だが、野々村氏は「堅苦しいの、苦手なんだ。それよりゴルフに行きたい」と言いだした。

一国の大臣と、一スポンサー、大切なのはどちらかと問われれば、もちろんスポンサーだ。表敬訪問には部長と課長だけが赴き、賢司は主任とともにゴルフのお供をすることになった。ゴルフができない賢司は二人分のバッグを担ぎ、なおかつボールの元へ真っ先に走り、ＯＢ球をフェアウェイに蹴り入れ、バンカーに入ったボールをこっそりすくい出した。

本当は今日は建設予定地を視察するはずだったのだが、それも急遽変更され、トンガの隣国の（といっても千五百キロ以上離れた）ラウラに飛ぶことになった。賢司の奮闘もむなしく、野々村氏のスコアが思わしくなかったからだ。

「ここのコース、つまんない。南の島って、ゴルフ場造るのに向いてないんじゃない？　ラフもシダだし」

賢司には、コースではなく、上級者向けのクラブを使いこなせていない野々村氏に問題があるように思えたが、部長は泡を吹いた。比喩ではなく本当に唇の端に唾液の泡ぶくをつくって、必死の弁明を始めた。

「ご炯眼《けいがん》恐れ入りました。でありますればこそ、当地に初の本格的なゴルフ場が完成した暁には、必ずやオーソドックスなコースに飽き足らないゴルファーたちが我先に集うこととなると、私どもは確信しておる次第であり、なにとぞお父上には――」

部長の言葉をデザートスプーンで振り払いながら、野々村氏は言った。

「ラウラには、いいコースがあるらしいね。グレグ・ノーマンが設計したらしいよ。断崖から打ち下ろすホールがあるんだって。トンガはいいから、そっちへ行ってみようよ」

「おお、断崖、よろしゅうございますな。このたびのコースデザインに加えるのも一興かと。では、さっそくそこへ視察に――」

予定地には砂浜しかないんじゃなかったっけ。賢司を見る部長の目は、野々村氏が断崖の下にOBをしたら、飛びこんで拾いに行けと言っているようだった。

ラウラは南太平洋の真珠と謳われる、珊瑚礁に囲まれた美しい島の名であり、周辺諸島の総称でもある。ポリネシアの一隅、海ガメの甲羅ほどの小島でも見逃しはしないリゾート開発業者でさえ、すべてを把握しきれない群島が散在する一帯に位置している、本当に真珠の粒のような小さな国だ。面積は小国トンガの二分の一。人口五万人弱。トンガから渡航するには、この飛行機で行くしかない。

幸い、トンガ―ラウラ間は、一泊だけならビザなしで入国できることがわかった。ただし航空便は週二便。今日を逃すと来週まで待たねばならなくなる。

だから賢司は、「トンガ泰宝パラダイス倶楽部（仮称）のコース設計に関する特別視察」という名目のもと、こうしてラウラへ向かう空路の途上にいて、水槽を揺らされたメダカみたいに目をまるくし続けている。

その野々村副社長は、賢司と同じ右翼側の最前列。通路側のシートだ。太ってはいないが、体脂肪率が高そうな体つき。南の島に来てまで賢司たちがスーツとネクタイを手放さないのは、部長の厳命があるからだが、野々村氏はアロハシャツと半パンにサングラス。とても同じ目的の旅をしているとは思えないファッションだ。飛行機の中であることを気にかける様子もなく携帯電話を手にしている。通路をへだてた席にいる部長は自分たちへの不平不満を訴えているのではないかと、聞き耳を立てていた。

賢司の隣に座っているのは、そう若くはないカップルのかたわれ。「ミズ・五十六・五キロ」だ。男と離れ離れになってしまって心細そうな様子だが、男がたびたび賢司へ盗塁を警戒するピッチャーみたいに顔を振り向けてくるから、彼女には話しかけないようにしている。そもそもいまは、誰かとお喋りをする余裕などない。

時計を見た。トンガを発《た》って三時間近く。あともう少しの辛抱だ。そろそろラウラ島が見えはしないかと、顔をそむけ続けていた窓に目を走らせた。賢司の席は翼の真横だが、この飛行機の翼は機体の上部についていて、おせっかいなほど見晴らしがいい。

離陸した時には、日本ではお目にかかれないだろうペンキで塗ったような青空だったのに、眼前に広がっていたのは、冬の日本海みたいな灰色の空と海だった。見てはいけないものを見てしまった気がして、すみやかに視線を戻す。

また機体が大きく揺れた。客より早く、コクピットで機長が声をあげた。

「オイアウエ！」

賢司の耳にはそれが、悲嘆を表す「オイアウエ」に聞こえた。な、なんだ。なにがあったんだ。機長がアナウンスを始める。

「ラウラに雷雨《サンダーストーム》が発生してる。着陸できないね。トンガに引き返す」

乗客たちがどよめいた。機内がまた揺れたかと思うほど。

「僕、聞いてないよ」

賢司の前の席で野々村副社長が不満の声をあげると、斜め前方から部長の、野々村氏に聞いて欲しいらしい詰《なじ》り声が始まった。

「何度言わせるんだ、安田ぁ。日程を組む時は天候にも配慮しろと言ったろうが」

賢司はラウラでもトンガでも、どっちでもいいから、一刻も早く地上に戻りたかった。引き返すのはいいが、燃料は足りるのだろうか。またもや不吉な想像に苛《さいな》まれはじめた頭の中に、なぜか古い歌の一節が浮かんだ。

勇気りんりん　さぁ立ち上がれ

何の歌だっけ。サビの部分だけ唐突に浮かんできた。たぶん、子どもの頃に覚えた歌だ。

勇気りんりん　さぁ立ち上がれ

力を合わせて　みんなで行こう

それが小学生時代に入っていたボーイスカウトの団歌だったことを思い出した瞬間、また飛行機が揺れた。

オイアウエ！

2

行方不明となったラウラ国際航空機に関する続報です。昨日未明、消息を絶ったラウラ国際航空FR601便の行方は依然、確認されていません。ラウラ付近に発生した強い低気圧による天候の悪化が、何らかの事故の原因となったのではないか、という見方が強くなっています。新たに判明した日本人乗客のお名前は——

ヤブウチマサトさん

シラカワサオリさん

お二人は、新婚旅行で南太平洋を訪れていた、東京都の会社員、藪内昌人さん、三十六歳。神奈川県の会社員、白川早織さん、三十二歳。と見られ——

大きな揺れが来た瞬間、早織はウエストポーチを握りしめた。中には川崎大師のお守りが入っている。旅行に出る前、おばあちゃんが手渡してくれたものだ。「ほんとに大げさなんだから。私、海外は十回目よ」と早織は笑ったのだが、お守りはおばあちゃんらしい心づかいだった。中には正露丸と便秘の薬が入っていた。

小型のプロペラ機がひどく揺れることは、以前、女友だちと沖縄の離島を旅した時に経験済みだったからそんなに気にならない。気にしているのは、あの厚化粧女より前の席になったことだ。なぜ私が前で、あの女が後ろなの。

五十六・五キロになったのは、重量計に乗る時、あの女のように靴や上着を脱がなかったからだ。便秘性だから、旅行に出てから一度しかお通じがないことも不運だった。

お通じがあった直後、丸裸でヘルスメーターに乗り、めもりが左を指した瞬間に降りれば、五十四キロのはずなのに。

ああ、悔しい。

あの女より許せないのは、昌人だ。屈辱を忘れようと努めていた早織に、締まりのない笑い顔を向けてきて、こう言ったのだ。

「ぼくも体重増えてたよ。幸せ太りかな」

幸せなのは、あなたの頭の中身だけよ。早くも早織は後悔しはじめている。あの男と結婚したのは、間違いだったのではないか、と。

通路を隔てた窓側にいる昌人がまた視線を送ってきた。隣の席の若い男と言葉を交わしたのを気にしているんだろう。座る時に挨拶をしただけなのに。早織の視線を要求して何度もそうしている。頬のファンデーションが溶け出しそうな熱視線だったが、ほうっておくことにした。あの人はいつもそうだから。

昌人と知り合ったのは、去年。出会いのきっかけを、会社の人たちにはうやむやにしていたのだけれど、披露宴で仲人さんから暴露されてしまった。

「お二人のなれそめは、お見合いパーティ、〝エグゼクチブ・アバンチュール〟の席上であります」

そう、お見合いパーティーだ。悪い？　若いコたちのくすくす笑いを誘っていた「アバンチュール」なんていう古臭いネーミングが示すとおり、参加資格は三十歳以上、初婚のみ。

「親が勝手に申し込んじゃって、しかたなく行ってみたの」というみんなへの弁解は嘘じゃない。前半部分だけは。母親に怒ってみせたものの、早織はボーナスをはたいて新しい服を買い、エステお試し体験コースを受けてからパーティーに臨んだ。切実に相手を見つけたいというより、自分の女としての実力を真剣勝負の場で試してみたかったのだ。早織が密かに愛してやまない総合格闘技の戦士たちのように。

真正面に見えるコクピットでは、のんき気に座っているだけだった機長が急に忙しそうにしはじめた。ときおり隣で寝ている犬に話しかけている。まさか「お前も手伝え」と言っているのではないと思うけど。

前の席の客たちは「ラウラがだめならタヒチに行こうよ」とか「おい、機長とかけあってこい」なんて騒いでる。英語のアナウンスは理解できなかったが、何かの事情で、ラウラ行きが中止になり、トンガへ戻るようだ。昌人は「これからどうする？」とアイコンタクトをしたいらしい。

ラウラ行きは、早織たちが参加した『フィジー—トンガときめきの八日間』のオプショナルツアー。最後の日程だった。ラウラ行きがどうなろうと、明日にはトンガを発つ。

トンガへ戻るのだったら、タウファァアハウ・ロードで、お土産を買おうかな。のんびりと。一人きりで。トンガは治安がいいから裏道に迷いこんでも安心だ。いざとなれば、ウエストポーチには護身用のあれが入っている。

なにかと勘違いが多い昌人に、焦らしているのだと思われても困るから、通路の向こう側へ顔を振り向けた。せいいっぱいの微笑みを張りつけて。

こっち見てないし。

早織は小さなため息をつく。やっぱり、あの人とは相性がよくないみたい。

どうして結婚しちゃったんだろう。結婚願望が強いわけでもなかったのに。

この二、三年で、「このままみんなで独りを楽しんで、老後も一緒に暮らそう」なんて言ってた短大時代からの仲良し四人グループのほかの三人が、ドミノ倒しみたいに次々と結婚したから？

それとも妹の由香里に先を越されたから？

できちゃった結婚をした由香里が甥《おい》っ子を連れて遊びに来るたび、早織は身の置きどころがなくなる。心の置きどころも。無理に用事をつくって出かけて、「逃げた」と思われるのもしゃくだから、姉の余裕を見せて甥っ子をあやしたりしているけど、「孫はいいねぇ。いてくれるだけで、家の中が明るくなるよ」なんていう母親のセリフを聞くと、膝の上の赤ん坊が、子泣《こな》き爺《じじい》に思えてくる。

パーティーに参加したのは、急に不安になってきたからだ。何に対してなのかよくわからないまま、あの頃は、椅子取りゲームの残り少ない椅子を数えるような焦燥感に駆られていた。申し込み用紙に自分の年齢を書くたびに。お風呂あがりの洗面ミラーに映る、重力に逆らえなくなってきた乳房を見るたびに。永住マンションを買ったという独身の先輩に親近感のこもった手招きみたいな視線を向けられるたびに。家の中どころか、世間での居場所がなくなってしまいそうな気がしたのだ。

当時の早織にはもう四年、彼氏がいなかった。四年前に別れた男は、早織の勤める証券会社の同僚だった。「イケメン」と評されるルックスで、しかもK—1のミドル級ファイター並みのマッチョだったのだが、浮気性で浪費家。

運良く手に入れた掘出し物のアクセサリーみたいなやつだから、つきあいはじめた当初は、結婚相手には考えにくかった。でも、まぁ、この男でもいいか、と思い直した頃、二度目の浮気が発覚（発覚していないのをふくめたら、もっと多かったはずだ）して、結局別れた。

結婚と恋愛は別。既婚者はたいていそう言う。「いい、早織。結婚相手は、多少退屈でも堅実で安心できるタイプのほうがいいのよ」

そういう意味でいうなら、お見合いパーティーに参加していた男たちは、全員、結婚に向いてるタイプ。なぜみんな結婚できないんだろう。誰もが堅実で、安心できて、面白みがなかった。主催者の言う「エグゼクティブ」とは、年収の一定基準をクリアした人を指すらしいが、みんなごく平凡なサラリーマンか自営業者。年収が高めなのは、ただ単に平均年齢が高いというだけのことだ。仕事が忙しくて、女性と出会うチャンスがない。誰もがそう言った。でも、「じゃあ、暇ならチャンスがあるのかい？」と言いたくなるような男ばっかり。

この日は私も捨てたもんじゃないと思うほど、モテた。女性のほうが数が少なくて、その中でも若かったおかげもあったのだろうけれど、あまり派手でなく、純情そう（三十女にそんなものを期待されても困るんだけど）に見えるらしい容姿が、この手のパーティーに集まる男たちには受けがいいようだった。フリートークの時間になると、何人もの男がアプローチしてきた。

昌人もその中の一人。ルックスはいまひとつだし、総合格闘技のライト級選手にも秒殺されてしまいそうな体格だったけれど、参加している男性の中では若いほうで、他の人みたいに見栄を張らず、「僕は昔から女の人とうまく話ができなくて」と語る誠実さに好感が持てた。だから、パーティー後に提出する希望相手欄には、誰の名前も書かなかったのだが、連絡先紹介ＯＫ欄の何人かには、昌人も加えておいた。

昌人から連絡があったのは、パーティーから二週間後だった。しかもメール。翌日すぐに電話を寄こしてきた数人の誘いは断ったのだが、なぜか昌人にはオーケーの返信をしてしまった。その時には、ただ優柔不断なだけだと気づかずに、二週間という期間が逆に彼の真剣さに感じられたのだ。メールの誘い文句も気に入った。

『一緒にプラネタリウムを見に行きませんか』

何度かデートをし、一度だけホテルに行った。それだけで結婚を決めてしまった。すっかり忘れていたのだ。誠実は馬鹿と同義語であることを。

いま昌人は、鈍感なのか、旅行の経験が少ないから飛行機の怖さを知らないのか、揺れる機体に怯《おび》える様子もなくガイドブックに首を突っこんでいる。背が高くないくせに猫背だから、うつむくと頭のてっぺんがまる見え。出会った頃より薄くなっているように思えるのは気のせいだろうか。

たぶんラウラでの予定が全部ダメになったから、ガイドブックでスケジュールを組み直しているのだろう。

なんでもガイドブックどおりの人なのだ。結婚する前、昌人のマンションを訪れた時、本棚で『ディズニーシー徹底攻略』『横浜デートスポット完全分析』なんていうタイトルの雑誌を見つけた。どっちも早織を誘った場所。そういうものを一時的に隠すという知恵はないらしい。なんだか自分自身が「徹底攻略」され、「完全分析」されている気分になった。

薄くなりかけている頭から目を逸らそうとしたとたん、昌人がガイドブックから顔を上げ、早織の視線を捉えた。げ。また勘違いされるぞ、と思ったら、やっぱり。「あんまり見つめないでよ」と言いたげに鼻の穴をふくらませた。大声を出せば聞こえる距離なのに、唇の動きだけで何か言う。「ラウラ、残念だね」だろう。それから、眼鏡の奥のどんぐり目の片方だけを、ゴミが入ったみたいにぱちぱちさせた。これぐらいウインクの似合わない人はめったにいない。ビキニブリーフも。

どうせ、何かのマニュアル本に「男の勝負下着は、ビキニブリーフ」とでも書いてあったのだろう。昌人は毎晩ビキニブリーフを取っかえ引っかえ穿《は》いている。昨日の晩は、紫色のTバック！

セックスに関しては、特に問題はなかった。見かけよりは精力的だけど、ごくノーマルで変態っぽいことをするわけでもない。少しぐらいなら、変態っぽいことしてくれたって構わないのに。

悪い人じゃないと思う。でも、「いい人」って、結局、「どうでもいい人」のことだ。堅実で、安心できて、面白みのない生活。ガイドブック付きの人生。そんな日々が、あと何十年も続く。私に耐えられるだろうか。

じゃあ、どうするの？ 成田離婚？ それだけは避けたかった。職場結婚した会社の後輩のコが、一カ月足らずで離婚した時も、たくさんの噂《うわさ》が飛び交った。たいていは変態セックスに関する憶測。

でも、まだ入籍しているわけじゃない。この話はなかったことにすれば、戸籍はきれいなまま——いま頃になって気持ちが揺れはじめている理由の何番目かは、苗字のことかもしれない。

早織は自分の白川という苗字が好きだった。きれいな名前ね、と人にもよく褒められる。

白川早織が籍を入れたとたん、
藪内早織。

憂鬱。

昌人に再びそっぽを向く。さっきより、そっぽ。窓の外を見つめ続けた。いつのまにかそこからは青い空も海も消え、濃霧のような雲が視界を覆い尽くしている。

ついでに隣の男の横顔も眺めた。出張中のサラリーマン、かな。輸入関係の仕事だろうか、さっきからずっと思案げなシブイ表情で、南太平洋限定品のコーラのボトルを眺めている。それともアイデアを考えている広告代理店の人？　なんだか、デキル男って感じ。

昌人に比べたらイケメン。細いけど、いい筋肉してそう。独身だろうか。昌人ではなくこの人と一緒に暮らすとしたら――

あら、私、何考えてるんだろう。

前の席でライトヘビー級の体格のサラリーマンが立ち上がって、操縦席に入っていった。すぐに首をかしげて戻ってきて、シートに座ったままの上司らしい威張りん坊オヤジに叱られはじめた。

真横を靴音が通りすぎる。厚化粧女だ。高いヒールもなんのその、揺れ動く通路を歩きながら機長に英語で声をかける。こちらを振り返ったと思ったら、早織の隣の男に向けて、ひとさし指をくいっと曲げてみせた。

「塚本、あなたも来て」

悔しいけど、ちょっとかっこいい。

隣の彼が、ひっと悲鳴を上げて、ぶるぶる首を横に振る。シブイ表情だったのは飛行機が怖いからだったみたいだ。なんか、この人もダメそう。

アバンチュール。早織はプロペラ音に紛らせて、口にしてみる。舌先でその言葉をころがした。確か、もともとは冒険という意味だ。

ああ、冒険したい。自分の心の裡《うち》のように揺れ続ける飛行機の中で、早織は思った。

何か起きないかな。

3

ラウラ国際航空機行方不明関連のニュースです。三日前に消息を絶ったまま、いまだ行方が確認されていないラウラ国際航空FR601便に搭乗していたと見られる、中村喜介さんと中村仁太《じんた》君の家族が、今日午後、トンガに向けて出発しました。喜介さんの長男で仁太君の父、勇さんは報道陣に対し、「まだ諦めてはいない」と語り、乏しい情報に焦燥と憤りを隠せない様子。喜介さんは八十四歳。仁太君はその孫で小学四年生。ともに初めての海外旅行の途中で――

仁太はおしっこを我慢し続けていた。空港でヘリコプターに見とれて、トイレに行きそびれてしまったからだ。いつもそうなんだ。一学期の終わり頃にも、休み時間に木に登っていたセミの幼虫を眺めているうちにチャイムが鳴り、席に戻ったとたん、自分がトイレに行く途中だったのを思い出したことがあった。

その時の授業は理科の『水のはたらき』。先生が「水流」「水圧」と口にするたびに、膀胱《ぼうこう》が爆発しそうになった。「水の量が増えると、水流が増し、及ぼす力も大きくなります」うう、その通り！

第一、この飛行機にトイレがないことも、こんなに長く飛び続けることも、仁太は知らなかった。たぶんじっちゃんも。仁太たちは十人ぐらいの人たちと一緒にツアーをしているのだが、ラウラへ行くのはオプションなんとかで、添乗員さんがついて来ていないのだ。

だから仁太は、片手をグーにしてちんちんに押し当て、気を紛らすために、口の中で舌をれろれろ動かして頬の内側を叩いている。こうしていると我慢しやすいことは、このあいだの理科の時間に覚えた。『グーとれろれろのはたらき』

いつになったら着陸するんだろう。さっきまで真っ青だった空が、いつのまにかミドリガメの水槽の色になっている。いま何時だろう。出発したのは朝だけれど、もう夕方みたいな気がした。

ツアー八日目。外国へ旅行することも、飛行機に乗ることも初めてだったから、この一週間、毎日が楽しくてしかたなかったのだが、飛行機のどすんどすんという凄い揺れが仁太を七日間の夢から覚ました。朝、母さんに肩を揺さぶられて起こされる時みたいに。

じっちゃんと二人きりで旅行することになった理由を説明すると長くなる。国語のテストのように「五十字以内で簡潔にまとめなさい」と言われても、仁太には無理。

始まりは、ある日、じっちゃんがこう言いだしたことからだ。

「メードの旅に出る前に、センユーたちをイレーする旅がしたい」

メードといっても、兄ちゃんがよく行く秋葉原のお店とは関係ない。仁太に意味不明だった言葉には、それぞれこんな漢字が入るらしい。

『冥土』『戦友』『慰霊』

じっちゃんが行きたがっていたのは、ガダルカナルという島だ。むかしむかし大むかし、仁太の父さんや母さんも生まれていない頃、じっちゃんはこの島で兵隊として戦争をしていたのだそうだ。

父さんは大反対だった。

「何言ってるんですか父さん、デイ・サービスに行くのも嫌がってるくせに。ガダルカナルだなんてそんな遠――」

言葉が途切れてしまったのは、ガダルカナルがどこにあるか知らなかったからだと思う。

ガダルカナルはオーストラリアの東のほうに、つぶつぶと広がっている、ソロモン諸島の中の小さな島だ。地球儀で見ると赤道の南側。もちろん仁太も今回の旅で初めて知った。六十何年か前、こんなところにじっちゃんがいたなんて驚きだ。

母さんも反対した。

「そうですよ、お年を考えないと。お義父さんに一人旅をさせるなんて、心配です」

心配です、と言った時、母さんの目玉がきょろりと動いた。頭の中で違うことを考えている時のクセだ。

「誰も一人で行くとは言っとらん。みんなで行くんだ」

父さんと母さんが顔を見合わせた。二人とも、どうせ明日になれば忘れるだろうって顔だ。じっちゃんは仁太の十倍近く生きているとは思えないほど元気で、毎日ラジオ体操をかかさないぐらい健康なのだけれど、おとしバァバが死んでしまってから、物忘れが多くなっているのだ。

「あ、あたしも行く」

そう言ったのは、姉ちゃんだった。

「行きたいよ、海外旅行。大学生にもなって、一度も行ったことがないなんて恥ずかしいもん。ガダルカナルってどこ？　ヨーロッパのほう？」

仁太も言った。「ぼくも」

家族みんなで旅行がしたかったのだ。兄ちゃんや姉ちゃんと年が離れているせいで、小学校に上がってからは毎年どっちかが受験の年（兄ちゃんは二年浪人して、今年ようやく姉ちゃんと同じ大学生だ）。家族で旅行どころか、千葉県に住んでいるのに、ディズニーランドに行ったこともない。

「だって、そんなお金、ありませんよ」

母さんが目玉を動かさずに言った。

「俺が出す。清子の保険金がある。清子も俺の使いみちを喜んでくれるはずだ」

ふだんはじっちゃんの後にお風呂に入ることだって嫌がっている姉ちゃんが、両手をじっちゃんの首にまわして抱きしめた。

「ジィジ、だから大好きっ」

兄ちゃんがあくびをしながら言った。「俺は、パス。夏はバイトする」

父さんも首を横に振った。「仕事を休めるわけがない。俺がいないと会社が困るんだ」別に会社は困らないと思う。困るのはたぶん部長になれるかどうかの瀬戸際らしい父さんのほうだ。

「あらあら、じゃあ、あたしも無理ね。父さんたちだけ残していくのは心配だもの。小太郎の食事のこともあるし。レイはすぐに部屋を汚すし」母さんもそう言って目玉をきょろりと動かした。「ほんとに、残念だわ」

わかりにくいと思うからいちおう説明しておくと、小太郎というのは仁太の家で飼っている豆柴の名前。レイは兄ちゃん。礼一だからレイ。

「じゃあ、今回は延期――」父さんの言葉が途切れてしまったのは、姉ちゃんが睨みつけていることに気づいたからだ。

「私、絶対、絶っ対、行くからね」

姉ちゃんに弱い父さんは、「――しなくてもいいか」と言い直して、姉ちゃんにではなく、しかめっ面の母さんに言いわけするみたいに言葉をつけ足した。

「まぁ、麻美が一緒ならだいじょうぶだろう」

というわけで、じっちゃん、姉ちゃん、仁太の三人でガダルカナル島へ行くことになった。最初の予定だと。

言いだしたのはいいけれど、ガダルカナルへの行き方は、「輸送船遠州丸に乗って二週間」と言うだけで、何にもわかっていないじっちゃんに代わって、姉ちゃんが旅行のプランを練った。姉ちゃんは毎日、パソコンや旅行の本とにらめっこしていた。本当に難しかったのは、ガダルカナルだけでなく、姉ちゃんがガイドブックで見つけたラウラという国にも、ついでに行けるツアーを探すことだったみたいだ。

ラウラには世界で一番きれいな珊瑚礁があるんだそうだ。「その海で泳ぐと恋が叶うのよ」ボーイフレンドのいない姉ちゃんは、お化粧を落とすとほとんどなくなる眉毛をつり上げてそう言っていた。

ようやく『南太平洋まるごと島めぐりの旅』というツアーが見つかった。出発は八月の最初の土曜日。帰る頃には夏休みが残り少なくなっているから、「その前に宿題を片づけておくこと」と母さんに言い渡された。

ところが、出発する何日か前、姉ちゃんが急に、「やっぱり、行けない」と言いだした。「英会話サークルの合宿と重なっちゃった」らしい。兄ちゃんに言わせると、「あいつ、サークルになんか入ってないよ。どうせ新しくできた彼氏とシーサイドホテルに行くのさ」だそうだ。

「ジンとお義父さん、二人きりでなんて絶対にだめよ」母さんは顔をしかめたけれど、三人分のキャンセル料がめちゃくちゃ高くて、ツアーのことがよくわかっていないじっちゃんに、それを払うつもりがないとわかると、とたんに目玉を動かした。「でも、ツアーだし。可愛い子には旅をさせろっていうことわざもあるしねぇ」

旅の最初の目的地は、じっちゃんが目指していたガダルカナル。

ガダルカナル——それにしても、すごい名前だ。仁太は友だちに「夏休み、どこへ行くの？」と聞かれるたびに舌を嚙んだ——は、きれいでのんびりした島だった。空は絵の具の青。海はバスクリンを入れたみたいで、大きな椰子の木が防砂林の松みたいにあっちこっちに生えている。

じっちゃんが嘘を言うはずはないのだが、「俺たちはここで戦って、たくさんの仲間が死んだんだ」という言葉が本当のこととは思えない。みんなの死んだ理由が、弾や爆弾のせいではなく「食糧がなかったからだ」と言ったからなおさらだ。

食べ物がない！　スーパーやコンビニやファミレスが全部、爆破されたんだろうか。

ガダルカナルの歴史博物館でじっちゃんは涙を流していた。お墓に似た大きな石の前に日本から持っていったお酒を置いて手を合わせた。自由行動の時間に岩壁から花束を投げていた。

それが終わると、急にセミの幼虫みたいになってしまった。木を登るほうじゃなくて、殻だけになったやつ。

次の目的地のフィジーに着いた日に、こう言いだした。

「ジン、もう日本に帰ろう」

そうはいかないよ、じっちゃん。ツアーの日程が全部終わるまでは勝手に帰れないんだ。第一、仁太は帰りたくなかった。行く先々の景色にも人にも食べ物にも目を丸くしっぱなしで、次に何が待ち受けているのかを考えると、胸にコカ・コーラ・レモンを流しこんだように、わくわくした。

昨日、トンガに着いたら、じっちゃんは少し元気になった。町を歩く人たちを指さして言う。「おお、高見山だ」「ああ、武蔵丸もいる。ジン、手形をもらおう」

じっちゃんはよく人違いをする。隣のカツマタさんをヤクルトおばさんだと思ってお金を払おうとしたり、小太郎をコロと呼んだり、道を歩いている若い女の人を、死んだバァバと勘違いしたり。

たぶんじっちゃんはいま、昔の夢の中で生きているんだ。ときどき、体はそこにいるのに、心が遠くへ行ってしまう。その回数と時間がだんだん増えている気がする。仁太は姉ちゃんみたいに「だから大好きっ」じゃなくて、じっちゃんが普通に好きだから、心配だった。

そのじっちゃんは、仁太の前の席だ。話しかけても振り向いてくれない。飛行機のぐぉんぐぉんというプロペラ音や、地震の時にタンスが鳴るような音がうるさすぎて、少し耳が遠いじっちゃんには、声が届かないようなのだ。

ああ、おしっこが漏れる。飛行機の振動がよけいに膀胱を刺激していた。仁太はちんちんに押し当てた拳に力をこめ、れろれろと動かしている舌をさらに高速回転させた。

れろれろれろれろ。

うう。早く着いてくれ。

れろれろれろれろれろれろ。

グーにしていないほうの手では、背負ったままのリュックの紐を握りしめていた。

仁太と同じ三列目の席にいた女の人が立ち上がって操縦席に歩いていった。さっきまで靴を脱いで足の裏を掻いていた人とは思えない、きびきびした動作だ。女の人が機長さんに英語で話しかけた。

「ファット・ハプン！」

五カ月ぐらい英会話教室に通っていたことがあるから、「ファット」だけは意味がわかった。「太った」だ。きびしい口調だったから、「太りすぎよ！」って言ったのかもしれない。

じっちゃんが何か呟《つぶや》いている。「グンソー殿、ガダルカナルはまだですか」

「じっちゃん、だいじょうぶ？」

仁太が声をかけたとたん、

ぐわらがごぎげがずごん。

物凄い音がして、また飛行機が揺れた。さっきよりもっと激しく。

4

「塚本、あなたも来て」

通路に仁王立ちした菅原主任が、あやつり人形の糸をたぐるようにひとさし指を動かした。ぐずぐずしていると、指の動きがせわしくなった。

「早く」

何のために俺が？　英語は主任のほうが得意なのに。何かにつけて賢司を呼びつけたがるのだ。この春、主任に昇進したばかりで、部下ができたのが嬉しいのだろうか。主任はある意味、河原部長以上に怖い。「彼女の不興を買うと、座布団に縫い針をしこまれる」という噂もある。

勇気りんりん　さぁ立ち上がれ
尻を針でつつかれたように立ち上がった瞬間だった。

ドラム缶が岩場を転げ落ちるような音がして、床が大きく揺れた。

主任の体が宙を飛び、野々村氏の膝の上にすとんと落ちる。よろけた賢司は、思わず隣の席のミズ・五十六・五キロに抱きついた。

「あああ、す、すみません」

「……いえ、お気になさらず」

アニメの声優みたいな声。地味な容姿だが、三十歳以上の秋葉《アキバ》青年にはモテそうな女性だ。お気になさらないわけにはいかなかった。意外に豊満な胸に顔が埋もれてしまったのだ。あわてて体を引きはがそうとしたが、余震めいた揺れに再び足をすくわれ、今度は頬と頬が密着した。

「あ」

五十六・五キロが官能的な声を漏らす。カップルのかたわれの眼鏡男が殺気だった目でこちらを睨《にら》んでいるのがわかったが、どうしようもない。前部シートとのすき間に体がはさまってしまって、身動きが取れないのだ。

野々村氏がのん気な声を出していた。

「菅原さん、危ないから、しばらくここに座っていなよ」

菅原主任はセクハラ（ことに年齢に対する）には敏感に反応する。怒るだろうと思っていたら、

「いえ、そんな、とんでもありません」

賢司を呼びつけた時より半オクターブは高い声を弾ませていた。女はよくわからな

い。もつれ合った体がようやく離れた瞬間、「ふぅん」と賢司の耳に吹きこむような吐息をついたミズ・五十六・五キロも。

「ほら、まだ揺れてるから。ねぇ、典子さんって呼んでもいい？」

野々村氏が粘っこい手つきで立ち上がろうとする主任の腕を取っていた。主任は、だいじょうぶですからと言いつつ、野々村氏のシートのひじ掛けに女子アナ座りをして脚線美を見せつけている。

賢司はミズ・五十六・五キロのハーフパンツから突き出た肉づきのいい足に触れないように通路へ出たが、床はまだゆらゆらと揺れている。足がすくんでなかなか進むことができなかった。

激しい雨が窓を叩きはじめた。乏しかった視界がさらに悪くなっている。ガラスに付着した雨粒が後方に流れていく様子は、まるで雨の日の車窓。とても飛行機から見る光景とは思えない。

水槽を思わせる仄暗《ほのぐら》い窓の外で閃光《せんこう》が走り、雷鳴が轟く。ミズ・五十六・五キロが小さく悲鳴をあげた。賢司も悲鳴をあげたかった。できるなら、絶叫。

新型絶叫マシーン『エアライン・パニック絶体絶命ＳＯＳ』がいよいよ佳境に入り、とびきりのサプライズを用意している雰囲気だ。雷雨から逃れているのではなく、真っ只中へ突入しているように思えてならなかった。

機内でも部長の雷が落ちた。

「お前が行け。もう一度交渉してこい」自分はしっかりシートベルトを締めて安田課長をけしかける。「早くしろ。開発事業部を外れて、奥牛穴ロッヂの冬期管理人になりたいか」

課長は試合開始のホイッスルを聞いたかのように猛然と立ち上がり、機長席へ突進した。

奥牛穴ロッヂはパラダイス社が運営するレジャー施設のひとつだ。人里を遠く離れた山間にあり、雪に埋もれ道が通行不能となる冬期には閉鎖される。そこへ管理人として送りこまれると、ひと冬で精神に変調をきたし、業務日誌を同じフレーズで埋め尽くすようになる、ともっぱらの噂だった。

戻ってきた課長の表情は硬かった。悪い結果を上司に伝えねばならないことに緊張している面持ち。そりゃそうだ。タクシーじゃないんだから。

「えー機長の言葉をそのまま訳します。雷雲のスケールが予想以上に大きいため、ラウラ空港は急遽閉鎖された。当機はすでにトンガへ帰還すべく反転しており、ラウラへ行くなどとんでもない。何べん言ったらわかるんだ、いい加減にしろ、おとなしく座ってろってんだよ、このクソ野郎、と、このように申しておりました」

英語がさほど堪能ではない課長にしては、ずいぶん詳細な報告だった。

「なにぃ」

課長はお怒りごもっとも、と言いたげな表情で深く頷《うなず》き、さらに報告を続けた。

「タヒチへの行き先変更の件に関しては、こう述べておりました。そんな間抜けたことを言ってるのは、どこのひょっとこ野郎だ。行けるわけないじゃないか。どうしても行きたけりゃ、救命ボートを降ろしてやるから、それで漕いで行け、このボケナス！」

草食動物を思わせる課長の小さな目が何かに取り憑かれたようにぎらぎら光っている。賢司には課長と機長はふた言、三言しか言葉を交わしていないように見えたのだが。

「なんだとぉ。外人のくせに偉そうに」

今回の旅の行く先々で、「アイ・アム・サムライ」を連発していた部長がミネラルウォーターのボトルを刀のように握りしめた。本当かどうか知らないが剣道二段だというのが自慢なのだ。短い体と首を伸ばして機長の背中を睨みつけ、口を開きかけたが、機長の幕内力士並みの体格に怖じ気づいたのか、結局、怒りを鞘《さや》（折り畳みテーブルのくぼみ）に戻し、いつものように手近な課長に嚙みつく。「できない、と言われて諦めるのがパラダイスマンか？　『ない』と言われた時から仕事が始まるんだろ。ないないのないは、努力が足りないの『ない』だ。知恵が足りないの『ない』だ――」

野々村氏が部長の言葉を遮る。

「いいよ、もう、ラウラもタヒチも。いさぎよく諦めよう」自分が言いだしたことなのに、部長のわがままをたしなめる口調だ。「どうせ雨と風の中じゃ、スコア伸びないし。早くトンガに戻って、夕日の見えるレストランにでも行こ」

ね、と語尾につけ加えて、主任を振り仰ぎ、ウインクを投げかけた。

主任は艶然と微笑み返す。怖い人。野々村氏の視線がスカートから伸びた自分の足に移ったと見るや、洋梨じみた野々村氏の顔をゴルフ場建設費の見積もりを眺める目で見、次いで部長に恩きせがましいまなざしを投げかけた。その顔には「主任なんかじゃ、満足していないのよ、私」と書いてある。

主任が野々村氏の手をやんわりと振りほどいて立ち上がった。ウエーブのかかったセミロングをさらりと振ってこちらに向き直り、どさくさに紛れて席へ逃げ帰ろうとした賢司を指一本で呼びつけた。

「塚本」

あ、やっぱり。

しかたなく、へっぴり腰で通路を進む。床はまだ揺れている。下手なところを踏むと、ぐにゅっと不気味な感触が足の裏に伝わる、そんなしかけを用意したお化け屋敷を歩いている気分だった。

ようやくコクピットの前にたどり着き、開け放たれた扉にしがみつく。主任が英語で機長に声をかけた。

「何が起きてるの？　ちゃんと説明して」

説明して欲しくなかった。良からぬことが起きているに決まっている。なにしろ操縦盤のあちこちで異常を告げているらしい赤いランプが点滅し、複数のアラーム音が禍々《まがまが》しく鳴っているのだ。しきりに計器に目を走らせ、せわしなくレバーやボタンを操作している機長は振り返らずに答えた。

「サンダーストームのせいで、乱気流《タービュランス》がひどいね。ただの低気圧《サイクロン》とは思えない。まるで熱帯低気圧《トロピカルサイクロン》。こんな時期に。神様がお怒りになってるのかね」

日本語まじりのブロークン・イングリッシュ。ブロークンであることがかえって幸いして聞き取りやすく、賢司にもおおよその意味が理解できた。

「ちゃんと座ってないと危ないよ、ミズ・五十六キロ」

「バウ」その通り、と言うように、副操縦士席のセントバーナードが唸った。

「私の名前はスガワラです」主任の声が普段より四分の一オクターブほど低くなった。

「ちなみに本当の体重は、五十六キロではなくて四十九キロ」

「オイアウエ。申し訳ない。でもそのことは、空港スタッフには言わないほうがいいよ。金の延べ棒を密輸していると疑われる」

「ひとつ聞いてもいい？　なぜ、ここに犬がいるの？」

「だから積み荷《カーゴ》ね」

「そのジョークはもう聞き飽きた。ねぇ、なぜなの？　教えて、ミスター百五十キロ」

「ノーノー、私は百六十三キロね」

「そういうことはどうでもいいから」

「いや、話せば長いことさ。まず、トンガの歴史から話さねば。トンガでは昔から女性の存在が絶対的でね——」

主任が不機嫌を丸出しにした舌打ちをすると、機長があわてて話をはしょった。

今朝、副操縦士のマウのカミさんが急に産気づいた。トンガの男にとって大切なのは、もちろん仕事よりカミさん。今日は乗務できないという連絡を寄こしてきた。ラウラ国際航空に余分な操縦士はいない。マウは操縦を覚えたてで、仕事はここでココナッツパイを食べることと、自動操縦の時、自分のポーカーの相手になること。マウがいなくても操縦には何の支障もないが、副操縦士席に誰かが座っていないと機体の重量バランスが取れない。だからかわりにうちの犬を連れてきた。

賢司のヒアリング能力が確かなら、そんな意味のことを言った。機長に指をさされると、心なしかセントバーナードが誇らしげに胸をそらせた。

「バウ」

犬にはリードがない。そのかわり副操縦士席の人間用のハーネスを締めている。

「もうひとつ聞いてもいい？」

主任が常に完璧な曲線を保っている眉を、くりっとつり上げた。

「本当にひとつだけにしてくれるとありがたいね。いま私はベリー・ビジーだから」

その言葉に嘘はなかった。機長は大きな体に似合わない細やかな手さばきで、ひっきりなしに何がしかの操作を続けている。腋《わき》の下に水たまり並みの汗じみをつくっていた。

「なぜ犬が操縦桿をくわえているの？」

それは賢司も聞きたかった。機長席と副操縦士席の前には、それぞれUの字型の操縦桿が配置されているのだが、機長はそれを握らず、計器の相手ばかりしている。かわりにセントバーナードがUの字の片側をくわえていた。

「ああ、それは操縦を手動に切り換えたから。私はビジー。操縦桿まで手がまわらないね。安定的に巡航している時には、操縦桿は重要でない。このあたりには他の飛行機は飛ばないから、空中衝突もありえないしね。操縦桿は押さえていればいいだけ」

「なぜ手動に切り換えたの？」

答えは聞かないほうがいいように思えた。主任の質問が浴びせられたとたん、機長の大きな背中が悪戯《いたずら》を見つかった小さな子どものようにびくりと震えたからだ。

「知らないほうが幸せね。知識は人を不幸にする、これ私の生まれた島の諺《ことわざ》よ」

「ちゃんと答えなさい。旅客機の機長でしょ。貨物列車の運転士じゃないんだから。あなたには答える義務があるはずよ」

機長がようやくこちらを振り向き、親指で斜め後方をさした。バナナのような指がさしているのは、賢司が座っていた二列目の席の窓だ。

窓の外を見ろと言っているようだが、視界などないに等しい。見えるのは、窓の向こうで跳ね飛んでいる雨粒と、窓からは見上げる位置にある翼ぐらいだ。

雷がまた、暗い空に鉤裂《かぎざ》きをつくった。窓の外を青白く照らし、少し遅れて雷鳴が轟く。

その時、賢司はとんでもない事実に気づいた。

目を閉じ、ひと呼吸おいてから開けた。いま目撃したものが見間違いであることを期待して。

見間違いじゃあなかった。

プロペラが停まっている！

正確に言えば、いちおう回ってはいる。が、それは風にあおられているだけだ。まるでスイッチを切って十秒後の換気扇だった。

主任はまだ気づいていない。賢司がむりやり絞り出したセリフは、ひどく間が抜けたものになってしまった。

「えーと」

主任は眉を片方だけつり上げた。

「何？」

「あのぉ、プロペラが停まっているような……」

目を細め、カールさせた長い睫毛《まつげ》をしばたたかせた。さすが菅原主任。会社の給湯室で「氷の女王」と畏怖をこめて呼び習わされているだけのことはある。片眉をつり上げたまま、顔パックをしているように表情を変えなかった。しゃっくりに似た声を漏らしただけだ。

しゃっくりに続いて、ガラスを爪で引っかいた時の音がした。主任の叫びだった。

「どうした」課長が気づかわしげな声をあげた。

「危ないから、ここにおいでよ、典子さん」野々村氏が手招きをした。

全員の視線を浴びた主任が、ピストルの片手撃ちのように腕を伸ばして窓をさす。

五秒ほどの沈黙の後、ミズ・五十六・五キロがしっぽを踏まれた猫の悲鳴をあげた。

課長が二列目の窓に歩み寄る。伸ばした首をゆっくりと横に振り、いつもの沈鬱な声で言った。

「プロペラが停まっているようです」

今度はガマガエルが潰《つぶ》されたような悲鳴。部長の声だった気がするが、確かめたわけじゃない。賢司の目はキャビンの奥に釘付けになっていた。もうひとつの異変に気づいてしまったのだ。

機体後部、南京錠がかけられた貨物室の観音開きのドアから、白い煙が漏れていた。

「えーと、その……」

主任がパック中《ちゅう》の顔をこちらに向けた。片眉だけが「今度は何？」というふうに上下する。紫外線から徹底ガードした白い顔がいつも以上に白く見えた。

「……煙が出てます」

主任がまた、睫毛をぱちぱちさせ、しゃっくりをし、ひと呼吸置いてから、引っかいたガラスの声を放つ。狙いすますように貨物室を指さした。

全員が振り向く。

機内が本物の絶叫マシーンと化した。

ガマガエルが鳴いた。

「安田～っ」

課長がコクピットに突進しようとした時、ハイテンションのＤＪさながらの手さばきで操縦機器を操っていた機長がマイクで叫んだ。日本語だった。

「みんな席にもどるがいい。ちゃんと座るね。動くと、バランス、危険。飛行機、危険」

言い慣れているのか、「危険」という日本語だけが、やけに明瞭だった。全員がぴたりとおとなしくなる。

氷の女王の立ち直りは早かった。コクピットへ向き直り、今度は機長にひとさし指の銃口をつきつける。

「いったい、どうなってるの？」

「ノープロブレム」

機長は大きな肩をすくめて、主任に微笑んでみせた。白人と黒人と東洋人をすべてミックスし、ふくらし粉を混ぜて仕上げた感じのトンガ人特有の顔だち。こんな時でなければ愛嬌たっぷりに見えただろう。

「この煙は何？」主任が、いまやコクピットの手前にまで達している煙を、嫌煙家の手つきで振り払った。「あそこに何を積んでるの？」

「ノープロブレム。積み荷はカボチャ。ラウラでは栽培していないから高く売れる。後は医薬品。ラウラはトンガ以上に医者が少ないのよ。煙じゃないよ。あれはただの水蒸気。貨物室の壁は隙間だらけだから、外から入ってくる。よくあることね」

機長の言葉に嘘はなさそうだった。嘘ではないことを祈った。

「じゃあ、プロペラが停まっているのはなぜ？」

「わからない。整備長のイノケは飲んだくれだけど、腕はいい。今朝もたいして飲んじゃいなかった。エンジンではなくシステムの異常かもしれない」

また雷が鳴り、それを合図にしたように機体が傾く。キャビンが再び騒然となった。

ミズ・五十六・五キロの念仏を唱える声がかすかに聞こえた。「サオリさん、落ち着いて」眼鏡男のものらしい、同じぐらい動揺しているおろおろ声も耳に届いた。課長に八つ当たりしている部長の声も。「敵襲〜敵襲〜」と叫んでいる老人の声も。「じっちゃん」と聞こえる子どもの声も。

「ソーリー、ミズ……」これ以上のトラブルを避けるためか、機長はその先を言いよどみ、違う言葉に変えた。「レディ、みんなに説明してくれ。煙はただの水蒸気だってこと。こういう時にいちばん危険なのは、乗客がパニックになることね」

主任が鼻を鳴らす。しかたない、と言っているふうに。キャビンを振り返って、女にしては低めの声を張り上げた。プロペラの音と振動音に加えて、みんなが口々に叫んだり喚いたりしているせいで、機内はいまやロックバンドのライブ会場並みの騒々しさだった。日本語で喋ってから、英語で同じ内容を繰り返したのは、野々村氏の隣に唯一、外国人の乗客がいるからだ。

「プロペラのこともノープロブレムと伝えてくれ。飛行機はプロペラがひとつあれば飛べる。万一、両方のエンジンが停止しちまっても、すぐには墜落しないね。近くの場所へ安全に着陸できるしくみになっているのよ」

主任が機長の説明を通訳すると、騒がしかったキャビンが少し静まった。機長が言葉を続ける。

「キンタマだってひとつあれば、子どもができるんだから、だいじょうぶね」

「キンタマ……」菅原主任は訳すのを途中でやめて機長を睨みつけた。飛行機が傾いているから、ヒールの高いサンダルを履いている主任は立っているのがやっとだ。それなのにモデル立ちをやめようとしない。背中を刺す主任の視線を察知したらしく、機長が太い首を縮める。

「レディ、わかって欲しい。ここじゃあ、あなたのお国のように、最新型のいい飛行機は買えないね。人も足りない。気象予報システムもなっちゃあいない。年に一度はプロペラが停まる。水蒸気漏れは毎度のことよ。それでも私はこの仕事を二十五年続けてきた。自分の仕事に誇りを持ってる。任せて。私、自分の飛行機を落としたことは、いままでに一度もないね」

すべての言葉が理解できたわけではないが、そんな意味のことを口にしたはずだ。機長の頼もしい口調と横顔が賢司を少し安心させる。よくよく考えてみれば、一度でも飛行機を落としたことのある人間がここに座っていられる確率はとても低いはずなのだが。さしもの氷の女王の口調も、こころもち柔らかくなった。

「連絡はしてあるんでしょ。そのぉ……」

空港管制、あるいは管制官という英語を思いつかなかったらしく、珍しく口ごもる。

「だめね。雷の時にはノイズがひどくて通信装置が役に立たない。プロペラより問題なのは……」

機長の言葉を主任は最後まで聞いてはいなかったと思う。機体がさらに傾くと、ふいに目の前から姿が消えた。両足をモデル立ちポーズにしたまま尻もちをつき、床を滑っていく。

「ほら、言ったとおりだ。典子さん、僕のそばにいないと危ないよ」

「いまそれどころじゃ……離してください」

「おい安田なぜだプロペラこの便だめだろうなんとかしろ」

賢司は背後の騒動にはかかわらないことに決めてコクピットから見える風景に目をこらした。キャビンの窓より視野ははるかに広い。

ちょうど雨の切れ間だった。眼下の海が見えた。見渡すかぎりの大海原だ。

人は海を美しいと言う。だが、実際に美しいのは、砂浜や島影や珊瑚礁や砕ける波や群れ飛ぶ水鳥であって、ただただ大量の水を湛えているだけの海面は、けっして美しいなんてしろものじゃない。その圧倒的な巨大さが恐ろしかった。

「君は僕が守るから」

「ちょっと、どこ触ってんのよ」

「安田ぁプロペラぁ落ちるぅ。どうすんだぁ」

機長が突風を思わせるため息をつき、大地が隆起するように肩をすくめた。

「ミスター六十三キロ。あなたからみんなに言って。シートベルトを締めるように。それと座席の場所はきちんと守ること。そうしないと、この飛行機に責任持てないね」

賢司にも理解できるように配慮してくれたらしい、ところどころ日本語をまじえた、わかりやすい英語だったから、どうにか通訳できた。

「みなさん、冷静に。決められた座席に座ってください。機長は言ってます。さもないと……」

思ったより冷静な声が出せた。みんなが冷静じゃないからだろう。

賢司の言葉を聞くと、部長があわてて課長を追い立て、本来の自分の座席へ舞い戻り、電光石火のスピードでシートベルトを締め直した。

機長は足を小刻みに動かしている。車と同様、操縦席の下にもペダル式の装置があるのだ。ドラマーがバスドラムを連打するように何度も足踏みをすると、かしいだ床がようやく元に戻った。

席に戻ろうとしたら、機長に呼び止められた。

「ミスター六十三キロ。もうひとつ、みんなに伝えて欲しい。ライフジャケットつけるようにって」

ライフジャケット。機長がそう言っていることを理解するまでに少し時間がかかった。発音のせいではなく、いまのいままで、鉄の塊である飛行機が飛ぶこと自体を恐れていたさっきでさえ、頭の中にまったく入り込む余地がない言葉だったからだ。

「みなさん、ライフジャケットを身につけてください」

自分の声が震えているのがわかった。案の定、キャビンにどよめきが起きる。賢司は「念のためだそうです」と勝手に言葉をつけ足し、外国人と老人がいたことを思い出して、さらに「プリーズ、ライフジャケット」「救命胴衣をつけてください」と叫んだ。

主任がこちらに戻りかけたが、自分と同じ列に座る子どもが不安げに周囲を見まわしているのを見て、面倒くさそうにそちらへ近づいていった。

「あなたには言っておく。問題はプロペラじゃない」

機長が鼻先に指を突き出した。聞きたくない話である気がした。

「……なぜ僕に？」

「あなた、勇気ある。こんな時に、鼻唄を歌うなんて、たいしたものよ」

頭の中だけで歌っていたつもりだったのだが、いつのまにかボーイスカウトの団歌を口ずさんでいたらしい。

「この機は、いままで雷雲を避けて飛んできた。避けて、避けて、コースをだいぶはずれた」

ブロークン・イングリッシュをわかりやすくするために、機長は会話に身振り手振りを加える。「避けて、避けて」というところでくねくね動かしていた片手を鎌首のかたちにした。

「これ以上、コースをはずれると燃料が足りなくなるね。だから、これから雷雲の中に突っこむ」

鎌首の手を前方に突き出す。まるまるとした手だから、獲物を狙う蛇というより、闘牛士にとどめを刺される寸前の暴れ牛に見えた。みんなには伝えないほうがよさそうだった。恐る恐る尋ねる。

「だいじょうぶなんですか？　それで無事に戻れます？」

ノープロブレムと言ってくれることを期待したのだが、機長の顔にはもう、微笑みはなかった。

「うーん、ファアモツ空港に戻れるかって意味なら……」

首をかしげて考えはじめる。いや、あの、そんなに真剣に悩んでくれなくてもいいんだけど。大岩がテコで動くように大きな首を元に戻してから、ぽつりと言った。

「フィフティー・フィフティーって、日本語でなんて言うんだい」

やっぱり聞かなければよかった。

「……日本語だと、五分五分って言います」

「ゴブゴブ。トンガ語みたいね。私の生まれた島ではこう言う。『神様のおっしゃるとおり』。ノープロブレム。神様が悪いことをおっしゃるはずがない」

前方に広がった大海原はいまや、観光ポスターのような澄んだ青ではなく、底知れない灰色に変わっていた。目をそむけたいのだが、そうするともっと恐ろしいものに変化してしまいそうで、視線を引き剝がすことができなかった。機長が振り返り、慰める口調で言う。

「ゴブゴブというのは空港へ戻れるかどうかの確率よ。だいじょうぶ。飛行機は広い場所さえあれば、どこにだって降りられる。ファアモツには戻れなくても、どこかには着くよ。南太平洋には星の数と同じぐらい島があるからね」

そうは言うが、島影などどこにも見えない。見渡すかぎり、海、海、海だ。

機長が計器のひとつに目を走らせて短く叫ぶ。

「オイアウエ」

さっきから何度もオイアウエを口にしていた。「よしっ」というニュアンスに聞こえるオイアウエもあれば、「あらら」もしくは「おやまあ」と思われるオイアウエもある。割合からすれば、後者のほうが多い。汗じみが大きな背中にも広がっている。

ノープロブレムと口で言うほど、ノープロブレムなわけではなさそうだった。

頭の中に自分の葬式の光景がちらついた。ハンカチを握り締めて泣く菜緒子の姿が浮かぶ。「早く忘れたほうがいい。人生は長いんだから」とかなんとかほざいて菜緒子に言い寄ろうとする男どもの姿も。菜緒子はいいヤツで、しかもいい女だから、賢司がいなくなったら、たちまち誰かにかっさらわれてしまうだろう。

だめだ、だめだ。まだ死ぬわけにはいかない。この出張から帰ったら、菜緒子に言うべきことがある。渡したいモノがあるのだ。死んだって、死ぬもんか。

「ミスター六十三キロ。勇気のあるあなたに、頼みがある」

「……なんでしょう」

見込み違いだとは思うが、命が助かるのなら、いまの賢司は命を捨てる覚悟だ。

機長が背後の壁を指さす。首を伸ばしてコクピットの中を覗きこむと、そこに鍵がいくつかぶら下がっていた。飛行機の振動に合わせて振り子のように揺れている。

「そこの、いちばん左の。それをあなたに預ける。貨物室のキーね。重量を軽くするために積み荷を捨てる。私が合図したら、鍵を開けて、中のものを捨てて欲しい」

「僕らの荷物もですか」

困った。ブリーフケースの中に、菜緒子に渡す例のモノも入れてある。あらかたの荷物はホテルに預けたままだが、あれは手もとにずっと置いておきたかったからだ。

「そう。命より大切な持ち物はどこにもないね」

「……どこから捨てるのですか？」

言ってから、愚問だったことに気づいた。嫌な予感がした。機長の答えは予想どおりだった。

「もちろんドア。貨物用ハッチは開けられないもの」背中を向けたまま、ジェスチャーをしてみせる。「セーフティ・ロックをはずせば手で動く。レバーを左に回して、外側に押せば開く」

ドアを、開ける？　空の上で？　想像しただけで膝が震えた。

機長が操縦桿をくわえたセントバーナードの顎《あご》をなでるついでに、くいっと押し上げる。機首が上がり、目の前にエリンギの形をした巨大な雲が現れた。稲妻が走っているのが見える。雷雲だ。

「オイアウエ！」機長が、よっしゃ、というふうに声をあげ、機長用の操縦桿を握った。

犬が操縦桿を離し、突撃、と叫ぶように吠える。「バウ、バウ」

賢司も叫んだ。堪《こら》えていた絶叫をあげるように。

「オイアウエ！」

恐怖心も体から飛び出たのだろうか、なぜか、なんとかなる気がしてきた。

「合図とは？」

「ヘインガペって叫ぶ、そうしたら」

「ヘインガペ？」

「そう、トンガ語で、がんばろう、の意味ね」

「わかりました。やってみます。他には？」

妙に冷静な自分が怖かった。ごく普通に飛んでいる飛行機を怖がっていた、さっきまでの自分に戻りたい気もする。

「日本に神様はいるかい？」

「えーと、たくさんいますね。仏様もいるし」

「じゃあ、その神様たちに祈ってくれ」

やけくその矢になって飛んでいこうとした賢司を機長が呼びとめる。

「あ、そうそう、言い忘れてたよ。ドアを開ける前には必ず命綱《ライフライン》をつけるね。先に命綱。それからドア。順番を間違えると、荷物より先にあなたが外へ出ることになる」

そういうことは、早く言ってくれ。せっかく止まっていた膝の震えがまた始まっちまったじゃないか。

5

ライフジャケットと聞いただけで早織は生きた心地がしなかった。南太平洋の真っただ中に体ひとつで放り出されたりしたら、溺れるのを待つことなく、その瞬間にショック死してしまうだろう。

第一、ライフジャケットなんてどこにあるの？

前の席の人たちは、みんな腰を屈めてシートの下を探っている。早織も同じことをした。ビニール包装してある黄色と黒、ツートーンカラーのベストが出てきた。頼りないほど薄く畳まれている。昌人はと見ると、ほかの人たちは大あわてでベストを取り出しているのに、包装を解かずに同封されている説明書を読んでいた。

まったく、もう。どうでもいい時ばっかり視線を合わせようとするくせして。こういう時こそ、私を振り向いて欲しいのに。いますぐに私のもとへ駆けつけてくれたら、少しは見直したのに。

英語の説明書きだから、早織にはさっぱりわからない。ひとコマ漫画みたいなイラストを見ながら震える指でつけてみた。後ろと前が逆だった。

んもう。なんとかベルトを締め終えた早織は思った。帰ったらやっぱり、この結婚はなかったことにしましょ――そこまで考えてから、いま自分が日本に帰れるのかどうかわからない状況にいることに気づく。

ぶるりと首を振った。こんなところで死にたくない。昌人と並んで新聞に顔写真が載るなんて、死んでも嫌《や》だ。『お二人は幸せの絶頂の中で、今回の悲劇に遭い……』なんてでたらめを書かれるのは耐えられない。万が一、死ぬのだとしても、その時には、心から愛する人と一緒にいたかった。

おばあちゃん、助けて。

念仏を唱えた。さっきからずっとそうしている。

子どもの頃、体の弱かった早織が高熱を出した時、枕もとでいつもおばあちゃんがもごもご唱えていた、ありがたいより怖かった念仏だ。幼い頃のすかすかのスポンジみたいな頭で覚えたものだから、もうすっかり忘れていると思っていたのに、スポンジはたっぷり吸収していたようだ。考えなくても、すらすらと言葉が口をつく。

おばあちゃんの念仏を聞きながら布団の中にいる時のように目を閉じた。半分になってしまったプロペラの音も、恐ろしい振動音も、「もうおしまいだ。計算違いだ」と呟いている誰かの声も聞きたくなくて、耳も塞ぐ。

昌人の声が聞こえた気がしたが、早織は目も耳も心も閉ざしたまま、ひたすら念仏を唱え続けた。

6

ライフジャケットをつけましょう。ネクタイのお兄さんが叫んでいる。緊張しているのか、声が裏返しになっていた。この飛行機が困ったことになっているらしいのは仁太にも、その言葉を聞いた瞬間にあがった他の人たちの叫び声でわかった。

大変だ、ライフジャケットをつけなくちゃ。大変だ。大変だ。ところでライフジャケットってなんだ？

通路の反対側の席の女の人がかつかつと近寄ってきた。仁太の隣の椅子に手を伸ばして、下からビニール袋を抜き出す。女の人が袋から引っ張り出したのは、ゲゲゲの鬼太郎のちゃんちゃんこみたいな服だ。

女の人を見習って、自分の椅子の下を覗いていたら、ライフジャケットがふわりと肩にかかった。自分のぶんを取り出したんじゃなくて、仁太に着せるために出してくれたらしい。ちゃんちゃんこについている紐まで縛ってくれる。

なんだか、母さんに着替えを手伝ってもらっていた幼稚園児の頃に戻ったみたいで、照れくさかった。お化粧が濃くて、ちょっと怖い顔だけど、女の人の髪からはいい匂いがした。

「ありがとう、おばちゃん」

お姉さんと呼ぶと失礼になるんじゃないかと思ってそう呼んだのだけど、やっぱり「お姉さん」にしたほうがよかったかもしれない。手つきが急に荒々しくなった。

女の人が両側についている紐を引っ張ると、ちゃんちゃんこが浮袋みたいにふくらんだ。おお、モビルスーツみたいだ。頭の上から声が降ってきた。

「ジン、だいじょうぶか」

じっちゃんが立ち上がって、仁太を覗きこんでいた。白くて長い眉毛の下の大きな目玉がぎろりと光っている。昔の夢を見ている目つきじゃなくなっていた。

「胴衣は着られたか」

よかった。じっちゃんは、いつものじっちゃんに戻っている。

「うん、このお姉さんにやってもらったんだ。じっちゃんも手伝ってもらえば」

仁太が横を向いた時には、もうおばちゃんのお姉さんは、自分の席に戻っていて、しかもライフジャケットを着終えていた。すごい早わざ。『バイオハザード』のジル・バレンタインみたいだ。

じっちゃんは誰の助けも借りずに、ライフジャケットを身につけはじめた。最初はもたもたしていたけれど、すぐに手つきが早くなった。まるで、昔、こういう訓練をしたことがあるみたいに。

それほど怖くはなかった。本物の墜落ははじめてだけれど、ゲームの中ではしょっちゅう経験している。いまやっている『グレート・ミッション—II』の海洋ステージで言うと、「緊急着水」。

「怖い」と「わくわく」の中間ぐらいの気持ちで、胸がきゅっとすぼまる。このまま緊急着水したら、いまさっき飛行機が揺れたはずみで漏らしてしまったオシッコのことがバレずにすむのが、少し嬉しい。

機長さんが何か叫んでいるのが聞こえた。外国語だが仁太の耳には、「えんがちょ」と聞こえた。すると、「ライフジャケットをつけましょう」の若い男の人が立ち上がった。男の人も叫ぶ。

「えんがちょ」

威勢のいい声だったけれど、男の人の足はがくがく震えていた。

7

貨物室は四トントラックの荷台ほどのスペースだ。キャビンより温度が低く、冷気が肌を刺す。両側に大きな木箱が積み上げられ、転落防止用のネットが張られていた。荒っぽく板を打ちつけてあるだけの木箱からカボチャが顔を覗かせている。箱はとんでもない大きさで、持ち上げるどころか、押しても引いても動かない。中身だけ放り出すしかなかった。

箱の底に近い側板を蹴り上げた。賢司はこういう時、なぜかいつもブルース・リーの雄叫びをあげてしまう。「あちょー」

なにせカボチャ用。粗雑な造りに見えて箱は頑丈だった。

もう一度。「あたぁ」

足の指の骨のほうが折れたかと思うほど強く蹴りつけたのに、ほんの少し板が浮いただけ。

片足跳びをしながら、貨物室を見まわし、道具になりそうなものを探す。ひと隅に乗客の荷物がまとめて置かれていた。

あれだ。

野々村氏のゴルフバッグを開け、アイアンを取り出す。賢司にはバンカーにボールを放りこむための性能しかないように思えるが、タイガー・ウッズと同じマッスルバックヘッドだそうだ。

浮き上がった板のへりにマッスルバックヘッドを突っこみ、釘抜きの要領でグリップを引き下ろす。

ゴキ。体重をかけると、鈍い音がした。二回。一度目のは板がはずれる音。二度目の「ゴキ」はクラブが折れる音だ。カボチャがパチンコ玉のように流れ出てくる。

新しいアイアンを取り出して、もうひと箱開けた。再び鈍い音が二度。床がカボチャであふれた。

箱はまだまだある。アイアンもまだあるが一人では時間がかかり過ぎる。貨物室から顔を出してキャビンに声を張り上げた。

「課長、来てください」

こちらを向いた顔が驚愕の表情になっていた。めいっぱい見開いた小さな目は賢司の右手に向けられていた。それが折れたクラブを握っているためだと気づいたとたんだった。

窓の外が真っ白になった。と同時に、ドン、という重い音がした。そして、いままでとは違う振動。

足の下から背骨へ這《は》い上がり、頭蓋骨までを震わせるような振動だった。コクピットで機長が叫んだ。

「オイアウエ！」

たくさんのオイアウエを聞いてきた賢司には、そのオイアウエが何を意味するかがわかった。

機内の照明が消えた。シートベルトのサイン灯も。

プロペラ音が聞こえなくなった。そのかわりに乗客たちの悲鳴が薄暗いキャビンにこだました。男が多いから獣が吠えているように聞こえる。群れのボスが静まれと命じるふうに、副操縦士席の犬が吠えた。バウ。

ころり。

足もとからカボチャがひとつまろび出て、通路をころがっていった。

ころり。

またひとつ。

ころり。ころり。ころり。

みっつ、よっつ、いつつ。

飛行機が傾いているのだ。しかも、いままでのような左右への傾きじゃない。つんのめるような前傾。全員の叫びを主任が引っかいたガラスの声で代弁した。

「何が起きたの《ファット・ハプン》！」

もう賢司にはわかっていた。頭より先に、体がそれを察知していた。全身の血液が頭へ駆け登っていく。耳が痛い。脳味噌と内臓が体を離れて宙に浮いている。ジェットコースターの急降下を、数段酷くした感覚だ。

マイクが使えなくなったらしい。機長が肉声で叫び返す。案外に冷静な日本語だった。

「飛行機に、カミナリ、落ちた——」いや、さほど冷静ではないかもしれない。後半がトンガ語になった。「タウ・ツイ・キ・ヘ・オツア！」

「い、い、いま、何て言った？」

部長の地肌が透けた頭頂部の赤みは、いまや猿の尻だ。コクピットから日本語と英語をちゃんぽんにした言葉が返ってきた。

「島が見える。そこへ向かうね」

キャビンの叫喚が少し落ち着いた。

「できるだけ近くまで」

再び叫喚。

「だいじょうぶだ、きっと助かる。救命ボートがついてるに決まってる」

誰に聞かせるともなく課長が声を張りあげている。自分自身に言い聞かせているのかもしれない。課長には、小学二年生を頭《かしら》に三人の子どもがいる。

「みなさん、衝撃防止の姿勢になるね」

賢司も一刻も早く座席に戻りたかったが、観音開きの扉の一方にしがみついたまま動きが取れずにいた。大量のカボチャに両足をからめとられているのだ。

「ミスター六十三キロ！」

機長が呼んでいる。え？　また俺？　なぜ、俺ばっかり？　通路側シートの背もたれから両手を載せた頭がいくつも飛び出してきて、こちらを振り向いた。誰もの目が「早くしろ」と言っている。

しかたなく滑り台と化した通路に足を踏み出す。一歩目が床につく前に背後のカボチャの山が決潰《けっかい》した。一斉にころがり出たカボチャに足をすくわれ、カボチャの土石流に乗って通路を滑り落ち、一秒でコクピットにたどり着く。

振り向いた機長が、カボチャの中に賢司の顔を見つけて、感嘆の声をあげた。

「すばやいね、あなた。ニンジャのよう」

「どういたしまして」

「これから着水する。頼みがあるね」

「イエス・サー」パニック映画の主人公を気取って不敵なセリフを吐いたつもりだったのだが、声は自分でも情けないほど震え、映画の中で真っ先に命を落とす、ドジな脇役風になってしまった。

「あなたがドア開けて。ベリーベリー、クイックリーで」

クイックリー？　ベリーベリーと言われても困る。手慣れた機長自身が操作したほうがいいように思えた。

「なぜ急ぐ必要が？　飛行機って水に浮くんでしょ。映画で観たことがありますけど」

「それは運が良ければの話ね。タイタニックを観たことは？」

「やりますやります」

「開けるのは、着水の三秒前」

「三秒前？」

「そう、着水した後はダメ。機体が壊れて開かなくなるケースがある。着水。ドア、開かない。水、入ってくる。それはそれは恐ろしいこと」機長が言葉を切り、ため息とともに首を振って、頬のたっぷりの贅肉《ぜいにく》を震わせる。操縦桿を握ったまま、空いた右手をひらひらさせ、その手をゆっくりと下ろした。「みんな、ブクブクブクブク」

確かに恐ろしい。ブクブクだけは避けたい。弱気な賢司に決意を促すように、機長がもう一度、同じしぐさと言葉を繰り返した。「ブクブクブクブク」

「がんばります。ヘインガペ」

機長が賢司にではなく、キャビンに聞かせるための大声をあげた。

「あと二分で着水。しっかり防御の体勢を取るね。そうしないと、たいへん危険」

素朴な疑問を口にした。

「……あのぉ、ぼくは？」

「あなたはいいの。命知らずのニンジャのサムライはカミカゼね」

日本文化に関する誤解について機長と論じている暇はないようだった。コクピットの向こうに、もう空はなかった。窓いっぱいに不気味な青さの海が迫っている。白く泡立って見えるのは激しい風雨のためだろう。

「そこにあるの、使って」

コクピットの壁に下がったヘルメットのことだった。果たしてどれほど役に立つのだろうか。トンガの工事現場で見かけるものと変わらない、青色の旧式の金属製。

「ヘインガペ！」

ヘルメットをかぶり、やけくそで叫んで、敢然と立ち上がった。カボチャの山から。コクピットとキャビンの間にあるドアまで壁伝いに歩く。歩くというより登山をしているようだった。プロペラ音が消えた機内は、いままでに比べたらやけに静かで、ミズ・五十六・五キロの念仏だけが陰気に続いていた。

機長がカウントダウンを始めた。

「あと九十秒」

生唾を呑みこむと、酷い耳鳴りが少し治まった。教えられたとおりドアレバーの上方にあるボタンを押し、セーフティ・ロックを解除する。肺の底に溜まった重い空気を吐き出してから、レバーに手をかけた。そこで思い出した。そうだ、命綱《ライフライン》をつけなくちゃ。どこにあるんだ？

スカイダイビングに使うような複雑な装備を想像していたのだが、そんなものはどこにもなかった。ドアの脇に貸しボートのもやいじみたロープが無造作にぶら下がっているだけ。ライフラインって、これ？

「六十」

あわててロープを腰に巻き付ける。「ふた結び」。ボーイスカウトで習ったやり方だ。入団していたのは三カ月間ぐらいだから、うろ覚えだった。結び終えた時には残り四十秒になっていた。

飛行機に減速のGがかかる。レバーにしがみついた。内臓が体の外へ吸い出されるような感覚。

「三十」

「二十五」

「二十」

「十五」

「ちょっと！」これは主任。

「ソーリー、計算違いね。二十」

飛行機のドアレバーはマンションの玄関によくあるタイプを二百%《パー》拡大したような大きさだった。それを両手で握り締め、唇をきつく噛んだ。

心臓が飛び出しそうだった。口からではなく直接胸から。頭の中では、ブクブクを含め、これから起こりうる、さまざまなケースが浮かんでは消える。免許更新の時に見せられる事故事例ビデオのように。ろくな想像にならないそれらを振り払うために頭を別のことで満たした。日本に戻って最初に食うメニューについてだ。

「十五」

無事に帰れたら、空港から菜緒子に電話をかけて、一緒にうまいものを食いに行こう。何にしようか。

「十」菜緒子の好きなパスタ？

「九」俺は寿司がいいな。もう何日も和食を食ってない。

「八」龍々軒のチャーハンとラーメンも捨てがたい。二人の行きつけの店だ。

「七」なんでもいいや。

「六」生きてまた会えるなら。

「五」レバーを左へ回す。

「四」外側に押す。想像以上にドアは重い。開かなかった。

「三」もう一度押す。

「二」開かない！

「一」

開いた。

灰色の空が見えたのは一瞬だった。激しい風と雨に叩かれて目を開けていられない。足もとから床の感触が消えた。勢い余って体が外へ飛び出してしまったのだ。背骨が氷柱《つらら》になった。「死」という文字を頭の中で書ききらないうちに風圧で機内に押し戻された。長い長い時間に思えたが、それらのすべては一秒の間に起こった出来事だった。機長の声がした。

「〇《ゼロ》」

顔を拭って目を開けようとしたとたん、甲高いのに重い音が耳を突き刺した。何かにたとえるなら、肥満した男が高飛び込みに失敗して腹から落ちた瞬間を録音したCDをフルボリュウムにしスピーカーに耳をつけた状態で聞かされた感じ。機体が激しく揺れ、もう聞き飽きた乗客たちの悲鳴があがる。

足もとからまた床が消えた。賢司は再び飛んだ。今度は上へ。命綱がなかったら天井に激突していたかもしれない。

「オイアウエ！」

機長の雄叫びで着水に成功したことがわかった。それを宙で聞き、飛行機の着水にコンマ数秒遅れて頭から着地した。ヘルメットのおかげで最悪の事態は免れたが、まぶたの裏で火花が散った。

「さぁ、みんな、急いで」

頭がぼんやりしている。機長の声がはるか遠くからのものに聞こえた。

「シートベルトはずして、外、出るね」

外へ出ろ？　救命ボートは？　立とうとしたが体に力が入らない。全身の骨が粉々に砕けたのかもしれない。視界は霞んでいて、すぐそこにあるカボチャが賢司に添い寝をする誰かの頭に見えた。

「急に言われたって」

「荷物は？」

「ここはどこなんだ」

現金なもので、助かったとわかったとたん、みんな口々に勝手なことを言いだす。

だが、安心するのは、まだ早かった。

床に頬を押しつけたまま呻《うめ》いていた賢司は、いち早くそれに気づいた。頬が冷たい。ひんやりしたその感触が、あっという間に顔の下半分を覆い、唇に達する。塩辛い。海水だと気づいたとたん、頭を打ちつけた衝撃で外に飛び出てしまっていた脳味噌が頭に戻ってきた。

「浸水～、左舷より浸水～」

老人の声がし、人々がまたしても悲鳴をあげる。

「ハリー・アップ！　急がないと、沈むよ」

骨が粉々になっていたはずの体がすみやかに動いた。跳ね起きた目に最初に飛びこんだのは、開いたドアの向こうでうねる海面だった。

灰青色の山脈が移動しているようだった。その手前、ドアのすぐ先に大きな黄色のゴムボートが見えた。

ボートはドアのとば口に繋がっている。脱出用のシューターを兼ねているらしく、ゆるやかなスロープを描いて海面に達していた。舳先《へさき》が大波にもてあそばれている。ドアが開いた瞬間に救命ボートがふくらむ構造になっていたのだ。オンボロのプロペラ機のわりに、安全装備はしっかりしている。ここでは緊急事態が珍しくないからかもしれない。

壁に手をついて立ち上がった瞬間、部長がこちらに突進してきた。ひきつったその顔は、「トラブルの時こそ平常心だろが。最近の若いのは、どいつもこいつも肝っ玉がなさすぎだ」と説教をする時とは、まるで別人。ニワトリのような表情のない目には、賢司の姿が映っていないようだった。

部長に突き倒されて、再び床に這いつくばった。浸水は四つんばいになった肘にまで達していた。そこここでぷかぷかカボチャが浮いている。

コクピットでは機長がセントバーナードのハーネスをはずしてやっていた。

部長がころがるカボチャのようにボートへ滑り落ちていく。水に浮いた本物のカボチャがその後を追う。「副社長、お先にどうぞ」課長が、こんな時でさえ野々村氏に順番を譲っていた。

野々村氏の隣に座っていた金髪の外国人は、チーフ・パーサーよろしくドアの脇に立ち、主任の肩を抱き、ミズ・五十六・五キロの手を取って、女性たちをエスコートしている。レディ・ファーストのつもりなんだろうが、必要以上のボディタッチは脱出の邪魔をしているようにしか見えなかった。

ミズ・五十六・五キロがドアの前で立ちすくんで悲鳴をあげた。眼鏡男が目の前に手を差し出しているのに、それに気づかず、金髪男の手を握り続ける。主任が背中を押すと、さらなる悲鳴をあげて滑り落ちていった。

「誰か、犬を頼む」コクピットから機長の声がした。

「おい、俺の孫はどこだ？」老人が叫んでいる。

「じっちゃん、ぼくここ」

子どもの声がしたのは賢司の背後、一列目のシートとコクピットの間だ。ぷかりと水に浮いていた。ライフジャケットは大人用で、しかも巨漢揃いのトンガ人にも耐えられるサイズ。浮力のせいで立てなくなってしまったらしい。バタ足で泳ごうとしているが、前に進んでない。

「リュックが流されちゃった」

浸水箇所は機体の左翼側だ。波が打ち寄せるたびに海水が忍び入り、通路を伝ってコクピットへ流れ落ちている。水平に戻った床がまた傾き出した。機首から先に飛行機が沈もうとしているのだ。

水は床より高い位置にあるドアからも溢れ出て、カボチャとともに救命ボートへ流れていくが、ここでも波がカボチャを従えた大量の水を機内へ押し戻している。機首の側に水が溜まるごとに、じりじりと傾斜が増していった。

急がなくちゃ。海面がドアの高さに達したとたん、飛行機はいっきに沈んでしまうだろう。

右手を伸ばして子どものライフジャケットを摑む。自分のどこにそんな力があったんだろう。左手を添えるまでもなく、子どもは片手で持ち上がった。空中でバタ足を続けながら叫んでいる。

「リュック、ぼくのリュック」

「取ってやるから、早く外へ出るんだ」

ヘルメットを子どもの頭にかぶせて主任に託す。主任は迷惑そうに眉をひそめたが、行動は素早かった。ずぶ濡れの子どもをぬいぐるみのように抱きしめて、ドアから跳んだ。

機内から女性の姿が消えたとたん、金髪は賢司たちには目もくれず、すみやかすぎるほどすみやかにボートへ移った。

キャビンの隅に浮かんでいたリュックを拾い上げた。このあたりにはもう賢司の膝まで水が溜まっている。老人は競歩のフォームをスロー再生しているような足どりだ。手を貸そうとしたが、余計なお世話だ、とばかりに腕を振り払われてしまった。「突撃」と叫んで、ボートへ降下する。

操作盤が半ば水没しているコクピットからようやく機長が姿を現した。みんなの後へ続こうと、賢司もドアの前に立つ。そのとたんに理解した。着水に成功したからといって、まだ命が助かったわけではないことを。

叩きつける雨は頬が痛いほどの激しさだ。あっという間に全身がずぶ濡れになる。吹きつける風が身体から髪と服をもぎ取ろうとする。足を踏ん張っていないと飛ばされてしまいそうだ。

風雨に塞がれた目を懸命にこじ開けると、見渡すかぎりの海面が山脈となってうねっているのがわかった。まるで海が誰かに怒っているみたいだった。珊瑚礁の中の砂浜にまで高麗芝を張ろうとする賢司たちにだろうか。

救命ボートは長方形で、畳八畳はありそうなサイズだが、大波に翻弄される頼りない姿はビート板と変わらない。ボートの縁には一メートル半ほどの抱き枕に似た突起が並んでいて、みんなそれにしがみついている。

大波が来るたびにボートが軽々と持ち上げられ、濡れ鼠になった人々が賢司と目が合う高さまでせり上がり、波が去ると、眼下に消えていく。まだまだ危機は続くのだ。

『エアライン・パニック絶体絶命ＳＯＳ』第二ステージのスタート。恐怖にひきつりすぎて、誰もの顔が無表情に見えた。もう悲鳴すらあがらない。

「ねぇ、ぼくのキャディバッグは?」

いや、ひとりだけ、この期に及んでまだ、事態を舐めているヤツがいた。賢司が子どものリュックをボートに放り入れると、野々村氏が声をあげた。「あの子だけずるいよ」と言っているような大人げない口調で。

「あれ、レア物なんだ。タイガー・ウッズのサインが入ってるんだよ」

新手の波がボートをすくい上げ、乏しい前髪をひたいに張りつかせた部長の顔が間近に迫ってきた。

「塚本っ、副社長のゴルフバッグをお持ちしろっ」

「馬鹿なこと言わないでください」

幸か不幸か、賢司の口から言葉がほとばしり出る前に、部長ははるか下方に去っていき、魂の叫びは強風に吹き飛ばされてちりぢりになった。

機長がボートを繋いでいるロープをほどきはじめた。「さ、あなたも、早く乗るね」

また波が来て、ボートが舞台装置のようにせり上がってくる。部長の声が風雨を裂く。

「塚本ぉぉぉ」

水しぶきで眼鏡を曇らせ、ネクタイを強風にはためかせた部長の姿は、二十世紀に絶滅したはずの、モーレツ社員の怨霊のようだった。

「ゴルフバッグだぁぁ」

もちろん無視。だが、次にボートが上昇してきたタイミングで跳び乗るつもりだった賢司は、突然思い出した。そうだ、あれ、とってこなくちゃ。

貨物室に向かう賢司の背中を、機長の呆れ声が追いかけてきた。

「ゴルフバッグ？　命とどっちが大切？」

ジャパニーズ・ビジネスマン、クレージー、と聞こえた気がした。行くのは、野々村氏のためじゃない。あれのためだ。いまの賢司にとって、命の次の次ぐらいに大切な品。

スキーの中級者ゲレンデ並みになった通路を這い上がり、ぱかりと開いた観音開きの扉を伝って、貨物室に入る。ブリーフケースを探り、小さな麻袋を取り出す。その中の小箱の感触を確かめてから、尻ポケットへ突っこんだ。

みんなの手荷物を運び出すべきかどうか、一・五秒ほど迷ったが、そんなことをしていたら、賢司だけブクブクブクブク。自分のブリーフケースも含めて諦めることにした。

くそいまいましい野々村氏のゴルフバッグだけ担いで戻った賢司に機長が叫んだ。

「もうすぐ、ボート、切り離すよ」

そのボートはいまドアの下方に消えている。風の音を突いて部長の絶叫が聞こえた。

「塚本、無事かぁぁっ」

ああ見えて、本当は部下思いの人なのかもしれない。ほんの一瞬でも、そう思ってしまった自分が馬鹿だった。

「副社長のゴルフバッグは、無事かぁぁぁ」

部長の声が聞こえた方向にゴルフバッグを投げ落としてやった。

ボートに跳び移る。機長が続いた。巨体が尻から落ちると、ボートがトランポリンさながらにたわみ、悲鳴を忘れていた人々が久しぶりの叫びをあげた。

転落防止のために備えられているらしい抱き枕状の突起は八つしかない。老人と子どもが二人でひとつを使い、二人で使えばいいのに、ミズ・五十六・五キロと眼鏡男は、ボートの両端に別れている。右手の中央付近に野々村氏。その手前に部長。上座ということらしい。課長はボートの真ん中で抱き枕のかわりに野々村氏のゴルフバッグを抱えていた。

機長が体に似合わない俊敏さで起き上がり、ロープをたぐり寄せはじめた。もうすぐ沈む飛行機にからまって巻き添えを食わないようにするためだろう。二本あるロープのもう一本を請け負った賢司は機長に尋ねた。

「ボートはどうやって漕ぐんです？」

「いまは無理。嵐が収まるのを待つね」

収まるんだろうか。波はますます激しくなっているように見えた。

ボートにはたっぷり水が溜まり、大量のカボチャが浮いていた。カボチャのひとつに見える丸顔を赤くして部長が叫んでいる。

「おい、誰かカボチャを捨てろ。ボートが沈むぞ」

自分は抱き枕にしがみついたままだ。誰かというのは賢司か課長のことに決まっている。水が苦手なのだろうか、飛行機の中では落ち着いているように見えた課長は、部長命令に耳を貸さず、うずくまったまま震えていた。

「カボチャだ！　カボチャっ」

できれば部長を捨ててしまいたかった。

機長に尋ねる。「これからどうすれば？」

「嵐、静まったら、オール出して漕ぐ。とりあえずいちばん近い……」機長が叫んだ。

「オイアウエ！」

悲嘆を表すオイアウエだった。

「ど、どうしたんですか」

「私の犬、どこ？」

そういえば、いない。犬は機長より先にコクピットから飛び出していた。「犬を頼む」という機長の言葉もみんなの耳には届いていたはずだが。

「誰か犬を知り……」賢司は途中で言葉を呑みこむ。デスマスクさながらの九つの顔に問いかけても無駄だと悟ったからだ。犬を気づかう余裕なんて、これっぽっちもなかっただろう。賢司だって同じだった。

「連れてくる」機長がギョロ目をさらに丸くして言った。

「無理だ。犬と命どっちが大切なんですか」

賢司の言葉を笑い飛ばすように機長は叫んだ。たったひと言。

「両方」

止める間もなく荒れ狂う海に飛びこんだ。

間に合うとは思えなかった。機首はすでに海中に没している。ドアは排水口さながらに水を吸いこんでいた。

飛行機の中に消えた機長が再び顔を出した時には、尾翼が鯨の尾っぽのように突き立っていた。ドアも半分がた水中に没している。機長が叫んでいる。せっぱ詰まっているだろうに、日本語で。

「誰か、来て。早く」

「おい、誰か来い、だとよ」

部長が他人事のように言い、課長を振り向く。

課長がぶるぶると首を振って、賢司に視線を走らせてきた。上意下達。日本の会社組織の揺るぎなき様式美。

そうかいそうかい、いいとも、俺が行く。

恐怖の連続が免疫をつくってしまったのだろうか、「地震の時に机の下に潜る人って、本当にいるのね」と菜緒子に呆れられる賢司のチキンハートは完全に麻痺していた。ロープを腰に巻きつける。ときどき「もうあなたには愛想が尽きた」なんて真顔でため息をつき、賢司を震えあがらせる菜緒子がいまの自分を見たら、少しは見直してくれるだろうか。

ふた結びだ。すべての指先が震えていたが、二度目の今回は、さっきより早く結び終えることができた。

もう一本のロープを手にして、ボートの縁から身を乗り出す。やっぱりやめよう、俺、平泳ぎしかできないじゃないか、と後悔した時には、海に飛びこんでいた。

平泳ぎもクロールも関係なかった。泳ぐというより波に運ばれて、賢司は海中に身を投じた一秒後に半没しているドアの縁にしがみついていた。

機長は腿まで水に漬かり、セントバーナードをお姫様だっこしている。ロープを手渡そうとすると、洗車場の大型モップに見えるずぶ濡れの犬を突き出してきた。

「ロープは、こいつに頼む。泳ぎが苦手なのよ」

急いで首輪にロープを巻きつけた。風向きが変わり、ボートが遠ざかりはじめている。強風に張り合って叫んだ。

「ロープ、引っ張ってくれ」

聞こえているはずだが、誰も動かない。もう一度、繰り返した。

主任が腰を上げると、金髪も立ち上がった。

犬を抱えて海に飛びこむ。バウ。水に落ちた犬が抗議の声をあげた。振り向いて機長に声をかける。

「あなたは？」

「ノープロブレム」

指を舐めて、耳の穴につっこんでいた。機長自身も泳ぎが得意そうには見えなかった。

ようやく飛び込みのポーズをとった機長が、こんな時なのに、のん気に笑いかけてくる。

「それより、これからが大変ね。ヘイインガペ。がんべりまそ」

うろ覚えの日本語で「がんばりましょう」と言ったのだろう。だが、確かめるすべはなかった。次の瞬間、昼寝中の大ヤマネコみたいな機長の笑い顔が目の前から消えた。

え？

浸水に耐えきれずに飛行機が沈んだのだとわかったのは、自分の体も巻き起こった大渦に引きこまれた後だった。

賢司は洗濯機に放りこまれたシルクのハンカチだった。水流に翻弄され、水中で回転し続けた。自分の頭が上を向いているのか下を向いているのか見当もつかない。まだ生きているのかどうかすらも。

どこかで主任の声が聞こえた。

「塚本！」

腰に巻いたロープが引っ張られているのがわかった。声のした方角に頭を突き出すと、いきなり海面に出た。

ボートとは五メートルほどの距離。犬はもう引き上げられていて、子どもと顔を並べてこっちを見ていた。だが、ボートにいるのはさっきまでの九人と犬だけだ。ロープを引っ張られながら、何度も振り返った。周囲も見渡した。機体は影も形もなくなっていた。荒れる海は手品師みたいに飛行機の姿をかき消してしまった。機長の姿も。

「オイアウエ、ひどいめにあったよ」

そう言って機長が浮かんでくるのを、賢司は待った。差し出された主任の手をつかみ、金髪に腕を取られて、海面から引き上げられた後も、揺れ続けるボートの上でずっと待った。

でも、機長は戻ってこなかった。

ボートの中の誰もが言葉を失っていた。

なぜだ。ノープロブレムじゃなかったのか。がんべりまそって言ったじゃないか。目の前が真っ白になった。ずっとシミュレーションゲームの中にいるような気分だった賢司は、二十八年間生きてきて初めて、しごくあたり前のことに気づいた。

人は死ぬ時は死ぬ。自分もだ。

「うう、吐きそう」

部長が情けない声をあげる。

「我慢しろ！　船酔いじゃ死なないぞ」

思わず怒鳴りつけてしまったが、その声は風に吹き飛んで誰の耳にも届かなかった。

8

「もうやめて、早く降ろして」

揺れ続けるボートの中で、早織は叫んでいた。そうすれば、このアトラクションを誰かが停めてくれると思って。

ボートにはコーナーポストを短くしたようなゴム製の八本の柱が立っている。早織はそのひとつにすがりついていた。K―1の異種格闘技戦ルールなら、一ラウンドに一回はロープエスケープが認められるはずなのに、波と風と雨は攻撃をやめようとしない。

山みたいな波が来るたびにボートは空へ放り上げられる。そのたびに胃袋と肺が喉から飛び出しそうになる。心臓はもうとっくに飛び出ていた。

ボートが波の頂点に達すると、恐怖心を煽《あお》るための間《ま》みたいに、いったん静止する。

そして今度はいっきに下降する。いままでに経験したどんなジェットコースターよりも過激に。

誰も早織の叫びを聞いていない。風と雨にかき消されてしまうし、みんなもやっぱり叫んでいるからだ。

もうたくさん。アトラクションタイムが長すぎる。早く次のお客さんと替わって！　ウエディングドレスに合わせてミディアムに伸ばした髪が雨水と海水をたっぷり吸って、顔に重く張りつく。波しぶきがひどくて目を開けているのがつらい。でも、つぶった時の暗黒が永遠の闇に思えて恐ろしく、懸命にまぶたをこじ開けていた。海を見ないように両目をより目にしてほつれ毛に目をこらす。なにしろもう人が一人、死んでいるのだ。あんなお相撲さんみたいな大男があっさりと。次が早織の番でも少しもおかしくはなかった。

いっそ失神したかった。どうしたらできるんだろう。三十二年間の人生で失神の経験は一度しかない。学生時代の最初の彼氏がＤＶ野郎で、そいつに殴られた時の一回だけ。

向かい側のコーナーポストにしがみついている昌人が何か叫んで、片手を差し出してきた。

「……おり……ん、さ……りさ……こ……ち……」

私にこっちへ来いって言ってるの？　そっちが来なさいよっ！　何様のつもり？　ディカプリオ？　腹が立ったから、聞こえないのをいいことに、前の彼氏の名前を叫んでやった。最初のボーイフレンドのDV男の名も。しょうもないヤッだったけれど、こんな時には、ああいうタイプと一緒だったら心強かっただろう。

いや、そうでもないかもしれない。サラリーマンたちの中のライトヘビー級は、何が大切なのか、ゴルフバッグを抱えてボートの真ん中で震えている。

飛行機から脱出する時に手を握ってくれた長身の外国人紳士は、早織のすぐ前にいるのだが、もう知らん顔だ。波がボートをすくいあげるたびに、どこの国の言葉なのかわからない叫び声をあげている。

勇気があるのかないのかよくわからない、墜落寸前の飛行機を駆けずりまわっていた若いサラリーマンは、セントバーナードを抱きしめてうずくまったまま。泣いているように見えた。

厚化粧女は、こんな時でさえ気取ったポーズで柱に抱きついている。そもそも南太平洋に来てまでハイヒールを履いて、あんなパーティードレスみたいなワンピースを着ている気がしれない。

人間の本性って、こういう時にわかるのよね。お化け屋敷で絶叫しながらも、隣にいるボーイフレンドにどこまで体を預けたらいいか考えている時みたいに、早織はいつしか周囲を冷静に観察しはじめていた。

なんで私、こんなにクールなんだろう。さっきまで頭の中にお花畑が浮かんで、おじいちゃんがおいでおいでをしていたのに。

理由はすぐにわかった。いつのまにか雨がやみ、風が収まっていたのだ。気がつくと、富士急ハイランドのギネス級マシーンが可愛く思えるほどのボートの揺れは、ディズニーシーのお上品なアトラクション並みになっていた。どうやら早織たちは危険を脱しつつあるらしい。

「早織さん、いま、そっちへ行くよ」

もう遅い！

誰かの叫びが聞こえた。

「陸地が見えたぞ」

ああ、助かった。

どこだろう。ヌクアロファのホテルの近くだといいけれど。一刻も早く熱いシャワーを浴びたかった。

9

真後ろで声がした。仁太はおとなたちが顔を向けている方向へ背伸びした。いつのまにか空の色が青に戻っている。海の色もだ。

「陸地が見えたぞ」

雨でかすんでいた海が遠くまで見渡せる。まだ波は高くてボートはゆらゆら揺れ続けていたけれど、目にかぶさるヘルメットを押し上げると、波の間に突き出したふたこぶらくだのこぶみたいな山が見えた。

じっちゃんが自分の肩を自分で揉んでいる。じっちゃんは仁太がボートの外へ飛び出さないように、ずっと片手でライフジャケットの衿を摑んでくれていた。仁太もじっちゃんが落ちないように、じっちゃんのズボンのベルトを握っていた。

「波、すごかったね」

「うむ」

どこへいってしまったのか、機長さんの姿がない。じっちゃんから「伏せろ」と言われていたから、ずっと犬と一緒に伏せていた。

もう小学四年生だから、なぜ機長さんがいないのか、最悪の想像はついたけれど、まだ小学四年生だから、あれから一人で飛行機を立て直して、それに乗って、助けを呼びに行ったのだと考えることにした。

犬はいま若い男の人が抱きとめている。男の人はひどく疲れて、気落ちしているようだったから、犬のほうが男の人を抱っこしているように見えた。

ふたつの山を持つ陸地へ、ボートは近づいているようにも、遠ざかっているようにも見える。

「じっちゃん、あそこはどこだろ？」

仁太が指さすと、じっちゃんは頰をひくひく震わせながら、きっぱりと言った。

「ガダルカナルだ」

たぶん違うと思う。じっちゃんは鋭い、でもどこを見ているのかわからない目を仁太に向けてきて、ヘルメットに話しかけるように言った。

「これからが本当の戦いだ。心してかかれよ、木塚」

「うん」

強い口調についうなずいてしまったけど、キヅカって誰？

10

雨がやんで困ったのは、自分が泣いているのを悟られてしまいそうなことだった。

賢司は犬の首輪を握り締め、みんなから顔をそむけて、遠くに見えてきた陸地を見つめる。機長の姿を探して首を動かし続けていた犬が物悲しげに鳴いた。濡れモップみたいなその体を抱きしめて、囁《ささや》きかけた。

「もういないんだ。お前の命の恩人だぞ、あの――」

そこで初めて機長の名前を知らないことに気づいた。名前も知らない人間の死に涙を流したのは、生まれて初めてだろう。

誰かに背中を叩かれた。

「塚本、お疲れ」

主任だ。片目のマスカラがはげかけて、目の大きさが左右で違ってしまった顔に、素直に頷く。

そうだ、いつまでもめそめそしちゃいられない。まだやることがある。賢司はオールを探した。

ボートの中にはよく沈まなかったものだと思うほど大量の水が溜まっていた。そここにカボチャが浮き、誰かの吐瀉物が漂っている。

オールはボートの後部で水没していた。厳重にロープで結びつけられている。川下りのカヌー程度のものを想像していた賢司には、予想を超える長さと太さだった。

オール置き場の上には凸型のふくらみがあり、そこに、緊急用具《EMERGENCY》一式《PACK》という文字が入っている。上部のジッパーを開けると、賞状ケースほどの黄色い筒がころがり出てきた。三本。救難信号用の発煙筒のようだった。

空は青さを取り戻している。パニック映画を放送していた洋画劇場が洗剤のコマーシャルに替わったように唐突に。

「おい、何してる」

ホステスの肩を抱くようにボートの突起に片手を預けた部長が声をかけてくる。その時の賢司には、接待の後、部下を引き連れて会社の金で店をはしごしている時と同じ、へらへらした口調に聞こえた。

なんだか腹が立った。誰のおかげで、誰がみんなの犠牲になって、無事でいられたのか、わかっているのだろうか。何か言い返してやりたかったが、言葉が出ない。無言でオールを突き上げてみせると、部長がせせら笑った。

「もうだいじょうぶだよ。最近の若いのは、肝っ玉が小せえな。どっしり構えろ。ここに浮かんでれば、そのうち救助が来るだろう。なにしろ飛行機が落ちたんだからな」

唇の端にゲロのかすをくっつけたヤツに言われたくはない。

「動かないほうがいいんじゃないのかな、救助隊のヘリだって、そのほうが捜しやすいだろうし。うまくすれば、いまからでも、ワン・ラウンドぐらいはできるかも」

野々村氏が能天気な声でいい、ゴルフバッグの中を点検しはじめた。人が一人死んでるんだぞ。そんな言いぐさがあるか。

みな、それぞれにショックを受けてはいるのだろうが、機長のことは誰も口にしない。口にするのが恐ろしいのだと思う。

「あれ？ 6番アイアンがない」

7番もないはずだ。

「副社長のおっしゃるとおり。焦ってもしかたない。ここは、動かざること山のごとし、だ」

部長が戦国武将気取りでボートの真ん中にどかりとあぐらをかいたが、腹まで水につかってしまうことを知ってあわてて立ち上がる。気まずさを誤魔化すためにカボチャにやつあたりした。

「おい、カボチャ、なんとかしろ。邪魔だぞ」

課長がのろのろと立ち上がり、海へカボチャを捨てはじめた。

主任は発煙筒の説明書きを読んでいる。

外国人が「メイ・アイ・ヘルプ・ユーなんたらかんたら」と主任に声をかけ、「タリホー」と叫んで信号を打ち上げた。

花火そっくりの音がして、青空にひと筋の光が飛び、薄い赤色の煙が上がった。子どもが驚きの声をあげ、老人が「砲撃だ。総員退避っ」と叫ぶ。

遠くにぽつりとちっぽけな陸地が波に見え隠れしているのを除けば、どこを向いても周囲は見渡すかぎり、海、海、海、海。みんなすぐにでも救援がやってくると信じこんでいるようだが、賢司がコクピットに行った時には、すでに地上との交信は途絶えていた。そんなに甘くはないように思える。

機長は、こう言っていた。「嵐、静まったら、オール出して漕ぐ。とりあえずいちばん近い……」

たぶん、陸地へ行く、と言いたかったのだと思う。コクピットからはあの陸地が見えていたのかもしれない。その言葉に従うことにした。

ボートの左右に金属製の輪がつけられている。そこへオールを突っこんで漕げばいいらしい。よしっ、ヘインガペ。

「やめろ。動くなと言ったはずだぞ」

部長の声が聞こえないふりをして、一人でオールを漕ぎはじめた。部長はそれ以上何も言わなかったが、そのかわり、背中に舌打ちが飛んできた。「会社に戻ったら、ただじゃすまないぞ」と言っているように聞こえた。

ボートなんて、公園の池で乗るぐらいだから、大きなオールを操る要領を摑むまでに時間がかかった。そもそも一人ではちっとも前に進まない。

「おかしいな、クラブ、二本足りないよ」

なんてやつだ。野々村氏がボートの中でクラブをスイングしている。大量の水が跳ねた。

「ねぇ、水、さっきより増えてない？」

後方でミズ・五十六・五キロの悲鳴が聞こえた。振り返ると、眼鏡男が四つんばいになって両手でボートの底を押さえていた。

「大変です。ボートに穴が開いてます」

みんなのすっかり叫び慣れしている悲鳴があがった。部長が手のひらを返し、声も裏返した。

「塚本、漕げ」

意外にももう一本のオールを摑んだのは、老人だった。賢司に叫んでくる。

「足だ、腕だけ使うな、足で漕げ、木塚二等兵」

気迫に押されて思わず、「はい」と返事をした。でも、キヅカって誰？


嵐が過ぎ去ったとはいえ、外洋の波は高い。ボートが大波にすくい上げられるたびに、手にしたオールはむなしく宙を掻いた。ひと掻きごとに胸もとで水が跳ねる。浸入した水が漕艇の体勢になった賢司のみぞおち近くまでせり上がっているからだ。

飛行機の浸水に続いて、今度は救命ボートの浸水。海に「逃げられはしないぞ」と嘲笑《あざわら》われている気がした。

もう一本のオールを握る老人は、八十過ぎと思える年配にもかかわらず、背筋をぴしりと伸ばして、旧式だが精度の高い作業機械のように黙々とオールを動かしている。

他の面々は必死で水を掻い出していた。道具がないから使っているのは両手。ビニールプールで水かけごっこしているようにしか見えないその作業は、ほとんど効果を上げていなかった。ボートの中の水位がまた、肋骨一本ぶん上がった。

機長のセントバーナードはすっかり水に慣れたようで、みんなの真似をしているつもりか、ぶるぶると体を揺すって、あたりに水をはね飛ばしていた。

金髪の外国人は、丸形フランスパン並みの大きな靴を手に持ち、両腕を高速回転させて、水をすくい出している。

いちばん賢いのは、子どもだった。ヘルメットをバケツがわりに使っている。

それを見たとたん、思いついた。賢司は漕ぎながら叫ぶ。

「ゴルフバッグだ、ゴルフバッグが使えるぞ」

おお、そうか。課長が応えて、ゴルフバッグに手をかけたとたん、野々村氏が声をあげた。

「馬鹿なこと言わないでよ、レア物なんだよ」

課長の手が止まる。みんなの手も止まった。風の音まで静まり、誰かが舌打ちをするのが聞こえた。野々村氏はそれを課長の暴挙に対してのものだと勘違いしたらしい。音のした方向に微笑みかけ、まぁまぁというふうに片手をひらつかせた。部長が胸を反り返らせて言う。

「馬鹿なことを言うな、塚本。レア物だぞ」

馬鹿なことを言うな、それはこっちのセリフだ。

呆れてものも言えない、そんな沈黙がボートの上に漂う。

ぽちゃん。

沈黙を水音が破った。主任がハイヒールを脱ぎ捨てた音だった。

主任は海水をかき分けて、課長の背後に近づいていく。職場では男並みの長身に見えるのだが、ハイヒールを脱いだとたん十センチは背が縮んだ。だが、その姿は、ゴジラが東京湾に出現したような迫力に満ちていた。

横目で見ているうちに課長からバッグをひったくり、逆さにして、クラブを水の中にぶちまけた。野々村氏と部長は、あっけにとられて見守るだけだ。

主任がバッグで水を汲む。だが、持ち上がらず、大きくよろけてしまう。

金髪がすかさず主任の腰に手を伸ばしたが、よろけているわりには機敏な動作で欧米流のねちっこいボディタッチから逃れ、よろよろと野々村氏に近づいていく。

抱きとめようとして野々村氏が両手を広げた。主任はくるりと体を反転させて、自分の体のかわりにその両手にバッグを預ける。そして、野々村氏の顔を下から覗きこみ、上司に挨拶をする時ですら動かすことのない首を、斜め四十五度に傾けた。

「……お願い」

職場ではついぞ聞いたことのない、男の耳にはちみつを垂らすような声。

「も、もちろんだとも」野々村氏の喉が上下した。

野々村氏と主任が二人でゴルフバッグを抱えて水を掻い出しはじめる。課長はスーツを脱ぎ、両端をねじり上げて、それで水をすくい出す。ほんの少しだけボート内の水位が下がった。

横手から老人の声が飛んできた。

「よそ見をするな、しっかり漕がんか、木塚！」

「はいっ」

漕いでも漕いでも漕いでも、陸地ははるか遠くだった。なにせただでさえオールで進ませるべきサイズとは思えない救命ボートを逆流になった潮流が阻んでいる。近づくどころか遠ざかっているようにさえ思えた。過酷な反復運動に全身が悲鳴をあげていた。疲労を通り越して感覚を失った背中はボルトで鉄板を打ちつけられたようだった。

「ううっ」老人の呻き声がした。

「じっちゃん、だいじょうぶ!?」

老人はオールを握った姿勢のまま、男たちの手で担ぎ上げられ、ボートのひと隅に安置された。漕ぎ手が課長に替わる。

課長はパワフルなオールさばきを見せたが、それでもいっこうに陸地に近づく気配はない。水を掻い出しているみんなの動きも目に見えて鈍くなっている。犬だけが元気に水をはね飛ばしているが、もちろん何の役にも立たず、ボートの中の水位がまたせり上がってきた。

もう駄目かも。賢司の頭の中に自分の葬儀に飾られる遺影がちらついた。就活時代のリクルートカットの写真は勘弁して欲しい——

ポン。甲高い破裂音が不吉な夢想を破る。金髪が二発目の発煙信号を打ちあげたのだ。

「タリホー」能天気な叫びをあげ、流暢すぎて賢司には聞き取れない英語でわめく。

主任がみんなに通訳した。

「もうすぐ騎兵隊が来るぞ。立ち上がれ、拳を握れ、野郎ども。ネバーネバー、ギブアップ」

課長が無言で拳を振り上げた。

そうだよ、諦めたら、終わりだ。諦めなければ、まだ終わらない。賢司は声を張り上げた。

「イエッサー」

陸地が大きく見えてきたのは、突然だった。課長と賢司のスパートが功を奏したというより、どこかの地点から潮流が変わったのだ。ボートはオールを漕ぐまでもない勢いで陸地へ近づいていく。

波に洗われる岩ほどにしか見えなかった陸地の様子が、徐々に望遠レンズをズームしていくように明らかになってきた。

海岸線に白く縁取られた緑色の地平。右手に険しく尖った岩山。左手、やや後方に濃い緑に覆われたなだらかな山。岩山のほうが高く、裾野は緑の山のほうが広い。

もう風にそよいでいる椰子《やし》の木まで見える。木の高さと比較すると、山といっても、高いほうの岩山でも標高は百メートルあるかどうかだが、それでも、いまのみんなには広大な大地と、連なる山脈に思えたはずだ。ボートは歓声に包まれた。

吸いよせられるようにボートが近づいているのは、二つの山の間にある入り江だ。浅いUの字型の両側は岩場、中央は眩しいほど白い砂浜。波打ち際まで椰子の木の群生が迫っている。

この数日間、さんざん眺めてきた南太平洋の典型的な風景だが、賢司の目にはいままでのどこよりも美しい光景に映った。トンガにゴルフ場をつくるより、ここにバンガロータイプのリゾートをつくるほうが、よほど成功しそうだ。

眼前に迫ってきた風景がやけに美しく見えるのは、命がけでたどり着いたためだけではないと思う。たぶん建物や人影が見あたらないからだ。

フィジーもトンガも確かにきれいだったが、想像以上に開発が進んでいて、どこへ行っても人の姿があり、車が走っていた。絶景と謳われる場所には、必ず宿泊施設が建てられ、なにがしかの店があった。ここは、そうした人間の魔の手から、いまだにうまく逃げおおせている場所らしい。美しいが、同時に壮絶な風景にも見えた。

ボートが砂浜のはるか手前で珊瑚礁にひっかかる。まだ足がつきそうもない深さだが、ここまで来れば、海水浴場の遊泳区域に入ったようなものだった。賢司はもやい用のロープを手にして海へ飛びこみ、平泳ぎでボートを引っ張る。

賢司に続いて、眼鏡男と金髪が海へ入り、ボートを押す。ほどなく足がつくようになった。三人が海を歩きはじめるのを見て、おずおずと課長も加わる。

助かった。そう思ったとたん、激しい尿意に襲われた。青というより、淡い緑色に見える海水に申しわけない気がしたが、機長のセントバーナードみたいにぶるりと体を震わせて、海の中で小便をする。背筋が甘く痺れた。すこぶる気持ちがいい。

ふと見ると、隣の眼鏡男も体を震わせている。ボートの上のみんなもドサクサに紛れて、何食わぬ顔ですませているに違いない。なにしろ朝、トンガを発ち、三時間近くトイレのない飛行機で旅をして、それから――

いま何時だろう。

左手を海水から上げてみる。ガラスが割れていた。針は十二時四十七分を指したまま止まっている。たぶん飛行機が着水した時刻だ。

入り江の奥の砂浜をめざした。波打ち際の先で地面は土手のように盛り上がっていて、その斜面に生えた椰子が水平に近い角度で中空に伸びている。

頭上では人間が嵐に見舞われたことなど、はるか高みとは無関係と言いたげに、太陽が輝いていた。真上ではなく、緑の山の稜線近く。もう日が傾いているのだ。

日本では毎日時間に追われ、週末の夜、腕時計をはずす時には、たかだか数十グラムだろう小さな機械を手から離したとたん、何十キロもの重荷を放り出した気分になるのだが、いざ時間がわからなくなると、妙に落ち着かない。課長に尋ねた。

「いま、何時ですか」

「三時を回ったところ。時差には合わせてない。トンガ時間だ」

トンガを発ってから、六時間。とてつもなく長いようにも、あっという間だったようにも思える。

時刻を知ったとたん、腹が鳴った。痛みに近い感覚が胃袋を刺す。そうだった。今朝は集合時間ぎりぎりに目を覚ましたから、朝飯を食う余裕がなかったんだっけ。なんだか、機長に申しわけなかった。人間は、悲しい。目の前で人が死んでも、とんでもない災厄が降りかかっても、腹が減る。小便を我慢できない。

ボートが砂浜に辿りつくと、全員が口々に歓喜と安堵の声を漏らした。

「やったぁ、助かったよ、早織さん、早織さん、ねぇ、早織さん」

「南無阿弥陀仏、南無阿弥陀仏」

「うおうおぅ。ノーサイドだ」

「ブラァボォ」

「ちょっと、あんた、どこ触ってんのよ」

「ぼくのクラブ、無事かな」

「ただいま確認を。おい、安田っ」

「バウ」

「上陸だ。ぬかるなよ、木塚」

「じっちゃん、ぼく仁太だよ」

賢司も叫びたかったが、呻き声しか出なかった。砂浜に一歩、足を踏み入れたとたん、その場に倒れこんだ。忘れていた全身の疲労と痛みが麻酔が切れたように押し寄せてくる。倒れたのはまだ波打ち際で、砂は濡れ、波が寄せるたびに、海水が頬を撫ぜていったが、されるがままにした。

犬の声がした。ボートから飛び出して砂浜を走りまわっているらしい。それを追いかけている子どもの声も聞こえた。

課長が一つだけ残ったカボチャを抱えて浜辺の奥に突進していくのが目の隅に映った。椰子の木の手前で滑りこんでいる。歓喜のトライということらしい。ふだんの物静かさからは想像もつかないはしゃぎぶりだった。

「ここは、どこ」

主任の声で、賢司はようやく顔をあげる。

どこだろう。頭上には岩山がそびえ立っている。裾野は暗色にも見える濃い緑に包まれているが、頂上に近づくにしたがって、緑がまばらになっている。片側は断崖絶壁。まるで苔むした墓標に見えた。

どこかでけたたましく鳥が鳴いた。高笑いしているような声だった。

11

内股をつくってボートから降りようとすると、すかさず外国人男性が早織に片手を差し出してきた。

それを見た昌人もあわてて腕を伸ばしてきたけれど、気づかなかったふりをして、外国人男性の手を選ぶ。

イギリス人かしら。英国紳士って感じだもの。オールバックにしたブロンドの前髪が一筋ほつれて、額に張りついているのがセクシー。

「センキュウ」

英語ができないのに、つい英語っぽい発音で言ってしまった。彼は、早織の顔を覗きこんできて、完璧なウインクを返してくれた。こんな時でもウイットを忘れない。やっぱり男は欧米にかぎるわぁ。

早織は半開きの目で、オフホワイトのジャケットを優雅に着こなした英国紳士（たぶん）の広い背中を見送る。頭の中では、こんなテロップが流れていた。

突然の飛行機事故から芽生えた、国境を越えるロマンス！

じつは彼は伯爵の家柄の石油王。ロンドン郊外にたたずむ古城が住まい——

「早織さん、早織さん」

昌人の甲高い声で夢想が破られた。そうだった。私は日本人のしがないシステム・エンジニアと新婚旅行中の身だったっけ。しょせん叶わぬ恋なのね。

「凄いことになっちゃったね。でも、これって、僕たちの一生の思い出になるかも」

僕たち。僕たち。式を挙げてからというもの、昌人はやたらとこのフレーズを使いたがる。早織はそれを聞くたびに、自分の大切なものが横取りされている気分になった。

「ねぇねぇ、ところで、アツシって誰？　ヒロキって？」

「……あ、ああ、あれ、うちの犬。アッシー、ロッキー、犬の名前よ」

「早織さんの家に、犬、いたっけ？」

「昔ね。いまはもういないの」

遠い目を波打ち際に向けた。昌人から顔をそむけるためだったのだけれど、美しい光景に本当に引きこまれてしまった。

砂浜の向こうに見える水平線はまるで定規で引いたようにまっすぐだ。見渡すかぎり遮るものが何もない。スカイブルーとマリンブルー、二つの青以外の色といえば、雲と波頭の白だけ。

　正確に言えば、もう一色。波頭がほのかに黄金色に輝いていた。夕暮れが近づいているのだ。リゾートからリゾートへ向かう途中のアクシデントで予期せぬ場所に辿り着いてしまったのに、そこに、いままでよりずっときれいな風景が広がっているというのは、なんだか皮肉だ。

「ねぇ、あっちへ行こうよ」

　昌人が入り江の奥、白く乾いた砂地を指さす。一緒に遭難した人たちも、そこへ移動していた。みんな疲れ切った様子で砂の上に座りこんでいる。

　厚化粧女は少し離れたところにいた。大きな椰子の葉が影を落としている場所だ。細長い葉っぱの影に合わせるように身を縮めて膝を抱えていた。さては、紫外線が怖いのね。推定で早織より、五、六歳上。ひとたびUVカットを怠れば、たちどころにお肌に良からぬことが起きる年齢だろう。

　元気なのは、海辺を右から左へ、左から右へ、捜し物をしているように駆けまわっている犬だけ。いや、もう一人いた。点検するようにゴルフクラブを一本ずつ振っているアロハシャツの青年だ。

　あんなに熱心なところを見ると、プロゴルファーなのかしら？　ちょっと体がぷよぷよしてるけど、割と背も高いし。

サラリーマンたちは、みんな彼にペコペコしている。あの人たちが広告代理店の社員だとしたら、コマーシャルの撮影？　もしかしたら有名な人かもしれない。だとしたら年収もすごいだろう。ゴルフのことはよく知らないが、トップクラスのプロゴルファーが一億円以上稼ぐことは知っている。

横を通りかかると、クラブが砂をはねて、早織たちに降りかかった。

「あ、ごめんね」

アロハの青年がクラブを振って声をかけてくる。遭難者とは思えない無邪気な笑顔。なんていう余裕！　むっとしているくせに文句ひとつ言えない昌人とは大違いだ。

独身かな。年齢は早織より少し上に見えるけど、同い年あるいは年下の可能性も否定できない。

最初の男がＤＶ野郎。おかげで歯を二本だめにした。半年で別れた二番目の男はギャンブル狂で借金王。危うく連帯保証人にされるところだった。しかも奥さん付き。三人目は浮気性でドＳでセックスは常に自分勝手。三十を過ぎて、ようやく男を見る目が養われてきた、早織はそう思っている。もう失敗はしない。

「ここに、座ろ」

昌人の声で我に返った。そうだった。失敗もなにも、私は新婚旅行中だったんだっけ。失敗を恐れた結果が、この人だ。

浜辺の砂は熱く、風は乾いている。喉がからからだ。昌人が顔を振り向けてくる。

「喉、渇いたね」

不思議。性格が合わないはずなのに、こういう時は以心伝心。たぶん同じサイクルで生活を始めたからだ。

「そうね、コーラ飲みたい」

「やっぱりコーラだよね。ココナッツ味のやつ」

「うんうん、そうそう。私もあれ好き」

神々しいほどの風景を見ているうちに、ここ数日間、ずっとざわわしていた心が少し落ち着いた気がした。西日に眼鏡を光らせて、どんぐり目を隠した昌人が、そんなに悪くないように思えてくる。いつまでもふらふら気持ちを揺らしていたら、この人に申しわけない。穏やかな黄金色の波が、早織にそう教えてくれているようだった。

確かにいままでの男たちほどカッコ良くないし、頼りないけど、この人なら、殴られても殴り返せる。借金をこしらえる度胸もなさそうだし、浮気しようにも、相手はそうそういないだろう。遠くの英国紳士（たぶん石油王）より、近くの藪内昌人――

「じゃあ、僕、買ってくるよ」

昌人が走り出した。

「え？　どこへ」

尋ねた時には、もう浜辺を走りはじめていた。犬みたいに。

日本とは違うのだ。外国のリゾートに自動販売機なんてめったに置いてあるものじゃない。第一、どこを見ても、人の姿も建物の影もなかった。鈍足まるだしの足取りで走る後ろ姿を眺めながら、早織は砂浜にため息を落とす。

やっぱり、だめかも。

目の前にいきなりサラリーマンの一人、威張りんぼオヤジが現れた。何をしにきたのかと思えば、スーツの内ポケットから名刺を取り出した。

「どうもどうも、このたびはとんだ災難で。助かって何よりでした。わたくし、こういう者ですので、ひとつよろしく」

「あ、こちらこそ」

名刺はびしょ濡れだった。どんなに偉い人かと思ったら、聞いたこともない会社の部長さんだ。まぁ、そういうものだ。早織が勤めてる証券会社でも、本当に偉い人はむやみに威張らない。いちばん威張っているのは、中途半端な地位のおじさん。威張らなければ、誰も頭を下げてくれないからだ。

おじさんは外国人紳士にも名刺を渡して、赤べコみたいにお辞儀を繰り返している。ああ、恥ずかしい。日本の恥だ。外国人紳士は苦笑しつつ、おじさんに手を差し出して、ちゃんと自分の言葉で自己紹介をした。早織は聞き耳を立てる。

「ジョセフ・サイモン。コール・ミー、ジョー」


先週、消息を絶ち、日本人乗客九人が巻きこまれたと見られる、ラウラ国際航空機関連のニュースをお伝えします。不明だった乗客の最後の一人のお名前が判明しました。日本人ではありません。米国の貿易商、トニー・ルチアーノさん、四十五歳。ルチアーノさんはシカゴ在住の貿易商で先月から――

12

じっちゃんは、男の人たちに抱えられて椰子の木陰に寝かされた。

「だいじょうぶ?」

「ああ」

だいじょうぶじゃなさそう。しわの数がいつもの倍になっていた。

じっちゃんは確かに元気だけど、もう八十四歳だ。それなのに、ときどき自分の年齢を忘れたみたく、張り切りすぎてしまうことがある。去年の大掃除の時も、一人でタンスをかつごうとして、エビの恰好のまま動けなくなってしまった。しばらくのあいだ、じっちゃんの言葉で言うと「ホフク前進」でトイレに行っていた。

「漕艇には自信があるんだ。海軍なんぞに負けはせんぞ」

「海軍なんていないよ、じっちゃん」

年を忘れたみたくじゃなくて、いまは本当に年を忘れてしまっている。

「木塚はどうした？　木塚はちゃんと漕いでいるか？」

「もう陸に着いてるよ」

ヘルメットを脱いで、じっちゃんのしわしわの手を握ると、ようやく目を開けた。ぼんやりと仁太を見つめ、それから不思議そうに浜辺を眺める。

「……ああ、そうだ。旅客機が落ちたのだっけ。ジン、無事でよかった」

「うん」じっちゃんもね。

知りたくはないけれど、聞いてみた。

「ねぇ、機長さんがいないんだ、じっちゃん、どうしたか知ってる？」

ちゃんと確かめないと、グミを舐めているようないまの気持ちがずっと続いてしまうだろう。機長さんの犬はもう走るのをやめて、海を見ている。渋谷の忠犬ハチ公みたいに。

「機長は、機と運命をともにした。天晴れな最期。帝国軍人のようだ」

後半は意味がわからなかったけれど、前半は理解できた。

「死んじゃったの？」

「そうだ」

「死ぬ」ということが、どういうことかは、小学二年生の時に知った。バァバが亡くなった時。二度と会えなくなるお別れだ。呼んでも答えてくれない人を前にして泣くことだ。

「みんな、なんで悲しまないんだろう」

「忘れたふりをしてるのだろう。恐ろしくて。明日は我が身だからな」

「僕たち、もうだいじょうぶだよね」

じっちゃんは首だけもたげて、辺りの風景をぐるりと見まわした。への字に結んだ口が「まだわからん」と言っているように見えた。

「死ぬのは怖いこと？」

「一度はお国に捧げた命だ。あとはおまけ。命などいつ何時《なんどき》だってくれてやる、戦友たちのもとへ遅れて行《ゆ》くだけのこと。俺は六十年間そう考えて生きてきた、わかるか、ジン」

「うん」半分ぐらい。

じっちゃんがまた目を閉じて、そして言った。

「いくつになっても、いや、年を取れば取るほど思う。やっぱり、怖い」

13

「誰かいませんかぁー」

課長の声が海に向かって右手へ遠ざかっていく。なだらかなほうの山へ続く海岸線をたどって、助けを呼びに行ったのだ。

左手の方角には眼鏡男が走っていく。思っていたよりしっかりしている。少なくとも、奥の土手の前でサンドウェッジを振っているお馬鹿より。

素振りに飽き足らなくなって、野々村氏はボールを使いはじめた。相変わらずバンカーショットが下手だ。砂ばかり飛ばすから、迷惑このうえない。

「ねぇ、喉、渇かない？」

砂を飛ばす練習を終えた野々村氏が、みんなを振り向いた。クラブハウスでビールを飲もう、と誘っているような調子だ。

「これは気づきませんで」部長が揉み手をし、それから賢司を振り向いた。「塚本、何か飲み物を」

また、俺かよ、と思いつつ素直に立ち上がった。正直、野々村氏に同感だった。飛行機の水没に巻きこまれた時、海水を呑んでしまった塩漬け状態の喉が叫んでいる。

水、水、水。

突然、頭の隅がすいっと白くなった。何かとんでもない忘れ物をした時によく似た感覚。

水はどこだ？

波に弄《もてあそ》ばれている救命ボートへ走った。緊急用具の中に水はあるだろうか。海上では中身を確かめる間もなく浸水が始まってしまい、あわててジッパーを閉じたきりだ。

まだ水が溜まったままのボートに入り、緊急用具一式《EMERGENCY PACK》と記されたふくらみのジッパーを開けた。腕を突っこんで、最初に手に触れたモノを祈る気持ちで引っ張り出す。

密閉された薄いビニールの袋だった。大きさも重さもポテトチップスの徳用サイズほど。中には銀色の薄いパッケージがいくつも詰められている。表書きの英語が目に入った瞬間にため息をついた。

『BLANKET』と書かれていた。普通に訳せば、毛布だ。だが、携帯用カイロほどのサイズしかないそのパッケージには、毛布どころかハンドタオルぐらいしか収められないように見えた。

もう一度、手を突っこむ。頼むぞ、当たりが出てくれよ。ドラフト会議で有望選手を引き当てようとするプロ野球チームの監督だって、いまの賢司ほど気合は入っていないだろう。

二つ目のビニール袋に入っていたのは十五センチ角ぐらいの箱型パッケージだ。これも色は銀。飛行機の搭乗員数に合わせてあるらしい。全部で二十一個。表書きの『FOOD』という文字に安堵の息を吐く。

触った感触からすると、カロリーメイトのような固形フード。とりあえず空腹を通り越して鈍い痛みを訴えている胃袋に放りこむものはあるのだ。

いや、待て待て。いま、より切実なのは、空腹より渇きだ。食い物ではなく水。もし丸一日ぶんの食糧と、コップ一杯の水、どちらか一方を選べと言われたら、いまは迷わず水に手を伸ばす。たとえコップ半分でも。

両手を顔の前で叩き合わせ、神様に祈ってから、ジッパーの中に腕を差し入れる。今度はずしりとした手応えがあった。片手に余る重量感が好もしい。両腕を突っこんで、ずるりと引き出す。

防水処理されたビニール袋、中に銀色のパッケージの詰め合わせ。いままでと同じパターンだ。中身はコンビニで売っているゼリー飲料のような容器だった。四十個はあるだろうか。もういいよ、食い物は。

水、水、水。今度は仏様に祈ってみた。出てきたのは、やはりゼリー飲料。おいっ、食い物より、水を用意しといてくれ！ 喉の渇きがいっそうひどくなった気がした。

水、水、水、水、水。飲みかけだったコーラが頭に浮かぶ。小便のことなんか気にしないで、全部飲んでおけばよかった。外国のサッカー選手のように、胸で十字を切ってから腕を差しこんだ。頼むぞ。どう手さぐりしても、これが最後の包みだ。引き上げる。袋を抱えてボートの縁にへたりこんだ。またしてもゼリー飲料。

「おいっ、まだかっ」部長が叫んでいる。「副社長は、アイス・ティーをお望みだっ。いいかぁ、アイス・ティーだぞぉ」

野々村氏の声もした。

「レモンの入ってないやつねぇ〜」

二人の声が遠い世界からのものに聞こえた。ゼリーじゃだめだろうか。ほとんど出なくなった唾を呑みこむ。膝に抱えこんだゼリー飲料のパック詰めに力なく視線を落とした。ビニールの上に青色の表示がある。『DRINKING WATER』

つまり、飲料水。

ああ、よかった。早く言ってくれよ。思わずビニール袋に話しかけてしまった。当然のように、ペットボトルに入った水しか想像していなかったのだ。そうか、この中に水が入っているんだ。

とりあえず飲料水の袋詰めをひとつ提げて、みんなの待つ砂浜の奥へ戻った。

「なんだ、これ？」部長がラミネート容器に顔をしかめた。

「水です」

「レモン抜きのアイス・ティーはなかったのか」

首を横にひと振りした。答えるのも面倒くさい。

部長が野々村氏に深々と頭を下げた。

「副社長、申しわけございません。アイスコーヒーでもよろしゅうございますか」

だから、ないってば。こんな時まで、お馬鹿スポンサーに調子を合わせてどうする。

いくら部長だって、いまがどういう状況か、よくわかっているはずだ。

部長が小声で囁きかけてきた。

「日本茶もないのか」

わかってないのかもしれない。

「水しかありません」

ストレートに答えると、乏しい頭髪の間から透けて見える地肌がみるみる赤くなった。

「なんだ、その偉そうな態度は。いい気になるなよ、機長の使いっ走りをしただけで……」

機長という言葉が放たれた瞬間、そこにいた全員が無表情になった。部長自身もだ。気を取り直すためか、ぶるりと首を振り、いったん濁した叱声の続きを浴びせかけてくる。

「出すぎた真似ばかりしやがって。いい加減にしろ！」

なぜ怒られるのかよくわからなかったが、サラリーマンの悲しさで勝手に頭が下がってしまった。部長は長年培ったビジネス作法に則《のっと》って、すすすと首を野々村氏に戻し、また平謝りする。

「数々の不手際、誠に申しわけございません。あのぉ、お父様には、ぜひともお変わりなくご支援をいただきますよう……」

そんなことはいいから、早く水、飲もうよ。みんなの気持ちを代弁するように、椰子の葉陰で主任が舌打ちをした。それは海岸の乾いた空気に驚くほど甲高く響いた。

野々村氏がすかさず声をあげる。

「ああ、河原さん、もちろん水でいいですよ、こんな時だもの」

それから賢司に室内飼いの高級猫みたいな笑顔を向けてきた。

「僕、エビアンがいいな」

飲料水を一人にひとつずつ配る。葉陰から出てこない主任には、下手投げでトス。子どもには老人の分と合わせて二つ。自分の分も取り、野々村氏にはビニール袋ごと渡した。

「どうぞ、お好きなものを選んでください」

「あ、ありがとう」野々村氏が幻のエビアンを求めて、ごそごそと袋を漁りはじめた。

容器のかたちは、ウィダー・IN・ゼリー風だが、吸い口はない。片側にカップ麺のスープ袋みたいな切り口があるだけ。袋に切れ目を入れて直接飲めということらしい。

指がもどかしかった。開封した〇・五秒後には、喉へ流しこんでいた。吸い口がないから頬にこぼれてしまうが、構わず容器をかたむける。水は生温く、ポリエチレン臭い。だが、トンガの高級レストランのシャトー・ムートン・なんたらの数十倍、うまかった。

ひと息だった。容器には、１２５ｃｃと表示されている。足りるわけがない。ジョー・サイモンという名の外国人が、ひとさし指を立てて野々村氏におかわりを要求している。ビニール袋を抱えた野々村氏は気前良く応じていた。

「オー、プリーズ、プリーズ。エビアンはないみたいだけど」

中途半端な量は、かえって喉の渇きを刺激する。みんなが野々村氏の前に群がった。別に彼の所有物ではないのだが、部長は「恐縮です」とペコペコしながら、二つを受け取っている。主任も葉陰から飛び出して、新しい容器をつかみとり、元の場所へダッシュしていた。

賢司もだ。頭の隅にはまだ、大切な忘れ物を思い出せない時の、ぼんやりした霞が漂っているのだが、二つを受け取り、二つとも空にした。

四十個以上あった一袋分の飲料水の半分が、たちまち消えた。

「ああ、それ、水ですか。早く言ってくださいよぉ」

背後で恨みがましい声がした。戻ってきた眼鏡男だ。ゴール直後のマラソンランナーのように手で膝を押さえ、荒い息を吐きながら、片手を突き出している。

水を渡されると、給水の下手なランナーさながらにドバドバこぼしながら飲み干して、おかわりを要求し、ひと息ついてから、ミズ・五十六・五キロに声をかけた。

「だめだったよ、自動販売機、どこにもないや」

野々村氏が珍しく不安そうな声を出した。

「クラブハウスもなかった？」

「ええ、海岸のあっち側を歩いてみたんですけど……」みんなの注目を浴びた眼鏡は誇らしげに胸をそらしてミズ・五十六・五キロに視線を送る。「ずうっと先まで海岸が続いていて、人のいる気配はありませんでした。街からは遠そうですね」

朗報がないことを知ったとたん、誰もが男に興味を失った。注目を取り戻そうとするように眼鏡が自己紹介をする。

「あ、僕、藪内って言います」

陰気そうな見た目よりも饒舌な男だったが、自分の頭の中でつくった作文を一方的に読み上げるような喋り方だ。

「で、あれが、僕の妻です。早織さん」

藪内が胸をそらせて、ミズ・五十六・五キロへ手を差し伸べた。

「どうも、し、ら、か、わ、さおりです」

藪内に視線を送られた早織さんは、弾丸を避けるように頭を下げた。苗字が違うのは夫婦別姓主義なのか、内縁関係ってことなのか、どちらにしろ夫婦仲はあまりよくないようだ。

ほどなく課長も戻ってきた。立て続けに一気飲みする。一袋目の水は、これで残り十個。飲み終えるのを待たずに部長が報告を促した。

「ちゃんと人を呼んできたか」

むせた課長がゴリラのドラミングのように胸を叩いた。

「海岸線に沿って歩いてみたのですが、人家らしきものも人の姿もありませんでした……」

「おいおい、お前が使いに出て、何分経った？　三十分も経ってないぞ。それっぽっちで、誰もいませんでしたってか。のこのこ帰ってきたのか？　そりゃあ通らないだろう」

「砂浜の先に、大きな岩場がありまして、それ以上進めなかったんです」

「乗り越えろ。お前のとりえは筋肉だけだろうが」

「携帯でトン駐に連絡を取ろうとしたのですが、だめでした。ここは圏外のようです」トンチュウというのは、今回のゴルフ場建設のためにパラダイス社がつくったトンガ駐在事務所のことだ。事務所と言っても、現地採用の職員が一人いるだけ。「そうこうしているうちに、バッテリーが切れてしまいまして」

「おお、そうだ、携帯だ」

部長が胸ポケットを探りはじめたが、すぐに渋い顔になった。脱出時のドサクサで失《な》くしてしまったらしい。

「塚本、お前が連絡しろ」

結果は変わらない気がしたが、すがる思いで取り出そうとした時、野々村氏がのんきな声をあげた。

「そうか、待っててもしかたないよね。救助隊を呼びつければいいんだ」

タクシー無線じゃあるまいし。やっぱり正真正銘の大馬鹿だ。野々村氏が半パンのポケットから携帯を取り出して、水戸黄門の印籠みたいに掲げてみせる。

「じゃーん。これ、衛星電話なんだよ。イリジウム衛星携帯の最新バージョン。砂漠からでもジャングルの中でも通話できちゃうんだ」

全員から安堵の息が漏れる。胸の底に隠している不安を吐き出すような吐息だった。大馬鹿だなどと言って、申しわけなかった。普通の馬鹿かもしれない。そういえば飛行機の中でも使っていたっけ。やけにでかいと思っていたのだ。大きさも厚みも、ひと昔前のコードレスホンほどもある。

「どこに電話しようか？　トンガの119番って、何番だろう」

ミズ・五十六・五キロ、白川早織さんがウエストポーチを開け、小さく畳んだ紙片を取り出した。

「警察は922、消防署は999、あ、緊急通報の911というのもあります」

日本語で書かれていたから、自分で用意したものなのだろう。怖いぐらい用心がいい。

「そうだ、いっそアメリカに電話しちゃおうか。潜水艦が迎えに来てくれるかもしれないよ」

野々村氏の軽口に部長だけが笑う。

ボタンを押そうとした野々村氏が首をかしげた。

「あれ？　変だな。充電したばかりなんだけど。電池切れ？」

衛星携帯を裏返しにし、それを覗きこむみんなの心配顔に快活な声で応える。

「だいじょうぶだよ、予備の電池も持ってきてるから」

野々村氏が裏側のカバーを開けると、砂まじりの海水がしたたり落ちてきた。全員から、さっきとは違う種類のため息が漏れた。

「おい、塚本、お前のは」

無言で首を横に振った。着水のショックでやられちまったのだろう。賢司の携帯はモニターのプラスチックが割れ、画面が真っ黒になっていた。

「シット《くそったれ》！」ジョー・サイモンも、役立たずになったらしい自分の携帯に毒づいている。

主任は椰子の葉陰で肩をすくめた。化粧ポーチだけを握りしめている。携帯はバッグと一緒に沈んでしまったのだ。

みんなの視線に気づいて、藪内夫妻も首を振った。

「僕ら、国内用のしか持ってきてないんです。目覚ましにしか使わないから預けちゃってました。ずっと一緒にいるから、必要ないよねって言い合って、ね、ね」

早織さんがもう一度首を振った。

大人たちの会話を、理解の光の宿っていない目で見上げている子どもと、倒れ伏したままの老人は聞くまでもなかった。

ここは、圏外。手の中の小さな機械が使えなくなっただけで、賢司は世界から見放された気分になった。

賢司だけじゃない。携帯電話が使えないことがわかったとたん、誰もが不安そうに周囲を見まわしはじめた。ここが目的地のリゾートではなく、漂流してたどり着いた名も知らぬ場所であることに、初めて気づいたように。いまだに電話帳の登録方法を知らず、キャバ嬢から聞き出した番号まで、「苗字だけだぞ。かっこしてカトレア商事な」などと賢司たちに命じる部長ですら不安げに声を詰まらせた。

「……なんとかならんのか」

課長が再チャレンジを試みたが、悲痛な面持ちで首を横に振っただけだ。賢司も電源ボタンをしばらく押し続けてみたが、ひび割れたモニターに光は戻ってこなかった。

グワグワグワ。

突然の鳥の声に、早織さんが悲鳴をあげた。かたわらの藪内にすがりつこうとして両腕を伸ばしたが、何を思ったか寸前で止め、日本舞踊みたいに手先を宙に泳がせる。

いつのまにか左右の岩場に海鳥が集まりはじめていた。白と黒のツートーンカラーで、ひょろ長い首と大きすぎるくちばしが間の抜けた印象だが、広げた羽根は驚くほど大きい。一羽が鳴くと、それに呼応して、鳥たちの合唱が始まる。良からぬ相談事をしているように鳴きかわす姿は、死臭をかぎつけて集まるハゲタカを思わせた。

海鳥たちの声が静まると、今度は陸から人間の悲鳴に似た声があがる。部長が首を縮め、眼鏡の中で目を剝いた。これも鳥の声だと思う。たぶん。

「あっあっあっ」

これは藪内の声だ。両手を握り拳にして、いきなり立ち上がった。頭の中でまだ作文がうまくできないうちに言葉を発してしまい、あわてているように見えた。

「あっ、あっ、あのぉ、携帯のことなんですが、乾かしてみたらどうでしょう。基板部分に損傷がないのであれば、それで回復するかもしれません。過放電を防ぐためにバッテリーをはずして、しばらく放置してみてください」

いかにも理科系という口調。みんなの「おお」という感嘆の声を浴びて、胸をそり返して早織さんを振り向いていた。

「だいじょうぶかな、そんなので。僕のはイリジウムだし。ちゃんとショップに持っていったほうが……」

グワグワグワ。

野々村氏を嘲笑うように海鳥が鳴いた。

「……やってみようかな」

大合唱となった海鳥の嘲笑を浴びながら、バッテリーをはずし、土手から横へ伸びた椰子の根もとに立てかける。やはり水没のために携帯が使用不能になったらしいサイモンに、主任が藪内の言葉を通訳した。

サイモンは頷いて、バッテリーを抜き取っていたが、野々村氏のように天日干しにはせず、携帯を飲料水の容器でくるんでサマージャケットの内ポケットの中に戻した。

日がさらに西に傾き、椰子の葉陰の下の主任が、十センチほど体を移動した。

喉の渇きが収まったと思ったら、今度は胃袋が悲鳴をあげはじめた。賢司はすっかり無口になってしまったみんなに声をかける。

「食うもの、持ってきましょうか」

返事のかわりに、隣でうずくまっていた課長の腹が高らかに鳴った。課長は大食漢だ。昨日も、日本人には多すぎるレストランのコースメニューをあっさり平らげ、小鳥がついばむほどしか食べない主任の分まで片づけていた。

「かつ丼を大盛りで。ざる蕎麦もつけてくれ」

珍しく冗談を口にする。残業の時、課長がいつも頼む定番メニューだ。ああ、いいなぁ、蕎麦。蕎麦つゆの香りが鼻孔に蘇る。出張に来て四日目、まだ日本食が恋しいと思うほどではなかったが、こういう時、最初に思い浮かぶのは、やっぱり醤油の香りのする食い物だ。

「まいど、ざる蕎麦も大盛りでしたよね」

野々村氏も口を開きかけた。こちらは「ロブスターのサラダ、シトラスフルーツ添え」などと言いだしかねない。その口が本当に「ロ」と動いた瞬間に、ボートへ走った。放り出したまま水に浮いていた『FOOD』の袋をつかみとる。

波打ち際から戻る途中、改めて目の前に広がる風景を見渡した。左手のなだらかな山は濃い緑で覆われ、その緑をふち取るように白い浜辺が続いている。課長が人を探しに行った方角だ。ゆったりとカーブを描いた海岸線は、遠くの椰子の木立ちの先で消えていて、課長が突き当たったという大きな岩場は、ここからは見えなかった。

部長は「三十分も経たないうちに、のこのこ帰ってきた」と詰《なじ》るが、課長の大股の三十分弱だ。片道一キロは歩いただろう。

藪内が走っていった右手の海岸は、険しい山を取り巻くように小さな岩場と狭い砂浜が交互に続き、数百メートル先で山裾に隠れる。スポーツが苦手そうなランニングフォームだったが、とりあえず走って行ったわけだから海岸線が消えた先まで足を延ばしたはず。

海上から眺めていた時、この陸地は頼りないほど小さく見えた。海岸線は、そう長いものじゃなかった。二人が達したのは左右の両端に近い地点かもしれない。

となると後は奥へ進むしかない。賢司たちがたどり着いた砂浜の背後には椰子の木が並び、二つの山に挟まれたその先は数十メートルの高さの急斜面で、一面が鬱蒼とした森になっている。ジャングルと呼びたいほど緑が深い。

人を探すなら、誰かがあそこを登るしかなさそうだった。案外、ここでジタバタしていたのが馬鹿馬鹿しくなるほどあっさりと、登った先に街がひらけているかもしれない。

でもなぁ。そのことをみんなの前で口にするのは気が重かった。課長と藪内はとりあえずひと仕事をしている。あそこに登る誰かというのは、たぶん賢司自身になるだろう。登れない斜面じゃない。だけどなぁ。

「なんだこれは？」

非常食の箱をつまみあげた部長が不満の声をあげる。箱と言っても飲料水の容器と同じ材質で、開け方も一緒。中を一瞥《いちべつ》したとたん、さらに仏頂面になった。

小さな袋が九個入っていた。これも銀色のアルミ製。包装を破ってひとつを取り出してみる。インスタントカレーの固形ルーのようなしろものだった。薄い茶色。大きさは四、五センチ角、厚さは三センチ弱。部長に言わせると、

「高野豆腐か？」

悪くない喩《たと》えだ。だが高野豆腐ほど乾燥しておらず、硬いがやや湿りけがあった。

とりあえず賢司が味見をしてみる。

食感はカロリーメイトに似ているが、もっと油っぽい。いちおうフルーツ味がついている。なんの果物のものなのかはわからなかった。ストレートに言えば、カロリーメイトを見直してしまう味だ。みんなが実験動物を見る目を向けてくるから、解説を試みた。

「ええと、やや硬めのクッキーみたいですね。味は……あるといえばある。ないといえばない。かすかに何かのくだものの風味が……」好きな人にはたまらない味でしょう。

賢司のグルメリポートが良くなかったのか、全員の手は伸びなかった。

主任にトスしようとしたら、いらない、というふうに手を振ってきた。張り合うように早織さんも両手を振る。藪内はすぐには開けようとせず、箱の裏に表示された英語の但し書きを読み出した。ようやく箱を開けたと思ったら、匂いを嗅ぎはじめた。

部長は憮然とした表情で突き返してきた。

「いらん。いま食うと、時間どおりに薬が飲めなくなる」

薬というのは、部長が朝、夕の食後に飲んでいる高血圧の降圧剤のことだ。

サイモンはひと口かじって、親指を立てた。

「グッド」

皮肉だろう。顔をしかめて、みんなにウインクをしてみせている。子どもには二袋を渡した。ときおり老人の口もとに持っていこうとするが、老人はそのたびに首を振っているようだった。

海を眺め続けている機長の犬の足もとにも投げた。低く唸っただけだ。子どもが置いたのだろう。犬の前にヘルメットを器にした水が据えられていたが、それにも口をつけていない。

課長は黙々と非常食のブロックを片づけていた。蒸気機関車に石炭を投入するように口へ放りこみ、次々と呑み下している。

味なんてどうでもよかった。賢司も一個目を食い終わり、二個目のブロックを手に取った。

意外だったのは、この人だ。

「おいしいねぇ、これ。なんていう食べ物？」

野々村氏。皮肉を言っているわけではないことは、輝かせた瞳と、粉のついた唇でわかる。

小量で腹に溜まるようにできているらしい。賢司はブロック三つで腹がいっぱいになり、残りを箱に戻した。飲料水をまたひとつ空にして、口の中に残る油っぽさを洗い流す。

部長が時計に目を落として苛立った声を出した。

「もう四時だぞ。飛行機が落ちたことはわかっているはずだ。なぜ救助に来ない？ラウラの警察はたるんでるっ。いや、消防か？　消防もなってない」

待っているだけじゃだめかもしれない。賢司は意を決して、頭上の斜面を指さした。

「ここを登ってみたらどうでしょう。民家があるかもしれません」

もしかしたらリゾートホテルが建っているかもしれない。

「おう、そうしろ。早く行け」

部長が当然のごとく、自分じゃない誰かに命令した。

課長がぽんと肩を叩いてきた。

やっぱり俺か。

「どなたか、一緒に行きませんか？」

全員にそっぽを向かれてしまった。

しかたなくのろのろと歩きだした。森は苦手だ。木や草がもじゃもじゃ生えているところは、だめなのだ。別に森が怖いわけではない。怖いのは……

背中に声がかかった。

「ぼくも行く」

子どもが立ち上がり、先生の指名を待つように片手を高くさしあげていた。

「だめだめ、これは遊びじゃないんだから」

子どもの両眉が「ハ」の字になった。

森に向かって歩きはじめると、背後から足音が聞こえてきた。子どもが眉をハの字にしたまま駆け寄ってくる。頭にヘルメットをかぶっていた。だめだってば。ヘルメット、関係ないから。

「おい、じいちゃんを放っといてだいじょうぶなのか」

顔の前に指を突き出すと、子どもがより目になった。

「もう平気だって」

子どもに聞いてみた。重要なことだ。

「お前、虫は好きか」

「うん、好き」

「クモとかイモムシに触れる？」

「クモ、好きだよ。イモムシはふつう」

「よし、じゃあ連れてってやろう」

「わい」

賢司は虫が苦手だ。特に蜘蛛《くも》やゲジゲジ、ムカデといった、脚が多すぎるヤツ。ボーイスカウトを三カ月で退団してしまったのも、それが理由だった。

海辺にテントを張ってキャンプをしていた時のことだ。夜中に潮騒の音で目を覚ました。やけに耳のそばで聞こえるその音は潮騒なんかじゃなかった。寝袋の上をフナムシの群れが大移動していたのだ。寝袋だけじゃない。顔の上も移動コースだった。絶叫した。キャンプの残り一泊は一睡もできなかった。

南太平洋といえば、咲き誇る花々に原色の蝶が群れ、虹色に輝くブローチのような甲虫が樹木を伝う……そんな光景しか思い浮かべていなかったのだが、とんでもない。それは旅行土産の包装紙の中だけの世界だ。

昨日、ゴルフ場のトイレに立ち寄ったら、目の前の壁を、寿司ネタのシャコが四両編成になったような大ムカデが横断していき、賢司の背筋を震わせた。嫌な予感がして天井を見上げると、糸にぶら下がった毒々しい色の大蜘蛛が、首すじめがけてじりじりと下降しているところだった。小便が途中で止まってしまった。

子どもに言った。

「俺が先に行く。ちゃんと後をついてこいよ」

「わかった」

　前方に蜘蛛の巣があった時だけ、先に行ってもらおう。

　防砂林のように並んだ椰子の間を抜けると、地面はいったん平らになる。右手は険しいほうの山の麓で、深い凹凸を刻んだ岩肌が剝き出しになっていた。

　平らと言っても、地面はやや左下がりになっていて、左手の先ですぱりと陥没している。海岸線と同じ高さに落ちこんだ先は湿地だ。地上高くに顔を出した根が蜘蛛の脚みたいに八方に伸びた、妙なかたちの樹木が密生している。

　なんという木だっけ。プーケットでも、よく似た木が森をつくっていた。菜緒子に名前を教えてもらったのだが。

　ガジュマル？　いや違うな。マンゴスチン？　いやいや。

　ああ、思い出した。マングローブだ。菜緒子はこんなことを言ってた。

　マングローブというのは特定の木の名前じゃなくて、南国の海岸近く、海水と淡水が混じりあうあたりに育つ植物全般の名前。ふつうの植物なら育たない塩水の中でも、マングローブは独特なかたちやしくみを持つ根や種子や葉によって適応する――高校時代に生物部だったから、菜緒子は動物や植物のことには、妙にくわしいのだ。

前の晩、コテージで賢司が会社の愚痴をこぼし、いっそ辞めちまおうか、なんて言っていた翌日のことだったから、賢司にこう言いたかったのかもしれない。

「もう少し、辛抱しなよ」

結局、その二カ月後に辞めてしまったのだが。賢司が去年まで勤めていたのは、業界でも大手と呼ばれる不動産会社。菜緒子とはそこで知り合った。

会社を辞めたのは、上司と反りが合わなかったからだが、いま考えれば、「いつかぶん殴ってやる」と思っていた以前の上司など、河原部長に比べたら可愛いものだった。あっちがパワハラ甲子園の優勝校だとしたら、部長はメジャーリーグ。しかもヤンキース。

二度目の失敗は許されない。いま、プータローになるわけにはいかなかった。苦手な飛行機に耐えて海外出張に同行しているのも、昔の賢司ならとっくにキレていただろう理不尽な命令に逆らわないのも、そのためだ。なぜなら菜緒子と――

賢司は尻ポケットに手を伸ばし、そこにしまいこんだ小箱の感触を確かめた。

平地は歩数にしてせいぜい三、四十歩ほどで、すぐに登り勾配となり、足もとは砂から土に変わった。砂地に這うように点々と生えているだけだった雑草が地面を覆いはじめる。

さらに十五歩ぐらい進むと、草丈が賢司の腰に届くようになった。多くがシダ類で、サイズは日本の森林で見かけるものよりはるかに大きい。花屋の観葉植物コーナーの鉢を地植えにし、それが伸び放題になった感じだ。

すぐ後ろを葉擦れの音がついてくる。振り返って、何を期待しているのか、きらきら目を輝かせている子どもに忠告した。

「いいか、遠足に行くわけじゃないんだからな。ついて来れないヤツは置いていくぞ」

ボーイスカウトの時、リーダーからふた言めには言われていたせりふだ。雑草からヘルメットしか見えていない子どもが腕を高々と突き出して答える。

「おー」

生い茂る草はすぐに賢司の胸のあたりになる。妙な生き物が出てこなければいいのだが。自分に言い聞かせるように、子どもに声をかけた。

「おーい、だいじょうぶか」

姿が消えていた。やっぱりまだ子どもだ。怖くなって帰ったのだろう。

と思ったら、草の上から腕だけが伸びた。

「おー」

斜面の手前で子どもを待つことにした。子どもはリュックのベルトを握り締め、前のめりの姿勢で、左右に振り立てた頭でシダの葉をかき分けながら歩いてくる。賢司はみぞおちに突進してきたヘルメットを片手で受けとめた。

「ふわぁ、すごいや、ジャングルだ」

前方に立ちはだかる斜面は、遠くから見ていた時よりずっと急勾配だ。右手は岩の崖。あちこちがえぐれ、洞《うろ》をつくっている。賢司の背丈で覗ける穴のひとつに顔を突っこむと、
かさり。中で物音がした。

洞窟と呼ぶのがためらわれるほどの奥行だが、日はもう斜面の向こう側だから、薄暗く、音の正体はわからない。

「ねぇ、ぼくにも、見せて」

かさかさかさ。子どもが一緒でなければ、見なかったことにして、首をひっこめていただろう。

「待てよ、何かいるんだ」

「え、なになに？　見せて」

「待て待て、危険な動物かもしれない」

目が慣れてくると、それが奥の暗がりを右から左へ移動しているのがわかった。姿形までは不明だが、思ったより大きい。

かさかさかさかさ。

「見せて、見せて、危険な動物」

子どもが洞窟に手をかけ、懸垂をして体を押し上げる。

ギャア。

突然、洞窟の中から、怒った猫を思わせる叫びが聞こえた。

とっさに子どもを抱え、身を縮めたとたん、灰色の影が洞窟から飛び出してきた。

影は再び、ぎゃあ、と鳴き、空へ舞い上がった。

ぽかんと口を開けて空を見上げている子どもに、咳払いをして言う。

「覚えておくといい。こういう未知の場所では、どんな動物も危険なんだ」

「鳥も？」

「ああ、目を突つかれたら、最悪失明する。油断するな」

「おー」

斜面の左手は鬱蒼とした木々に覆われている。巨大なブロッコリーを隙間なく埋めこんだようだった。進むとしたら、木々が手がかりと足がかりになるこちら側だろう。

子どもの前髪にからみついた葉っぱをつまみ取って、鼻先に指をつきつけた。

「この先はもっと厳しくなるぞ。無理だと思ったら、ここで帰れ」でも、できれば帰らないで。

「へいき」

「よし、じゃあ、行こう」

「おー」

森に分け入ったとたん、さっきとは別の鳥の、妙に人間に似た鳴き声があがった。突然の侵入者を誰かに報告しているように聞こえる。

木の幹や枝を手がかりと足場にして少しずつ登っていく。森の中は薄暗く、青臭い匂いに満ちていた。浜辺より空気が濃くて、湿度が高いように思えた。

日本では見かけない樹木ばかりだ。幹が蛇のようにうねった木。枝が蔓《つる》のように垂れ下がっている木。幸福の木を大木にしたようなやつ。どれもこれも不気味なほど艶光りした、緑というより青黒い葉を盛大に繁らせている。木の幹だと思って摑むと、それがとてつもなく大きな草の茎だったりする。

樹木のすき間にはびっしりとシダが生えていて、足場を探す時には、まずシダをかき分けなければならなかった。土は柔らかく、湿っていて、ときおり靴がずるりとめりこむ。いま履いているビジネスシューズは、ここを歩くのにはまったく不向きだった。

ぬるり。蔓のひとつを摑んだら、指先で柔らかい何かが潰れ、ねっとりとした粘液が指にまとわりついた。毛が生えていた気がする。頰に鳥肌が立った。見ないほうがいいように思えて、顔をそむけたまま手近な葉で指をぬぐう。

「ひいひいうひい〜」

背後から悲鳴なのか歓声なのかよくわからない声が追いかけてくる。振り向くと、ちゃんと数メートル下についてきていた。大人の体重は支えられそうもない蔓をロープがわりにしてするすると登ってくる。チビだが——チビだからか——身軽なやつだ。

「ゆっくりでいいぞ。待っててやるから」

首筋がむずむずした。木の葉に触れたのだろうと思って片手で払おうとしたら、そのむずむずが右から左へ動いた。

「うわわ」

「どうしたの」

「首、首、首っ！　首に何かついてないか。ああ、背中だ。今度は背中っ！」

「あ、ついてる。すっごい」

「す、すごいって、なになになに？」

怖いもの見たさで首を後ろにねじ曲げたが、見えたのは、賢司の背中に手を伸ばしながら目をまん丸にしている子どもだけだ。

「うひゃ〜」

「な、な、なんだよ」

「どひぇ〜」

どひぇ〜。頬に鳥肌が立った。

子どもが片手を突き出してくる。その手が摑んでいるのは、上天丼の海老ぐらいありそうな巨大なバッタだった。太い脚はまるでワタリ蟹。

「こんな大きなバッタ、見たことないや」

子どもは虫かごを持っていないことを残念がっているようだった。六本の脚を蠢《うごめ》かせてもがいている自分の手のひらより大きなバッタと、これから登るべき斜面の先を何度も見比べていたが、結局、諦めたらしい。指をパーにした。バッタは旋盤機がねじを切るような音を立てて飛んでいった。

「ふわぁ、ここ、すごいとこだねぇ」

のん気な口調の子どもに聞いた。

「お前、こういう所、平気なのか？」

お猿みたいに木の幹に抱きついたまま答えてくる。

「うん、山は好き。登山が好きなんだ」

「登山？」

「そう。前の冬休みにも父さんといっしょに登山した」

「冬山？　そいつはすごいな」もしかして天才小学生か？「どこに？」

「のこぎり山」

「どこだ、それ？」

「千葉。うちから電車で三十分行ったとこ。頂上までクルマで行けるんだけど、ぼくと父さんは下から歩いて登ったんだ。帰りはロープウエーも使ったけど」

あんまり嬉しそうに言うから、それを登山なんて呼ぶな、とは言えなかった。

「そいつはたいしたもんだ」

「たいしたことないさ」

行く手を振り仰ぐ。頭上は木々の葉に覆い尽くされ、緑色のトンネルの中にいるようだったが、斜め上方に空がぽかりと顔を覗かせている。

「もうひとふんばりだ。行くぞ——」

呼びかけようとして、子どもの名前を知らないことに気づいた。

「そうだ、お前、名前は？」

「中村仁太。ジンタのジンは、カタカナのイとニを書いて、仁」

どういう字を書くのか、と聞かれることが多いのだろう。説明しなれた口調だった。

「俺は、塚本賢司だ。よろしくな」

子どもがぺこりと頭を下げた。ぶかぶかのヘルメットがころりと落ちる。

「よろしく、塚本さん」

「いいよ、苗字じゃなくて名前で呼んでくれ」

塚本という、いまの自分の苗字を賢司はあまり好きじゃない。中学の時に両親が離婚し、ある日突然使うことになった母親の旧姓だ。十数年経ったいまも、子どもの時、いつも出席番号の一番目だった「相沢」が自分の本当の名前だと思っている。

「賢司でいい。俺もお前のこと、仁太って呼ぶから」

素直なのか生意気なのか、子どもは賢司の言葉をそのまんま受け取ったらしい。

「わかった。じゃあ、よろしく、ケンジ」

さん、はどうした。まぁ、いいか。

「年はいくつ？」

「九歳」

というと小学三年か四年。賢司の父親が家に帰って来なくなりはじめた頃だ。

「よし、行くぞ、仁太。俺が登山隊長だ」

「ラジャー」

左手で新しい木の枝を摑み、そこから生えた蔓を仁太に放り投げてやる。森のあちこちに縄のれんみたいに垂れ下がっている蔓は木にからみついているわけじゃない。幹から枝のように伸びているのだ。仁太が蔓を伝って、ひいひいうひうひ言いながら登ってくる。お猿のチータを連れて密林を行くターザンになった気分だ。

登り切った先は、ひときわ大きな樹木の真下だった。幹のさしわたしは仁太の身長ぐらいありそうだ。あたり一面に甘酸っぱい匂いが立ちこめている。

そこには大木が一本立つのがせいいっぱいの平地しかなく、地面はすぐにまた下りになる。登ってきた斜面よりゆるやかな傾斜の先には、ジャングルに思えたいままでの森よりはるかに深い密林が広がっていた。そして、そのまた先は――

賢司は自分が目撃したものから目をそむけて、どこかに建物はないかと目を凝らした。

ない。

影もかたちも、ない。

右から左へゆっくり眺め下ろす。人影がありはしないかと思って。

ない。

人が存在する気配すら、ない。

何度視線を往復させても、眼下に広がっているのは、鬱陶しいほどの緑だけだ。

ぎくしゃくと顔を上げ、目をそむけていた密林の先へ気の進まない視線を向ける。

密林の先はきらきらと輝いていた。認めたくはないが海面だ。夕日に照り映える一面の海。

海岸の近くに生える椰子の木まではっきりわかる。あちらの岸辺まで、ここから一キロと離れてはいない。

課長と藪内が到達した海岸線を左右二キロと見積もったとして、いま目の当たりにしている奥行はそれ以下だ。

もちろん南太平洋上のここが広大な陸地だと思っていたわけではないが、賢司は──おそらく他の誰もが──フィジーのヴィチレブ島や、トンガタプ島、せめてラウラ本島並みの大きな島だと考えていた。何の根拠もない。そう考えたかったからだ。

ここが大きな島の半島である可能性を考えてみる。二つの山に隠れた海岸線の奥に、はるかな大地が続いている可能性——

なさそうだった。

希望的観測を捨てたとたん、賢司の頭にようやく、忘れ物を思い出したように、ひとつの単語が浮かんだ。

無人島。

かたわらで仁太が言った。

「きれいだね」

水平線の向こうに太陽が沈もうとしている。真円の太陽だった。空をオレンジとも赤ともピンクとも紫ともつかない、そのすべてを塗り重ねたような色に染めていた。プーケットで見た夕焼けを、菜緒子はこう表現した。「怖いぐらいきれい」目の前の夕焼けもそうだった。より正確に言えば、いまの賢司には特に、その言葉の前半が身にしみた。

怖い。

目は水平線の先を探っていた。どこかに島影はないかと。もしここが無人島だったとしても、アイランド・ホッピングの穴場か何かで、定期的に観光客が立ち寄るような場所なら、問題はない。

何もなかった。シルエットになった椰子の木の向こう側にあるのは、大きなまん丸の夕日と、下半分を日の光に焼かれた雲だけだ。

あたりがしだいに薄暗くなってきた。反射的に腕時計へ目を落としてから、それが壊れていたことに気づく。

何時だろう。さっき部長は「もう四時だ」と言って、まだ来ない救助隊に八つ当りしていた。部長は経由地のフィジーに着いた時も、「午前三時なのになぜ夜が明けている」と空に八つ当たりして、賢司に時計の針を現地時間に直させたほどの人だから、トンガ時間のはず。まだ五時前後だろう。

昨日、野々村氏のゴルフのお供をした時には、ラウンドが終わったのが午後五時すぎで、外はまだまだ明るかった。だが、いま眺めている空からは少しずつ赤みが消え、手前に広がる密林の緑は、墨を溶かしこんだように暗さを増している。なぜ？

答えはひとつしかない。経度が違うのだ。トンガとここの時差のせいだ。おそらく一時間近く。

待てよ。ということは――

ラウラはトンガの東方、およそ千五百キロ、飛行時間にして三時間半ほど離れている。飛行機が引き返したのは、ラウラ到着予定時刻のほんの数十分前。

飛行機が迷走していたのは、せいぜい一時間程度だったはずだ。つまり、ここはまだトンガから千キロ離れた洋上なのだ。あくまでも直線コースで引き返したとして。飛行機のあの様子からして、まっすぐ引き返せていたとは思えない。南か北にコースが逸れていたと考えたほうが普通だ。その場合は、千キロどころじゃない。

出張に出る前に、行き先の南太平洋のことはひととおり調べた。昨夜はラウラのとも予習した。地図も見た。ラウラは群島の名でもあるが、島が点在しているのはラウラ本島の東方だ。手前には大海原しかない。トンガとラウラの中間に、名前が語られるような島があっただろうか。

なかった。賢司の持っていた地図には、小さな点すら打たれていなかったと思う。

急に恐ろしくなってきた。そして肌を刺す風の冷たさに気づいた。トンガに来る前は、南太平洋の島々はひたすら暑く、人々が一年中半裸で暮らしているイメージを勝手に持っていたが、それは誤解だった。二日間体験したトンガに関するかぎり、日本の夏より涼しい。なにしろここは南半球。八月のいまは真冬だ。赤道に近いから、日中は確かにスーツが疎ましい陽射しだが、朝晩は冷えこむと言っていいほど温度が下がる。

賢司は肌寒さと、それ以外のもうひとつの理由で身震いし、二の腕をさすった。仁太が見上げてくる。

「どうしたの、ケンジ。寒いの？」

「……とりあえず戻ろう。暗くなってきた」

14

夕日に見とれていて、仁太は最初、気づかなかった。頭の上の木のことだ。

とても大きな木だ。小学校の校庭に立つ、校長先生が「あの木一本でお花見が楽しめます」と自慢している桜の木の倍ぐらい背が高い。枝の広がりも数倍だ。

その木の上のほう――体育館の天井よりもっと上――に伸びている太い枝の先に何かがぶら下がっているのが見えたのだ。五個、六個、十個……もっとたくさん。木のまわりには甘酸っぱい香りが漂っているから、くだものかもしれない。

でも、くだものにしては形がヘンだった。色も真っ黒だし、ビニールみたいにつやつやしている。そもそもくだものは、もぞもぞ動いたりしない。

「ねぇ、ケンジ」

「なんだ」

こっちを向いた賢司は、おしっこを我慢しているような顔をしていた。最初に思いついた言葉をそのまま口にしてみる。

「木の上に人がいるよ」

人にしてはちょっと小さいけれど、他の言葉をうまく思いつけなかった。枝にびっしりぶら下がっている、そのくだものに似た何かは本当に、黒いマントを着た小人たちが、頭を下にして逆さ吊りになっているようにしか見えなかったのだ。

賢司が上を向く。その瞬間、小人の一人がマントを開いた。

「びぃぃぃぃーっ」

賢司が急に身をかがめたから、ズボンのお尻のところが破けた音かと思った。マントの持ち主の声だった。マントに見えたのは、仁太が両手を広げたよりも長い翼だ。折り畳み傘を開くみたいにカタカタカタと広げた翼で、暗くなりはじめた夕空に飛び立った。

「うわ」賢司が叫ぶ。

「ふわぁ」仁太も叫んだ。

コウモリだ。それも超特大サイズ。

続いてもう一匹……二匹……三匹。テレビで見たUFOみたいな独特の飛び方で、空をくるくる旋回して、声を揃えてズボンのお尻のところを破き続けている。

ここは本当にすごいところだ。さっきの巨大バッタとあのコウモリのことを、あとでリュックの中に入れてある絵日記に書いておこう。夏休みの宿題はまだほかにはぜんぜんやってないし。

のこぎり山を登山した時には、下りのほうがずっと楽だったけど、この山の場合、降りるのも大変だった。「家に帰るまでが遠足です」蜂須賀《はちすか》先生はそう言うが、ほんとうにその通り。暗くなってきたから、ただでさえ足もとがよく見えないのに、湿った土や葉っぱでスニーカーの底がぬるぬる滑る。木の幹や枝にしっかり摑まりながら降りないと、下までころころころげ落ちてしまいそうだ。

「ゆっくりでいいぞ」

ときどき賢司が振り向いて声をかけてくるけれど、そういう賢司も何度か滑り落ちそうになっていた。賢司は登りの時よりきびしい顔をしている。クラス全員のテストの結果が悪かった時の、蜂須賀先生みたいに、頰の筋肉をぴくぴくさせていた。この山登りは何かのテストで、その結果が良くなかったのかもしれない。

賢司が片手でぴくぴくさせている頬を叩きはじめた。

ぱちん、ぱちん。

最初は自分に気あいを入れるためにそうしているのかと思った。すぐにそうじゃないことがわかった。仁太も頬を叩いた。

ぺち、ぺち。

右の太股も。首の後ろも叩いた。

蚊だ。

めちゃめちゃな数のヤブ蚊。F1マシンみたいな鋭い唸りが、耳のすぐそばを往復している。

ぺち。ぺち。ぱち。ぺち。

左手も叩きたかったが、それはむり。右手が枝を摑んでいるからだ。

すぐに左手が猛烈に痒《かゆ》くなってきた。指のあいだのいちばん痒いとこ。叩くのが遅れた首の後ろも。手が届かない、右足の下のほうも。

子どもはこういう時、不利だ。長袖と長ズボンの賢司と違って、上はTシャツだし、下は半ズボンだし。「寒くないか」と賢司に聞かれたけど、それは平気だった。でも、痒い。

賢司が気あいを入れるみたいに頬を叩いてから、叫んだ。

「オイアウエ！」

「え？　なに？」あいうえお？

仁太が聞くと、背中を向けたまま言った。

「オイアウエ。さっきの飛行機の機長が何度も言ってた。トンガの言葉だ。トンガの人たちは、つらい時も、楽しい時も、オイアウエって言うんだ。つらいのも楽しいのも同じ。同じ生きること。たぶんそういうことだ」

じっちゃんに尋ねた質問を賢司にもしてみた。もしかしたら違う答えが聞けるかもしれないと思って。

「機長さん、助からなかったの？」

「ああ」

「……そうか」

ため息をついたら、賢司が振り向いた。ちょっとだけ笑って、こう言った。

「お前だけだな、ちゃんとしてるのは」

褒めてくれたみたいだったけど、ちゃんとはしてないと思う。かゆくてかゆくて、自分の顔が沖縄のおみやげのシーサーみたいになっているのがわかる。

もう少しで下まで降りられるという時、海岸の方角からたくさんの鳥の鳴き声が聞こえてきた。人の声も。

「ヨッホゥ――」

たぶん金髪の男の人だ。このあいだ姉ちゃんがテレビで見ていた外国映画の、飛行機をハイジャックするギャング団のボスにちょっと似ている人。

15

「ヨッホゥ――」

森を抜ける手前で、賢司の耳に、サイモンの能天気な叫びが届いた。

海鳥が騒いでいる。いったい何をしてるんだ？　ボートの上ではあの男の日本人離れした（当たり前か）陽気さに救われたが、いまは鬱陶しいだけだ。自分たちが置かれている状況を考えると、ハリウッド映画のおふざけシーンの真似ごとにつきあっている場合じゃなかった。

黒いシルエットになってしまった木立ちの間から、ようやく浜辺が見えてきた。もう薄闇に包まれている。

椰子の幹に隠れるようにして立った大きな影法師は、課長だ。顔の辺りに赤い小さな火が灯っている。部長に見つからないように煙草を吸っているのだろう。

白いサマージャケットは薄暗がりの中でも目立つ。サイモンは片側の岩場の上にいた。何をしているのかを知った賢司は、絶句した。

残り数メートルの斜面を滑り降り、浜辺へ走った。おい、馬鹿なことは、やめろ。

「ヨッホゥ――」

サイモンは、非常食をちぎって宙に放り投げていた。海鳥がそれを空中でキャッチするのを見て、また歓声をあげる。

「イヤァァホ――」

サイモンだけじゃない。土手に腰かけた藪内も同じことをしていた。サイモンの外国映画風のシャウトに対抗して、リズム感の欠落した奇声をあげている。

賢司は砂浜の真ん中に立ち、両手を振り回して叫んだ。

「やめろ、やめろ、だめだ、そんなことしたら、だめだ」

誰も聞いてない。

主任はまだ椰子の木の下だ。そのそばにすり寄っている野々村氏だけが同意してくれた。

「そうだよ、やめなよ。もったいないよ」

「ホッホッホー」真後ろから北島三郎が歌う『与作』みたいな声がした。部長までやってる。

「みんな、待ってください。それを投げちゃだめだ」

賢司は叫んだ。砂浜の砂を吹き飛ばすほどの勢いで。

「ここは無人島です」

全員が振り返る。薄闇の中で部長の眼鏡が光った。

「いま……なんて……言った？」

「ここは無人島なんです……だと思います……たぶん」

「報告連絡相談《ホウレンソウ》は確実に、だろうが。なんだその、たぶんっていうのは。はっきりしろ」

部長の嫌味にはいつもの切れ味がなかった。語尾が震えていたからだ。たぶん、と言ったのは、ただ単に、賢司自身が一縷《いちる》の望みを託したかったから。つけ加える必要はどこにもない気がした。

「とにかく、水も、食べ物も、節約したほうがいいです」

ボートから毛布も出しておかないと。発煙筒もあと一回分、残っていたはずだ。波打ち際を振り向いた賢司は、その姿勢のまま固まってしまった。

ない。

ボートが消えていた。

「誰かボートを引き上げましたか」

全員が首を振る。声をあげたのは、サイモンだけだ。

「ヨッホゥ――」

まだやってやがる。

「やめろっていっただろ」

意味は通じなくても、賢司の喧嘩腰には気づいたのだろう。サイモンが英語で言い返してきた。こちらはこちらで、賢司には「ファッキン《くそったれ》」という詰り言葉以外意味不明だったが、表情を見れば通訳はいらなかった。向こうも怒っている。陽気さを装っているのは、不安だからだろう。この遭難は、ハリウッド映画みたいに二時間でケリがつきはしない。

サイモンが拳を振り上げて岩場から駆け降りてきた。やるなら、やってやろうじゃないか。頭ではそう思ったが、体は正直だ。情けないことに、半歩後ずさりしてしまった。痩せて見えるのは長身のせいで、搭乗前の計量では課長に次ぐウエイトの持ち主だ。積極的に喧嘩をしたい相手じゃない。

「ストップ・イット！」

椰子の木の下から鋭い声が飛んできた。主任だった。英語で話す時だけ派手になる身振り手振りでサイモンに語りかける。無人島《デザート・アイランド》という言葉を聞いたとたん、サイモンが両手を広げ、空に向かって叫んだ。

「ファッキン」

くそったれはお前だよ。だが、いまは喧嘩している場合じゃなかった。波打ち際に目を凝らす。ボートはどこだ？

波がここへ流れ着いた時より砂浜を浸蝕している。潮が満ちてきたのだ。青かった空は薄墨色に変わり、バスクリンを溶かしたようだった海もいまは秘湯のにごり湯だ。訪れようとしている闇が恐ろしかった。すぐに救助が来る。当然のように抱いていたその期待を夜闇があっさり押し潰そうとしている。

ボートの姿はどこにもなかった。海の右手を眺め、左手を眺める。入り江を取り囲んでいる珊瑚礁のあらかたは海中に没して、ところどころに顔を出した先端が群遊する鮫の背びれに見えた。

もう一度、さらに右手、そして左手と、ほぼ真横に目を走らせた、その瞬間、賢司は言葉にならない叫びをあげた。

遠く左手の沖、波間で黄色が見え隠れしている。ここからではもうホカホカカイロ靴下用ぐらいの大きさにしか見えない。まずい。食糧と水が流されてしまう。毛布もだ。

上着を脱いで、海に飛びこんだ。長い距離を泳げるのは平泳ぎだけだが、そんなことを考えている暇はなかった。

まずいまずいまずい。こんなことになるとわかっていたら、緊急用具をボートにぶちまけたままにしないで、ちゃんと運び出しておけばよかった。

いま考えれば、水と食糧の数は、どちらも三の倍数。あれは三日分だ。非常食が一箱九個入りだったのは、一ブロックが一食分だからだ。三袋あった水のパッケージの合計が、あの飛行機の最大乗員乗客数二十一人×六だったのは、一日に二パックずつ飲めということだったのだ。

それなのに、いま手もとに残っているのは？

計算したくなかった。夜になってしまったら、今日中に発見される可能性は低い。いや、明日、助けが来るという保証だってない。

浜辺から二十五メートルもいかないうちに、前へ進まなくなった。懸命に手足を動かし続けながら、賢司はここへ漂着した時の潮の流れを思い出していた。潮は猛烈な勢いで島に向かっていたが、いまはその逆だ。

きっとボートは海岸線に沿って流されたのだ。この島に突き当たり、行き場を失った潮は、陸地を舐めるように流れ、どこかの地点ですべてのモノを外洋に放り出す方向に変わるのだろう。

どうする？　体を陸地と平行にすれば、潮の流れにまかせて泳ぎ続けられる。でも、一度沖に出てしまったら、百パーセントに近い確率で陸には戻れない。どちらにしろ、賢司の平泳ぎでは、見る間に小さくなっていくボートに追いつけるとはとても思えなかった。

誰かに肩を叩かれた。

すぐ横で立ち泳ぎをしていたのは、上半身の服を脱ぎ捨てたサイモンだった。片目をつぶって見せる。さすが本場もの。この男に対する腹立ちを、ころりと忘れさせてしまうウインクだった。

「パルドン《ごめんよ》」

「さっきはすまなかった」という謝辞なのか「先に行くよ」という意味なのか、どちらともつかないひと言を残して、潮の流れに乗って泳いでいく。両の二の腕に派手なタトゥーが見えた。

「ストップ、ストップ、もう無理だ」

止めたのに、サイモンは泳ぐのをやめない。ボクシングの連打みたいなクロールで突き進んでいく。知っているかぎりの英語で呼び止めた。

「危ないから、引き返せ」

賢司のその言葉が終わらないうちに、サイモンの頭が波の下に消えた。

16

「だいじょうぶでしょうか」

波打ち際に立った早織は、背後の誰にともなく声をかけた。調光照明のスイッチをひねるような素早さで、夕暮れは夜に変わろうとしている。塚本クンという名の男のコのシルエットはぼんやり見えているが、ミスター・サイモンの姿はもう、暗い海のどこかへ消えてしまった。

「心配は無用ですよ、奥さん」小太りオヤジが答えてきた。「あの塚本というのは、お得意さんの会社と間違えて隣のビルに入りこんで、そこで商談を始めちまうような男ですから。やつの言葉はいちいち真に受けないでください。あんな塩分の多そうな食い物なんか、放っとけばいいんだ」

塚本クンたちの心配ではなく、「無人島」という言葉を心配しているらしい。

「それにしても遅いな」

野々村さんが言う。プロゴルファーではなく、どこかの会社の偉い人らしいけれど、どちらにしても大物であることが鷹揚な口調ながらも二人を気づかう言葉でわかる。河原という名の、自分勝手な小太りオヤジや、水が苦手らしくオロオロしているだけのライトヘビー級とは大違いだ。と思っていたら、野々村さんの次の言葉で、早織の膝はかくりと折れた。

「遅すぎるよねぇ、救助隊」

どういう人なんだろう。大物すぎるのかしら。昌人が不安げに言う。

「来ますよねぇ、救助隊」

あんたもかい。小物の分際で。こういう時、あの二人に続いて海へ飛びこんでくれたら、少しは見直したのに。早織の中で一時的に上昇気配だった昌人の株は、ストップ安だ。

「僕、しあさってから、仕事なんですよねぇ。その前に婚姻届も出さなくちゃならないし。明日、トンガに戻れないと、困るなぁ」

戻れなくてもいい。早織はそう思いはじめている。昌人と違って有給休暇はあと四日あるし、その分、この人と本当に籍を入れるべきかどうかという問題の結論を先送りにできるから。

厚化粧女は、岩場の上に立って、じっと海を見つめている。自分も泳ごうかどうか迷っている様子だった。きっと泳ぎが得意なんだろう。休日はアスレチック・ジムへ行き、体脂肪を燃やすために懸命に泳いでいそうなタイプだ。独りで。

海風が冷たい。服がまだ乾いていないから、なおさらだ。日が落ちたとたん、急に冷えこんできた。トンガの八月は案外に涼しいと聞いていたから、この旅行にセーターやダウンジャケットも用意してきた。なのに、いま着ているのは、ポロシャツとハーフパンツだけ。今夜はこれで寝ることになるのだろうか。明日も同じ服のまま？

「誰か、誰か来てくれーっ」

塚本クンの叫び声が聞こえた。こちらに手を振っている。その瞬間、厚化粧女が海に飛びこんだ。河原オヤジと野々村さんは最初から野次馬を決めこんでいて、ぼんやり突っ立っているだけ。ライトヘビーは、犬と一緒に波打ち際をうろうろ往復するだけ。

昌人はと見ると、中指で眼鏡のブリッジを押さえながら目をしばたたかせていた。この人のお得意のポーズ。レストランで珍しい料理が出てきた時も、観光施設の案内板を読む時にも、こうする。そして、なぜか必ず鼻の穴は広がり、歯が剥き出しになる。

「ど、どうしたんだろ、ねぇ、早織さん」

振り向いた昌人は、やっぱり鼻の穴を広げ、歯を剥いていた。

「なんでもないよね、ね、ね」

海に向かって歩き出したから、後をついていったのに、すねが水につかるあたりで立ち止まってしまった。ああ、情けないったらありゃしない。

早織も厚化粧女に続きたかったけれど、残念ながら泳げない。そのかわり、両手で昌人の背中を押し出した。思い切り。海の中に。

「うわっぷ。何をするんだ、早織さん」

あんたも行くのよ。

17

岸に向かって助けを呼んだとたんだった。

「ビンゴ！」

サイモンがいきなり海中から飛び出してきた。脅かすなよ。溺れたのかと思った。

両手を高々と突き上げている。

「フード、フード」

両手に掲げていたのは、いくつかの薄い銀のパッケージだった。残念ながらフードじゃない。ブランケットだ。ブランケットの袋は軽いから水に浮き、珊瑚に引っかかったのだろう。サイモンは立ち泳ぎをし、袋をズボンの中に突っこんで、また水に潜った。

再び顔を出した時には、またブランケットの袋を手にしていた。今度は二つ。

「ハッハハハッハ。ビッグ・フィッシュ」

ビッグ・フィッシュ、ビッグ・フィッシュと呟きながら、新たな獲物を探していたサイモンが、突然顔をゆがめた。

目玉を見開き、口を「O《オー》」の字にしている。立ち泳ぎがとまった。そのとたん、潮に流されはじめた。Oの字のままの口に海水が流れこみ、頭が気泡とともに沈んでいく。

まずい。今度こそ本当に溺れている。

18

「大変だ」

仁太がじっちゃんのもとへ走ると、機長さんの犬も後ろからついてきた。

「バウバウ」

じっちゃんは椰子の木の下で、上着を布団にして眠っている。

「じっちゃん、起きて」

「バウバウバウ」

体を揺すったら、何度目かでようやく呻き声を出して、薄目を開けた。

「……どうした、敵襲か？」

半開きの目の中のぼんやりした光を見た瞬間に、仁太は気づいた。またじっちゃんが遠くへ行ってしまったことに。違うって言ったら、そのまままぶたを閉じて、ずっとずっと目を覚まさなくなってしまう気がして、こくりと頷いた。

「そうだよ、テキシューだよ」

「何ぃっ」

　じっちゃんは戦争がとっくの昔に終わっていることと一緒に、腰の痛さも忘れてしまったようだ。バネ人形みたいに勢いよく起き上がる。むかしむかし兵隊だった頃、何度もくり返していた動作かもしれない。体は八十四歳だということを覚えているから、つらそうに顔をしかめたけれど、声は立てなかった。

「ほら、あそこ。人が溺れてるんだ」

「木塚かっ」

　立ち上がって走り出した。走ると言っても、ジョギングをスローモーションにしたような感じ。あれがじっちゃんの全力疾走なのだ。でも、あの走りで、去年腰を痛めるまでは、一日五キロを走っていた。

　海に向かってそろりそろりと走りながら、じっちゃんは服を一枚ずつ脱いでいく。たぶん途中で頭がごっちゃになって、お風呂に入るのだと勘違いしたんだろう。パンツも脱ぎかけてから、危ないところで手をとめた。砂浜にころがっていたライフジャケットを拾い上げて、またそろりそろりと走り出す。

仁太は初詣でお賽銭を投げた後にそうするように、そろりそろりと海に入っていく背中に手を合わせた。

「じっちゃん、がんばって」

「バウ」

19

沖へ向けていた体を九十度回転させたとたん、前進を阻んでいた潮流が賢司の背中を押した。泳ぐというより流されて、サイモンに近づいていく。ただし向こうもどんどん潮に流されているから、なかなか距離が縮まらない。

サイモンが浮かび上がって、水を吐き出す。苦悶の表情は水を呑んだためだけではなさそうだ。懸命に水面に顎を上げ、片手だけで泳ごうとしていた。もう一方の手は上半身のどこかを押さえているようだった。

ようやく手を伸ばせば届く距離に近づいた。溺れている人間を救助する時には、しがみつかれたら危険、という話を聞いたことがある。まして相手は大男だ。浮き沈みしている頭の後方へ回り、首に腕を巻きつけた。ばたばたと暴れはじめる。賢司も水中に沈み、鼻から水を呑んでしまった。懸命に頭をもたげて叫ぶ。

「ドント・ムーブ」

日本語の発音だったが、通じたようだった。巨体がぷかりと海面に浮かぶ。指をかぎ爪にして脇腹を押さえていた。

「怪我か？」

苦しげな呻き声をあげた。

「……シャーク」

放り出して逃げようと思ったが、できなかった。正義感のためじゃない。馬鹿でかい手で手首を握られているからだ。片手と両足で懸命に水を掻いたが、前に進むどころか、潮に流されるスピードを緩めることしかできなかった。

日が暮れて、海は色を失っている。しかも水面に顔を上げているのがせいいっぱいだから、どこに鮫《さめ》がいるのかわからない。おい、離してくれ。

「……オア・ジェリー・フィッシュ」

くらげ？　脅かすなよ。大きな外傷はなさそうだった。少なくとも手足は全部ついている。たぶん。

「アウアウアウアウアウッ」

サイモンが派手にわめく。断続的に痛みの発作が来るらしい。良からぬものに襲われたのは確かなようだった。痺れているのか激痛のためか、体がまったく動かなくなった。賢司の手首をつかんだ腕だけにやけに力がこもっていて、わめくたびに骨が砕けるかと思うほど握り締めてくる。そして頭を振る。金髪頭がアッパーカットの連打のように賢司の顎を直撃した。そうしている間にも、二人の体はどんどん島の片端へ運ばれていく。

岸からはまだ三十メートルほどの距離だ。足が立つ珊瑚礁がないか、両足を伸ばして探ってみた。

ない。

行く手には海面から顔を出した岩礁は見当たらなかった。グレーの空とダークグレーの海の間に見えるのは、数十メートル先の銀色に光る小片だけだった。たぶん誰かが捨てた非常食のパッケージだ。浮いているのは岸から五十メートル離れたあたり。それは見る間に島から遠ざかっていく。

やばい。あそこで潮の流れが変わるのだ。あそこまで流されてしまったら、いっきに外洋。

「おい、泳いでくれ……うっぷ」叫んだ拍子に水を呑んでしまった。英作文をしている余裕はなかった。「足だけでも。バタ足。レッグ、ばたばた。キック、キック」

これも通じた。サイモンが弱々しくバタ足を始める。が、長くは続かない。すぐにまた、

「アウアウアウアウ」

頼むよ。もう人が死ぬのはごめんだ。それ以上に自分が死にたくない。

「キック、キックだ。キックっ」

「塚本！」

暗い海の上に主任の白い顔が浮かんでいた。顔はけっして濡らさないという決意に満ちた、きっちり頭を上げた平泳ぎで近づいてくる。

主任が伸ばしてきた片手には、さっきまで羽織っていたショールが握られている。

それを受け取り、サイモンに摑ませると、ようやく手首を離した。引っ張って泳ごうとしたとたん、

「アウアウアウアウ」

わめき声をあげてショールを手放してしまった。

「体に巻きつけて」

主任の指示は常に簡潔だ。レースのショールは案外に丈夫そうで、長さも二メートル近くある。ロープがわりにサイモンの体に引っかけようとした。が、泳ぎながらのうえに、潮の流れが速いから、なかなかうまくいかない。

「グアップ」

「あ、悪い」首に巻きつけちまった。

サイモンのバタ足が止まった。声をかけても返事がない。症状が悪化しているようだった。もう一度首に腕を回して片手で水を掻く。主任も顔を濡らさない主義を捨ててサイモンのズボンのベルトを摑み、バタ足を始めたが、いまや筏《いかだ》と化した大男が流れていくのを止めることはできなかった。だめだ。二人がかりでも。

主任と目が合った。左目の睫毛が半分になっても大きな目だ。瞳を覗きこんで、お互いの心を探り合う。この男を見捨てるかどうか。早く決めないと、共倒れになってしまう。まだ睫毛が長いままの主任の右目から、溶けたマスカラが一筋、黒い涙のように流れ落ちていた。

結論を口にするために主任の唇が動きかけた時だ。猛スピードのクロールが賢司たちの横を通り過ぎていった。方向違いに気づいたのか、そいつは五メートルほど先でイルカのように反転したかと思うと、次の瞬間には二人の目の前にぽかりと顔を出した。

どちらさん？

眼鏡をはずしていたから、すぐにはわからなかった。藪内だった。

「手伝います」

胸まで海面に突き出した立ち泳ぎで近眼の目を細める。すぐに事情を察したようで、賢司の肩を叩いてきた。「代われ」と言っているらしい。

サイモンの首から手を離す。藪内が代わりに腕を回し、大きな体の真下にするりと自分の体を差し入れた。

藪内が仰向けの平泳ぎをはじめると、ようやく全員の体が前へ進み出した。まるでライフセーバー。藪内は賢司より数段泳ぎが達者だった。陸にいる時のとろくさい動作とは別人。薄暗いせいか、眼鏡をはずしたためか、顔まで精悍に見える。

もう一人、誰かが近づいてきた。妙な泳ぎ方だった。体を横向きにして、片手を伸ばしたり引っこめたりしている。まるで時代劇に出てくる忍者の泳ぎ。信じられないが、さっきまで腰痛で寝こんでいたはずの仁太のじいちゃんだ。口にライフジャケットのベルトをくわえていた。

老人がライフジャケットを口から吐き出して、賢司に命令する。

「木塚、それを米兵捕虜に」

訳がわからなかったが、勢いに呑まれて答えた。

「はいっ」

20

入り江の端まで歩いて、早織は空よりも暗くなってしまった海に目を凝らした。

どこまで行ってしまったのだろう。五人の姿が見えない。

昌人がみんなの足手まといになっていなければいいんだけど。さっきも腰のあたりに水が来るまでもたもたしていたから、てっきり怖じ気づいて帰ってくるかと思っていたのだけれど。いつの間にか姿が消えていた。ちょっと見直したかも。ストップ安だった昌人の株が、早織の心のデイリーグラフの中でやや上昇した。まだ「小反発」ぐらいだが。

海の向こうから、誰かの声が聞こえてきた。

「総員、上陸開始っ」

耳が遠いのか、空港でもやけに大声を出していたおじいちゃんだ。それに答える塚本クンの返事も聞こえた。ああ、よかった。みんな無事みたい。

砂浜の奥ではさっきから笑い声が続いている。山のほうから聞こえてくる不気味な鳴き声じゃない。野々村さんと河原オヤジだ。波の来ない高台に場所を移して、ずっとおしゃべりをしているのだ。河原がゴルフのスイングの真似をしているのが見えた。あんなおじいちゃんまで助けに行ったというのに、まったく。そう言う早織自身も、こうしてぼんやりと、突っ立っていることしかできないのだけれど。

そうだ、火を焚《た》いて待っていてあげよう。ずぶ濡れの男たちを優しく抱きしめ、温めるのが、いまの私の仕事だ。早織は目の中に星をきらめかせて、花を摘む少女の足どりで河原たちに近づいた。

「あのぉ」

「――いえいえ、何をおっしゃいますやら。副社長のモテモテぶりにはかないません。では、トンガに戻りましたら、さっそくキャバクラを探させ――」

「もしもし」

小指を一本立てて笑っていた河原が振り向いた。早織の顔ではなく胸に視線を走らせてくる。

「何でしょう、奥さん」

「焚き火をしてはどうかと……」

「焚き火？　いいねぇ。キャンプファイヤーかい」

答えたのは、野々村さん。この人とは住む世界が違うのかしら。うまくコミュニケーションが取れない。玉の輿《こし》っていうのも考えものよねぇ。ああ、いまはそんなこと考えてる場合じゃない。

「だいぶ冷えこんできましたし」

「寒いんですか？」

河原が首をかしげる。そりゃあ、スーツを着て、ネクタイまで締めた、南太平洋にはおそろしく似合わない恰好をしているあんたはいいでしょうけど。

「はい……あ、いえ、私というより、戻ってくる人たちのために」

「しかし、残念ながら、薪がありませんからねぇ」早織のわがままをたしなめるような口調だ。木ならすぐ後ろにいっぱいあるじゃないの。「火もないですしねぇ。ここはおとなしく救助を待ちましょうや」

あれ、でも確か。「ライターが……」

「私らは煙草を吸わないんです。いまや禁煙はビジネスマンの常識、グローバル・スタンダードですわ。お宅のご主人もそうでしょ」

「さっき、あちらの方が吸われてましたけど」

オロオロと波打ち際を歩いているライトヘビーの影法師を視線で示した。

「何ぃ。おいっ、安田。煙草はやめろって言っただろうが。肺ガンになるぞ。俺が」

悪いことを言っちゃったかしら。河原が安田さんを怒鳴りはじめた。野々村さんが剝き出しの膝を叩く。

「あ、焚き火、いいかもしれない。火を燃やしていれば、救助隊も発見しやすいだろうし。蚊避《よ》けにもなるよ。マシュマロがあるといいな。焚き火で焼いて食べると、最高なんだ」

「安田ぁ、火をおこすぞ。薪を探せ。マシュマロもだ」

安田さんが叱られた犬みたいに首を縮めて森のほうへ走って行った。あたりはもう真っ暗だ。背後の二つの山も森もシルエットだけになっている。

海面に寒さに震える男たち、と厚化粧女の頭が見えてきた。四つだけ。一人足りないと思ったら、あとの一人はぷかりと浮いていて、みんなに引っぱられていた。

まさか、昌人が？

違う。引っ張られている人は上半身裸で、昌人よりずっと逞《たくま》しい。ミスター・サイモンだ。溺れたのかしら。弱々しく首を振っている。

急がなくちゃ。みんなを温めてあげるの。それが私の仕事です♪テュリャテュリャテュリャテュリャテュリャテュリャリャ。

浜辺を歩いて流木を拾った。すぐ後ろを男の子とセントバーナードがついてくる。手伝ってくれているらしい。男の子は、あちこちに落ちている椰子の葉を拾い上げていた。葉っぱは燃えないわよ、と教えてあげたかったが、手伝っているつもりなのだろうから、黙っていることにした。

「ぼく、お名前は？」

「中村仁太。ジンタのジンは、カタカナのイとニを書いて、仁」

「私は……」

白川と言いかけて、海から上がってくる濡れそぼった男たち、と厚化粧女を眺めた。厚化粧女も濡れ鼠だ。化粧もだいぶ落ちているだろう。スッピンになっちゃってるかも。楽しみ。

先頭はおじいさん。昌人と塚本クンが両側からサイモンさんを抱きかかえていた。三人並ぶとよくわかる。昌人はいちばん背が低くて、そのくせ頭がいちばん大きい。遺伝子から見放されたヒト。人類の進化図の猿人を担当させられているみたいだ。

でも、男の仕事をし終えたという感じの昌人は悪くなかった。相手は子どもだし、一度、練習しておこう。もしかしたら、これからずっと使うことになるかもしれない名前だから。

「私は藪……」

昌人が本物の猿人みたいに前屈みになった。砂浜なのにつまずいている。見る間に顔面から浅瀬に倒れこんで、カエルの鳴き声みたいな悲鳴をあげた。

早織はすみやかに海に背を向けて、仁太クンへ微笑みかけた。

「……白川早織、よろしくね」

21

浜辺は真っ暗だった。どこを見渡しても灯ひとつない。人工の照明がどこにもない圧倒的な闇。賢司の頭に、無人島という言葉が蘇った。

海から上がったとたん、体が激しく震え、歯がカスタネットになった。寒い。太陽が消えると同時に照明と暖房のスイッチがいっぺんにオフになってしまったかのようだ。

藪内と二人で肩にかついだサイモンは、意味不明の言葉を呟いている。呼びかけても返事はない。うわ言のようだった。意識を失った体は酷く重い。藪内は水から出たとたん、元のとろくさい男に戻ってしまい、尻ポケットから眼鏡を取り出そうとした拍子にバランスを崩して、平泳ぎのポーズで海に倒れこんだ。

　サイモンの全体重を預けられた賢司も倒れかかり、すんでのところで主任に抱きとめられた。サイモンではなく賢司に腕をまわした主任の体は冷えきっていたが、背中に吹きかかる吐息は温かかった。

「うん、ううん」別のことを想像してしまう声で息を弾ませていた主任は、賢司が体勢を立て直し、藪内が立ち上がると、おっさん臭く背中をどやしつけてきた。

「しっかりしろ、塚本」

　浜辺に残った五人の姿がない。どこへ行っちまったんだ。

　右手で犬の声がした。振り向くと、妙な影法師が近づいてくるのが見えた。

犬じゃない。二本足で走っていた。体長一・三、四メートルほど。大きな羽根が生えている。ダチョウ？　巨大クジャク？　謎の未確認生物《UMA》？　主任が小さく悲鳴をあげて、さっきとは違う理由で、賢司に腕を伸ばしてきた。

　考えもしなかった。もしもここに猛獣が——それも夜行性の肉食獣が棲んでいたとしたら、この暗がりの中では、ひとたまりもない。

二の腕を主任が強く握りしめてくる。主任の半歩前に出て、身構えた。夜行性の未確認生物が声をあげた。

「じっちゃ〜ん」

未確認生物は仁太だった。羽根に見えたのは、頭まで隠れるほど抱えていた椰子の葉だった。なぜか主任は賢司の腕をつねってから、手を離す。

「なにしてるんだ？」

「燃えるものを集めてるの。たき火するんだって」

仁太と犬に続いて、スキップで現れたのは、流木を花束みたいに抱きしめた早織さんだった。小首をかしげて賢司の顔を覗きこんでくる。

「だいじょうぶですか？」

「ああ、僕ならだいじょうぶだから」

藪内が自分の手のかわりに、握っているサイモンの手を持ち上げて振ったが、早織さんは一瞥もしない。サイモンの裸の上半身に目を走らせ、あわてて逸らしてから、また視線を戻していた。

「おそらく命に別状はないと……」思いたい。大きな外傷はないはずだが、暗闇の中ではっきりしたことはわからなかった。「あのぉ、うちの部長たちは――」

砂浜の先、椰子が林立する高台から笑い声が聞こえてきた。

「いやいやいや、めっそうもない。銀座はすっかりご無沙汰でして。あそこはいけません。お触りはするな、アフターは嫌よ、何のために高い金を払っておるのか、ですわ」

サイモンの体がさらに重くなった気がした。もし猛獣がいるのなら、部長だけ襲ってくれないだろうか。

「あ、キャバクラよりそちらがようございますか？　ではトンガに戻りましたら、さっそくホステスのいる店を探させ——おお、塚本か？　どうしたんだ、その外人は？」

こっちが聞きたい。説明する気力もなく、黙って首を横に振った。

「手伝ってください」

高さ一メートル半ほどとはいえ急斜面の高台の上に正体を失った巨漢を運ぶのは、楽な仕事ではなかった。野々村氏がタイガー・ウッズ・モデルのドライバーを伸ばしてきた。

「これにつかまりなよ。6-4チタンだから丈夫だよ」

乾いた砂の上に寝かせた。相変わらずうわ言を口にし、体を震わせている。サイモンがズボンに突っこんでいたブランケットのパッケージを抜き出した。

全部で七つ。ひとつを開けてみた。折りたたんで収められていたのは、薄さも手触りも、毛布というよりビニールシートといったほうがふさわしい代物だった。星明かりに鈍く光っているところを見ると、たぶん銀色。

一枚では足りない気がして、二枚取り出し、サイモンの体を覆う。国際規格なのか、サイズは日本の一般的な毛布よりひとまわり大きく、百八十五センチはあるだろうサイモンの長身がすっぽり包めた。

森の方角から横幅をふくめたらサイモン以上の大きな人影が現れた。課長だ。両手いっぱいに木の枝を抱えている。

「おお、菅原、塚本、無事でよかった」

ども。賢司は会釈で応えたが、主任は鼻を鳴らしただけだった。

砂浜に浅い穴を掘り、指を舐めて頭上に突き出し、風の向きを探る。山側に向けた指の腹が冷たい。ふむ。風は左手の山から吹きおろしている。太い枝を二本、風向きと平行に置いた。課長がともした百円ライターの灯を頼りに、そこへ小枝から順番に、なるべく隙間をつくるようにして枝を組んでいく。インディアンのテントみたいな円錐形。ボーイスカウトで教わった方法だ。

「すまないな、塚本」

最大限に調節した炎をかざしながら、課長が言う。最初は課長が焚き火の準備を始めたのだが、バーベキューコンロの中に炭を並べているようなやり方を見ていられなくなって、結局、賢司がバトンタッチした。もう時間がない。闇が指先も見えないほど深くなってきていた。

「どなたかティッシュを持っていませんか？」

早織さんがウエストポーチを開けて、新品を差し出してきた。

「誰かマシュマロを持って来てない？」

野々村氏のこの言葉には、誰も――さすがの部長も――取り合わなかった。

ティッシュをやや硬めに丸める。着火材はたくさんあったほうが効果的だが、抜き出すティッシュ・ペーパーは二枚だけにしておいた。ふと思ったのだ。明日の朝、ウンコをする時に、何で尻を拭けばいいのだろうと。そもそもどこですればいいんだ？

「火をつけてください」

風がライターの炎もかき消してしまった。課長のライターには『大四喜《ダイスーシー》』という文字が電話番号とともに入っている。会社の近くの雀荘の名前だ。客に無料進呈しているものだからか、粗雑なつくりで、一度では火がつかない。しかも発火装置が空振りするたびにガスの臭いが鼻を刺す。

部長がしゃしゃり出てきた。

「貸せ。俺がやる」

どんなことであれ、自分がキーマンにならないと気がすまない人なのだ。しかし、課長の背中は動かなかった。

「おいおい、聞こえなかったか」

そんなはずはないぞ、と言いたげな部長の声は、海風に吹き飛ばされた。

ようやく火がついたティッシュを風上に背中を向けて小枝の隙間に突っこみ、息を吹きかける。

火はいったん勢いよく燃え上がる。だがこれは、着火材のティッシュが燃えているだけだ。勝負はここから。這いつくばり、頬を砂に押しつけて、断続的に息を送り続ける。ふっ、ふっ、ふっ、ふっ、ふっ。

あらかじめ枝から集めておいた枯れ葉も投入し、さらに吹く。ふっ、ふっ、ふっ、ふっ、ふっ。

スイッチを一回押せば、暖房も照明も手に入る。ずっとそんな生活が当たり前だと思っていた。必死で頬をふくらませ、唇をふいごにしながら賢司は考える。ああ、スイッチが欲しい。

ほどなくティッシュは燃えかすになってしまったが、小枝にはなんとか燃え移った。まだ赤い斑点でしかない火に、ひたすら息を吹きかける。

ふっ、ふっ、ふっ、ふっ、ふっ、ふっ、ぽっ。

火がおきた。小さな、焚き火のミニチュアみたいな炎だが、ここでは唯一の照明と暖房になる火だ。危険な動物からも身を守ってくれる、はず。

「おお、やるじゃないか、塚本」

課長に無視された腹いせだろうが、部長に珍しく褒められた。でも、七枚しかないブランケットのひとつを膝かけがわりにして高みの見物をしているヤツに褒められても嬉しくはない。サイモンに二枚を使ったブランケットの残りは五枚。一枚は部長が当然のように野々村氏に渡してしまい、あとは海に入った人間たちが体をくるんでいる。賢司の分はいつのまにか部長に横取りされてしまった。

ここからは吹くよりも扇《あお》ぐ。折りたたんだジャケットをうちわがわりに使った。

「げぼ」誰よりも焚き火の近くに陣取った部長が煙にむせる。

薪にしている木の枝は生木が多く、なかなか火は大きくならない。それどころか燃えやすい枯れ枝が尽きてくるにつれ、しだいに元の火種サイズに戻っていった。風が強く吹くたびに、心細く揺らめく。文字通り風前の灯火《ともしび》。

「おいおい、何やってるんだ」

部長が憮然とした声を出す。だから、この人に褒められても嬉しくないのだ。十回成功しても、一度ミスしたら評価は帳消し。

「新しい薪が必要です。それも、もっと枯れた枝でないと――」

課長がのそりと立ち上がった。

「私のも使ってください」

早織さんが流木を差し出してくるが、どれも湿っていて使えそうもない。

「ぼくのも」

仁太は椰子の葉を差し出してくる。これもまだ青さが残っているものばかり。焚き火にくべても煙を増やすだけだろう。

「悪いけど、仁太、葉っぱは無理だよ。せめて枯れ葉じゃないと――」

「え――っ」仁太が両手に椰子の葉を抱えたまま絶句する。いやいやをするみたいに葉っぱを震わせた。「えええ――っ」

子どもなりに一生懸命集めたものなんだろう。かわいそうになって言った。

「そうだ、うちわの代わりにしよう。それで扇いでくれ。火に風を送るんだ」

すねた仁太がやる気なさそうに椰子の葉の一本を揺らしはじめた。諦めきれないらしい。扇ぐふりをして、消えかかった火の真上に葉っぱをかざした。

「あ、こら」

そのとたんだった。椰子の葉に火が移り、勢いよく燃え上がった。

みんなが声をあげた。「おお」

「わ、わ、わ」火に驚いて仁太が椰子の葉を取り落とす。炎がいっきに大きくなった。なぜ？

もう一枚をくべてみる。これもよく燃えた。炎からはかすかに油の臭いがした。そうか、ココナッツオイルだ。椰子には実だけでなく葉にも油分があるらしい。

課長がひと束の木の枝とともに戻ってきた。数は少ないが、今度はライターを照明にして慎重に集めた枯れ枝。ようやく焚き火は焚き火らしくなり、立ち上る炎が南太平洋の夜の予想外の寒さを少し緩めた。

「ごめんよ、仁太。燃えた」

「いいさ、気にしてないよ」

焚き火は明るさももたらし、取り囲んだみんなの顔を照らし出す。揺れる炎がつくる陰影のせいか、誰もの顔が暗く沈んで見えた。

「この火を見たら、救助隊が気づくだろうな。時間の問題だ」

部長の言葉を、海風が吹き飛ばしていく。

仁太は気にしているようだった。チンパンジーみたいに下唇を突き出している。お詫びのしるしに、二人だけでつくった探検隊のリーダーの座を譲ることにした。

「仁太隊長、もっと椰子の葉をお願いします」

「ラジャー」

沈鬱な表情が並ぶ中で、いちばん小さな顔だけがほころんだ。


意識を失ったままのサイモンを焚き火の近くに寝かせ、ブランケットを剝《は》ぐと、誰もが息を呑んだ。

海の中では薄暗くて賢司も気づかなかった。二の腕の鉄条網模様だけじゃない。炎が照らしだしたサイモンの上半身のあちこちには、派手なタトゥーが施されている。絵柄は禍々《まがまが》しいものばかりだった。

右肩から胸にかけてコブラがとぐろを巻いている。腹では蠍《さそり》がしゃれこうべに向けて螯《はさみ》を振り上げていた。焚き火の炎がちらちら揺れるたびに蠍が蠢いているように見える。左胸には飾り文字。ＮＢＡや総合格闘技の選手が好んで入れる漢字だ。たぶん意味もわからずに入れているのだろう。『忍』と読めた。

みんなを驚かせたのは、タトゥーだけじゃなかった。いたるところに絵柄の一部のように古傷がある。縫合痕、火傷の痕、小さな円形の傷痕。年齢も素性も不詳だが、サイモンが平穏な人生を歩んできたタイプでないことは、この上半身を見ただけで瞭然だった。

傷が多すぎて、海でどこを痛めたのか、すぐにはわからなかった。サイモンの両足を抱えてさらに焚き火近くに移動させると、一瞬薄目を開けて呻いたが、すぐにまた昏睡状態に戻ってしまった。

「あ、そこ」

主任が指さしたのは、蠍のしっぽあたりだ。脇腹と臍《へそ》の中間ぐらいのところ。タトゥーの赤い彩色に紛れてしまうほど小さな暗紫色の傷がある。傷というより腫れ物と言うべきだろうか。そこだけ皮膚が少し盛り上がっていた。

「おおげさなやつだな、このぐらいで」

ラグビーで骨折した箇所が全身十カ所は下らないという課長が鼻を鳴らした。

「でも、痛がり方は半端じゃありませんでしたよ。それまで普通に泳いでいたのに、急に。最初は鮫に襲われたのかと思ったぐらいです」

藪内が中指で眼鏡を押さえて、傷口に顔を近づけた。鼻の穴を広げ、歯を剝き出しにしてしばらく眺め、そのままの表情で振り返った。

「オコゼかもしれません」

「オコゼ？」

「カサゴの仲間です。背びれに毒を持っているんです。特に南のほうのオコゼは危険です。岩に擬態する種類もいますから、珊瑚に張りついていたんじゃないですかね」

相変わらずの人の目を見て話さない饒舌。やけに詳しい。魚おたくだろうか？

「どうすればいいの？」

主任が藪内に聞いた。

「医者に連れて行くのが無難かと……」

そこまで言って藪内は、周囲の暗闇を見まわし、口を閉ざす。今度は賢司が質問した。

「医者がいない場合は？」

「血清を投与すれば……あ、いや、それも無理ですよね」

「薬がない時は？」

「最悪の場合、死……」

またもや言葉の途中で口ごもる。焚き火の明かりが、六つの強張った顔を照らした。仁太隊長は機長の犬と一緒に、新たな椰子の葉を求めて砂浜周辺を探検中。老人は海から上がったとたんに腰痛を再発させたようで、少し離れた場所で臥せっている。

「なんとかしろ！」

声を荒らげたのは、意外にも部長だった。体が小刻みに震えている。俺はこの人を誤解していたかも知れない、ほんの一瞬、賢司はそう思った。部長が言葉を続ける。

「それでなくても、もう一人死んでるんだ。こんなところで死なれてみろ。薄気味悪くて小便にも行けんぞ」

思ったのが、ほんの一瞬で良かった。部下でもないのに、藪内が部長の剣幕にあわてふためく。

「えー、そのぉ、傷口から毒を吸い出せば、応急処置にはなるかもしれません」

「おい、安田」

名指しされた課長は、大きくかぶりを振った。

「毒を飲みこまなければ、安全だと思います」

藪内が解説を加え、それで自分の役目は終わりというふうに、みんなの顔を眺めまわす。安全だと言われても、血なのか膿《うみ》なのか、赤黒いかさぶたになりつつある生乾きの傷口を見ると、怖じ気づいてしまう。ただでさえ、サイモンの毛むくじゃらの腹に唇をつけるなんて気味が悪いのに。賢司は首を縮めていたのだが、部長と目が合ってしまった。

「塚本、お前やれ」

あ、やっぱり、そうなる？

小便してくる。部長が勝手に指名だけして、立ち上がった。子どもの頃、夜中に一人で便所に行けなかったタイプだろう。焚き火の明かりが届く、すぐそこの椰子の木の前でズボンのチャックを下ろしている。

「あ、河原さん、そこ、僕の衛星携帯が干してあるんだけど」

野々村氏が声をかけた時には、もう放尿音が始まっていた。

「あああ、とんだ失礼をぉぉ」

部長の小便の音にしかめっ面をしていたみんなの顔が、再び賢司に向けられた。賢司が本物の蠍を眺める目をサイモンの腹部に走らせていた、その時だ。

焚き火を囲んだ車座の中から一人が立ち上がり、サイモンの前にひざまずいた。

早織さんだった。

サイモンの腹に顔を近づけたかと思うと、首をかしがせて、傷口に唇を押し当てた。そっとキスをするように。

おとなしそうな外見と、藪内とはお似合いに見える自己完結的な言動からは想像もつかない、大胆で素早い行動だった。藪内が、自分が傷に触れられたような呻き声をあげる。その犠牲的精神に、賢司は心打たれ、己を深く恥じた。

22

んふ。セクシー。

傷ついた男って、なんてセクシーなんでしょう。ミスター・サイモンのお腹の傷にキス——じゃなかった、毒を吸い出しながら、早織は胸をときめかせていた。

早織は傷ついた男が好きだ。比喩的な意味ではなく、ストレートな意味合いにおいて。怪我をしている男を見ると、体の奥で見えないベルが鳴るのだ。

最初のボーイフレンド、ヒロキのアパートを訪ねた時、チンピラにからまれて喧嘩をしたとかで、顔を腫《ふく》れあがらせていたことがある。あの時もベルが鳴ってしまった。「早く治るおまじない」そう言ってヒロキの頬を両手で挟み、傷口にキスをして、怒鳴られた。「痛《いて》えんだよ、でぶ女!」

酷く殴られもした。だけど、殴られたのに、そのあと久しぶりにヒロキと燃えてしまった。

へこみができるほど頬をすぼめ、舌を丸めて、小刻みに息を吸いこむと、ちゅぼっ、ちゅぼっ、とかすかな音がする。妻子持ちだった二番目の男に仕込まれたテクニックを思い出して、早織は一人、羞恥に身を震わせた。ああ、みんなが見てる前で、あたしったら、こんなこと。

昌人にしてあげたことはないが、二番目の男には上手だと言われた。生温かい液体が口の中に溢《あふ》れるのも、懐かしい感覚。血を吸うたびに、鉄錆みたいな臭いが鼻を刺すけれど、それほど不快じゃなかった。元彼《モトカレ》のアッシはベッドでも身勝手で、すぐにこう言った。「飲め」。あのクソまずい味よりずっとまし。

血を吐き出し、また傷口を吸う。ミスター・サイモンの下腹部の毛が頬をなぜる。外国の人の毛って、細いのに硬くてごわごわしてる。大型犬のお腹みたい。これもそんなに嫌な感じじゃない。やみつきになるかも。これからは海外投資の時代、世界に目を向けましょう。最近会社はそんなことを言ってお客さんを集めているけれど、嘘じゃないかも。

23

「もういいよ、早織さん」

藪内が喉に詰め物をしたような声を出したが、早織さんは献身的な介抱をやめようとはしなかった。眉根を苦しげに寄せてサイモンの腹に唇をつけ、血を吸い、両手でしとやかに口を隠して、そっと地面に血を吐き出す。何度もそれを繰り返した。賢司は——そしておそらく他の面々も——その姿に自分の身勝手さを思い知らされた気がした。

「だいじょうぶ、ほら、痙攣も収まってきたみたいだし」

早織さんのふっくらした背中にまた、藪内の声が飛ぶ。この男にしては語気が強い。サイモンの体から早織さんを引きはがそうとしているような声だった。

「ウゥフ」

サイモンが大きく息を吐く。いままでの苦しげな喘ぎではなく、安堵の吐息に聞こえた。ようやく早織さんが顔を上げる。夢から覚めたふうなぼんやりした眼差し。刷《は》毛《け》ではいたように頬が血に染まっていた。その壮絶な表情に、見守っていた誰もが言葉を失った。どこにしまってあったのか、早織さんはハンドタオルを取り出して、口を拭い、目を伏せて、誰にともなく一礼する。賢司は思わず深々と返礼してしまった。彼女の勇気ある行動の効果はてきめんだった。サイモンの痙攣はほどなく収まり、乱れた呼吸音は、静かな寝息に変わった。

仁太がなかなか帰って来ない。どこまで行ってしまったんだろう。探しに行こうと思って立ち上がったとたん、さっきより巨大なＵＭＡのシルエットになって戻ってきた。自分の体の倍はありそうな椰子の葉をどさどさと落として言う。

「すごいや、ここ。ずっとずっと先まで、椰子の木が生えてるよ」

犬も一枚だけくわえた葉を落として吠えた。

「バウ」

「どこまで行ったんだ？」

「あの山の下あたり。大きな椰子が三本生えてるとこ」

「バウ」

仁太が指さし、犬が首を振り向けたのは、低いほうの山の麓だ。ここから数百メートルはある。この真っ暗闇の中、大人だって二の足を踏む距離だ。遠くに小便にも行けない部長には見習って欲しいものだが、賢司は厳しい顔をつくって仁太の顔の前にひとさし指を突き出す。

「あんまり遠くへ行くな。火のそばから離れちゃだめだ。何がいるかわかったもんじゃないから」

「何がって何？」

「さっき言ったろ。危険な動物とか……」

焚き火に薪をくべていた課長が首を横に振る。

「心配するな。南太平洋に大型の動物はいないよ。少なくともトンガにはいなかった。危険なのは野犬ぐらいだ」

藪内も同調する。

「そうですよ。小さな島ほど大型の動物は住みにくいって言いますからね」

小さな島、という言葉にみんなの肩がぴくりと震えた。ここが無人島であることには、誰もがまだ半信半疑のようだが、訪れた暗黒が一人一人に現実を突きつけはじめているのだ。野々村氏が口を挟む。

「確かに島に住んでる大きな動物って、あんまり聞かないよね。ガラパゴス諸島のイグアナとかゾウガメくらい？　あとはグレートバリアリーフのワニ……あ、コモド島の大トカゲなんていうのもいるな」

みんなが背後にうずくまる深い闇を振り返った。

椰子の葉はよく燃えるかわりに、すぐ燃え尽きてしまう。今度は賢司と課長が薪にする枝を手に入れるために、背後の森へ向かった。火のついた薪を松明《たいまつ》がわりにして歩きはじめると、課長が声をかけてきた。

「なぁ、塚本、あとどのくらいだと思う？」

「え？」

寡黙な人だが、そのぶん、時おりかけてくる言葉はいつも唐突だ。

「俺たちが救助されるまで、あとどのくらいかかると思う？　部長は明日にでも、なんて言っているけど、甘すぎる。大甘だ。普通、捜索っていうのは着水した場所からやるもんだろ」

昏《くら》い声だった。賢司もそう思う。しかも賢司たちの場合、飛行機が沈んでしまったし、救命ボートは相当遠くへ流されている。

「俺、さ来週から、夏休みを取るつもりだったんだよ。子どもたちとキャンプに行く約束をしてたんだ。去年も結局休みが取れなくて、今年こそって、やつらには言ってたんだけどな……」

さ来週。意外にも課長は賢司以上に先行きに悲観的だった。人間を押し潰そうとしているような圧倒的な暗闇が、課長の思考を悲観的にしているのかもしれない。いくらなんでも、そこまでは。賢司自身は明日にでも、という希望を捨てているわけじゃない。できれば、明日。それが駄目ならあさって。それが駄目なら――

「だいじょうぶ、すぐに帰れますとも」

賢司は答えた。何の根拠もなく。

森に近づくと、ひときわ丈の高い草に覆われた一角が、ざわり、と揺れた。

「な、なんだ？」

課長が強張った顔を向けてくる。恐る恐る近づくと、また草むらが騒いだ。

何かが動いている。草の上に頭らしきものが見え、すぐに引っこんだ。

課長が後ずさりをはじめた。賢司は葉擦れの音が続いている方向に松明をかざす。

鋭い声が飛んできた。

「来ないで」

主任の声だった。

そう言えば、さっきから姿が見えなかった。何してるんですか、と声をかけようとした時、乏しい明かりが草むらの下方にかいま見える、白く丸い半球体を照らし出した。あわててそっぽを向く。

そう、トイレの場所も考えておかなくちゃ。

明日もあさっても救助が来ないのなら、何日だって、ここで待ってやる。

尻ポケットの小箱の感触を確かめながら、水平線の向こう、一万キロの彼方の菜緒子に語りかけた。

菜緒子、待ってろよ。俺はすぐに帰るから。

24

本日のニュース・フラッシュ、おしまいは、依然、消息不明が続いているラウラ国際航空機に関するニュースです。日本時間の今日午後、ラウラ国家警察当局は「懸命な捜索にもかかわらず、乗客、機体とも発見に至らない現状を踏まえ、我々は次のステージを考えねばならないだろう」との見解を示しました。これは事実上、捜索の打ち切りと見られ……

ちょっと飲みすぎてしまったかもしれない。菜緒子はいつのまにか空になった片手のワインボトルへ焦点が定まらない目を向け、小さくため息をついてから、床に放り出した。

ヴォーヌ・ロマネ。もらい物だ。ワインのことはよくわからないが、けっこう高いらしい。何かいい事があった時に飲もうよ、賢司とはそんな約束をしていたのだけれど。

もちろんいい事なんかなかった。何ひとつ。

ついいましがたテレビのニュースが終わったばかりだ。先月、南太平洋で起きた航空機行方不明事故の続報。事故の最後のニュースになるかもしれない。正式に捜索の打ち切りが決まったそうだ。

もう何を聞いても驚きはしない。

この数週間、驚きすぎたからだ。

涙も出ない。

涙は最初の一週間で涸れ果てた。

なんで、私、こんなに泣くんだろう。菜緒子は自分でも信じられないほど泣いた。

誰もが口々に言う。「時間が解決してくれるよ」「早く忘れたほうがいい」「そろそろ出直してもいい頃じゃない」「どっちにしろ別れるつもりだったんでしょ」

確かにそう。だけど、たとえ別れを決意していた相手でも、もう会わなくなるのと、この世から存在が消えてしまうのとでは全然違う。

出張から帰ったら話があるんだ。賢司はそう言っていた。菜緒子にも話があった。別れ話だ。

知り合って五年。自分とのことを、この先どうするつもりなのか、いつまでもふらふらして煮え切らない賢司に、菜緒子はもうついていけなくなってしまったのだ。

「これからもいい友だちでいましょう」賢司にはそう言おうと決めていた。本当にそのつもりだった。賢司は頼りないけどいいヤツだから、虫が良すぎるかもしれないが、別れても時々、お互いのことを報告し合える仲でいられたらと思って。

どこかで生きていて欲しい。イザとなると、しぶといところもあるから、いきなりひょっこり帰ってくるかもしれない。ずっとそう信じていた。絶望だと誰もが口にするまでは。

菜緒子は自分の身をかき抱くように二の腕をさすった。ちょっと冷房が利きすぎだ。

リモコンを手に取ってみると、設定温度が二十三度になっていた。

いつのまにこんなに？　スイッチを切って、リモコンをテーブルへ落とす。エアコンが静かになったせいで、バスルームから聞こえるシャワーの音に気づいた。

あれ？　誰がいるんだっけ？　忘れちゃった。友だちに「励ます会」っていうのを開いてもらって、気乗りしないまま出かけたら、男の人も何人か来てて、強引にひとりを紹介されて、めちゃくちゃなペースでお酒を飲んで。気がついたら、自分の部屋に戻っていた。

バスルームのドアが開く音がした。

「飲み過ぎだぞ」

背後から馴れ馴れしい男の声。

誰でもいいや。

菜緒子はフローリングに横倒しになっているワインの空き瓶を爪先でつついて、部屋の奥まで転がした。

25

椰子の葉の油で勢いづかせた炎に新しい薪をくべると、焚き火は座っているみんなの頭より高く燃え上がった。

キャンプの予行演習のつもりなのか、火の番はずっと課長が続けている。炎だけが元気だった。取り囲んだ十人の口は重い。

焚き火の明かりの下で、賢司は残った食糧と飲料水を数えてみる。二十一箱あった食糧のパッケージのうちのいくつかはサイモンたちがすべて海鳥の餌にしてしまい、野々村氏は二箱を完食しているから、残り十二箱。

「あ、ぼく、二つ持ってるよ」

仁太が自分と犬が食べた分の残りと、老人が手をつけなかった一箱をリュックから取り出す。これを足しても十三箱半。

「……あと、これも、ある」

ずいぶん迷った様子で、仁太がリュックから取り出したのは、食べかけのグミとチョコボールの箱。いいよ、それは自分で食べな、と言いたかったが、チョコボールの箱は振ってみるとまだまだ残量が多そうだった。「ありがとう、もらっとくよ」と言うと、仁太の両眉が「ハ」の字になった。

「誰かほかに食べ物を持っている人はいませんか」

全員が首を振る。機内サービスなどないことは事前にわかっていたから、持ち込みをしている人間がいても不思議はなかったのだが、とりあえず信じるしかなかった。

一個だけ残っていたカボチャもない。波にさらわれてしまったらしい。

「ねぇ、君。そいつを、ひと箱くれるかい」

焚き火の向こうで野々村氏がウエイターを呼びつけるような声を出す。仁太と犬が食べた残りの箱を渡した。ほかの面々は非常食に手を出そうとしなかった。食欲どころじゃないのだ。賢司も同じだった。腹はこれから先に対する不安でふくらんで、胸焼けを起こしていた。

「課長、相談があるんです」

昏い目でじっと炎を見つめている課長に声をかけた。

気づかない。独りごとを口にしていた。頭の中で子どもたちとキャンプに出かけているのかもしれない。現実から逃避したい気持ちは賢司も同じだが、座っている場所がそうさせてはくれなかった。焚き火から目を上げると、逃れられない現実が飛びこんでくるのだ。果てしない暗黒と化した海が。

もう一度声をかけた。ようやく振り向いた課長の顔の前に、非常食を詰め直した袋を差し出す。

「これ、一括管理していただいていいですか。あとどのくらいここにいることになるか予測がつきませんから。個人個人に任せると収拾がつかなくなる恐れがあると思うついつい、会社にいる時の口調になってしまう。相談というより、通達のようなものだが、課長にイニシアチブを取ってもらったほうがいい気がした。どうやら漂流した十人の中では、仁太を除けば、賢司が最年少のようだ(早織さんの年齢は不明だが、年上とみて間違いなさそうだ。流木を抱えて歩いていた時、工藤静香を口ずさんでいた)。賢司が命令がましいことを口にしても、言うことを聞いてくれないだろう。

「一回ずつの食事の量も決めたほうがいいですかね」

「おお、そうだな」

「一人、毎食一個ずつを厳守するという線で、どうでしょうか」

「ああ、いいんじゃないか」

優秀な社員とは言いがたい賢司だが、風通しの悪い会社から、風通しのない会社へ転職したサラリーマン六年目だ。上司を動かすためのトークぐらいは心得ていた。本人が自分で決めたように思わせればいい。

「無事、日本に帰るためです。課長からみんなに説明してもらえると助かるんですが」

「おう、任せろ」

課長が焚き火を囲んだ全員に語りかける。

「えー、みなさん、聞いてください。えー、救助の到着スケジュールが現段階では読めない状況にあり、かつまた残りの食糧はけっして潤沢とは言えない現在の我々が置かれた事情を鑑《かんが》みますと、えー、この食糧は配給制とするのが妥当ではないかと……」

課長は実務をそつなくこなす人だが、プレゼンはうまくない。社内プレゼンもだ。焚き火の向こう側の部長から、駄目出しがかかった。

「何が言いたいんだ、安田」

「えー、ですから、そのぉ、非常食糧は今後私が一括管理させていただこうかと……」

「偉くなったもんだな、お前。俺に話を通さずに、なぁにが、みなさん聞いてください、だ。俺は聞いてないぞ」

炎に下から照らされた部長の顔は不動明王さながらだった。天むすのようにブランケットにくるまり、黒ぶち眼鏡をかけた不動明王。発言内容はともかく、話術の実力は課長の比ではなかった。課長にひたと据えていた目をすいっと逸らし、壁に貼られた異動通知書を読むように言葉を続ける。

「そんなに奥牛穴ロッヂへ行きたいのか」

奥牛穴ロッヂ。その言葉を聞いたとたん、課長の瞳に薄い膜が張った。あそこへ家族ともども赴任したら、一年中がキャンプになる。

「何の権限があって、発言をしている？　ん？」

最後の「ん」の〇・五秒前で課長に視線を戻し、語尾にかすかな寛容さを滲ませて、相手を懐柔する。感心している場合じゃないが、さすがだ。

「あ、いえ、発案したのは私ではなく……」

課長がぶるりと首を振り、その首を賢司に向ける。目が「お前のせいだ」と言っていた。この六年間で何度も経験している直属上司のてのひら返し。中間管理職お得意の忍法、保身の術だ。

「塚本が言い出したことでして」

部長の視線が真横に移動し、賢司の顔をロック・オンした。

「つ、か、も、と？」意外な名を聞いた、と言いたげな口調。絶対にわざとだ。

「ども」意味もなくお辞儀をしてしまった。

「まぁた、お前か。ボーイスカウトってのがそんなに自慢か。薪に火をつけたぐらいで、なぜ出しゃばる？　中途入社のくせに」

本当は部長だって不安なはずだ。悪いケースを考えるのが恐ろしくて、救助隊がすぐそこまで来ているという夢想で頭を満たしているだけだろう。

「奥牛穴ロッヂはいい所らしいな。喫茶室じゃいまでもインベーダーゲームができるって話だ。なぜ俺を通さん、ん？　報告連絡相談《ホウレンソウ》はどうした？」

情けないが、先に目を逸らしてしまった。また海が見えた。いくら眺めても島影ひとつ見えない海。夜空に呑みこまれて、水平線が見通せなかった。菜緒子のいる日本はあの闇の一万キロの彼方だ。

やっぱり、言わなくちゃ。部長の目をまっすぐ見つめ返した。

「重要なことなんです。救助が来るまで何日もかかった場合を考えてみてください」

賢司もプレゼンはけっしてうまくなかった。そもそも大きな企画のプレゼンターになった経験がない。だが、社運をかけた大プロジェクトのプレゼンテーションを任された気分で、ことさら声を張りあげた。

「この非常食は一個が一食分なんです」袋からひと箱取り出し、新製品を紹介するようにかかげる。「パッケージのここをご覧ください。カロリーが表示してあります。400kcal×9。これによっても明らかですが……」

「一個って、ひと箱のこと？」

野々村氏が非常食を頬張りながら質問してくる。お得意が五人集まると、必ず一人はいる、平気で人の話の腰を折るタイプ。

「いえ、これです」箱から小袋のひとつを取り出した。「これが一食分です。つまり、いま現在、我々の食糧は四日分しかありません」

「えーっ、そりゃあ、ひどい」

野々村氏が悲痛な声を上げる。部長より物分かりがいい。社内で反対された意見がお得意からは支持される。よくある話だ。野々村氏が固形フードの粉がついた唇を尖らせた。

「一回分が、ひとかけなんて、無理だよ」

そっちかよ。

「無理を言うな、塚本。非常識だぞ」

部長が野々村氏の肩を持つ。どっちが非常識だ。自分をないがしろにして話が進むのを邪魔したいだけだろう。

「ちょっと待ってください」

藪内から声がかかった。助かった。技術系のスタッフには細かいやつが多いが、考え方はおおむね現実的だ。だが、喜ぶのは早かった。中指で眼鏡のブリッジを押し上げている顔は不服そうだ。

「なぜ、あなた方だけで、決めるんですか？　僕らはあなた方の会社の社員じゃないんですよ」

珍しく早織さんが夫の言葉に頷いている。仁太は誰かが言葉を発するたび、テニスのラリーを見守るように、首を右に向けたり左に向けたりしていた。隣の犬もだ。

「勝手に話を進められるのは、心外ですね」

藪内の言葉に野々村氏が拍手を送る。「心外だよね」

プレゼンは失敗。社内からも社外からも猛反発だ。賢司がプレゼンボードよろしくかかげていたパッケージに野々村氏が手を伸ばしてくる。阻止する気力もなかった。

これで決まりだな、と言いたげに部長が鼻を鳴らす。

「みなさんのおっしゃる通り。食い物のことをお前にとやかく言われる筋合いはない。辛気臭いことばかりほざいて場を暗くしやがって。もっとどしっと構えろ。外人さんに笑われるぞ。小賢しいまねをせんでも、すぐに救助が来る。明日、朝一《アサイチ》で」

賢司にというより、自分の力をひけらかすために、他のみんなへ聞かせている言葉だ。

「さ、副社長、お召し上がりください。遠慮なさらず」

「やぁ、ありがとう」

「来るっていう保証は？」

焚き火から少し離れた場所で声があがった。女にしてはやや低めだが、よく通る声。主任だった。小指を立てて非常食をつまみ上げていた野々村氏の手が止まった。

「あ、ん？」部長が主任のいる方向に首を振り向ける。が、課長や賢司の時のように睨みつけたりはしない。目を合わせないようにしていた。

部長が部内で唯一苦手にしているのが、主任だ。表立って部長に逆らったりはしないが、おべんちゃらを使うこともない。命令に不服がある時には、平気で鼻を鳴らす。業務連絡以外の会話もなし。年頃の娘と父親みたいな関係にあるのだ。その主任がまた、珍しく自分から部長に声をかけた。

「部長、明日朝イチは、確実？」

部長は娘から久しぶりに話しかけられた父親さながらに狼狽している。そして、娘に嫌われる父親の見本みたいに逆切れした。

「確実なわけが、あるかっ」

その言葉は、藪内と早織さんにとって楽観という魔法を解く呪文だった。夢から覚めた表情の早織さんが、野々村氏の手にした固形フードに非難がましい目を向けると、野々村氏は食べかけをそそくさと箱の中へ戻した。

「そうだよねぇ。食べ物は大切にしなくちゃ。明日の午後一《イチ》になるかもしれないし」

主任が立ち上がり、両ひじに手を添えた腕組みをして、一同を眺めまわした。意識してそうしているのかどうか、ちょうど焚き火の炎がアンダーライトになる場所だ。

「食糧は塚本に管理させます。当社がどうの、肩書がこうのではなく、いちばん年下ですから。みなさん、よろしいでしょうか」

勢いに押されて藪内と早織さんが頷く。野々村氏も。部長はふてくされて蓑虫みたいにすっぽりとブランケットにくるまってしまった。「いちばん年下」という言葉を聞いた仁太が自分の顔を指さしていたが、主任は気づいていない。

「じゃあ、塚本、よろしく」

非常食糧が入った袋を拾い上げ、賢司に投げよこしてきた。

問題はもうひとつあった。より深刻な問題だ。

水。賢司たちが海に入っている間に、残り十個だった飲料水のパッケージは八つに減っていた。一つは野々村氏が、もう一つは薬を飲むために部長が空け、飲み残しは小便をした後、手を洗うために（おいっ！）使ってしまったそうだ。

たった１２５ｃｃが八個。十人で５００ミリペットボトル二本しかない計算だ。

「水は、どうしましょう」

誰にともなく声をかけると、ふてくされ蓑虫の部長が睨みつけてきたが、今度は何も言わなかった。視線に気づかないふりをして言葉を続ける。

「もう残り少ないんです。一人ずつだとコップ半分ぐらい。とりあえず、これを十等分しなくてはなりません」

飲料水のパッケージをみんなに見せた。袋はいらなかった。両手でかかえられる量しかないのだ。

「回し飲みするか？」部長の脅威が去ったためか、課長が久しぶりに発言する。「コップはないしな」

「あ、それなら」

早織さんがウエストポーチから何かを取り出した。飛行機に備えてあったゲロ袋だ。さらに取り出した小さな鋏で、その一部を切り取り、ふっくらした膝の上で折り紙をしはじめた。何をしているのかと見ているうちに、紙コップが折り上がる。

「これ、使ってください」

なんだか凄い。早織さんのウエストポーチは、ドラえもんの四次元ポケットだ。他の男たちと一緒に、賢司も思わず「おお」と叫んでしまったが、考えてみれば、コップがあろうがなかろうが根本的な解決には何ら関係ない。明日は救助隊より雨の到来を待つことになるかもしれない。不安で胃がきりきりしてきた。

「はい」仁太がいきなり手を挙げた。「はい、はいっ」

右手をまっすぐ伸ばして賢司の目を捉え、「はい」を連呼する。指されるのを待っているらしい。

「はい、仁太君」

賢司が指名すると、わざわざ立ち上がって、こう言った。

「十等分じゃないよ。十一等分だよ。機長さんの犬の分は？」

そうだった。十人じゃない。もう一人、いやもう一匹いた。

部長が不思議の国のアリスに出てくる芋虫みたいな不機嫌な顔で言った。

「犬のぶんなんぞ、ない」

「え――っ」仁太が絶句する。

仁太の声に呼応して、何も知らない犬がのん気に吠えた。

「バウ」

「しかし、動物愛護の観点から考えますと……」課長が珍しく部長に異を唱えた。とはいえ部長の顔を見てはいない。「救助された時、犬に水や餌を与えていなかった場合、我々が国際的な非難を浴びることになる可能性もあるのでは」

　客観的な言動を装っているが、犬を心配しているのだ。課長は自宅でミニチュア・ダックスフントを飼っている。ブランケットの隙間から睨まれていることに気づくと、途中で口をつぐみ、焚き火の番に戻ってしまった。

「じゃあ、ぼくの分を半分コにする。それならいいでしょ」

　この言葉には誰も異論はなかった。「俺のも分けてやるよ」仁太にそう言ってやりたかったが、賢司の唇は動かなかった。愛犬家の課長も、いや自分のを半分やる、とは言わないだろう。

「私たちの救助って、どうなっちゃったんでしょう」早織さんが焚き火に問いかけるように呟く。「ちゃんと捜してくれてるんでしょうか」

「もちろんだよ」

　藪内が隣の早織さんへ、筋を痛めるんじゃないかと思うほど首をねじ曲げる。が、早織さんは髪を梳《す》くのにかこつけて顔をそむけてしまった。妙な夫婦だ。藪内はさっきから自分のブランケットの半分を譲ろうとしているのだが、早織さんはそのたびに体をずらす。二人は初デートをするティーンエイジャーのような距離を保ち続けて、焚き火の周囲を時計回りに移動していた。

首を元に戻した藪内が、捨て犬みたいな表情で言葉を続けた。

「夜になったから、いったん打ち切られただけだよ。ニュースでよく聞くじゃない。明朝から捜索が再開される、っていうフレーズ」

なるほど。「明日朝一《アサイチ》」なんて妙な自信を持っていたのは、部長なりの根拠があってのようだ。賢司と仁太が高台に登っているあいだに、みんなに自説を吹聴していたのかもしれない。

「でも、保証はない」

主任のひと言が、藪内の言葉にすがりつこうとしている人間を――じつは賢司自身もその一人だ――焚き火の明かりしかない暗闇に引き戻す。主任が顔を覗きこんできた。

「ねぇ、塚本、トイレの場所を決めて」

「僕が？」

「そう」

今日のプレゼンターはお前だ、と言っている眼差しだった。長さが不揃いになっていた睫毛が、いつの間にか元に戻っている。早織さんのウエストポーチに比べたらずっと小ぶりだが、主任の化粧ポーチも男の目には小宇宙だ。

「えー、みなさんご意見は……」

主任がぴしゃりと言う。

「多数決は必要ない。誰かが決めればいいこと」

「では……」海を眺めていたから、思いつきで言ってみた。「海岸を利用したらどうでしょう。水洗になりますし。砂浜の両側に岩場がありますよね。あそこの蔭で」左手の岩場のほうが身を隠しやすそうに見えた。「男性は右手。女性は左手」

仁太が手を挙げた。「はい、はいっ」

「はい、仁太君」

「ウンコもしていいの？」

「じゃあ、男の大は左の手前の小さい岩場。できるだけ海の中に入って。ここは海流が右から左へ強く流れてますから、きれいさっぱり流してくれると思います。使用中のサインとして、手前に椰子の葉を立てるってことでどうでしょう」

賢司の言葉にみんな真剣な表情で頷く。自分でも不思議だった。なぜ俺は、こういうどうでもいいことだとすらすら決められるんだろう。仕事の仕切りは下手なのに、宴会の幹事をやらせればピカイチ。入社してまだ一年足らずなのに、部内ではそんな嬉しくもない評価を得はじめている。

「そんなもの、決めなくていい。小便ぐらい、好きなところでさせろ」

部長が声を尖らせた。好きなところというのは、焚き火の近くの暗がりが怖くない場所のことだと思う。

「……でも、決めていただかないと困ります……特に女性は」

早織さんの声はか細かったが、サイモンの体から毒を吸い出すという勇敢な行為の後だったためか、逆らいがたいご神託に聞こえた。

「じゃあ、さっそくしてこよ。右だよね。向かって右？　ナイフ持つほう？」

野々村氏が立ち上がり、フィレステーキを切るしぐさをしてから右手へ走って行くと、すねてブランケットを揺すっていた部長がおとなしくなった。

指が疼いている。ボートの漕ぎすぎで豆ができたつけ根ではなく、右手の親指が。携帯のボタンを求めてうずうずしていた。日本では毎晩、帰宅途中の電車から菜緒子へメールを送るのが賢司の日課だった。携帯のヘビーユーザーではないが、ないとわかると落ち着かない。自分が重要な部品を欠落させた、できそこないの機械に思えてくる。

飛行機が遭難したニュースは、もう日本に伝わっているだろうか。菜緒子はどんな思いでそれを聞いただろう。ショックで倒れたりしてなければいいけれど。

海から戻ってきた野々村氏が両手を振って水しぶきを飛ばしながら言った。

「ねぇねぇ、いいこと思いついたよ。僕らがここにいることがわかるように、目印をつくろうよ」

押し黙って焚き火を見つめていた全員が顔をあげる。ただの馬鹿だと思っていたが、とんでもない。時にはいいことを言う馬鹿だ。野々村氏の水しぶきを食らった部長は、渋面をハンカチで拭っていたが、それでもお追従は忘れない。

「さすが副社長。名案です」

胸の前で拍手をしている早織さんを横目で眺めていた藪内が、発言の不備を突く調子で言う。

「でも、目印と言ったって、何があります？」

「浜辺にSOSって書くに決まってるじゃない」早織さんが侮蔑の目を向ける。

課長が珍しく逡巡することなく否定した。「いや、ここが低空飛行の航空機の航路でもないかぎり、それは現実的じゃないな。海岸に旗を立てるとか」

「旗なんてある？」主任が鼻を鳴らす。

「はい、はい」

「はい、仁太君」

仁太が主任から譲られているブランケットをつまんでみせた。

「このふとんは？」

「すごい、仁太くん。グッドアイデア」

早織さんに褒められた仁太が照れて、喉をくすぐられる猫みたいな顔をした。

そこで気づいた。もうひとつ、問題が残っている。

夜が深《ふ》けて、気温はますます下がっている。賢司の体に張りついた生乾きの服は、さながら保冷剤だった。少しでも厚着をと、誰もがライフジャケットを羽織っているが、とてもじゃないがダウンジャケットのかわりにはならない。これでは眠れそうもなかった。

「ブランケット、どうします？　七枚しかない」

「もう、こいつに二枚はいらないだろう」課長が体格にライバル心を燃やしているサイモンから一枚をひっぺがす。「これでも九人で六枚か。どうやって分ける？」

「やっぱり、体の大きさの順かなぁ。今日の飛行機の席もそれで決めたじゃない。あれと同じ順番でいこうよ。体重の軽い人は、二人で一枚にしてもらって」

野々村氏がブランケットをかき合わせながら言う。手放す気はさらさらないらしい。部長も亀のように首を引っこめた。

「さすが副社長。名案だと思います」

仁太のほうが大人だった。主任にブランケットを返して言った。

「ぼくはじっちゃんと使う。機長さんの犬もいっしょ」

「どっちにしても、僕と早織さんは一枚でいいです。夫婦ですから」

藪内がまた十センチ早織さんににじり寄り、早織さんが十五センチ遠ざかった。

「じゃあ、これ使っていいのか？」課長がサイモンから剝がしたブランケットにそそくさとくるまってしまった。

「えー、となると……」頭が混乱してきた。あれ、結局、俺はどうすればいいんだ？

主任と目が合った。ブランケットを洗濯物みたいに畳んで膝かけにした主任が、手まねきするように裾をひらつかせた。

「私は構わないよ」

「あ」野々村氏が短く叫んでブランケットを放り出す。「僕、誰かと一緒に使ってもいいよ。こう見えて、スリムだし」

「なにをおっしゃいますやら、副社長。恰幅がおよろしいのに」

部長が世話焼きママのようにブランケットを野々村氏にかけ直し、胸をとんとんと叩く。

「お使いなさいまし、ぞんぶんに」

「いいよぉ」

「ご遠慮なさらず。さ、さ、さ」

26

三十六、三十七、三十八……
じっちゃんがかけている薄いふとんの隅っちょに潜りこんだ仁太は、夜空の星を数えていた。すごい数だ。

隣では機長さんの犬が眠っている。アンカみたいに温かい。最初は吠えられたけれど、体を掻いてあげているうちに、仲良くなれた。仁太の家で飼っている小太郎と同じだ。首輪の真下を掻いてやるとすごく喜ぶ。

理科の時間に習った星座は、ひとつも発見できなかった。北斗七星も、小熊座も、カシオペアも。そもそも仁太はそのくらいしか星座の名前を知らない。

重くなりかけているまぶたを押し上げて目を見開いた。星空をカメラで撮りたかったけれど、飛行機と一緒に沈んでしまった。だからこの風景をしっかり覚えておこう。

そして明日、絵日記に書くのだ。ほかに宿題をやっていないし。夏休みドリルは飛行機と一緒に沈んでしまいました。そう書いておこうか。嘘だけど。

あれ？　どこまで数えたっけ。

三十七、三十八、三十九……

大人の人たちは、救助隊がいつ来るのかを心配していたけれど、仁太はそうでもない。来てくれないと困るけれど、来るのはもう少し先にして欲しかった。だって、まだこの島をほんの少ししか探検していないのだ。

人が死んでしまったほどの事故だ。怖いことは確か。でも機長さんには申しわけないけど、わくわくしている気持ちも半分ある。

四十三、四十四、四十五……

こりゃ眠れそうにないや。そう思った一分後に、仁太は眠りに落ちた。

27

いま何時だろう。時計が壊れてしまった賢司にはわからなかった。

焚き火に残りの薪をありったけくべて、九人が六枚のブランケットに入ったのは、ずいぶん前だ。「いつまで、こうしていてもしかたない」誰ともなくそう言いだして、明日は海岸にブランケットの旗を立てる。何組かに分かれて島を探索する。それだけを決め、残った水のうちの三パックを九人で分けて飲み、眠ることにしたのだ。

みんな寝つけないようだった。アルミ素材のせいか、ブランケットは誰かが寝返りを打つたびに枯れ葉のような音を立てる。が、そのうちにひとつふたつと、がさがさ鳴っていたブランケットが静かになった。眠っているのか、息を殺して不安に耐えているのかはわからないが。

賢司は焚き火からいちばん離れた場所で、仰向けに寝ている。下は砂だが、思っていたより寝心地は悪くない。生地は薄くても、特殊な加工がほどこされているのか、ブランケットは暖かかった。

とはいえ片手と片足は外へ投げ出して、隣で眠っている主任の体に触れないようにしていた。そうしないと、思い浮かべていたはずの菜緒子の面影がいつのまにか、さっき見てしまった主任の白い尻にすり替わってしまうのだ。

空は晴れているらしい。おびただしい数の星が瞬いている。夜空が星の重さに耐えきれず、いまにも落ちかかりそうに見えて、美しいというより恐ろしかった。

疲れきった体は重く、横たわったとたん砂に吸いこまれそうだったが、眠気はいっこうに訪れない。冴え切った目を無理やり閉じると、星雲を思わせる灰色の渦巻きが見えた。星雲のところどころにはカボチャが浮いている。飛行機が沈む時に巻きこまれた水流だ。まぶたの裏の光景はすぐにボートから眺めた絶望的な大海原に変わった。それから機長の顔が浮かんだ。ハロウィンのお化けカボチャみたいな顔をこちらに向けて笑っている。

「オイアウエ！　これから大変だけど、ヘインガペね」

どこかから救助隊のヘリコプターの音がしまいかと、耳を澄ましたのだが、聞こえるのは潮騒と、海風が木々を騒がす音と、誰かのいびきだけだった。

がさり。ブランケットが動いた。主任がこちらに寝返りを打ったことが、肩先に吹きかかる息でわかる。また少し体を離すと、寝ているとばかり思っていた主任が声をかけてきた。

「塚本、起きてる？」

「ええ」

言葉の続きを待ったが、それっきり口をつぐんでしまった。寝言だったのかな。主任に背を向けたとたん、賢司の背中に温かい体が押しつけられた。

え？

肩甲骨のあたりで、菅原主任が囁いた。

「……怖い」

28

なんで私、こんなところで寝てるんだろう。寝返りを打つふりをして体を密着させようとする昌人を肘で払いのけながら、早織は爪を噛み続けていた。不安に苛まれた時の昔からの癖だが、昌人と婚約してから以前より酷くなった。かりかりかりかり。

どうしてこうなるの。最初は浜辺についた瞬間に、助かったと思った。すぐにでも誰かが駆けつけてくれる。報道陣が来るかもしれないから、お化粧を直しておかなくちゃ。そんなことも考えた。

ああ、そういえば、お化粧を落としてない。明日の朝はきっとお肌がびがび。お風呂に入ってないから砂まみれの髪がかゆいし。昌人に近づいて欲しくないのは、自分の体の臭いが気になるのも理由のひとつだ。なぜ、私、ここにいなくちゃならないの。

この近くに人がいない――信じたくはないが、塚本クンの話では、無人島――とわかってからは、「救助が来ないのは、暗くなってしまったから。明日の朝になったら、また捜索が始まって、すぐにここから救い出される」誰が言いだしたのかわからないけど、その言葉を信じた。

昌人は自分のセリフだと思いこんでいるようだけれど、じつは誰もそんなことは言っていなかったのだ。「飛行機が墜落したのだから、救助が来ないはずがない」「なかなか来ないのは、暗くなってきたから」「明日の朝から捜索が再開されるに違いない」みんなが口々に言う当てずっぽうや希望的観測をつなぎ合わせて、誰もが都合のいいストーリーをつくっていただけ。

塚本クンは悲観的すぎる気がするけれど、「ここは飛行機が落ちた場所からだいぶ離れているから、捜索には時間がかかるはずだ」という彼の言葉のほうが正しいのかもしれない。確かに明日、救助の人たちが来る保証なんてない。あさっての保証だってないのだ。

潮騒と風の音にまじって、時おりどこからか、鳥なのか他の動物なのか、得体の知れない鳴き声が聞こえてくる。そのたびに早織は身を震わせ、かりかりと爪を噛んだ。

昌人はいつのまにか、いびきをかいている。気が小さいのか大きいのか、よくわからないヒトだ。早織は眠るどころじゃなかった。かりかりかりかり。ポーチの中のチーズおかきをあとでこっそり食べようと思っていたけど、食欲はぜんぜんない。不安でお腹いっぱいだ。

どうするの？　私たちいつまでここにいることになるの？

男が六人（もちろんこの場合の「男」というのは、子どもとおじいちゃんを除外）で、女は二人だけ。しかも私のほうが若くて、胸も大きい。男って、すぐケダモノに変わるから、心配。

ああ、どうしましょ。もしずいぶん日にちが経ってから、ここから助けだされたとしたら、人々は好奇の目を向けてくるに決まってる。世間は無責任に騒ぎ立てるだろう。この島での赤裸々で複雑な男女関係を。もしマスコミの取材を受けたら、なんて答えたらいいの？

「身の危険は感じませんでしたか」

「入籍されず、婚約を破棄されたのはなぜです」

「お腹の子はどなたの子？」

私には伏目がちに曖昧な微笑みを浮かべることしかできないだろう。「手記を書いて欲しい」なんて話が舞いこむかもしれない。書けません、そんな恥ずかしいこと。だめです、困りますぅ。かりかりかりかりかりかりかりかり。

『危険なアバンチュール』

『孤島のアモーレ』

『無人島の白雪姫と六人の狼』

自分が書くことになるかもしれない手記のタイトルを考えているうちに、疲れすぎたのだと思う、このまま朝までくるはずがないと思っていた眠気が襲ってきた。朦朧としはじめた意識の隅で、早織は誰かがむくりと起き上がる物音を聞いた。

トイレに行こうとしているわけではないようだ。焚き火の周りを歩きまわっているみたいだった。

誰だろう、こんな時間に。だいぶ前、残り火のほのかな明かりを頼りに、最後に時計を見た時でさえ、もう午前二時だった。確かめようとして首を振り向けるには眠りの誘惑は強引で、早織はあらがうすべもなく、睡魔に身を委ねた。


ミッドナイト・スクープ。続いて、海外からの気になるニュースです。

まだ記憶に新しいラウラ国際航空機遭難事故の犠牲者の一人と見られていた、米国の貿易商トニー・ルチアーノさんの生存がニュージーランドで確認されました。ルチアーノさんは、中国で毛皮製品の買付けを終えたのち、休暇のために南太平洋を訪れたとされていましたが、本人によると環境テロ組織と思われる集団に監禁され、数日前に解放されたとのことです。米国当局は、ルチアーノさんの証言から、リーダーである「ジョー」と名乗る人物を、捕鯨船の爆破、漁船への発砲などの容疑で国際指名手配されているジョセフ・サイモン容疑者と見て、行方を追っています。

29

ばきゅーん。

いきなり拳銃の音がした。

それが自分のくしゃみだと賢司の寝ぼけ頭が気づくまでに、少し時間がかかった。半開きの目に飛びこんできたのは、明けはじめた空だった。一睡もできないだろう、そう思っていたのだが、人間の生理というのは、精神より逞しいようだ。なにしろ疲れ切っていた。

頬がかゆい。額も、それを掻こうとした右手の甲も。あちこちを蚊に刺されている。左手を動かそうとしたが、動かなかった。肘の上に主任の頭が載っていたからだ。賢司の体からはブランケットが消えている。主任が体にぐるぐる巻きつけていた。

「ほら、寒いから」昨夜、かけてくれた、優しい言葉と自分のぶんを犠牲にしたたっぷりのブランケットは、なんだったのだろう。夢か？

主任が背中に取りすがってきた時、賢司もそれに応え、身を翻して、抱きしめてしまった。たぶん賢司も怖かったのだ。子どもみたいに胸に顔をすりつけてくる主任の髪を撫で続けたのは、じつは自分も誰かに同じことをして欲しかったからだ。

最初に顔を近づけたのは、どちらからだったろう。わからないほどごく自然にキスをした。主任の唇からは固形フードの柑橘系《かんきつけい》の果実の香りがした。

こんな時に欲情するほど賢司の神経は図太くはない。そうしたのは、自分たちはだいじょうぶ、この件に関しては問題ない、そんな決裁印をお互いに押し合っただけだ。

と思う。本当だよ、菜緒子。

そっと腕を引き抜こうとしたのだが、目覚めさせてしまった。主任の体がもそりと動く。ブランケットで顔を覆ったまま、髪をぼりぼりと掻きはじめた。

「おはようございます」

会社に出勤した時の声で挨拶をすると、主任も職場でのいつもの答えを返してきた。

「おう」

唯一違うのは、こちらに顔を向けようとしないことだ。最初は昨夜の出来事を恥じらっているのかと思ったが、そんなに甘い人じゃなかった。

「こっちを見るな」

ブランケットをすっぽりかぶったまま起き上がり、そっぽを向いてポーチを手探りする。探しあてると、ポーチを握りしめて、森の方へ走って行ってしまった。主任は昨日、みんながブランケットにくるまるのを待ってから、海岸へ化粧を落としに行っていたのだ。

起き抜けの喉は、干からびたパイプだった。ああ、水が飲みたい。残り少ない飲料水のことを思い出して、我慢の唾を呑みこむ。

昨日の嵐はなんだったのだと言いたくなるほど、空はよく晴れていた。雨の降る気配はまったくない。

救助が来ず、雨が降らなければ、水を探すしかなかった。川の水でもなんでも飲まなくては。トンガの水は比較的安全と言われても、生水にはけっして口をつけなかった昨日までの自分が他人のようだ。怖いのは水にあたることじゃない。この島に真水が、川や泉がある確証がどこにもないことだ。胃がきりきりしてきたから、それ以上考えるのをやめた。

オイアウエ。なんとかなるさ。

とりあえず、みんなを起こそう。残りの水を飲んで、ＳＯＳの旗を立てなくちゃ。

立ち上がった賢司は、酷い筋肉痛に呻き声をあげる。昨日のボート漕ぎのつけだ。腰をさすり、肩を揉んでいるうち、自分と主任より先に起き出した人間がいることに気づいた。焚き火から少し離れた椰子の根もとに背中を預けた人影がある。

驚いたことに、サイモンだった。素肌の上にジャケットをはおっている。二人目の犠牲者か、と覚悟していたのに。「具合はどうだ。痛みはないか」という言葉を頭の中で英作文しながら歩みよったのだが、やつが何をしているのかを知ったとたん、口から別の言葉がほとばしり出た。

「おい、お前」

サイモンが振り向いた。

「グッモーニン」

能天気な声が返ってくる。ふざけるなよ。思わず大声を出した。

「グッドモーニングじゃないっ」

焚き火の周囲のブランケットから次々と頭が飛び出した。サイモンが肩をすくめる。

「ホワ？」

ホワットじゃない。サイモンが手にしているのは残り少ない飲料水だった。しかもヤツの周囲には、空になった容器が散乱している。一、二、三……四個。

賢司はサイモンの手から飲料水のパッケージを奪い取った。最後の一個だ。

これももう空。一瞬首をかしげたサイモンが、すぐに顔色を変えて喚きはじめた。意味は不明だが、激怒していることは、みるみる赤くなっていく顔を見れば一目瞭然だった。怒りたいのは、こっちだ。賢司も怒鳴り返した。

「なんてことするんだ、馬鹿野郎、あほたれ、アスホール《くそやろう》」

映画で覚えた英語の詰り言葉を口にしたとたん、胸ぐらをつかんできた。賢司もつかみ返す。上等だ。すっかり元気になったじゃないか。誰のおかげだと思ってるんだ。

サイモンが賢司から手を離した。自分の非に気づいたわけじゃなかった。ジャケットを脱いで凶悪そうなタトゥーを日に晒《さら》し、ボクシングのファイティングポーズをとった。サイモンと右胸のコブラと脇腹のしゃれこうべがいっせいに賢司を睨む。

「ドント・アクト・ステューピド《ばかなことはやめて》」

主任が叫んでいる。化粧が終わっていない顔をこちらに向けていないのかもしれない。サイモンを静止させた昨日ほどの迫力はなかった。

拳が飛んできた。まだ完治はしていないようだ。足がよろけていたから、全身筋肉痛の賢司にもたやすくパンチが避けられた。やったろうじゃん。昨日のように臆したりはしなかった。喉の渇きと、心の底に沈めている恐怖が賢司を殺気立たせていた。

蹴りをくり出すために、足を振り上げたとたん、

「やめろ、塚本」

後ろから課長に羽交締めにされた。冷静になれ、喧嘩をしてどうなる、と説得されるのかと思ったら、いつになくドスのきいた声でこう言った。

「俺がやる」

温厚に見える課長も、いまの状況に苛立っているのだろう。職場では見たことがない獰猛《どうもう》な表情になっていた。肩を揺らして、賢司の前に出ようとする。サイモンは課長へタイトルマッチの対戦相手を値踏みするような視線を走らせていたが、引き下がらない賢司を見て、二対一の不利な形勢になったと判断したらしい。ファイティングポーズを解き、ハリウッド映画風に両手を肩の上で広げた。

「ナッツ《いかれたやつら》」

再び拳を握ったが、それを叩きつけた相手は、賢司でも課長でもなく、椰子の幹だった。

さっきのパンチが当たらなかったのは幸いだったかもしれない。八つ当たりされた椰子の木が、はるか頭上の葉が騒ぐほど揺れた。

その瞬間だった。

砂浜に何かがぽとりと落ちた。

椰子の実だ。

あ。

30

椰子の実には、たっぷりジュースが詰まっている。仁太がそのことを知ったのは、ガダルカナルのレストランで、同じツアーの人たちが椰子の実の器のジュースを頼んでいるのを見た時だ。

どんな味なのかは知らない。飲んでみたくて、「ぼくたちもあれ頼もうよ」と言ったら、じっちゃんがこう答えたからだ。

「あれはいい。昔さんざん飲んだ。思い出したくない」

じっちゃんがそう言うのなら、まずいのかもしれない。でも、飲んでみたい。

その椰子の実ジュースを飲めることになりそうだった。なぜかというと、もう水がないからだ。

今日は朝からみんなで椰子の実採り。といっても、この島の椰子の木はみんな背が高くて（大きいものだと鉄塔ぐらいある）、しかも椰子の実は、木のいちばん上にしか生えていない葉っぱのつけ根にぶら下がっているから大変だ。

砂浜沿いにある椰子の木の一本一本を、サイモンさんがパンチする。続いて賢司がキックする。最後に安田さんが体当たりをする。衝撃で実を落とす作戦だ。三人の連携プレーは、さっきまで喧嘩をしていたとは思えないほど息が合っているけれど、なかなかうまくいかない。いまのところ、収穫はゼロ。

いちばん賢そうな藪内さんは森から長い枝を拾ってきて、賢司たちとは反対方向の浜辺へ実を採りに行った。ちょっと太めの、おねえさんぽいおばさんの早織さんを誘っていたけれど、断られたから、一人で。棒で実を突っつく作戦だ。でも、なにしろ鉄塔だから、物干しザオぐらいのあの枝じゃ難しい気がする。

仁太はほかの人たちや機長さんの犬と一緒に、落ちている実を探して歩きまわった。いつもは早起きのじっちゃんは、まだ寝ている。昨日の水泳でそうとう疲れたみたい。

みんな必死だ。なにしろ他に飲み物がないんだ。ここにはファミレスやコンビニはもちろん、自動販売機も水道の蛇口もない。何か飲みたければ、自分たちで探すしかないのだ。探検隊は、つらいや。

菅原さんというきれいなおばさんが、実をひとつ拾った。これで二個。まだぜんぜん足りない。

早織さんは椰子の実より、花摘みに熱心だ。「ココナッツジュースには花を添えるものなのよ」そう言って。

ああ、早く飲みたい。まずくたっていいから。あんまり好きじゃない豆乳だって、いまならコップ三杯は飲めるだろう。

寝る前にみんなで少しずつ分けあった水は、ほとんど機長さんの犬にあげてしまったから、仁太は夜、オレンジジュースのプールで泳いでいる夢を見た。

今朝も喉の渇きで目を覚ました。飛び起きて、階段を駆け降りて、冷蔵庫から麦茶の入ったボトルを取り出して、いちばん大きなコップにとぷとぷ注いで、片手を腰にあてて（飲み物を一気飲みする時の、仁太のいつものポーズだ）、ぐいっと飲もう、と考えて、ふとんをはねのけた瞬間に気づいた。

そうだ、ここは無人島だった。はにゃはにゃあ。

夜中に蚊に刺されまくって、体中がかゆかゆだったが、そんなこと忘れてしまうほど喉がからから。口にはもう唾も出てこない。昇ってきた太陽の光がじりじりと、仁太の刈り立てのうなじに照りつける。干しイカになった気分だ。干しイカなのに、汗が出る。水を欲しがって体がぶるぶる震え出していた。

こんなに喉が渇いたことがあったろうか、仁太の九年間の人生の中で（五歳から前のことは覚えてないけれど）。たぶんないと思う。真夏にみんなとサッカーをやる時だって、すぐ近くのコンビニに走ればよかった。体育の授業の後でだって、水飲み場や給食の牛乳があった。

はひぃ、ひぃ。どっかにないか、椰子の実。

椰子の実は薄い緑色で、巨大化したどんぐりっていう感じのかたちをしている。採るのも大変だけど、拾うのも難しい。たまに見かける地面に落ちた実は、芽や根が出ていて、色も黒ずんでいる。念のために振ってみるのだけれど、菅原さんが拾ったものと違って、音がしない。中にジュースの入った実は、振ると、たぽたぽと水の音がするのだ。

賢司は、キビシイ。みんなできちんとした量を分けるためには、最低五個は採らないとだめだ、と言う。はにゃはにゃあ。

仁太たち「椰子の実拾い班」は、木の幹を蹴ったり叩いたりしている賢司たちを追い越して、海に向かって右手の砂浜を歩いている。先頭は椰子の葉っぱを日傘にした菅原さん。いちばん後ろをぶらぶら歩いて、みんなを怒鳴りつけていた部長さんの姿は、いつのまにか消えていた。

部長さんの名前は、賢司に教えてもらった。

パワハラさん。珍名さんだ。漢字ではどう書くのだろう。副社長と呼ばれている人は、ノノムダさんだそうだ。ノノムダさんは椰子の実採りには参加しないで、日乾しにしている衛星携帯の番をしている。

砂浜の向こうになだらかな山が見える。富士山を小型にしたようなかたち。もちろん雪の冠はなくて、てっぺんまでびっしり緑に覆われている。絵日記に描くのにぴったりのきれいな景色だけれど、いまの仁太には、じっくり観察する余裕なんてなかった。

いまは絵日記より水。はひぃ、早く飲みたい、椰子の実ジュース。

しばらく歩くと、砂浜の向こうに大きな岩が見えてきた。

近づくとそれが、岩というより小さな山と呼びたい大きさだということがわかった。しかも切り立った崖になっている。

菅原さんが、こっちを振り向いて、肩をすくめた。「だめだ」っていう表情。先へ進むには、三階建てぐらいありそうな岩の壁をよじ登るか、右手のジャングルみたいに木が生い茂った山の裾に入るしかないからだ。でも、平気。登山ならまかせて欲しい。

「ぼくが行くよ」そう言ったら、菅原さんはちょっとだけ笑って、首を横に振った。大切そうに握っていた椰子の葉の日傘を仁太に手渡しして、早織さんに声をかける。

「爪切り、貸して」

持ってるに決まっている、そんな口ぶりだったから、早織さんは、ちょっとムッとした顔をした。そんなもの、あるわけありません、って答えるのかと思ったら、腰に巻きつけたバッグをごそごそしはじめた。

あるんだ！　そんなに大きなバッグじゃないのに。信じられない。早織さんのバッグは魔法のバッグだ。

菅原さんは、爪切りを受け取ると、長く伸ばした爪をぱちんぱちんと切りはじめた。切り終わると、椰子の葉っぱを抜き取って、茎をヒモがわりにして、長い髪を後ろでゆわえた。それから、踵《かかと》が高くて歩きにくそうだった靴を脱ぐ。

岩に登るほうを選んだらしい。菅原さんが岩の壁を見上げて、赤い唇をきゅっと結んだ。仁太も岩を見つめて、口を結ぶ。もちろん、一緒にいくつもり。「子どもはだめ」って言われそうだから、後ろからこっそり。

菅原さんが岩のでっぱりのひとつに手をかけた時、パワハラさんの叫び声がした。

「あった、あったぞ」

砂浜の向こうで、ぴょんぴょん飛び跳ね、バンザイをするみたいに突き上げた両手を振っている。

「たくさんある。チェックミスはするなと言ってあるだろが、能無しどもめがっ」

その言葉を聞いたとたん、菅原さんが駆けだした。仁太も走った。後ろで早織さんが悲鳴をあげている。たぶん、ころんだのだと思う。

機長さんの犬（そう言えば、この犬はなんていう名前なんだろう）が仁太たちを追い越していく。でも、なんのためにみんなが走っているのかわからなかったらしい。とりあえずっていう感じで、パワハラさんに吠えかかった。

犬の声が賢司たちにも聞こえたようだ。「よせ、馬鹿犬」と叫んでいるパワハラさんめがけて、両側から駆け寄る。仁太もからからの喉から湯気が出るほど懸命に走った。

パワハラさんが犬に追いかけられながら指さしているのは、海岸から少し奥に入った、森の手前だった。「椰子の実拾い班」は下ばかり眺めていたから、見落としちゃったのだ。そこには背の低い椰子がたくさん生えていた。実の数は少ないけれど、大きさは背の高い木に生《な》っているものと変わらない。

サイモンさんが賢司を肩車する。賢司が長い枝を使って実のつけ根をがんがん叩く。

実が落ちると、みんなの歓声があがった。

椰子の実は人の顔ぐらいの大きさがあって、けっこう重い。両脇にひとつずつ抱えた実は歩くたびに、ちゃぽちゃぽちゃぽと水の音をさせた。

音を聞いているだけで、喉がうずうずしてくる。焚き火の基地まで戻ることになったのだが、待ちきれなかった。仁太の喉からは、いまにもコップを握った手が飛び出しそうだった。

焚き火の基地に椰子の実が積まれた。さっきまでケンアクな雰囲気だったみんなは、にこにこ顔だ。パワハラさんは得意顔で「俺のおごりだ」と言っていた。サイモンさんは口笛を吹いて賢司の肩を叩いている。安田さんの肩も叩こうとして、睨まれていた。

じっちゃんを起こしたけれど、「体が痛い」と言うばかりで、起きようとしない。しかたがないから、もらったジュースを枕もとへ運ぶことにした。藪内さんはまだ戻っていなかったけれど、もちろん待ってなんかいられない。

「じゃあ、いきますよ」

賢司が石を手にして言う。みんなが生唾を飲むように頷いた。楽しみだ、椰子の実ジュース。

「では」

石を振り上げると、何人かが喉を鳴らした。そのうちの一人は仁太だ。石が椰子の実にぶつかる。

かーん。

いい音がした。石がはね返された音。クイズ番組の不正解の効果音みたいだった。

みんなの肩ががくんと落ちる。

「あんがい硬いですね」言いわけをしながら、賢司が何度か強く叩くと、ようやく薄緑の皮にひびが入った。

みんながまた喉を鳴らす。仁太も。

椰子の実の皮の内側には、たわしみたいなごわごわした茶色の毛が詰まっている。

「あれ？」

皮と毛を剥ぎとっていた賢司が首をかしげた。中からまた実が出てきたからだ。今度のはたまねぎみたいなかたち。首をかしげながら、賢司はもう一度、石を握った。

かーん。

「使えんやつだ。貸してみろ、叩く場所を間違ってるんだ」

パワハラさんが実を奪い取った。逆さにして、まるい底の部分を叩く。

かーん。

不正解。

31

どうやって開ければいいんだ？　賢司は椰子の実をぼんやり見つめた。内側のもうひとつの実は、薄茶色で栗を思わせる形をしている。ココナッツジュースはプーケットに行った時に飲んだことがあるが、あの時はすでにストローを差しこむための穴が開けられていた。いま考えれば、ドリルで開けたような穴だった。

「貸してみろ」

課長が剝いた実を手に取った。ラグビーボールのように小脇にかかえて砂浜へ向かう。何をするのかと思ったら、右手の岩場の手前でいったん立ち止まり、いきなり走りはじめた。岩にトライを決めるつもりらしい。伸ばした両腕の先には椰子の実。

鈍い音がした。硬い殻が割れる音だ。

「おおっ」

みんなの歓声は一秒後にため息に変わった。派手な水しぶきがあがり、課長の手の中で実がこなごなに砕け散るのが見えたからだ。

「貴様、何をする、俺の椰子の実に」

部長の怒号は嗄《か》れ切ってかすれ声になっている。賢司も怒鳴りつけたかった。積み上げた椰子の実を、だ。水がすぐそこにあるのに、飲めない。渇きがさらに酷くなった気がした。尿意を我慢する時のように全身が震えはじめている。

課長が「もう一回」というふうにひとさし指を突き出して戻ってくる。指先には血が滲んでいた。自分が発見したから、部長はいつにもまして強気だ。新しい実を手に取ろうとした課長を一喝する。

「無駄だ、もうやめろ」

早織さんがウエストポーチをごそごそと探りはじめた。まさか、と思ったら、課長に渡すためのバンドエイドを取り出しただけだった。さすがの四次元ポケットも、今回は何も出てこないようだ。と思っていたら、

「これ、使えませんか？」

バンドエイドを元に戻すついでみたいに、何かを取り出した。

石斧だった。手のひらに載るほどのサイズだが、持つとずしりと重い。

「なんでしょう、これ？」

「フィジーのお土産屋さんで買ったんです。現地の人の昔の武器か何かで、ザリっていうものらしいです」

なぜこんなものまで？　首をかしげるみんなの視線に気づいて、早織さんが頬を染めた。

「南太平洋は昔ほど治安が良くないって聞きましたから……護身用と言うか……女のたしなみと言いますか……」

何はともあれ、早織さんの護身用具を使うことにした。石斧の刃先をナイフにして、実に突きたてる。もしかしたら、叩くのではなく、切ったほうがいいのかもしれない。

全員の視線が賢司の手もとに集まった。

すかっ。

皮の上を刃が滑る音。だめだ。歯が立たないとは、まさにこのこと。割れないし、切れもしない。

「メイ・アイ・ユーズ《俺に貸せ》」

サイモンが小馬鹿にした顔を向けて、片手をひらつかせる。賢司から受け取った石斧にキスのジェスチャーをすると、なぜか早織さんが吐息を漏らした。

「イッツ・ア・ショータイム」

すかっ。

「オーマイガー」

「はい、はいっ」仁太が手を挙げた。「じっちゃんなら、椰子の実ジュースの飲み方を知ってるかも」

早織さんがくりくりと頭を撫ぜてやっていた。「お年寄りには無理よ」

「ううん、昔、もう嫌だっていうぐらい飲んだって」

誰もがうつむかせていた顔を上げる。「ほんとに？」

「仁太くんのおじいちゃんってどこの生まれ？」

早織さんの言葉に、仁太が胸を張って答える。

「佐倉市」

サクラシ？　東南アジアのどこかか？

仁太が寝ている場所へ駆けていき、「敵襲〜」と叫ぶと、老人が跳ね起きた。

老人が椰子の実を手に取る。早織さんが外科医にメスを渡す看護師の面持ちで石斧を差し出したが、片手でそれを振り払った。賢司が集めた石を眺め、ひとつを指さす。

「それを寄こせ……そっちじゃない、その隣だ」

選んだのは、小ぶりで細長い石だ。誰もが息を呑み、残り少ない唾を飲む。実を撫ぜ、「うむ」とひと声唸ると、ヘタとおぼしき窪みのある場所に、石の尖った先を突きたてた。

「おおっ」

一撃で穴が開いた。

外側の皮を剥がしはじめた。ゆっくりとした手つきだ。内側の実を包んでいるごわごわした茶色の繊維を半分剥がすとまた、「うむ」と唸り、陶芸品を愛でるように手の中でころがす。みんなは片足で砂地をとんとんと叩いた。

老人が作業を再開した。ゆっくりゆっくり。焦《じ》れた部長が落ちていた椰子の繊維を蹴り飛ばして、叱られていた。

「何をするか。丁重に扱え」

外側の繊維をすべて剥がし終えると、内側の実を地面に置く。据わりが気に入らなかったらしく、高価な壺を床の間に飾ろうとするようにしばし向きを調整する。これも、ゆっくりゆっくり。みんなの地団駄が砂を削った。

おもむろに実の尖った先端のすぐ下へ石を振り下ろす。叩くでも切るでもなく、突きたてる感じだ。二度、三度。

四度目で、ずぶり、と鈍い音がして、石が実を貫通した。抜き取ると、そこには小さな穴。

「やったぁ」

「バンザイ」

「イエス！」

「じっちゃん、凄いや」

「バウ」

オイアウエ！　椰子の実ひとつで、大人も子どもも犬も大騒ぎだ。

32

一度、コツを呑みこむと、椰子の実割りは案外に簡単だ。

中のジュースをこぼさないように、まず外皮だけを割って剝く。取り出した内側の実——剝いた皮の中に入っていたのだから、これは種か。硬いから殻と言うべきか——の平らな面を下にして安定させる。置くのは砂地より硬い場所のほうがいい。老人は部長が座布団がわりにしていた平たい石を使っていた。殻の先端近くを、尖った石で突くように叩く。よく見ると殻には縫合痕のような三本の筋が入っている。その筋と筋の間を狙うのだ。いったん穴が開けば、最初は巨大なクルミかと思えた硬い殻が脆くなる。後は両手で抱えて石に叩きつけただけでも、ひびが入るようになる。

二個を割った老人を手本に、三個目は賢司が割った。四個目は課長。五個目はサイモンがタイガー・ウッズ・モデルのパターで割ってみせ、みんなの喝采と野々村氏の抗議の叫びを浴びた。

椰子の実を抱えてジュースを注ぐ賢司の手は、アルコール依存症のように震えていた。ゲロ袋製の頼りない紙コップを持つみんなの手も震えている。

全員で乾杯したかったのだが、誰もが次々とフライングをする。早織さんは三三九度みたいに両手でしおらしく紙コップを捧げ持っていたが、注がれたとたん、一度で飲み干した。仁太は片手を腰にあてて飲んでいる。部長は別の実を独占して一杯、二杯、三杯。そこでようやく空のコップを手にして目を輝かせているかたわらの野々村氏に気づき、椰子の実をとっくりのように振った。

「ささ、副社長。どうぞ一献。私が見つけた椰子ですわ。私がね」

賢司の分は課長が注いでくれた。

「ご苦労さん」

何だか忘年会で幹事の労をねぎらわれているみたいだ。こぼれそうなビールグラスを手にした時のように口のほうがコップへ近づいてしまった。もちろん一気飲み。

あれ？　なんだ、これ？

めちゃくちゃうまかった。

プーケットで初体験した時には期待が大きすぎたのか、ココナッツジュースをおいしいとは思えなかった。ポカリスエットを大量の水で薄めた感じの、三十パーツを返せと言いたくなる味だった。菜緒子も同じ意見で、「一度飲めばいいよね」「二度飲むやつはアホだな」なんて言い合ったものだが。

うまい。生ぬるいし、砕けた殻の破片がたっぷり混じっているのだが、それでもうまい。ソフトドリンクでも酒でもなく、ただの水を渇望していた喉には、薄味がかえって好もしかった。隠し味程度のかすかな甘さが嬉しかった。

二杯目からは手酌だ。紙コップの容量が少ないのは確かだが、それにしても、注いでも注いでもジュースが出てくる。賢司が慣れ親しんだ缶ビールの感覚で言うと、実ひとつに、５００ミリリットル缶一本半分は入っていた。何度でもアホになってやる。

「遅いねぇ」野々村氏が呟く。

「お気づかいなく。いつもそうなんです。頭の中のお時計さんがヒトと違うらしくて」

早織さんはなかなか帰ってこない藪内の話をしているのだが、野々村氏が気を揉んでいる相手は、海岸の先の水平線と空だ。

野々村氏だけじゃない、当面の飢渇の恐怖から解放されたみんなの関心事は、救助隊の出現に移っていた。沖合にいまにも船が見えるのではないか、海上にヘリコプターか飛行機が現れるのではないか、誰もの目が海に向けられている。

だが、海岸線の向こうの風景は、同じ絵葉書を眺め続けているかのように変わらない。

仁太は割れた殻にジュースを注ぎ、機長の犬に飲ませていた。犬は慣れている様子であっという間に飲み干し、満足げに舌なめずりをしながら、すぐそこの椰子の木に歩み寄って、片足を上げた。野々村氏が叫ぶ。

「ちょっとぉ、だめだよ、そこ。僕の携帯が……」

サイモンが飲み干した殻をアメフトのフォームで海へ投げる。ろくにココナッツジュースを飲まず、何やらぶつぶつ呟きながら椰子の繊維を拾い集めていた老人が、いきなり怒鳴り声をあげた。

「こらっ、それを粗末にするな」

小柄なのに大男みたいな野太い声だった。叱咤されたと気づいたサイモンが首をかしげ、肩をすくめた。なにがいけない？　ニホンの特殊な文化か、と訝《いぶか》っている表情だ。

「捨てるんじゃない。拾ってこい」

仁太のじいちゃんの剣幕に誰もが息を呑む。サイモンの真似をして椰子の木の間にPKを決めようとしていた賢司もなぜ怒っているのかわからなかった。老人は口を「へ」の字に結んでサイモンを睨みつけている。

主任が通訳をするとサイモンの片眉が上がった。ヤツがまたわめき散らし、老人に詰め寄るのは目に見えていた。課長がぽきぽきと指の骨を鳴らす。賢司も椰子の実を置き、身構えた。だが、意外なことにサイモンは、素直に主任の言葉に頷いている。

「イエス・サー」

老人に外国風の敬礼をして、浜辺へ走っていった。椰子の殻を拾って戻り、老人の前に立つ。今度は日本式のお辞儀をし、うやうやしく手渡した。賢司に対する態度とはえらい違いだ。椰子の実割りのオーソリティーである老人に一目置いたらしい。

老人は自分に集まる視線に構わず、もう中身のない文字通りの「殻」を大切そうに抱えて、石の上に置く。太極拳の型を思わせる例のゆっくりした手さばきで殻を割った。ほぼ真っ二つになった殻の内側はきれいな白色をしている。一センチほどの厚さの果肉がついているのだ。早織さんが両手で頰を挟んで声をあげた。

「ココナッツミルク！」

そうだった。椰子の実から取れるのは、ジュースだけじゃない。

老人は椰子の葉を何枚か重ねて地面に敷き、殻の破片でそこへ果肉をこそげ落とす。一片をサイモンに突き出した。

「食ってみろ」

サイモンは電信柱を嗅ぐ犬の表情になったが、老人にはやけに素直だ。口に放りこみ、片頰をふくらませ、それから薄茶色の目を丸くした。

「ファンタスティック！」

皮肉ではないらしい。二つ目を求めて自分から椰子の葉へ手を伸ばした。それを見たみんなも一斉に手を出す。賢司もだ。

弾力性の強いゼリーといった食感。かすかな甘み。クルミに似た香り。何の味だったっけ——そこまで考えて、ごくあたり前のことに気づいた。そうだ、これこそジュースではさほど味わえない、ココナッツ本来の味だ。

賢司も放り捨てていた殻のひとつを割ってみた。実の熟し具合によって果肉の様子も変わるようだ。賢司の割ったものは、最初に食べたものより硬い。シャリシャリした食感。これはこれで悪くない。ただし硬くてなかなか果肉が剝がれない。

見かねた主任が化粧ポーチを探り、取り出したものを差し出してきた。

「これ、きっと使えるよ」

睫毛をカールさせる道具だ。ビューラーと言うのだっけ。本当は渡したくないという様子がありありで、これは業務命令、というふうに言葉を足す。

「絶対に壊すな。二本しかないんだから」

ビューラーの先端のカーブは椰子の実の曲線とぴったり合っていた。硬い果肉もさくさくと削れる。まるでそのためにつくられた道具のように。

「ねぇねぇ、こっちのも食べてみて。おいしいよ」

老人を手伝っていた仁太が新しい殻を頭の上に載せて、椰子採り猿みたいに跳びはねる。

ココナッツジュースと、ぷりぷり、しこしこ、かりかり、いろいろなタイプの果肉。

ココナッツ三昧だ。

昨日はブランケットにもぐりこむ前、義務のように固形フードのほんのひとかけらを口に押しこんだだけ。水気のある食い物に胃が喜びの声をあげる。ようやく賢司は食欲を取り戻した。それはみんなも同じようだった。火の消えた焚き火の周りに座りこんで、全員が無心に飲み、昨日の分を取り戻すように、ひたすら食う。

「あああっ、もう飲んでるんですかぁ」椰子の葉陰で藪内が立ちつくしていた。「ひどいなぁ。必死で集めてきたのに」

両脇に挟んでいた椰子の実をぽとぽと落とす。どこまで行ったのだろう。寝癖のついた七三分けの髪に、葉っぱがからみついていた。

「むずかしいですね、椰子の実採り。叩くより付け根を折るつもりじゃないと、なかなか。採れそうなやつを探して、ずーっと海岸を歩いてるうちにジャングルに突き当たっちゃいました。ところで、どうやって割りました？」

抜けがけしようとして失敗したらしい。

「ジャングルって、どのくらい先にあるんですか？」

殻の器二杯を一気に飲み干した藪内に尋ねてみた。

「えーと、七百メートル、いや八百メートル、いやいや七百五十ってとこかなぁ。ああ、ここが熱帯かどうかは不明ですから、熱帯雨林《ジャングル》っていう言い方は、不適切かもしれませんが」

そんなことはいいから。「ジャングルの先まで行ってみました？」

「すごく深いんで中までは」

課長が頷く。「左手も進むのが難しいぞ。日本の森とはわけが違うんだ」

正面の斜面を登った賢司にも、二人の言いたいことはわかった。

「行きゃあ、わかる。口で言うのは簡単だけどな」

課長は部長が小便に行っている隙に煙草に火をつけ、けむりと一緒に部長へのあてつけを吐き出した。

「泳いで進んだほうが早いかもしれません。海はなかなかですよ。フィジーのリゾートよりきれいだな。魚もけっこういますし。ああ、釣り竿があればなぁ。せめて釣り糸さえあったら」

藪内が呟くと、早織さんがウエストポーチからいそいそと小さな箱を取り出した。裁縫セットだった。そこからミニサイズの糸巻をつまみ出して、そっぽを向いたまま、つつつと藪内のほうへ押しやる。

藪内は気づかない。つつつ。

まだ気づかない。肩を叩いて教えてやった。

「あ、すごい。ありがとう早織さん。じゃあ、今夜の夕飯は魚の炭火焼き、なんてね」

手を振って戻ってきた部長が、その言葉を聞きとがめた。

「なに縁起でもないことを言ってるんだ、君は。今夜もなにも、救助隊がまもなく来る」

部下を叱咤するような口調に、藪内がむっとした顔で言い返した。

「朝一《アサイチ》に来ませんでしたよねぇ」

「少々遅れているようだ。午後一必着だな」

部長の言葉には誰も頷かなかった。太陽はすでに十人の真上にある。もう昼だ。目の前に広がる海のどこにも船影はなく、空に浮かんでいるのは、賢司たちの焦燥などどこ吹く風ののどかな雲だけ。

「まぁまぁ、河原さん、かりかりしないで。ねぇねぇみんな、忘れてない？　そろそろ僕の携帯を使ってみるよ」

野々村氏が衛星携帯電話を椰子の実割り用の石に置く。

「おお、そうでした。これにて一件落着ですわな」

部長が携帯に向かってぱんぱんと柏手を打った。

野々村氏が取り外していたバッテリーを装塡し、極太のアンテナが伸びた大きな携帯電話を、テレビショッピングの司会者みたいに片手で差し上げた。

サイモンの携帯も沈黙したままのようだが、どちらにしても、ここで通常の機種が使えるとは思えない。交信に関しては最後の頼みの綱だ。誰もが息を呑んだ。

野々村氏が電源ボタンを押す。

「……あれ?」

再び押した。結果は同じ。

「おかしいな、もう一ぺん、やり直してみるよ」

野々村氏が裏カバーを開け、バッテリーを外して、砂粒を吹くしぐさをする。

頭をくっつけ合ってみんなで覗きこんでいると、カバーの内側、基板部分とのすき間から何かが這い出てきた。

蟻だった。見ているうちに、もう一匹、さらに一匹。

野々村氏の腕を伝いはじめた蟻をぼんやりと見つめて、サイモンが呟く。

「ベター・レイト・ザン・ネバー」

「遅くても来ないよりはまし」

主任が通訳し、それから自分の言葉をつけ足した。

「ゆっくり待ちましょう」

一同のため息は、同意のしるしだ。課長が投げ捨てた吸殻を拾って、ポケットにしまいこんだ。

焚き火を再開した。日が高いいまは、暖をとるための炎は必要ない。火を熾《おこ》したのは、煙を上げるためだ。「のろしを上げてみよう」主任の発案で、大量の葉を集め、それを燻《いぶ》している。

老人は割った椰子の殻を投げ入れていた。手伝ってくれているわけではなさそうだ。果肉のついた内側が下向き。今度は何をするつもりだろう。

立ちこめはじめた煙同様、みんなにまつわりついている重い沈黙を破るために、賢司は努めて明るい声を出した。

「藪内さん、魚、釣ってください」

隣に座る藪内は、強度を確かめているのか、神経質に早織さんの裁縫糸を伸ばしたり引っ張ったりしてから、気のない返事をする。

「ええ、でも、釣り針がないと……」

さっきの自信ありげな様子が一転、慎重な口ぶりになっていた。自分のすべきことが、もはやレジャーではなく、漁だと気づいたからかもしれない。早織さんが再び裁縫セットを手に取り、針を抜きだした。針先で藪内の肩をつつく。つんつん。

藪内は気づかない。

つんつん、つんつくつん、ちくり。

「痛たた……誰だよっ……あ、ああ……ごめんごめん、早織さんかぁ……え？　針があるんだ。ありがと……嬉しいな」

早織さんに向ける、いつもの暑苦しいほど情熱的な言葉と笑顔が三割引になっている。中指で眼鏡のブリッジを押さえ、繊細な実験をする研究員の目つきで針を凝視し、いちばん大きくて太いものを手に取った。

「刺繍針よ」早織さんが頬を染めて説明する。「それでキルトを編んだり、パッチワークをつくったりするの」

藪内が指先に力をこめると、ぐにゃりと曲がった。だが、それが問題だと言いたげに、賢司にだけ聞こえる声で囁きかけてきた。

「正直、大きな魚は無理かもしれませんね。糸も何本かを縒《よ》り合わせないと」

「小さくたって構わないですよ」マグロの一本釣りを期待しているわけじゃない。ここにはちゃんと食い物がある。救助が何日も来なくても、自分たちは生きていける。そう思えるだけでいいのだ。「俺、イワシがいいな。丸干しにしましょうよ」

気休めのジョークだったのだが、答える藪内の表情は真剣そのものだ。

「イワシはうようよしてます。あれは世界中にいますから。竿で釣るとなると、本来ならサビキという仕掛けが欲しいところですが。ブダイに似た魚もけっこういました。日本で獲れるのとは少し違うけれど。たぶんアオブダイの仲間でしょう。ブダイなら蟹か、岩場に張りついている藻を餌にすれば、比較的簡単に釣れます。蟹はね、イワガニがいちばんで……」

唇のはしに唾液の泡をつくりながら熱弁を振るう姿を見ていると、魚の話ではなく、ガンダムの歴代モビルスーツの戦闘能力に関する蘊蓄《うんちく》かと錯覚してしまうのだが、度の強い眼鏡が小さく見せている目玉を、それこそ魚みたいに丸くした表情には、妙な迫力があった。何かが藪内の心のドアをノックして、消してあった蠟燭に火をつけてしまったように思えた。

「ブダイなら短い竿のほうが有利ですし、仕掛けも簡単でいいんです。簡単なほうがよりいいとも言える。なぜならね……」

「えー、あのぉ、お任せします。藪内さん、海に詳しそうですから。泳ぎだってあんなに上手——」

藪内が慌てた様子で言葉を遮った。

「いやいやいや、釣りはたまにやるだけです」賢司のせりふを払うように、顔の前で激しく手を振る。なぜか、ひきつった顔で笑い、早織さんに横目を走らせた。「本当にたまーぁに。ただの素人ですよ、ドシロウト、はは」

「はい、はいっ」仁太が学級会風の挙手をし、指名を待ちきれずに叫ぶ。「ぼくもぼくも。ぼくも釣り、やりたい。ハゼなら釣ったことあるよ」

頬をほてらせた顔には、不安のかけらも見えない。大人と違ってよけいな情報や経験がないぶん、プレッシャーもないみたいだ。仁太の場合、もともとそういう性格の子、という気もするけれど。

部長が突然怒りだした。

「つまらん話をするな。救助は時間の問題だ」部長も頬をほてらせていた。仁太は薄桃色だが、こちらは赤黒い。血圧の薬が切れているのだと思う。「いいか、マイナス思考をしはじめると、現実がそれについてきちまうものなんだ。ダメだと思ったとたんに物事はダメになる。常に前を向け。現実から逃避するな」

誰も聞いていないとわかると、ブランケットを引っ張りだし、現実から逃避するために、頭からかぶってしまった。

焚き火からいい匂いがしてきた。いがらっぽかった煙に、いつの間にか食べ物が焦げる香ばしさが加わっている。老人が木の枝を箸にして、椰子の殻のひとつを取り出した。ひっくり返すと、きつね色に焼け、ところどころに焦げ目のついた果肉が現れた。焼けた果肉を殻で削り、誰にともなく差し出してくる。

サイモンがグルメレポーターみたいに、口に入れたとたんに叫んだ。「グレート」

主任の言葉はサイモンの通訳をしたわけではないようだった。「おいひい」

部長がブランケットの隙間から手を伸ばしている。早織さんが手渡ししてやっていた。

賢司もひと口。

お、うまい。初めて味わったはずなのに、なぜか懐かしい味だった。何かに似ているのだ。なんだっけ……

干しイモだ。田舎へ遊びに行くたびに、ばあちゃんが焼き、食わせてくれた干したサツマイモの匂いと舌ざわり。

「ココナッツ、ココナッツ」

サイモンが新しい実を割るためにパターを手にすると、野々村氏が悲痛な声をあげた。

「ちょっとぉ、やめてよ。使うなら、3番アイアンにしてよぉ」

大人同士のジョークだと思ったのか、立ち上がろうとして、こけた野々村氏に、仁太がぎゃははと笑う。さらに意味のわかっていない犬が、仁太の声に反応して吠えた。

「バウバウバウ」

33

物干し竿三本分はあるだろう長い木の枝の先に、ブランケットの両端をよじって、くくりつける。SOSを知らせるための旗だ。

浜辺は風が強かった。ブランケットは一枚でも失いたくない。風に飛ばされないように、固く固く結んだ。レインコートみたいな布きれが、いまの賢司たちには貴重な財産なのだ。

賢司の隣では課長が同じ作業をしている。サイモンと野々村氏も。

主任は焚き火に青い葉をくべ、のろしをあげている。風向きが変わるたびに酷くむせる、かなりな労苦。煙が目にしみるのか、目が真っ赤だ。部長は「夕方、定時までには来る」と断言している船影を待って、一人水平線を見張り続けている。

藪内は釣りに出かけた。「左手に四百五十メートルから四百八十メートルほど歩いた場所に、絶好のポイントがある」のだそうだ。

旗には、口紅でSOSと書いた。主任から「一センチ以上減らすな」との業務命令が下っていたから、字は細く頼りない。

推定で、トンガ時間を四十五分修正した課長の時計によれば、午後三時五十五分、ようやく海岸に七本の旗が立った。日が暮れたら旗は回収してまたブランケットとして使う。だから今日のところは旗竿をつくっただけ、とも言える。長い木の枝を手に入れるのに、時間がかかってしまったのだ。

木はいくらでもあるが、なにしろ鋸《のこぎり》がない。旗竿はこんな方法で手に入れた。背後の森へ行き、太すぎない木に賢司が攀《よ》じ登り、枝をしなわせる。そこに課長とサイモンがぶら下がる。重みで枝を折り取る作戦だ。それでもだめな場合、仁太（勝手についてきた）がサイモンの足にしがみつく。

早織さんは仁太のじっちゃんとたわしをつくっている。何のために、ここでたわしが必要なのかはわからないが、なにせサイモンでさえ逆らわない相手だ。早織さんは嫌だとは言えず、誰もが「なぜ？」とは聞けなかった。

西に傾きはじめた太陽がうなじに照りつけてくる。夜の寒さは晩秋を思わせるほどなのに、日中は真夏だ。空は下界の人間たちの営みとは無関係に青い。

海もだ。珊瑚礁の手前の海岸線だけはコーラル・グリーンだが、その先はどこまでいっても青、青、青。はるか遠くの水平線は、蒼。

ここにいる人間たちを塗りつぶし、覆い隠そうとするような青一色の風景に向かって、賢司はともすれば不安に潰れそうな胸を張った。

頼むぞ、旗。

ああ、一本が倒れた。

34

島にまた夜がやってきた。焚き火を囲んでいるのは、九人。仁太のじっちゃんは焚き火で椰子の実を焼き、焼き上がった果肉を殻の破片でこそげ落とし、椰子の葉の上に黙々と焼きココナッツの山をこしらえている。といって誰に勧めるわけでもない。無愛想な焼鳥屋の店主みたいだった。仁太が商売下手な店主を支える女将《おかみ》さんのように、焼きココナッツを小さな葉っぱに載せて、みんなに勧めていた。

足りない一人はまたしても藪内だった。探しに行こうかとも考えたが、正直に言って、丸二日間慣れない肉体労働をしていたいまの賢司にはその気力がない。全身の筋肉が、もう動けないと、雇用主の賢司に抗議している。ぼんやりと焚き火の炎を眺めているうちに、いつもなら長い長い残業が始まったばかりの時刻なのに、まぶたが重くなってきた。

焼きココナッツを食っても、みんなの気勢は昼間ほどには上がらない。部長はココナッツにろくに手をつけようともせずに、妙な節をつけてぼやきはじめた。

「なんでこんなことに、なっちゃったのかなぁ」

賢司たちパラダイス社の面々にはおなじみの「部下へ嫌味を聞かせるための独り言」だ。酒宴のない夜は、部下を監視するためなのか、家に早く帰りたくないのか、仕事もないのに七時すぎまでデスクに居座り、こうして無理やりぼやきを聞かせるのだ。

「来月、娘の結婚式があるっていうのになぁ。仲人の紹介の時、父親は『いま行方不明です』じゃあまずいだろうなぁ」

ゴルフの時、自宅までクルマで迎えに行かされる先輩社員によれば、部長の娘は「気立てのいい子だよ。部長とは大違い」らしい。機嫌のいい時の部長は、娘に関するおべんちゃらを言えとばかりに、定期入れからウエディングドレスを試着したときの写真を取り出して見せびらかすそうだ。賢司は見たことがないが、噂では「かわいそうに、見かけは部長にそっくりなんだよ」。

「ああ、トンガになんか来なけりゃよかった。いったい誰のせいだろう」

部長が太い首を左手にひねった。粘っこい視線を投げかけた先には、焼きココナッツと固形フードを交互にほおばっている野々村氏の姿があった。部長の顔からは愛想笑いが消えている。執拗な牽制球さながらの視線に、さしもの野々村氏も矛先が自分であることを察したらしい。固形フードにむせていた。

「な、なんですかぁ、河原さん、怖い顔しちゃって。ココナッツ、食べないの？」

部長がようやく目を逸らし、聞こえよがしのため息をついて、ぴしゃりとうなじを叩く。

「なんですかぁ、か。なんでしょうねぇ、まったく。トンガくんだりまでお守りをしに来たのが間違いだったよ、こんな……」

わざとらしく声を低めたから、最後のひと言は海風に吹き飛ばされて、誰の耳にも入らなかったが、たぶんこんな言葉を口にしたのだと思う。「馬鹿の」「アホの」あるいは「大馬鹿アホの」。

「こんな、なんて失礼ですよ、河原さん。せっかくジンタロー君のおじいちゃんが焼いてるんだから。おいしいのに。このビスケットみたいのと一緒に食べてみて」

何も知らない野々村氏が屈託なく笑う。「ジンタです」仁太が抗議していた。

この島の海風は夜になると強くなるようだ。おこしたばかりの火が突然の強風にな
ぎ払われて消えた。そのとたん、停電したように、ライトアップされていた九人の顔もかき消える。

ちっ、ちっ、ちっ。

闇の中で課長がライターを擦る音が聞こえた。安物のせいか、なかなか点かない。

部長が苛立った声を出す。

「なにしてる、役立たずが。早くせんか」

ちっ。

今度のはライターの音じゃなかった。どう聞いても課長の舌打ち。あくびをしかけていた賢司は息を呑む。シルエットだけになってしまった部長の首が、右隣の課長にくいっと向いた。暗がりの中でひときわ大きなシルエットになった課長が、どんな表情をしているのかはわからない。

いきなり機長の犬が吠えはじめた。全員の関心が吠え立てている背後の暗闇に移る。吠え声の合間に、砂浜を歩く足音が聞こえた。こちらへ近づいてくる。みんなの背筋が伸び、首が海岸へ向く。

椰子の幹の向こうに、片手に長い枝を持った上半身裸のシルエットが浮かびあがった。まるで原始人。ようやく点火した炎がその下半身だけを照らす。

「あ、どもども。驚かせてすいません」

藪内だった。肩に何か担いでいる。

「お待たせしました」

藪内の影法師が張り気味のえらをさらに左右に広げた。笑っているのだと思う。担いでいた荷物を焚き火の近くに下ろす。着ていたポロシャツの袖と衿を草の茎で結んで袋にしたものだった。さかさに振ると、どさどさと魚が落ちてきた。

「ああ、寒い。夜は昼とはえらい違いですねぇ、ここ」

寒い寒いと言いながら上半身裸のままで、賢司が勧めたブランケットを羽織ろうとはしなかった。

「ずっと釣りしてたんですか」

賢司が尋ねると、細い肩を大男みたいな仕草ですくめてみせた。

「ええ、まぁ」

いつまでも裸でいるのは、タトゥーを見せびらかすようにすぐ裸になるサイモンへ対抗しているつもりだろうか。いまはサマージャケットを着、シャツの上のボタンまで留めているサイモンに首を振り向けて、みんなに聞こえる声を出した。

「彼が刺されたのは、やっぱりオコゼですよ。岩場の底のほうで見かけました。僕は刺されなかったけど」

できれば刺されて、看病されたかった、そう聞こえる口ぶりだった。

藪内が獲ってきた魚の匂いを機長の犬が嗅ぎにくる。島国の犬だから、餌として与えられていたのかもしれない。

藪内がアオブダイと説明した魚は、文字通り青色で、鋭い歯を持つ外見は、タイというよりピラニアに近い。全長は三十数センチ。

それよりひとまわり小さい木の葉のかたちをした魚がフエダイ。「ヒメフエダイだと思います。暗くなってから釣れはじめましたから。ヒメフエダイは夜行性なんです」こちらのほうは、タイだと言われれば、タイに見えなくはない。色は薄いピンク。これは三匹。

イワシ。「カタクチイワシで、まだまだ小物」だそうだが、メザシに比べたら、別種かと思うほどでかい。

「イワシはすぐ釣れるから、魚の餌にしてたんですけど、人数分だけは取っておきました」

人数分にはちゃんと犬の分も入っていて、十一匹。

ペンキを塗ったようなアオブダイの青色に、部長がしかめ面をする。

「こんなものが食えるのか」

「もちろん。食わない魚はあっても、食えない魚はまずありません。これは焼いて、フエダイは刺し身にしましょう」

藪内は、石をまな板にして、手際よく魚をさばいていく。うろこを落とし、尾のほうから石斧《ザリ》の刃を入れて、頭部近くまで腹を割き、するりと腸《はらわた》を取り除いた。

今夜は藪内がリーダーだった。「大きくて平たい石を探してきて欲しい」そう言われて、課長と主任が立ち上がる。

賢司は「木の枝を」という求めに応じて、椰子の葉を巻いた薪を松明にし、仁太と背後の森を探した。細くて、なおかつ燃えにくそうなものというのがオーダーだ。藪内はさばいた魚を海へ洗いに行った。

枝は魚を刺す串だった。一人一人が自分のイワシのうろこを取り、串刺しにして、焚き火の周囲に立てる。

平たい石は下に小石を敷いて焚き火の真ん中に据えた。「火が消えるぞ」と言ったのだと思う、抗議の声をあげたサイモンを藪内は片手で制す。

「まぁまぁ、見ててください」

なんだかいきいきしていた。搭乗ロビーで初めて見かけた時の、いかにも海外慣れしていない、おどおどした姿よりずっと。

ほどなくあたり一面にイワシの焼ける匂いが立ちこめはじめた。藪内は魚と一緒に採ってきた海草を石の上に並べ、それがちりちりと音を立てはじめたのを見て、アオブダイを置く。じゅう、と皮が焦げる音がした。

「この方法だとちょっと時間がかかります。そのあいだに、フエダイの刺し身はどうです？」

「醤油なしでか？」

和食党の課長が情けない声をあげると、片目を閉じてまぶたを痙攣させた。あまりに下手だったから、最初はそれがウインクだとは気づかなかった。

炙《あぶ》っていた海草をもみほぐして、椰子の殻の中に落とす。灰にしか見えないそれを、味見してみろというふうに、賢司に突き出してくる。ひとつまみを口に含んでみた。

う、しょっぱい。まるで塩だ。

「いわゆる灰塩ってやつですね。きちんと手順を踏んで海水を煮詰めることができれば、もっと純正のものが採れるんですけど」

いわゆると言われても。刺し身にかけてみてくれ、という言葉に二の足を踏む面々の中で、躊躇なく試みたのは、野々村氏だ。

「あ、いけるよ」舌を鳴らして言う。「塩で刺し身って流行ってるんだよね、最近。このあいだ行った寿司屋でも、ヒラメを深海塩だけで出してたよ。冷やの日本酒と合うんだ。ヤマウチ君、通だね」

無人島の海風に翻弄されている焚き火の前を居酒屋のカウンターと勘違いしてしまいそうな口調だった。「ヤブウチです」藪内が訂正していた。

小枝を箸にして、灰塩というやつを振りかけた刺し身を口に放りこんでみた。

味は――うむ。微妙だ。

獲れたてのフエダイをお刺し身で。活きのいい白身を醤油ではなく塩でいただく。こんなふうに言えば、新手のグルメ情報のようだが、ここはまぎれもなく南太平洋の孤島だ。名のある料亭で、通の食い方だと言われて出されたら、美味いと思うのかもしれないが。

みんなの箸もすぐに止まった。「高菜で巻いて食べると、塩味がいちだんと引き立つんだ」と解説していた野々村氏も「冷酒があればなぁ」とぼやいて、ふた口で食うのをやめた。部長は箸をつけもしない。「塩は血圧の敵」だそうだ。

「白身だからいけるはずなんですけど」とみんなにしきりに勧める藪内以外で、塩味の刺し身に食欲を示したのはサイモンだけだ。「スシ、スシ」と連呼しながら、焼きココナッツの上に載せて食っていた。

食えるものは、とにかく食わねば。賢司は見捨てられつつある刺し身を、ココナッツ・ジュースの助けを借りて喉の奥へ押しこむ。ひどくまずいわけじゃない。でもなぁ。

ほどなく食べ頃に焼けたイワシは予想どおりの味。ピラニアとナポレオンフィッシュを足して二で割ったようなアオブダイも、焼き上がると不気味な青色が消え、灰塩を振って食ったら、なかなかいけた。だからよけいに思う。

でもなぁ。醬油がないのは、つらい。

みんなが押し黙ってしまったのも、同じことを考えているからだろう。塩味の刺し身が、それを思い出させてしまったのだ。

とりあえず命が助かり、当面の水と食糧がなんとかなりそうだとわかったとたん、次に飢餓感を覚えたのは、なんと醤油だった。

情けないが、本当のことだった。特に和食好きというわけではないのに。海外旅行の経験はこれで二度目だが、出張に出て三日と経たないうちに日本食レストランを探しはじめた課長と違って、賢司には外国に長期滞在をしても、しばらくの間、現地のものだけを食って生活していける自信がある。

でもそれは、その気になれば外国でもどこかで和食や醤油味の食い物が手に入る、いついつまでには日本に戻れる、という前提があればの話だ。いつまでかわからない醤油なしの生活は厳しい。塩辛い口の中をココナッツジュースで洗い流しながら、賢司の舌は醤油の香りの記憶を反芻していた。

ざる蕎麦、きつねうどん、イカの姿焼き、焼きとうもろこし、磯辺焼き、塩ではなく醤油をたっぷりつけた寿司……

あとどのくらいこの島にいることになるのだろうか。菜緒子に会うまで、何日でも耐えてやる――そんな決意が、たかが醤油ひとつのことでくじけてしまいそうだった。

アオブダイを骨まで食いつくした機長の犬は、仁太の隣にうずくまって目を閉じた。

「腰が痛む」老人はそう言って、魚が焼き上がるのを待たずに、椰子の木蔭へひっこんでしまった。仁太はイワシを串刺しにしていた枝を舐めながら、焚き火の明かりの前でノートを広げている。

「なにしてるんだ？」

「日記。夏休みの宿題」

ノートの上半分に色鉛筆で絵を描いている。絵日記か。懐かしい。小学校の頃は残り二、三日で一気に四十日分を書いたものだ。見る？　というふうに突き出してきたから、ぺらぺらとめくってみた。

セミの脱け殻の絵。

食べ物だけを描いた何の変哲もない食卓風景。大きく描かれているのは、目玉焼きを載せたハンバーグか。

虫メガネで花を観察している図。

地味な内容だった。老人との二人旅だという今回の旅行を除けば、寂しい夏休み。苗字がまだ相沢だった頃の、父親が家に帰らなくなり、母親が働きに出て、一人で過ごすことが多かった自分の小学校時代の夏休みを思い出してしまう。

串焼きの枝をくわえた仁太がニワトリみたいに太腿を突っついてくるから、ノートを返した。

「ドリルとか持って来てなくて、夏休みの宿題がぜんぜんできてないんだ。これだけでもやっとかないと、先生に怒られちゃう」

新学期が始まる九月まであと半月だ。まさか、な。

「そうか、ちゃんとやらないとな」

「うん、がんばるよ」

なんの迷いもなく答える口ぶりが救いだった。

35

昌人がザリを構える。早織は目を点にしてそれを眺めていた。

この人なんなの？　釣りが好きだなんてひと言も聞いてない。シーラカンスみたいなこの魚たちを獲ってきたですって？

「ここもうまいんですけどねぇ。肝は当たることもあるんで、やめときましょうか」

やけにいきいきしていた。お魚のハラワタをつまみ上げ、みんなに笑いかけ、早織に意味不明の目配せをしてくる。なんでこんな時に陽気なの？　早織は明日からのことが心配で、それだけで胸がいっぱいだというのに。

なぜそんなに魚に詳しいの？　つきあいはじめて二ヵ月目に、生き物や自然が好きな素朴なタイプと思って欲しくて、品川プリンスの水族館に誘った時には、こう言ったはずだ。「魚を見るより、また星を見ようよ」

だからもう一回同じプラネタリウムへ行った。昌人がじつは、マニュアルどおりにしかデートができない退屈な男だと気づいてしまったのは、この頃からだ。

みんなの知らない魚の名前を口にしたり、釣り道具をてきぱきつくり出したりした時には、意外に頼れるタイプかも、婚約解消は考え直そうかしら、とも思ったけど、こんなに詳しすぎると、引いてしまう。最近の早織には口に出しづらくなった若いコっぽい言葉で言えば、ドンビキ。

凄すぎて気持ち悪い。お見合いパーティーの時、ＳＬの写真を撮るのが趣味だと言って、三分間の自己紹介タイムのあいだずっと、ローカル線の車両番号の話を続け、早織を呆れさせた人がいた。その人と同じ臭いがぷんぷん。

男はクリアランスの福袋だ。封を開けてみないと、それもワンシーズンぐらい待ってからでないと、本当の中身はわからない。早織の場合、いつもスカ。表示サイズを間違えて買ってしまったみたいに。

ここにいる男たちだって、「ウザイ」と顔にも服にも書いてある、わかりやすい河原オヤジ以外は、みんなファースト・インプレッションとは違う。紳士だと思っていたサイモンさんは、トラブルメーカーで案外に暴力的。大人の男って感じだった野々村さんは、ゴルフバッグよりランドセルがお似合いな人だし。

ひょっとして、当たりかも、と思っていた塚本クンも、見込み違い。昨日は、菅原とは上司と部下っていう感じのよそよそしさだったのに、今日のこの二人ったら。夕方、焚き火をおこしている時にも、やけに体をくっつけあっていた。早織が目で「どうなってるの」光線を発する前の二人の隙間は、およそ四センチ。あの距離は放っておいたらすぐに〇センチになる距離だ。菅原があのちっちゃな胸と、つくりものの睫毛をどう使ったのか知らないけど、たった一晩で、塚本クンはころりとあの女に騙されたらしい。

やめたほうがいいわよ。「非常時に知り合ったカップルは、すぐに別れることになる」のよ。『スピード2』の中でサンドラ・ブロックもそう言っている。

案外、いちばん素敵なのは、安田さんかもしれない。絵日記を書いている仁太君——この子だってわからない。男の子って、女の子から見るとお馬鹿みたいに幼くて素直なのは、小学四、五年生まで。あと何年かしたら別の生き物になる。幼なじみのシュン君もそうだった。「ボク、サオリちゃんと結婚する」一緒にピアノ教室に通っていた頃はそう言ってくれたのに、中学に入ったとたん、早織を「でぶ」と呼び、帰り道が一緒なのに、わざと時間をずらして下校するようになった――

ああ、そんな苦い過去はさておき、安田さんのこと。同じぐらいの子どもがいるんだろう。焚き火の煙に目をしばしばさせながら絵日記を書いている仁太君に、優しげな声をかけていた。

「ねぇ、ボク、紙を一枚譲ってくれないか。尖った鉛筆も貸してもらえると嬉しいな」

安田さんが譲ってくれと言ったのはノートの裏表紙だったから、仁太君は嫌がっているふうだったけれど、「大切なモノをつくるんだ」と大人の口調で重々しく言われて、結局、切り取って渡していた。

安田さんは裏表紙を二つにちぎった。塚本クンが「何にするんです?」と聞いても笑って答えない。半分にちぎった紙に、鉛筆の先で小さな穴を開けた。七、八センチの間隔を開けて、二つ。出来上がったものに「うむ」と満足げに頷いてから、菅原に声をかける。

「なぁ、これ使ってみろ」

菅原が描き損なってちぐはぐになっている片側の眉毛を上げた。

「いつまでもコンタクトをつけてちゃ目に悪い。これ、眼鏡のかわりになるんだよ」

なるほどね。菅原の片方のまぶたがずっとひくひくしているのは、昨日からコンタクトをつけっぱなしだからなんだ。ソフトコンタクトだとしても、もう限界だろう。早織も視力矯正手術《レーシック》を受けた三年前までコンタクトを使っていたからわかる。

「え？　眼鏡のかわり？　見せてください」手に取ったのは菅原ではなく昌人だ。「ぼくもさっき陸《オカ》が暗くて、海岸《ハマ》に置いた眼鏡を危うく踏み潰すとこでした。他人事じゃないですから、どれどれ、お――」

眼鏡をはずして、紙を顔にあてがった昌人が驚きの声をあげる。

「ほんとだ。よく見える」

安田さんの言葉少ない説明によると、細い穴を通してモノを見ると、近視がいくらか矯正されるそうだ。せっかくの思いやりなのに、恩知らずな菅原は受け取ろうとしない。安田さんは困り顔で、即席眼鏡を近くの地面にそっと置いていた。本当は菅原めも困っていたのだろう。安田さんにそっぽを向いたまま、こっそり手を伸ばしていた。

「凄いですね。なぜこんなこと知ってるんです」

昌人の言葉に、安田さんが照れた顔になる。

「うちの子が小児近視で、最近、視力回復トレーニングっていうのをやってるんだ。そのアイテムのひとつに同じようなのがあってね」

うちの子という言葉を聞いた瞬間、菅原の手が止まる。うちの子という言葉を口にする前、ほんの一瞬だけ、安田さんが菅原を気にする目つきになったのを、早織は見逃さなかった。

ぴんと来た。

なぁるほど。そういうことね。塚本クン、かわいそう。

八月十三日　晴れ

ぼくたちはいま島にいます。飛行きがついらくしてしまったからです。

午前中はみんなでやしのみをとりました。やしのみのジュースは、グレープフルーツジュースを水でうすくしたようなあじです。でも、おいしいです。

午後はみんなですなはまにはたを立てました。

夜はたき火の前でみんなでやぶうちさんがつってきた魚を食べました。ぼくはいわしもおさしみもあんまりすきじゃありませんが、でも、おいしいです。

やき魚のあじはまだよくわかりません。いま食べているとちゅうだからです。夏休みはまだおわってほしくないけど、早く学校に行って、みんなにこの島の話をしたいです。

上にかいた犬は、友だちになった犬です。かいぬしだった人は

36

漂流三日目になると、救助という言葉を誰も口にしなくなった。口にすると消えてしまうという願い事のように。

昼過ぎから島の探検を始めた。二手に別れて左右の海岸を行けるところまで歩いていくのだ。

出発がこの時間になったのは、椰子の実集めに昨日以上に手間取ったからだ。手におえる高さの椰子の実はすべて取りつくしてしまった。主任の言葉を借りれば「採集方法のスキル・アップ」あるいは「新しい採集ルートの開拓」が必要になっている。探検の最大の使命は、この島の住人を発見すること――せめて人が立ち寄っている痕跡を見つけることだが、「新ルート開拓」も目的のひとつだ。

老人と仁太、朝から釣りに出かけた藪内を除く七人のうち六人が、三人ずつチームをつくる。一人は浜辺に残って、ブランケットの旗が風に飛ばされないように見張り、海の監視を続けることにした。船でも飛行機でも、何かの影が見えたら、海岸の旗を引き抜いてひたすら振る役目だ。

おとなしく座っていればいい仕事だが、いざとなったら腕力が必要だ。まだ完治していないらしいサイモンが適任に思えたが、主任に説明を受けたサイモンの答えは、「ノー」。「アドベンチャーは、俺に任せろ」。結局、課長が残ることになった。

焚き火ののろしは、一日で諦めた。労力が大きいわりに効果が少ないことがわかったからだ。木の葉をいくら燻しても思っていたほど大きな煙にはならず、しかも煙が白っぽいのだ。立ち昇っても、すぐに空に紛れてしまう。いま集めるべきは葉っぱではなく、水と食糧だった。

組分けは、じゃんけんで決めて、こうなった。

左手の海岸チームは、サイモン、野々村氏、早織さん。

なんだか不安なメンバー。野々村氏は案外に流暢な英語で、サイモンに「よろしくね」と握手を求めたが、サイモンは、野々村氏の下ぶくれ顔を干からびた椰子の実を見る目で眺めただけだった。早織さんはなぜか頰を上気させていて、横っちょに結んだ髪には、いつのまにか一輪の花が飾られていた。

右手の海岸チームは、賢司と菅原主任、そして河原部長。

まぁ、こっちも向こうのことを言える面子《メンツ》じゃない。部長は「ぼくも行きたい」と言い出した仁太に、「じゃあ、坊や、おじさんが特別に譲ってやろう」と答えて主任に睨まれ、慌てて前言を撤回していた。

「では――」出発、と賢司が口にしかけたら、部長からストップがかかった。

「待て」

「……なんでしょう」

「こういう時に、音頭を取るべき人間は誰だ？　お前か？」

ああ、もう。面倒くさい人。だが、陽は刻々と西へ傾きはじめている。つまらないことにこれ以上時間を費やしたくなかった。

「では、部長、お願いします」

「えー、正直なところ、この軽挙にわたくし個人は不本意でありますが、決定は決定。決裁には潔く従うのが良き組織人というものでありまして。みなさんも、それぞれご異論はございましょうが――」

部長を無視して、サイモンチームがぞろぞろと歩きはじめた。

「どうぞ、怪我などせぬよう、注意を怠らずに行動してください。全員がまたここで無事再会できますことを切に——」

ぽん。主任が部長の肩を叩く。

「そろそろ出ましょ。五時リターンだから」

南太平洋の夕方は明るいが、日が落ちたとたんに真っ暗になる。こちらではいまは冬場だから日は短い。午後三時になっても先が見えない場合はそこで引き返す、と決めていた。

右手の海岸線は、沖合に向けてゆったりカーブする砂浜だ。しばらくは椰子の木が街路樹のように立ち並ぶ絵葉書さながらの風景が続く。スーツを脱げば、今日の太陽は暑いというほどでもなく、涼しすぎることもない。海からの風が心地良かった。皮肉なことに賢司は、南太平洋に来て初めてリゾート気分を味わっていた。

先頭を歩く賢司は、主任のショールを風呂敷にして背中にしょっている。中には水筒がわりの三つの椰子の実と、殻を割るための石。迷って戻れなくなった場合を考えて、固形フード少々。

賢司の後ろには、椰子の葉の日傘を差した主任。主任の即席日傘は日々改良されている。何枚も葉を重ねてちゃんと円形になっていた。

しんがりの部長の足取りは重い。あわよくば引き返そうとしているかのようだ。強い海風に「寒い」を連発し、スーツの衿を立て、胸元を掻き合わせて、のろのろとついてくる。元気だったのは自分が発見した背の低い椰子林の前を通った時だけだ。

「おお、俺の椰子畑だ。よくぞ見つけたものよ。見ろ見ろ。注意力と集中力のないヤツには、ただの雑木林にしか見えんのだろうなぁ」

採集の難易度は上がったものの、依然大切な水分貯蔵庫であるここには、早くも名称がつけられた。「カワハラ椰子園」。

仁太の命名だ。仁太はいろんなものの名前を知りたがり、名前がないとわかると自分で命名する。ちなみに、高く険しいほうの山は「のこぎり山」。低くなだらかな山は「小富士《こふじ》」だ。

小富士の裾野が眼前に迫り、海岸線が右カーブに変わると、目の前に大きな岩が見えてくる。これにはまだ名前がないが、「山」と呼びたいほどの岩だ。越えていくには、山裾側の鬱蒼とした繁みの中に分け入るか、海へ入り岬のように突き出したこの岩を迂回《うかい》するしかなさそうだった。

山裾の繁みは、仁太と登った背後の森より密度が濃い。得体の知れない樹木と草の、幹や枝や蔓や葉が侵入者を拒むようにからみ合っていて、体をこじ入れる隙間すらなさそうだった。となると、やっぱり海か。主任を振り返った。

「しかたないですね、泳ぎましょうか」

無意識のうちに、シャツのボタンをはずしていた。主任の眉がくりっとつり上がる。

「塚本、あたしの裸が見たいの？」

「あ、いえ……」もちろんそんなつもりはない。見たいかと言われれば、見たいが。

「じゃあ、このまま泳ぎます」

「服は濡らさないほうがいいよ。初日で懲《こ》りただろ。ここの夜は寒いから」

主任が立てた親指で背後の部長を指す。部長は激しく咳きこみ、いつもの赤ら顔をいつも以上に赤黒くしている。気づかなかった。夏と言っていい気温なのに、部長は震えていた。

37

るんるん。

るんなるんなるんな。

海辺を歩く早織の足取りは軽かった。自分が遭難者で、ここが無人島かもしれないことを忘れてしまいそうだ。

海に向かって左手の浜辺は、砂浜と岩場が交互に続いている。砂は粉砂糖のように白くて、きらきら輝いている。断層を剝き出しにした大岩がミルフィーユ・ショコラに見えた。岩場に差しかかるたびに、先に立ったミスター・サイモンが駆け上がり、早織に手を差し伸べてくれる。

「ビー・ケアフル・ノット・トゥ・スリップ・オン・ザ・ロック」

なんて言ってるのかわからなかったが、早織の想像によると、たぶん、こう。「お嬢さん、ここは貴女には危険すぎる。僕が君を守ってあげよう」

サイモンさんの手は大きくてたくましい。握り締められると、「もみじ饅頭みたい」と友人たちに評される早織の小さな手はまるで、手折られそうな野の花だ。

背後の野々村さんは、しきりに話しかけてくる。

「早織さんって呼んでもいい？」

「ええ、もちろん」友だちにはサオリンって呼ばれてます。

「早織さんは、生のココナッツと、焼いたココナッツ、どっちが好き？　六本木シャリオのココナッツ・パイ、食べたことある？」

なんだか子どもみたい。でも、野々村さんだと、くすりと笑えてしまえる。どうやら大きな会社の社長の息子さんらしい。しかたないよね、育ちがいいんだから。身長もあるし、わりとハンサムだから許せちゃう。お内裏様みたいな顔がもう少しシャープだったら、もっと許せるのだけれど。

両手に花ってよく言うけれど、女の私の場合、この状況をなんて表現すればいいのかしら。

両手に蝶？　まぁ大変、蜜を吸われてしまう。

もしかして、両側に狼？　きゃあ怖いっ。食べられちゃう。どうしましょ。るんなるんなるんな。

三つ目の岩場を登り切ると、その先の海はこれまでのどこより鮮やかな、ため息が出るほどのコーラル・グリーンだった。海岸近くまで珊瑚礁が迫っている。飛び石みたいに海から顔を出した岩のひとつに昌人の背中が見えた。

昌人が見かけによらず野性的なことに、みんなは驚いていた。早織もちょっと意外だったけど、考えてみれば何の不思議もない。紫色のTバックを穿いた夜の昌人はなかなかのもの。不器用で、おどおどしているくせに、回数に関してはヒロキより上。

時間とかはアッシ以上。度の強い眼鏡をかけた、気弱な野獣。

背中を丸めて、木の枝でつくった釣り竿から糸を垂らしている昌人の後ろ姿はなんだか、不燃ゴミに出されてしまったお猿のシンバル人形みたいだ。あの人、私が渡した針と糸で、必死にお魚を釣っているのね。私のために。そう考えると、ココナッツジュースにも似たほのかな甘さが胸を満たす。そう、日本に帰ったら、私はあの人の妻になる……

「おーい、釣れたかーい。キングサーモン、頼むね〜。舌びらめでもいいよぉ〜」

野々村さんに洒落たジョークまじり（だと思う）の声をかけられて、昌人が振り返った。眼鏡のブリッジに中指を押し当てて、歯を剝き出して、てっぺんが薄くなりはじめたゴワゴワの髪を潮風になびかせて。たぶん鼻毛が飛び出していることに気づいていない鼻の穴も、大きく広げていることでしょう。

サイモンさんが親指を立てて、外国映画のワンシーンみたいな挨拶を送ると、その真似のつもりだったのか、片手を突き出した。慣れないことをするから、バランスを崩して海に落ちた。薄いつむじ付近を南国の光に晒《さら》して、カエルみたいに両足をがに股にして。胸が詰まった。脂っこくて粉っぽい非常食のビスケットが押しこまれたように。

……そう、私はあの人の妻になる、はずだった。昌人。心変わりするかもしれない私を許して。いまなら二人はまだ、やり直せると思うの。成田離婚は一時の恥。焦った末の結婚は一生の損。私、優しすぎるセックスがだめなヒトだし。

ワイルドでちょっと翳のあるハンサムな外国人男性と、育ちのよさそうなお金持ちの青年実業家。二人にエスコートされて歩く早織の心は揺れていた。南国の季節風にそよぐ可憐なトロピカル・フラワーのように。

案外にこの遭難は、災難なんかじゃなく、お見合いパーティー以上のチャンスなんじゃないかしらん。早織はそう思いはじめていた。

38

「ここを登るよ。それがいちばん手っとり早いだろ」

主任がそう言って、岩山を見上げる。手っとり早いだろうか。傾斜は垂直に近く、高さは三階建てマンションほどある。二階のベランダあたりの場所に、釘抜き付きハンマーのかたちの出っ張りが二、三十センチほど突き出ているほかには、これといった手がかりや足場は見当たらない。

「大丈夫ですか？」

部長に声をかけると、岩山を見上げる赤黒い顔をさらに赤くした。

「何を言う。俺は信州の山育ちだぞ。これしきの崖、登れないとでも思っているのか」

思う。しかも部長はあきらかに体調が良くない。

「いや、そのことではなく」それもあるけど。「体の具合が悪いんじゃないですか？」

答えるかわりに部長が呟きこむ。主任が眉根を寄せた。

「帰ったほうがいいよ」

心配しているのか、やっかいな荷物を送り返したいのか。どちらとも取れる表情だ。

「俺は行くと言ったら行く男だ。違うか。止めるな、止めるなよ」

部長が岩に手をかける。かけただけで、体は動かない。止めて欲しがっているのは、見え見えだ。

ちゃんと俺の面子を立ててろ、と言うわけだ。なんで、そんな面倒なことしなくちゃならないんだ。海鳥しか見ていないのに。ここは会社じゃない。もう出張中とも言えない。昨日まで首に吊るしていたネクタイを、今日の賢司は鉢巻きにしていた。

「止めるな、皆への示しがつかん。いいか、止めるなよ」

たぶん南の島の青すぎる空と海のせいだ。腹の底で煮立っていた言葉が、ネクタイのない喉を通過して、するりと飛び出してしまった。

「うるさい。もう帰れよ」

岩に手をかける、ふりをしていた部長の肩がぴくりと震えた。こちらを振り向かずに、やけに静かな声を出す。

「いま、なにか言ったか？　俺の空耳か」

こぼれ出た言葉をつかみ取って喉の奥へ戻してしまいたかったが、もう遅かった。手品師が口から万国旗を出すように、飛び出た言葉が次のセリフを引きずり出した。

「無理だったら、とっとと帰ってくれ。時間の無駄だから」

振り向いた部長の目は、怒りのためというより驚きにふくらんでいるように見えた。口を「O《オー》」の字にして、賢司に指を突きつけてくる。遅れて声が出てきた。

「お、お、お前は……」

お前は、奥牛穴ロッヂ行き？　お前は、クビ？　上等だ。好きにしてくれよ。この島から抜け出せたら。興奮して舌が回らない部長の口から、賢司への異動通知が突き出される前に、背後で声がした。ブレイクを命じるレフリーさながらのタイミングで。

「待ってー」

仁太だった。こっちに走ってくる。ヘルメットをかぶっていた。機長の犬も一緒だ。途中で仁太を追い越した犬が、とりあえず何か務めを果たさねば、というふうに、部長に吠えかかる。

「や、やめろ、この馬鹿犬っ」

遅れて到着した仁太は、岩の手前で急ブレーキをかけようとして、足をもつれさせ、部長と賢司の間の砂浜へ前のめりに倒れこんだ。

砂まみれの顔を上げて口をひし形にする。白くなった眉の下の目をきらきらさせて。

「ぼくも連れてって」

賢司が首を横に振るよりも早く、主任がきらきら目のお願いを、すぱりと切り捨てた。

「だめ」

「一緒に行きたいんだ」

「これは遊びじゃないんだよ。焚き火の番は誰がしてるの」

「へ？」いきなり叱られて、仁太の両眉と唇がへの字になった。

「ライターのガスを節約しなくちゃならないから、火は絶やさないようにって、さっき決めたでしょ。勝手に持ち場を離れちゃだめじゃないの」

そんなこと決めてない。まん丸になった仁太の目は水玉のようだ。あともうひと言叱ったら、涙がこぼれ落ちるだろう。やれやれ、というふうに主任は肩をすくめ、部長に向き直る。

「部長、この子の代わりに戻ってあげて」

「なぜ俺がガキの代わりをせにゃならん」

「やっぱり子どもじゃ無理。部長じゃなくちゃダメ。具合が悪いんでしょ、無理しちゃ、ダメ」

ダメ。ダとメのあいだにごくわずかな間《ま》。語尾はほんの少し舌足らず。年季の入った絶妙な「ダメ」だった。部長の頬がひくついた。さしずめ喧嘩をしていた娘にようやく口をきいてもらえた父親の表情。主任は気を持たすようにそっぽを向き、今度は賢司に声をかけてきた。

「塚本、お前も良くない。言葉には気をつけろ。テンパりすぎて、わけがわかんなくなってるんだろ。部長は大人だから、つまんないことは気にしないだろうけど、ねぇ、部長」

「お、おう」部長は怒った顔のまま微笑んでいた。どんな表情をしていいのかわからなくなっているのだ。「菅原がそうまで言うなら、しかたない」

体調は心配するほどでもないかもしれない。部長は来る時よりずっとしっかりした足取りでベースキャンプへ戻っていく。

「すいません」

主任に頭を下げると、謝られることが多すぎて何のことだかわからない、と言いたげに首をかしがせてから、賢司の目を覗きこんできた。

「ヤケを起こすのはまだ早いよ。すぐにここから帰れて、お馬鹿な上司の下でまたいつもの毎日が始まる……そう思ってないと、やってらんないだろ」

返す言葉もなく黙って頷いた。主任の目が賢司を捉えたままだったから、意地を張るようにその瞳を見つめ返した。必要な道具が足りないのか、主任の眉はいつもほど完璧なカーブを描いていない。睫毛もいつもより短かった。でも、主任って、こんなにきれいな人だったっけ。スケジュールボードもノルマ達成表もない、原色の風景の中に二人きりでいるから、そう思うだけか。

「ねぇ、ぼく、行ってもいいの」

忘れてた。二人きりじゃなかった。主任が先に目をそらして、仁太を見下ろす。ひとさし指を立てて、仁太の顔の前で振った。

「だめ。あなたも戻りなさい。あのまるっこいオジサンがよけいなことしないように見張ってて」

仁太に対する「だめ」は、痛くないように頬をそっと叩くような「だめ」だった。

「どうしても、だめ？」

仁太の視線を無視して、ヒールの高いサンダルを脱ぎはじめた。

「だってここ登れないでしょう」

少し迷った様子を見せたが、椰子の日傘は置いていくことにしたようだ。葉を結んでいた椰子の繊維の縄をほどき、それをサンダルのベルトに通してたすきがけにする。

仁太が声ですがりついた。

「登山は得意なんだ」

「犬はどうするの？」

「あ」仁太が絶壁を見上げ、それから機長の犬に目を走らせる。何か口にしかけてから、賢司を振りあおいだ。「この犬、なんていう名前？」

「さぁ……」聞いていなかった。機長は積み荷だと言い張っていたし。「機長はカーゴ《カーゴ》って呼んでたな」

仁太が犬に声をかける。

「カーゴ、戻ってて」

まつわりつく犬の鼻づらに、さっきの主任の真似をして、立てたひとさし指を突きつけた。犬は仁太の指を舐めただけだった。

しばらく眉の間にしわをつくっていた仁太は、何かを思いついたらしく、波打ち際へ駆けだした。骨のかたちに似た流木をひろい上げて、それを放り投げる。

「カーゴ、取っておいで」

犬が棒切れを追う。主任は仁太に構わず、岩場を登りはじめた。やけに自信ありげだったから黙っていたが、正直に言って、ここを登るのは主任にも難しいだろうと思っていた。

とんでもなかった。手の指はもちろん、足の指まで鉤爪にして、するすると登っていく。体がXを描いていた。両足を開いてわずかな凹凸を足場にし、片手で岩を摑みながら、もう一方の手で岩肌の手がかりを探す。両手に手がかりを確保すると、今度は片足を大きく蹴り出して、新しい足場を探る。すごい。

筋肉質には見えない主任の白い二の腕をぼんやり眺めていたのが悪かった。犬の吠え声で気づいた。仁太も岩山を登っている。すでに賢司の手の届かない高さにまで達していた。あわてて後を追った。

「仁太、戻れ。落っこちたらどうする」

「平気。雲梯《うんてい》は得意」

確かに身軽だった。大人より小さな凹凸を利用できるからだろうか。賢司が苦労して自分の身長分まで体を引き上げた時にはもう、三分の二の高さにある釘抜きハンマー状の突起に達していた。ただしそこで立ち往生している。無理やり体を伸ばして手がかりを探している仁太に叫んだ。

「やめろ、危ない」

賢司も突起まで体を押し上げたが、やはり立ち往生してしまった。仁太の体を支えるのがやっとだ。自分一人ならともかく、後三メートル近くある頂上まで、仁太をどうやって登らせればいいのかわからない。

すでに登り切っている主任に、二人で助けを求める目を向けた。だから言わんこっちゃない、主任はそんな表情で髪を掻きあげている。

椰子の繊維のたすきをほどき、強度を確かめてから垂らしてきた。怒っているのか、終始無言。だが、言葉はなくても、賢司には何をしろと言っているのか、すぐにわかった。鉢巻きにしていたネクタイを、頭上で揺れる椰子のロープに結ぶ。これで仁太にも手の届く長さになった。子どもの体重なら支えられるだろう。

主任がロープを引っ張り、賢司が仁太の尻を押した。仁太の姿が岩山の上に吸いこまれるのを見届けてから、主任のフォームの見よう見まねで、残りの岩肌を登る。なにせ地上六、七メートル。高所恐怖症の賢司は一挙手一投足に全身を震わせた。

登り切った賢司が最初に目にしたのは、主任に指をつきつけられて、うつむいている仁太の姿だった。

「だから、だめだって、言ったでしょ。子どもだからわがままが許されると思ってたら、大間違い。遊び半分でいると、無事に帰れなくなるよ。いい、わかった？」

母親が子どもをたしなめるような調子。仁太は気の毒になるほどしょげ返っている。

「ごめんなさい」頭を下げすぎて、ヘルメットがころげ落ちた。「ぼく、帰ります」

ヘルメットを拾って、くるんと反転した背中に賢司はあわてて叫ぶ。

「ああ、いいよ、もう」

降りるのも危ない。連れていくしかなかった。

「バウ」

置いてきぼりを食った犬が悲しげに鳴いた。仁太がへっぴり腰で岩山の下を覗いて手を振る。

「カーゴ、夜までに戻るから、おとなしく待っててて」

「バウ〜」

岩山の上は平坦とは言えなかったが、ここからは歩いて進むことができた。仁太を真ん中に挟んで、先に立つ主任を追う。湿った苔《こけ》で足を滑らせないように注意して傾斜した岩肌を登り、山頂にあたる大きな岩塊を迂回すると、視界が開けた。

前方は一面の海だ。ベースキャンプから望む風景と同様、どこにも島影はない。水平線の真上に、氷山を思わせる雲が浮かんでいるだけだ。

賢司たちが漂着した入り江は、正面から太陽が昇る。つまり東側。ということは、この先に見えているのが、もう島の南端。想像していた以上に小さな島だ。

海岸線は左手から右手へカーブを描いている。泳いで岩を越えるルートを選ばなくて正解だった。砂浜ではなく切り立った崖となって海に落ちこんでいた。岩山の下りは、崖の分だけ短くなっている。勾配も坂道と呼んでもいい緩やかさだ。

むしろ降りてからのほうが大変に思えた。行く手に鬱蒼とした森が立ちはだかっているのだ。靄《もや》にかすむその森は、日本で見かける人為的な植樹林とは別物だった。

まるで緑の海だ。正真正銘の原生林。あらゆる種の樹木と草が無秩序に、小さな隙も見逃さず枝や葉を伸ばして地表を覆い尽くしている。植物たちが土と光を奪い合い、生存競争を繰り返した果ての光景だ。もうこれ以上、他のどんな存在も寄せつけはしない、そんな悪意が瘴気《しょうき》となって漂っているふうにさえ見えた。

主任と顔を見合わせた。植物だけじゃない。どんな生き物が潜んでいても不思議はなさそうな場所だった。虫もうじゃうじゃいるだろう。だが、虫が怖いなんて、主任にはとても言えない。

「行くしかないでしょうね」

賢司のぼやきに、主任は眼下の光景に瞳を吸い寄せられたまま頷く。

仁太はまばたきを忘れて森を眺めている。ころげ落ちそうな様子を見かねた主任が仁太の手を握った。

「平気だよ」

仁太が口を尖《とが》らす。子どもとはいえ、小学四年生の男の子には、ちっちゃな男のプライドがあるんだろう。主任が小さく笑って言った。

「違うの。私が怖いから、握ってて」

「そっか」仁太が日差しに目を細める表情になった。

「じゃあ俺も頼む」賢司は仁太の左手を取った。

「ぼくに任せて」その言葉とは裏腹に、仁太のてのひらは汗に濡れていた。賢司の手をぎゅっと握り返してくる。

あれ？　なんだろう。無人島の原生林を目の前にしているというのに、この平和な気分は。まるでハイキングコースのスタート地点に立っている親子連れみたいじゃないか。

39

山裾の窪地に入ると、右手に見えていた海が途切れた。潮風が届かなくなったとたん、太陽の光が痛くなる。帽子をかぶってくればよかったと後悔するほどの日差し。もちろん帽子なんかないけど。日焼け止めクリームも。

サイモンさんが素肌に羽織っていたジャケットを脱ぐ。あわてて目を伏せた。伏し目のまま目玉を真横に移動させて、裸の上半身を品定めする。

逞しいけれどムキムキというほどじゃない。お腹もほんの少しぽっこりしている。でもステロイドで水増ししたボディビル筋肉より、こういう肉体のほうが実はポテンシャルが高いことを、早織は知っていた。K―1戦士でいえば、ピーター・アーツ。強く抱きしめられたら、母親譲りの骨太が悩みの種の早織でも、骨が砕けそうになるだろう。

それにしても凄い刺青。昌人のガリガリの体に彫ってあったら、おたまじゃくしを襲うザリガニに見えてしまうだろう髑髏と蠍の絵柄が、ちょっと危ない雰囲気だ。

この場合のアブナイは、誉め言葉。蠍のしっぽ付近のまだ生々しい傷痕が早織には誇らしかった。このヒトは、私が命を救ってあげた男。この肉体を私は守ったのだ。またオコゼに刺されないかしら。コブラがとぐろを巻いた乳首近くなんかいいかも。

野々村さんは、ほんとうに天真爛漫。子どもみたいに目を輝かせて、サイモンさんに遠慮のない質問を投げかけた。

「すごいね。シールじゃないよね。彫る時、痛くなかった？」

日本語だったためか、サイモンさんは無視。野々村さんはそのくらいでめげる人じゃない。今度は英語を使って、体のあちこちの傷を指さして何か聞いた。たぶん「そこ、どうしたの？　ここは？」なんて聞いているのだと思う。やっぱり答えなかった。苛立ちの色を浮かべたライトブラウンの瞳で野々村さんを睨む。

「それ、何の傷？」たぶんそう言って、肋骨の下の小さな丸い傷痕を指さした時だ。

サイモンさんが舌打ちをして、野々村さんに向き直る。片腕がすいっと伸びた。

ああ、喧嘩はやめて。でも、ちょっと見たい。この二人が野獣のように闘う姿。

野々村さん、秒殺かも。

サイモンさんは、バックブローをお見舞いしようとしたわけじゃなかった。伸ばした手をピストルのかたちにする。そして指を小さく動かした。

「バン」

指先に息を吹きかけて、唇の片側だけで笑ってみせる。ジョークだと思ったらしい、野々村さんが「むほほ」と笑い声を立てた。ほんとうにジョークだろうか。まさか質問への答えじゃないわよね。

窪地の地面が砂だったのは最初のうちだけ。すぐに土に変わり、足もとに雑草がまとわりつくようになった。このまま進めば、少し先に見えてきたもじゃもじゃと木が生い茂った森へ入る。

草叢から何かが飛び出してきた。最初はカエルかと思った。緑色で飛び跳ね方もそっくりだったから。少女時代を田舎で過ごした早織にとってカエルは動く石ころ同然だけれど、とりあえず悲鳴をあげることにした。

「きゃあ」

二人のどっちに取りすがろうか。ここはやっぱり舶来物？　なんて考えているうちに、それがサイモンさんの足もとに跳んだ。

それの正体を知ったとたん、本気の悲鳴をあげてしまった。

「ぐがぁ」

カエルじゃなかった。もっとずっと不気味なものだった。

大きなバッタ。大きいなんてものじゃない。冗談でデフォルメしたようなサイズだ。まるでお盆のキュウリの馬。

「シット！」サイモンさんが短く叫んで、バッタを踏み潰した。

大きさにふさわしい重くて悲痛な音がした。黄色い粘液が辺り一面に飛び散る。またしてもお腹の底から本気の悲鳴が飛び出した。

野々村さんでさえ顔をしかめたけれど、サイモンさんは足もとに目もくれようとしなかった。

この人、ちょっと怖い。DVタイプだったら、歯の二、三本じゃすまないかも。

40

岩山を下る途中で、手頃な石を見つけた。平たく、開いた手ほどの大きさ。一端が尖り、くさびの形になっている。そいつをベルトに挟んで下り、森に入る手前で丈夫そうな枝を探した。

「何してる？」

主任の声に応える。

「鉈《なた》をつくろうと思うんです。ちょっと待っててください」

片手で握れる太さの枝を選び、さっきの石で刻みを入れてみる。ふむ。まずまずの切れ味。
三、四回石を振《ふる》って刻み目を大きくしてから、枝を折り取る。小枝をむしり、細い枝先を折って長さ四十センチほどにした。これが柄だ。
椰子の縄で柄に石をくくりつける。案外に難しい。何度も巻き直す。主任と仁太は岩に腰を下ろして高みの見物だ。

「ケンジはなにやってるの？　探検、遅くならない」

「ほっときなさい。よせって言っても、どうせ聞かないんだ」

ホームセンターへ行き、棚の中からひとつを選び出してレジまで歩き、財布を取り出す。これまでなら、それだけで済んでいたことのために、ため息と舌打ちを繰り返し、うなじの汗が尻まで伝うほど汗まみれになる。

そのうちに椰子の縄より、ネクタイを使ったほうがうまくいくことに気づいた。まず密着性のあるシルクの細布（ネクタイのことだ）で石を固定してから、椰子の縄で補強する。南太平洋への出張なのに、なんでこんなものを、と腹立たしかったネクタイが初めて役に立った。

「おーい、日が暮れるぞー」

主任に呆れ声を出される頃に、ようやく完成。

振ってみた。空気を切り裂く鋭い音。ずしりと重く、頼もしい手ごたえに賢司は満足した。初めて道具を手にした猿人になった気分だ。人間一人ができることは、何万年も前からちっとも進化していないのかもしれない。

「お待たせ。よし、行こう」

「ぼくが前でもいい？」

仁太の言葉にきっぱり首を振る。そうしてもらいたいのはやまやまだが、そうもいかない。主任が先に会議室に行け、と言う時のように、くいっと顎を振ったからだ。

森へ入ったとたん、天井の電球が切れたように、あたりが暗くなった。幾重にも重なる樹木の枝葉が太陽の光を拒絶しているのだ。

先頭の賢司は、鉈をふるい、打ちかかってくる枝を押しのけ、下生えをかき分け、垂れ下がる蔓を払ってジャングルを進んだ。剝き出しの顔やうなじがむずむずするのが、木の葉のせいなのか、何かが這っているためなのか、緑の海に飛びこみ、泳いでいるに等しいこの状況では確かめようもなかった。頭にぽたぽた落ちてくるものが、本当に雫《しずく》なのかどうかも。

頭上で人間の声によく似た鳥がけたたましく鳴く。木の葉に見えていたものがざわざわと動くのは、緑色の小さなとかげだ。蚊は多すぎて、刺されてもいちいち気にしていられない。

振り返って岩山の位置を確かめ、進行方向を確かめながら奥へ分け入る。その手が通用したのは最初のうちだけだった。しばらく進むと、岩山の姿が見えなくなり、前後左右すべてが緑に覆い尽くされた。上下も。

歩けば歩くほど、前進しているのか、見当違いの方向へ足を向けてしまっているのか、それとも同じ場所をぐるぐる巡っているだけなのか、わからなくなってくる。行けども行けども目の前はねっとりした緑色の壁。この森は島の南端に位置している。だから、真南もしくは南西の方角へ歩けば、すぐに抜けられると思っていたのだが。

時おり耳に届く潮騒が頼りなのだが、ここには届かない風が吹くたびに樹上の梢がそっくり同じ音を立てて、賢司を幻惑する。

「離れないで」

背後に声をかけると、仁太が上着の裾を握ってきた。片方の肩が温かくなる。主任の手だ。

あらゆる種の植物から吐き出される呼気のせいか、森の空気は濃く、湿っていて、熟れすぎた果実を思わせる匂いに満ちている。甲高い鳥の声が賢司たちを嘲笑っているように聞こえた。機械の振動音に似た虫の声が絶え間なく続いているが、それが肌という肌に総攻撃を加えてくる蚊や小蠅のものなのかどうかはわからない。

何も問題はない。自分にそう言い聞かせながらも、頭の中では良からぬ想像がふくらんでいく。ボーイスカウトのリーダーに聞かされ、いまでも覚えている言葉が賢司の脳裏をかすめた。

「森を甘く見るなよ。富士山の樹海だって、じつは七キロ四方の普通の森なんだ。それなのに一度迷ったらまず抜け出せない。遊歩道から数十メートル離れただけで遭難することもある」

背中に嫌な汗が伝っていく。頭上を仰ぎ、太陽の位置で方角を確かめようにも、幾重にも重なった繁り葉が上方の視界も奪っている。岩山はもちろん、すぐそこにあるはずの小富士の裾野すら見えない。

こんな時はどうするのだったっけ。リーダーは確か、自分が目撃した樹海の白骨死体の話で団員たちをたっぷり脅かしたあと、森で迷った時に方角を知る方法を教えてくれたはずだ——

どんな方法だったろう。「頭蓋骨の目玉の穴から、みみずがにゅるにゅると」というくだりは覚えているのに、肝心な部分はすっかり忘れてしまった。落ち着け、落ち着け。思い出せ。

「ケンジ、ここ、どのへん？　もうすぐ？」

仁太がジャケットの裾を雑巾絞りみたいに握りしめてくる。主任はときおり肩や肘をぎゅっと摑んで、すぐ後ろについてきていることを伝えてきた。力のこもった指は、「だいじょうぶだよ」と賢司を励ましているふうにも、「だいじょうぶなの」と不安を訴えているようにも感じられた。その両方なのかもしれない。

あ、そうだ。「切り株を見ろ」だ。「年輪の幅の広いほうが南」

「すいません、ストップ」

立ち止まると、仁太のヘルメットが右の肋骨を打ち、主任のおでこが左肩を直撃した。

「うわぃ」

「ひゃあ」

あ痛《た》たたた。そのショックで思い出した。

違う。「切り株の年輪を見ろ、なんて言葉を信じて、森の若木をむやみに折ったりしちゃだめだぞ。あれは迷信だ。年輪の幅は日当たりとは何の関係もない」なんて、さんざん勿体をつけてから、こう言ったのだ。

「苔を見ろ。木の幹につく苔を見ればいいんだ。苔はたいてい、日が当たらず湿り気の多い北側に生える。忘れるなよ」

忘れてた。行く手の両側に立ち並んだ、ひときわ太い幹に視線を走らせる。この森の勢力分布の一翼を担っている高木の幹だ。日本で見慣れた広葉樹に比べると、やけに葉っぱが厚く大きく、ぐにゃぐにゃと複雑に分かれた枝がわずかばかりの森の余白にひび割れをつくっているように見える。

北も南もなかった。どの木も幹全面にびっしりと苔を生やしている。

だめじゃん、リーダー。

これだけの密林だ。どこもかしこも日当たりが悪く、湿気だらけ。賢司は恨みがましい目を、頭上の緑色の天蓋に向けた。

おかげで気づいた。苔はなにも木の根元にだけ生えるわけではないことに。

高木の太い幹には、目線よりはるかに高いところにまで苔が生えている。上方には日が当たるから、上へ行くにしたがって、片側だけ苔がまばらになっていた。

よし、わかった。苔が濃いのは、進行方向の左手だ。

ということは——えー左が北ということは——ああ、くそっ。まったく反対方向だった。あわててUターンする。

太い枝をくぐるために腰をかがめていたから、すぐ目の前に主任の顔があった。もう少しで頬と頬が触れ合うところだった。吐く息が届く距離から声をかける。

「すいません、進行方向、逆でした」

「なぜわかるの？」

「苔。苔は木の幹の日の当たらないほうにつくんです。だから、こっちが北」

踏み分けてきた道を後戻りする。

「置いてかないで」

仁太が使い慣れた手すりのようにジャケットの裾を握ってくる。主任に肩を掴まれた。やけに強く。

「ねぇ、ちょっと待って」

「なんです？　急がないと」

「それって北半球の話じゃない？」

「え？」

「ここは南半球だよ。トンガの昼間の太陽はどっちにあった？」

太陽？　確か昼間は首都のヌクアロファの方角にあった――つまり、北。

「ああ、いけない」逆だ。東から昇って西に沈むのは同じだが、南半球の太陽は北の空を巡るのだ。日当たりは北側。

「すいません、やっぱりこっち」

仁太のヘルメットが背骨を打ち、主任の頰がうなじに張りついた。

「うわわぃ」

「指示遅い」

南西と思われる方角へしばらく進んでいた時だ。主任が背後から頰の脇に片手を伸ばしてきた。

「塚本、あそこ」

指さしたのは、左手前方だ。緑の壁がそのあたりだけぼんやりと光っている。梢の隙間から木漏れ日が射しているのも見えた。

背丈近くまで伸びた雑草をかき分けて近づく。地面が急にぬかるんできた。

「待って、靴！」

数歩歩くたびに仁太が叫び声をあげる。柔らかい泥土にスニーカーがめりこんで、脱げてしまうらしい。「ああ、もう一回待って」言い訳なのか子どもの愚痴なのか、すぐ後ろでごにょごにょ呟いている。「靴、買い換えたばっかりなんだ。どうせすぐに足が大きくなるからって、母さんはいつもぶかぶかのを買っちゃう」

そのうち、仁太の「待って」が聞こえなくなった。どうしたのかと思って振り返ったら、いつのまにか裸足になっていた。足ではなく両手に履かせたスニーカーを頭の上に持っていって、にかりと笑う。「もうだいじょぶぴょん」

突然、ぽかりと開《ひら》けたのは、出口ではなかった。森の中の空き地だ。森に穴が開いたように樹木と草叢の姿が消えた。

ここだけ植物が生えていないのは、一面に水を湛えているからだ。きらきら光って見えたのは、木漏れ日を照り返す水面《みなも》だった。

「うわ」

「おお」

「ふあ」

三人はそれぞれに声を漏らす。

泉と呼ぶには、水が濁りすぎているが、仄かな光を放つその水面は、なぜかこの島を取り巻く、非情なほど青く澄んだ海面より美しく見えた。岸辺のひと隅に、スポットライトを当てたように光の柱が落ちかかっている。そのあたり一帯には、薄紫色の花が咲いていた。

ひざまずいて、水をすくってみた。想像していたより水は冷たい。

水面は水草に覆われ、落ち葉と虫の死骸がたっぷり浮いていたが、賢司は手の中の黄色く濁った水を口に運んだ。不思議と何のためらいもなかった。レストランのスープに羽虫が浮いているのを見つけたら、すみやかに交換を要求する、少し前までの自分が奇妙な人間に思えるほど迷いなく水を飲みこむ。

泥水に近い水を飲む賢司に、主任も仁太も驚きはせず、眉をひそめることもなかった。ちょっと塩辛く感じるのは、海が近いせいか。だが、飲めないことはない。

とにかく、いちおう水は手に入った。ここからどうやって運ぶのかが問題だったが。

「ほわぁ」

仁太の声に顔をあげる。ぽかりと口を開けて眺めていたのは、花が咲きこぼれている岸辺だった。

最初は花びらがつむじ風に吹かれているのかと思った。木漏れ日のスポットライトが薄紫色に煙っていた。

蝶だ。岸辺の花の色に似た蝶の大群が飛び立ったのだ。泉の縁からわき出るように次々と蝶が飛翔していく。いったいどのくらいの数だろう。薄紫色の霞になって光の柱をつたい昇り、頭上の梢の間にわずかばかり顔を出している青空へ消えていった。

「……きれい」

主任が呟く。

「すごいとこに来ちゃったね」

仁太の言葉に主任が頷いている。賢司もだ。

「この名前はどうする?」

仁太はしばらく腕組みをし、それからひとさし指を宙に突き出して叫んだ。

「アゲハ池」

蝶はアゲハではないだろうし、池というより沼だったが、「名づけ係」と自分のことを名づけている仁太の言葉だ。そのまま採用させてもらうことにする。賢司は神妙に宣言した。

「アゲハ池、発見」

アゲハ池の先にも鬱蒼とした森が続いていたが、頭上の梢も下生えの葉も、いままでより明るく輝いている。潮騒もはっきりと聞こえてきた。ようやく森が終わろうとしているのだ。

光が零《こぼ》れている方向へ歩きはじめると、どこからか動物の吠え声が聞こえてきた。思わず身を硬くしたが、その声はどう聞いても――

仁太が叫んだ。「カーゴ！」

そう、機長の犬の声だった。どうやって来たんだ？ 疑問に首をかしげている暇はなかった。仁太が先に立って走り出してしまったのだ。

「待て、仁太」

安心するのは早いぞ。厚い葉を持つ低木に阻まれて、まだまだ前方はほんの数歩先すら見通せないのだ。あわてて後を追いかける。

木々の葉の間に見え隠れしていた仁太の背中が、いきなりかき消えた。

「え？」

どうしたんだ。仁太が見えなくなった場所に辿り着いたとたん、賢司の足もとから地面が消えた。

緑一色だった視界が一瞬にして青と白のツートーンに変わった。

賢司が尻餅をついたのは砂の上だった。目の前には白い浜辺と青い海。

背後を振り仰いでようやく、自分が一メートル半ほどの小さな崖の下に落ちたことを知った。森は崖の上でナイフで切り取ったように終わっている。

砂浜をカーゴが走り、仁太がそれを追いかけている。図体はでかくても、やっぱり犬はすごい。人間なら入りこむのを躊躇するジャングルも縦横無尽だ。岩山の手前に賢司たちが気づかなかった抜け道でもあるのだろうか。

崖の縁の木々の間から、主任が顔を覗かせた。賢司を不思議そうに見下ろしている。何が起きたのかわかっていない表情だ。

「そこ、危ない」

声をかけたが、遅かった。主任が主任らしくない声をあげて落下してきた。

「きゃっ」

主任が賢司の差し出した腕を睨む。小娘じみた悲鳴をあげてしまったことへの埋め合わせのように、ことさら低い声を出した。

「指示遅い」

お尻をさすってぶつぶつ文句を言いながら、案外素直に手を握り返してくる。

「主任、頭」

賢司はセミロングの髪にコサージュみたいにからみついていた木の葉を払い落とし

た。主任も賢司の髪に手を伸ばす。

「あんたもだ」

賢司の鼻先に差し出して見せたのは、薄紫の花びらだった。逆だったらもう少しロマンチックだったろう。

主任が唇を尖らせて、花びらを吹き飛ばし、微笑みかけてきた。きれいな笑顔だった。気にしているらしい目尻の小じわも含めて。前髪に半ば隠れた目がやけに赤い。ゴミが入ったのだろうか。覗きこむために髪をかき分けようと思わず伸ばした手を、賢司はあわてて引っこめた。

「目、痛くないですか？」

賢司の目を捉え続けていた主任はふいに、事務手続き上のミスに気づいたとでもいうふうに顔をそらした。

「別に、なんでもない」

まだコンタクトレンズを使っているのだ。「よせって言ったって、どうせ聞かない」賢司への言葉は、そのまま彼女にもあてはまる。言ったって聞かないだろうが、しかめっつらをつくってみせ、主任の顔の前に指を突き出した。コンタクトレンズの「コ」の字も口にしないうちに、主任が髪を揺らして首を振る。

「駄目だよ、まだはずせない。この島のこと、ちゃんと見とかなくちゃ」

主任がサンダルを肩に担いで海岸線を歩き出す。鉈をベルトにはさんで後を追った。

「あ、待って」後ろから仁太の足音とカーゴの吠え声がついてきた。

山と海との境界を示す白線のような砂浜を歩いていくと、ほどなく海岸線が右にカーブしはじめる。砂浜はしだいに広くなり、山側の手前に椰子が目立つようになった。簡単には実が採れそうもない背丈であることは、ベースキャンプ側の海岸と同じだが、椰子の実の数にまだ余裕があることが賢司たちを安堵させた。

椰子の先に見える小富士のシルエットが、ベースキャンプから望む時とは逆になっている。裏小富士。もう島の反対側に回ったらしい。

走り出したカーゴと仁太に合わせて足を速めたら、小富士の向こうにのこぎり山が見えてきた。右手にはさっき抜けてきた森より深そうな密林。ここに漂着した日に、仁太と眺めた森だ。大コウモリがいた巨樹の姿もはっきり見える。つまり、ここはベースキャンプの裏側だ。

森に手こずったとはいえ、距離にすればたいして歩いてはいないはずだ。ここが大きな島でないことは最初から覚悟していたが、予想以下かもしれない。

同じ無人島でも大きいほうがいいに決まっている。大きければ、そのぶんたくさんの食糧や物資を確保できるだろうし、なにより発見されやすい。賢司はユーティリティスペース付きのワンルームタイプだと聞かされていた引っ越し先が、押入れと四畳半一間だけだと知った気分になった。

島の西岸には、ベースキャンプ側の海岸とよく似た風景が広がっていた。粉砂糖を撒いたような白い砂浜。ミント入り入浴剤みたいな色合いの遠浅の海。はるか頭上で葉を揺らしている椰子の並木。岩場が多く、賢司たちが流れ着いた場所より大きな入り江が、円形プールを思わせる潟をつくっているところだけが違う。観光案内用の写真撮影にやって来たカメラマンなら、どこを見ても歓喜の声をあげるだろう。

「こっちのほうが住みやすそうですね」

隣を歩く主任に、やけくそ気味に言う。「住む」なんて縁起でもない言葉を口にしたことをすぐに後悔したのだが、主任は気に留める様子もない。

「うん、こっちにも旗が欲しいな」

気づかなかったのではなく、賢司同様、ここに「住む」ことを本気で考えはじめているのだと思う。

「おーい、ケンジー、見て見て」

豆粒に見えるほど遠くへ足を延ばしていた仁太が駆け戻ってくる。

「ピンポン玉、拾った」

仁太が突き出してみせたのは、白くて丸い玉。確かにピンポン玉だ。ということは、ここに立ち寄る人間がいないわけじゃないようだ。

新たな希望は、それに触れた瞬間、あえなく消えた。

見た目は大型サイズのピンポン玉だが、手触りはまったく別物だ。指でつまんだだけで表面がへこむ。そのくせ案外に重みがある。

「カーゴが砂の下から掘り出したんだ。まだたくさんあるよ」

カーゴは入り江の手前の波打ち際で、ショベルカーのように盛大に砂を放り上げている。賢司たちが近づくと、ふいに顔を上げ、入り江に向かって吠えはじめた。

「どうしたの？　カーゴ」

吠えかかっているのは、どうやら波打ち際に顔を出している大きな岩のようだ。走り寄った仁太が途中で徒競走の「用意」のポーズのまま体を固まらせて、悲鳴をあげた。

「ひゃあ」

「うわわっ」賢司も声を漏らした。

主任も。「きゃっ」

岩が、もそりと動いたのだ。

波が動かせるサイズじゃない。しかるべき日本庭園に置かれているような大岩だ。それが、動いた。いや、動き続けている。

またもや、もそり。

岩じゃない。生き物だ。それもかなり巨大な。

「な、な、なんだ？」

主任が賢司の腕にしがみついてくる。賢司も主任の腕を取ろうとしたが、「お前が調べてこい」というふうに、体を前に突き出されてしまった。

背中を押されながら、おそるおそる近づく。生き物だとしたら、体長は一メートル半、いや賢司の身長ぐらい、いや――

そいつがのそりと動くたびに体を覆っていた砂が落ち、少しずつ黒褐色の体表が露になっていく。

カーゴは果敢に吠え続けているが、威勢のわりには脚が動いていない。むしろ少しずつ後ずさりしていた。なにしろ全貌が不明ないま現在ですら、そいつはカーゴよりずっと巨大なのだ。

露出した部分だけでも、全長は二メートル。未確認生物《UMA》だろうか。世紀の大発見？　世間に発表する術もないのに？

「用意」のポーズのまま、たじたじと後ろ歩きしてきた仁太が、賢司の背中に隠れた主任のさらに背後にまわる。爆弾処理班の盾になった気分だった。二人を従えて――というより無理やり押されて、ムカデ競走の足取りでＵＭＡに近づいた。

背中以上に砂まみれだった頭部が打ち寄せた波に洗われると、そいつの目玉が見えた。円形の真っ黒な目だ。厚いまぶたを開閉させて、瞬きをしているのまでわかる。

残り十歩の距離に近づくと、目玉に続いて、緩慢に動く前脚とおぼしき部分が見えてきた。太さは人間の胴体ほど。体のわりには短く、先端にいくほど細くなっている。脚というより足ひれだ。

背中に主任の息が吹きかかる。

「……ウミガメ」

ウミガメ!?　水族館でしか見たことがない。しかもいま目の前で動いている天然モノのそれは、街中の小じゃれた水族館で熱帯魚と一緒に泳いでいる姿に「おお、でかい」などと驚嘆の声をあげていたのは何だったのかと思うほどの破格サイズだ。亀というよりジュラシックパークの恐竜。

ピンポン玉の正体もわかった。ウミガメの卵だ。

しばらく三人で呆然と、ウミガメが動く島さながらに波をかき分け、海へ消えていくのを見つめていた。日は正面の海岸の上だ。そろそろ戻らないと、森の中で日が暮れてしまう。

帰りましょうか。主任に目配せをし、ウミガメが消えた波打ち際をカーゴと一緒に走りまわっている仁太に呼びかけようとしたとたん、声が聞こえてきた。

「おーい」

右手の森の奥から人影が現れた。

リゾート気分そのものの極彩色のアロハが、いまの気分には苛立たしい野々村氏。続いて大きな花を女子柔道選手風の結い髪に飾った早織さん。最後に上着を脱ぎ、これ見よがしにタトゥーを晒《さら》しているサイモン。

「ここで会っちゃったってことは、やっぱり、ここは……」

早織さんが乳房を挟みこむように両手で体をかき抱いた。

「ウェルカム・トゥ・デザート・アイランド」サイモンが余裕を見せたいらしいウインクを投げかけてきたが、声とは裏腹に顔はひきつっている。

「狭いねえ、ここ。モナコみたいだ。だいじょうぶなのかな」野々村氏も珍しく顔を曇らせていたが、賢司が手にしていたウミガメの卵に目を留めると、いつものお気楽、と墨で大書したような表情に戻った。「あれ？　どうしたの、そのゴルフボール？なめらかディンプルタイプ？」

ある意味、すごい人だ。尊敬はしないけど。

賢司が主任の左腕に視線を走らせると、主任がすぐに手首を裏返した。時計の針は午後三時十分だった。森を彷徨《さまよ》ってロスした時間を加えても、漂着した場所の真裏にあたるここに到着するのに、二時間もかかっていない。

もう疑う余地はなかった。ここは無人島。それも想像以上に小さな島だ。

41

「確かなのか」

部長が問いかける声は、業務報告の場でのちのち揚げ足を取るために執拗に確認を求める時と同じ口調だった。焚き火に照らされた顔はいつになく赤黒く、賢司に走らせてくる横目は、いつも以上に険悪だ。

「ええ、確かです」

部長から目をそらして、焚き火を見つめながら答えた。岩山の手前での一件に関して部長の怒りが静まっていないことは明らかだった。時刻は午後五時半。賢司たちはサイモン班の北回りコースを辿って、ついいましがたベースキャンプに戻ってきたところだ。

サイモンが誰にともなくまくし立てていた。「ファッキン」を間にはさんで「スモール・デザート・アイランド」「ノー・ダウト」という言葉を繰り返す。主任がファッキンを省いて通訳した。動かしがたい事実を強調するように。

「間違いなく、ここは小さな無人島」

野々村氏がコメントをつけくわえる。

「しかも、どこもかしこもOBゾーン」

島の北側にも森が広がっていた。南の原生林ほど樹木は密生していないが、蔓草が多く、仁太と早織さんは蜘蛛の巣のような蔓に何度もからめ捕られていた。

「とにかく救助が来るまでここに住……」いかんいかん。「ここで当面をしのいでいかなくちゃなりません。例えば、奥にある洞窟を居住地にするとか」

帰り道にずっと考えていたことだ。いつまでも砂浜で野宿するわけにはいかない。

椰子の葉陰だけでしのぐには、日中の日差しが厳しすぎる。しかも木陰は危険だ。あの高さからいきなり実が落ち、頭を直撃したら、ただで済むとは思えない。

賢司のプレゼンは部長に鼻を鳴らされただけだった。

「居住？　なんで居住する必要がある。よけいな口出しするな。ここで救助を待てばいいんだ」

言うだけ無駄だとはわかっていた。自分が拒絶している人間の言葉は拒絶する。そういう人だ。

「洞窟なんて気味が悪い」早織さんにも両手に頬をあてがっていやいやをされた。「アイ・ステイ・ヒア」サイモンも反対。「トゥ・スモール」

アメリカ人だというやつの感覚では、あの洞窟は人の住む広さではないらしい。帰り道で「いいかもしれない」と言ってくれた主任に同意を求めたが、肩をすくめられただけだった。一緒に商談に行った時の「無理押しするな」のサイン。この案はボツ、か。

「で、報告はそれだけか」

部長が日頃の業務報告時どおりの声を出そうとしていたが、成功していなかった。語尾が震えていた。ここが無人島という事実に、心の中では震え上がっているに違いない。

「悪いニュースばかりじゃありません。島の向こう側にも椰子が生えていましたし」

椰子の実は全員が抱えて運べる分だけ、全部で十個採ってきた。「真水の沼……」いかんいかん。「泉もありました。それに、これを主任が見つけて」

賢司はショールに詰めた土産を披露する。

果物だ。帰りの森の中で、ふいに消えた主任が戻ってきた時に手にしていたもの。ザクロのような色とかたちをしていて、皮は柔らかく、断面はザクロではなくリンゴに近い。試食をした主任によると、味は薄味のナシだそうだ。

七つある。主任が試食した以外は、手をつけるのを我慢して持ってきた心尽くしの土産だったのだが、部長に企画書をゴミ箱へ捨てるように言い放たれてしまった。

「ふん、子どものママゴトか」

語尾はやっぱり震えていた。

42

暗くなってから戻ってきた昌人にカーゴが吠えかかった。きっと子犬を連れて散歩していたように見えたからだ。昌人は蔓草で結わえた獲物を引きずっていた。

「ほら、どう、早織さん」

忠実な猟犬みたいに、まっさきに見せに来た。こんな時になに笑ってるのよ。ここは本当に無人島だったのよ。空気が読めないというより、周囲の空気に見放されているような人だ。

昌人が引っぱってきたものは、魚じゃなかった。暗がりの中でそれは、もぞもぞと脚を動かしている。本当に驚いた時には「きゃあ」なんて対男性向けの声をあげてる余裕なんかない。つい叫んでしまった。

「ぐがぁ」

昌人は小鼻をふくらませて、重そうなそれを両手で抱え、焚き火の上にかざしてみせた。

「すご」仁太クンが目を見張る。

サイモンさんが口笛を吹く。「ロブスター」

炎に照らされて赤黒く光り、脚をうごめかせているそれは、五十センチはありそうな伊勢海老だった。

「ねえ、どうやって食べる？　ウニはなかった？　ウニソースは最高なんだけど。具足煮でもいいな。おろししょうががあればなぁ」

固形フードの粉を唇の端につけた野々村さんが目を輝かせる。

「ねぇ、早織さん、例のフィジーのお土産、貸してくれるかい」

笑顔を向けてくる。お願いだから笑わないでよ、いまは。

「鬼殻焼きにしましょう」

昌人が伊勢海老の背中に刃を入れようとしたら、いきなりサイモンさんが叫びはじめた。立ち上がって、長い足で焚き火を跨いで、昌人の目の前に立ったから、昌人がいまどき女の子でも出さないような悲鳴をあげた。

サイモンさんの顔は真っ赤だ。どう見ても怒ってる。厚化粧女菅原がでしゃばって、英語ができることを自慢しているとしか思えない通訳をした。

「生きたまま料理をするなって、言ってる。それは神の教えに背く、残酷で野蛮な行為だと」

サイモンさんと目を合わせられない昌人が、おろおろ声で菅原に訴える。

「あ、いや、活け造りにするつもりはなくて……生け捕りにしたから、まだ生きてるだけなんで……ど、どうすればいいでしょう？」

菅原が声をかけようとしたとたん、サイモンさんが足を振り上げて、早織が「きゃあ」と声をあげる暇もなく伊勢海老の頭を踏み潰してしまった。分厚いコップを踏み割ったような音がして、黄色い体液があたりに飛び散った。

「ああ、鬼殻がぁ」

野々村さんが悲しそうな声をあげる。塚本クンが抗議したけれど、サイモンさんは無視。頭がぐしゃぐしゃに潰れた伊勢海老を満足そうに見下ろして呟いた。

「オーケー」

なにがオーケーなんだろう。確かに活け造りは悪趣味だと早織も思うけど、この場合、サイモンさんのほうが怖い。昼間のバッタを思い出して、海老が食べられなくなりそう。

43

伊勢海老はトンガのレストランで出た20トンガドルのロブスターよりずっとうまく感じたが、なにしろ一匹。一人にひと口ずつだった。仁太がスガワラりんごと命名した、りんごより小さい果物は、一人、三分の二個。昨日に比べると釣果は少なく、伊勢海老以外には、フエダイが二匹。イワシが十一匹。

フエダイは刺し身ではなく石の上で焼き、灰塩を振って食う。

「めでたくもないのにエビとタイか」

部長がぼやいている。食い物をあまり口にしないのは、すねているだけでなく、体調のせいでもあるようだった。風邪気味のうえにストレスでだいぶ血圧が上がっているのだろう。部長の降圧剤は昨日で切れている。糖尿の気もあるせいか、焚き火の明かりに照らされた顔が焼いた海老の殻の色になっていた。ココナッツ・ジュースばかり飲み、何度も小便に行っていた。

「やっぱり醬油が恋しいな」

課長がぼそりと呟く。部長がちらりと課長の顔を窺う。

「だよなぁ」

なんだかへつらうような調子だ。反抗した賢司に良好な（そうは見えないが）関係を見せつけようとしているのかもしれない。部長の隣で野々村氏も相槌を打った。

「せめて、オリーブオイルとコショウがあればねぇ」

部長が露骨に鼻を鳴らした。この三日間で野々村氏は野々村氏なりに、他者とのコミュニケーションの機微を学習したようだ。それが自分の発言に対する好意的でない反応だと気づいたようで、何か間違ったことを言ってしまったかというふうに困惑した顔で部長を眺めた。ただし、まだまだ学習不足。よせばいいのによけいなせりふをつけ足す。

「ニンニクだけでもあるといいよね」

おかげで、また部長の鼻が鳴る。空気にひび割れをつくるような音だった。

賢司は場のひび割れを修復するべく、もうひとつの土産を披露することにした。ジャケットのポケットから、柔らかな枯れ草で包んだ最後の土産を取り出す。

「これ、食えないですかね」

ウミガメの卵だ。もうひとつのポケットにあと三つ入っている。

「なんだ、これ？」課長がおそるおそる指で突っついた。

「ウミガメの卵だと思います」

「カメの卵？　そんなもの食えるのか」

課長の言葉に応えたのは藪内だ。

「あ、茹《ゆ》でて食べると、おいしいですよ。鶏卵より濃厚な味で」

「茹でる？　どうやって？　鍋がないのに」

課長の言葉に主任が頷く。賢司も頷く。つられて隣の仁太も頷いていた。昼間からずっとかぶっているヘルメットを揺らして。

あった。鍋。

焚き火の一角に石で小さな竈《かまど》をつくり、海水を満たしたヘルメットを置く。誰もが気力の失せた顔で、賢司の作業を見守っているだけだ。場がなごんだとは言いがたいが、とりあえずみんなの視線がヘルメットの鍋に集まった。卵、投入。

「耐熱加工だといいんですけど」

「あ、じゃあ、こうしてみましょう」

藪内が焚き火の中に小石を投入した。

「石をよく焼いて、水の中に入れると早く湯が沸くんです。このやり方は僕の……」なぜか後の言葉を濁し、無理やり話を逸らすように尋ねてくる。「ウミガメもいました？　親のほう」

これには仁太が答えた。

「すっごい、でっかいのがいたよ。このくらい」

わざわざ立ち上がって、手を広げて横歩きする。仁太にはそう見えたのだろう、五メートルぐらい歩いたから、誰もが目を丸くした。

「ウミガメは肉も食えるんですよ。案外うまい……」

藪内が眼鏡の奥のつぶらと言えなくもない目を輝かせる。だが、早織さんが顔をしかめたのがわかると、あわてた様子で自分の言葉に首を振った。

「……という噂です。食べたことはありませんけど」

「ホワッツ・ディス？」

昼の端に伊勢海老の食べカスをつけたサイモンがヘルメットの鍋を覗きこんでくる。

そういえば、サイモンにはウミガメの卵を見せていなかった。

鍋を覗きこんだとたん、サイモンが顔を曇らせた。

「ホワッツ・ディス？」

同じセリフが、なぜか詰問口調になっていた。

主任の姿はなかった。ようやくコンタクトを諦め、「はずしてくる」と言って海岸へ出かけた。眼球に張りついてしまって、洗わないとはずせないんだそうだ。この程度の会話なら通訳はいらない。自分で答えた。

「タートル。タートル・エッグ」

そのとたん、賢司に向かって喚きはじめた。

「オーマイガッ……」聞き取れたのは、最初のそのひと言だけ。後は何を言っているのかわからない。訝っていると、いきなり立ち上がって、ヘルメットの鍋を蹴り出してしまった。

「おいっ、何すんだよ」

賢司が跳び上がると、サイモンが歩み寄ってきた。またた。こいつと睨み合うのは、これで何度目だ？

「ウミガメは国際的に保護されている動物だ。食べてはいけない、たぶん、そう言っているんだと思います」主任に代わって藪内がおろおろ声で通訳をする。「やめましょう、ね、喧嘩してる場合じゃない」

なんだこいつ。伊勢海老の頭を平気で踏み潰すくせに。アメリカ覇権主義か。自分たちがルールブックのつもりか。自分たちの価値観外のものは、全部、野蛮で非文明的だとでも思ってるのか。ハンバーガーの中身は、インドじゃ神様なんだぞ。

「食い物には俺たちの命がかかってるんだ。ウミガメと人間とどっちが大切なんだ」

藪内がたどたどしく賢司の言葉を伝えると、サイモンがさらに声を荒らげた。

「お前らのような野蛮人よりは、ウミガメだと。ああ、僕が言ったんじゃありませんからね」

サイモンが自分の胸を叩いて叫ぶ。

通訳はなかった。藪内が絶句してしまったからだ。聞くまでもなく賢司にも理解できる英語だった。やつは、こう言ったのだ。

「俺は、マリンガーディアンだ」と。

マリンガーディアン。

名前はよく知っている。新聞紙上やテレビのニュースにたびたび登場する名だ。環境テロリスト、狂信的カルト集団、頭にそんなフレーズを載せて。捕鯨船に実弾を発砲し、イルカを捕獲する網に武装ボートで突入する、過激派の環境保護団体だ。一カ月前にも日本の捕鯨船へ劇薬の瓶が投げつけられる事件があった。確かそれもマリンガーディアンのしわざだった。

課長が、自分の対戦相手が世界ランカーだと知らされたように、尻を後方へずらす。

部長はマリンガーディアンを外国の企業名だと思ったらしい。「偉そうに言うな、外人。俺はパラダイスの開発事業部部長だ」と多勢を笠に着て叫んだが、サイモンの迫力のあるひと睨みに、あっさりと首を縮めた。

マリンガーディアン。ここが捕鯨船の甲板だったら、怖じ気づいていただろう。いや、たとえ街中で出会ったとしても、最初から知っていれば、ごく平凡なサラリーマンが喧嘩する相手じゃない。だが、ここは船の上でもなく、街でもない。無人島だ。

賢司は怒鳴り返した。

「食いたくなけりゃ、お前だけ食わなけりゃあいいだろ」

ここでは、所属している団体も、会社も、国も関係ない。

サイモンが胸ぐらを摑んできた。十センチは高い、やつの目線に体を引き上げられる。もう通訳はいらなかった。同じ人間同士、何を考えているのかは目を見ればわかる。サイモンの薄茶色の瞳は怒りに燃えている。白目は苛立ちで血走っていた。

「やめて。ストップ。ストップ・イット」

背後で主任の声がしたが、衿もとを摑まれていたから、振り向くことはできなかった。サイモンがまた喚き、顔に唾を飛ばしてくる。横目に映った主任は、こっちへ近づこうとしているのだが、足取りがやけに頼りなかった。前がよく見えていないのだ。手探りするように両手を前に突き出して歩きながら、サイモンの言葉を通訳する。

「問題はウミガメの卵だけじゃない。お前たちだけでなんでも決めるな。人種差別だ。アパルトヘイトだ。俺の言葉も聞け、俺も相談の仲間に入れろ、そう言ってる」

続いてサイモンを説得しているらしい英語が始まった。

さっきから賢司は気づいていた。サイモンがときおり片手を脇腹の傷口に持っていくことに。まだ傷が治りきっていないのだろう。部長と同様、思わしくない体調が、サイモンをよけいに興奮させているようだった。瞳の怒りの色の奥に浮かんでいるのは、脅えだ。

「ケンジ、やめなよ。サイモンさんも」仁太が叫んでいる。
サイモンの言葉も、もっともだ。もし立場が逆だったら、賢司も同じことを思った
だろう。無人島に漂着して、一緒にいるのが言葉が通じず、生活習慣も違う連中だっ
たら？　そいつらが自分には理解不能の会話をし、不可解な行動をとっていたら？
誰だって疑心暗鬼になる。まして怪我をしているのだ。プレッシャーは相当なもの
だろう。賢司はサイモンの胸ぐらを摑み返していた腕から力を抜いた。
「わかった、話し合おう。俺たちも……」
悪かった、そのひと言を言い終わらないうちに、ボディへパンチが飛んできた。
その拳は賢司には当たらなかった。おぼつかない足取りで走り寄ってきて、二人の
間に割って入ろうとした主任の顎を打ってしまった。小さな悲鳴があがる。
サイモンが自分の拳と、かがみこんでしまった主任に交互に視線を走らせて、目を
丸くした。
「……スミマセン」
たどたどしい日本語でそう言った瞬間、
「うおぅ」
背後で唸り声があがった。課長だった。止める間もなかった。課長が背後からタッ

クルをかましてサイモンの体をなぎ倒す。二つの巨体が砂浜へ倒れこんだ。

「俺が相手だ」

先に立ち上がった課長が吠えて身構えたが、サイモンは起き上がらなかった。それどころか、脇腹を押さえてころげまわりはじめた。

「ど、どうしたんだ？」タックルした課長のほうが驚いていた。

「たぶん、まだオコゼの針が抜けてないんです」藪内が眼鏡を押し上げて言う。「倒れた拍子に食いこんじゃったんじゃないでしょうか」

「やめてくださいっ」

テレビドラマのヒロインを思わせる高らかな声が響いた。早織さんだ。小走りで駆け寄ってきたかと思うと、倒れたサイモンの体に覆いかぶさる。金髪頭をかかえ、自分の胸に埋めた。

「この人は怪我人なのよ。みんなして、ひどいじゃない。もうやめて」

あらかじめ用意していたような隙のないセリフ。妙な迫力に押されて、一歩後ずさりしてしまった。課長も。夫の藪内ですら。

44

幸い、痛みは一時的なもののようだったが、サイモンはすっかりおとなしくなった。焚き火から離れた場所でブランケットにくるまり、隣に寄り添った英語をまったく理解していないと思われる早織さんにしきりに何か訴えかけている。ときおり、それに応える早織さんの声も届いてきた。

「はいはい、いいコね」「もうわかったから」「だいじょうぶでちゅよ」

主任も大事には至らなかったようだ。賢司は何度も波打ち際へ走って、仁太から借りた『4年2組　中村仁太』と書かれたハンカチを濡らして戻り、主任に渡している。

部長が藪内にからかいの言葉を投げた。

「おいおい、ダンナさん、いいのかい。奥さん、寝取られちまうよ」

藪内が顔を強張らせて睨みつけると、部長は子どもじみたしぐさでそっぽを向く。

「おお、怖。やだねぇ、どいつもこいつもカリカリしちまって。なんでこんなことになっちゃったのかねぇ」

また、ぼやき節。野々村氏が慰めの言葉をかける。

「しかたありませんよ、河原さん。誰のせいでもないんだから」

「誰の、せいでも、ない」

言葉尻を捉えて、嫌味ったらしくオウム返しにし、叱責の口火を切るのは部長の常だ。まさか野々村氏には、と思ったら、そのまさかだった。いきなり野々村氏に指を突きつけた。

「いや、あんたのせいだよ」

「え？　僕？」野々村氏が自分の顔を指さした。

「そうだよ、あんたのせいだ。飛行機の中で携帯使ってただろう。あんなことするからだ。だから飛行機がおかしくなっちまったんだ。そうに決まってる」

「えー、僕の衛星携帯で？　スペースシャトルでも使える優れものなのに？」

「なぁにがスペースシャトルだ、この馬鹿くそのこんこんちきがっ」

部長がキレた。文字通り浮き出たこめかみの血管が切れそうだった。

「常識ってもんがあるのか、あんた？　いくつになる？　三十一だろ？　正真正銘の馬鹿なのか？　脳味噌に何が詰まってる？　フォアグラか？」

野々村氏は困り果てた表情で、何が入っているんだろうというふうにひたいに手を当てた。部長に反論したのは、野々村氏ではなく藪内だった。

「ちょっと待ってくださいよ。彼だけじゃない。あなただって勝手に座席を交換してたでしょう。パイロットがシートの場所は厳守だって言ってたのに。あれで機体のバランスが崩れたんじゃないですか」

「あ？　俺のせいだっていうのかい」

「そうですよ、僕と早織さんは離れ離れの席で我慢してたのに」

サイモンが何か言っている。顎にハンカチを押し当てた主任が、くぐもり声で通訳した。

「ボートからカボチャを捨てらのは、ミステイクらった。あれは貴重な食糧になったはずら」

部長の目玉が丸くふくらんだ。

「おいおい、なんだよ、全部俺のせいかよ」

「あなたたち全員のせいよ。席を立ったり座ったり、飛行機の中で好き勝手なことやってたでしょっ」

早織さんが金切り声をあげた。シルエットしか見えないが、首の動きで、賢司を睨み、それから主任を睨んだのがわかった。

「そもそも最初の体重の計り方がおかしかったのよ。ズルしてた人もいるし。なんで、こんなことになるの……もう嫌……ここは嫌……帰りたい」

早織さんの声は途中からヒステリックな涙声になった。サイモンが慰めている。

「ア・ディア……オー・ベイベー……グッド・ガール」

「どこに座ろうが、そんなもんで飛行機が落ちるかい。奥さん、やけに物持ちみたいだけど、妙なもん、持ちこんでたんじゃないの？」

部長の言葉に藪内が憤然と立ち上がる。

「どういう意味です、それ」

「いい加減にしろ」それまで沈黙していた課長の声が、ノーサイドを告げる主審のホイッスルのように響き渡る。「いまさら、ぐだぐだ言ったって、もう遅い」

さすが課長、言うべき時は言う。大きく頷こうとした賢司の首は途中で固まってしまった。続けてこう言ったからだ。

「俺だよ。俺が原因だ」

焚き火に照らされた課長の顔には、あいかわらず表情らしい表情は浮かんでいない。ここが南太平洋のせいか、イースター島のモアイ像じみて見える。

「何を言ってるんだ、お前」

部長が課長に外国語で書かれた技術資料を眺める目を向けた。課長はその視線を黙殺し、焚き火を木の枝でつつきながら、炎に語りかけるように話しはじめた。

「飛ぶ前から思ってたんだよ。何か起きるんじゃないかって。みんなは知らないだろうが、ラウラ・エアラインズ・インターナショナルは世界一いい加減な航空会社なんだ。トンガでも良くない評判は聞いていた。『空飛ぶ棺桶』だそうだ。機体はよその国が手を出さないような中古を二束三文で買い叩いたもの。国際安全基準は無視。まともなパイロットもいない」

そんなことはない。確かに飛行機はポンコツだが、あの機長は立派なパイロットだった。彼のおかげでみんなの命が助かったようなものだ。

「しかも、悪天候でも平気で飛ぶ。欠航するかどうかは搭乗する人数しだいなんだ。一昨日だって、俺たち五人がキャンセルしたら、その場で欠航が決定していただろう。でも俺は、そうしなかった。季節はずれのとんでもない嵐だったらしいな、さすがのラウラ航空も売り上げより飛行機の損失のほうが心配になったんだろう。飛ばすかどうか迷ってたようだ。だから俺がかけあった。どうしても飛ばせって。副操縦士が来られない？　それがどうした、小型機なら当たり前だって言ってな。金も使った。担当者に、あんたと責任者にボーナスをはずむって持ちかけたんだ。小さな航空会社はそういう話が早いから助かるよ」

もわかった。

「……なぜ、そんなことをした」

部長の表情が歪む。顔が腫れ、不吉な赤色に染まっているのが、焚き火の明かりで
「なぜ？」課長が部長に首をねじ向けて、歯を剝いた。笑ったのだと思う。「もしキャンセルしていたら、あんた、なんて言った。俺を無能呼ばわりして、みんなの前で罵倒しただろ。いつものように」

みんなというところで、なぜか課長は、主任だけに顔を振り向けた。

「それだけじゃない。ラウラに行けなかったことを理由にして、泰宝グループの出資話がうまくいかなかった責任まで、俺にかぶせようとしたはずだ。どう見たって、泰宝は、プロジェクトに本気じゃないからな」

今度は野々村氏に視線を向けた。「ほらほら、エイリアンだよ」伊勢海老の殻を顔に張りつけて、子どもにはわかりづらいジョークを仁太に披露していた野々村氏が、海老の脚の間から覗かせた目をぱちくりさせた。その姿を鼻で笑って、言葉を続ける。

「あんたはいつだってそうだ。うまくいったら自分の手柄。駄目な時には、誰かに責任をおっかぶせる。うちの会社はここんとこずっと厳しいから、親会社から飛ばされたあんたは、そうでもしないと生き残れないもんな。人の首で自分の首をつなげるん

だ。今回は俺がスケープゴートだろ。自分でもわかってるよ、俺、ラグビーで会社に入ったようなもんだから、奥牛穴に左遷どころじゃない、そろそろ危ないってこと」

課長が手刀で自分の首をとんとん叩いた。あんたと呼びかけている部長の顔は、見ようともしなかった。部長は何度も口を開きかけたが、震える唇からは言葉がいっこうに出てこない。今夜も昼とは別の場所のように気温が下がっているのに、大量の汗をかいている。

「飛行機さえ飛んじまえば、途中で引き返そうが、どこかに緊急着陸しようが、俺の責任じゃない。さすがのあんたも嵐のことまで俺の責任にはできないだろ？　まさかこんなところに流れ着くとは思ってもみなかったけどね。いま会社をクビになるわけにはいかなかったんだよ、なにしろ俺には……」

課長がそこで口ごもる。それまで黙って聞いていた主任が、空白の言葉を補った。

「まだ小さい子どもと奥さんがいるから？」

感情を押し殺した口調だった。課長は沈黙したままだ。初めて聞く課長の饒舌に気圧されていた賢司も口を開いた。

「だからと言って、ここへ来ちまったことが、課長の責任だとは思えませんけど」

「俺が原因だと言っただけだ。そうとも、俺の責任なんかじゃない」課長が首を回して骨の音をさせた。それからいきなり部長に指を突きつけた。「こいつのせいだ」

「な、なにを言う……」

部長が目を剝いた。頰に汗が伝い、顎から滴り落ちている。課長がまた歯を剝いた。

「いや、こいつだけじゃない。いまだに日本中に蔓延《はびこ》ってる、ふた言めには、会社会社会社、仕事仕事仕事、念仏みたいにそう唱えて、それを人の人生や、人の心より大切なものだと思いこんでる連中のせいだ。脳味噌の中に、出世だとか派閥だとかポジションだとか、そんなことしか詰まってない、首輪のかわりにネクタイをつけてる、こいつやこいつの同類どものせいだ。時代は変わった？　いいや、俺が会社に入った二十年前からちっとも変わっちゃいない。俺たちを遭難させたのは、日本のサラリーマン社会だよ」

台本を読むような淀みない口調だった。普段の課長とは別人だ。寡黙な人間ほど、頭の中に人には言えない言葉や思いが蓄積しているのかもしれない。澱《おり》みたいに。

「もうひとつ教えてやろうか。酷い遭難をしたんだから、救助隊とやらが、いま必死で俺たちを捜している。みんなそう思ってるんだろ？」

全員の代弁をするように藪内が頷く。

「甘いな」課長がせせら笑った。「ラウラ航空はいままでに何度も事故を起こしているが、会社はもちろん、ラウラって国自体が、いつもまともな対応を取らないそうだ。なにしろ国が内紛状態で、テロやらデモ鎮圧やらで、十人や二十人が死ぬのは日常茶飯だからな。生きてるか死んでるかわからない人間を、人と時間と金を使っていちいち捜索なんかしない。したとしても初動だけ。日本とは違うんだよ。命が危ない、助けてください、そりゃあ大変だ。全力をあげて人命を救え。命は地球より重い。世界のどこでも同じ考えが通用すると思ったら大間違いだ」

聞きたくない話だった。誰もが黙りこんでしまった。課長が全員を見回して、崖のふちを覗きこんでいる心境のみんなの背中を押す。断崖の下に。

「ここはたぶん、イスラ・デル・ムエルテ。死の島って呼ばれているところだ。完全独立を目指すラウラが旧宗主国と領有権を争っていた島だよ。内紛で揉めてる暇がなくなったラウラが譲歩して、お互いに無期限の不可侵条約を結んだって聞いている。だからどちらの国の人間も面倒を恐れて近づかないし、開発もされないままだ。もともとが海流が酷くて漁師も近づかない島らしい。三日経って来ないということは、もう救助は来ないと思って間違いない。下手したら全員、一生、ここだ」

課長が火かき棒にしていた太い木の枝で地面を叩いた。

「ひぃーっ」早織さんが涙まじりの悲鳴をあげる。

藪内が立ち上がりかけたが、早織さんはサイモンにすがりついてしまった。腰を浮かせたままおろおろ声を出す。

「どうすればいいんですか」

地面を叩いた枝で、今度は焚き火をつつく。炎が少し大きくなった。照らしだされた課長の顔は、薄笑いを浮かべていた。

「これからは俺がしきる。みんな俺の言うとおりに動け」

「おいおい安田……」ようやく部長が口を開いたが、いつもの居丈高な調子は消えている。安田の後に「君」をつけるべきかどうか迷っているような声だ。

「文句あるか？　あるやつには、もうライターは使わせない」

課長が手にしたライターを王位継承の神器か何かであるようにうやうやしく掲げてみせた。『大四喜』と雀荘の店名が記された百円ライターをだ。

「これは誰のライターだっけ？　ん？　誰のだ？　言ってみろ」

ライターの尻で部長の頰を撫ぜはじめた。答えないとわかると、課長の小さな目がふくらんだ。いつもよりつり上がって見えるその目は、炎を映してぎらぎら光っていた。部長は屈辱と怒りと恐怖、おそらくその全部のために、頰の贅肉を震わせている。

「ほら、答えろ。誰のライターだ？　煙草を吸うやつはサラリーマン失格だの、人間のクズだの、文句ばっかり言いやがって。これがなかったらお前はどうなってた？　これからどうする？　え？　何とか言えよ」

「うぷ」部長が口を押さえて立ち上がる。よろよろと椰子の根もとへ歩き、そして嘔吐しはじめた。主任や賢司より先に駆け寄り、背中をさすりはじめたのは、野々村氏だ。

「だいじょうぶ、河原さん？　伊勢海老が悪かったのかな。僕も当たったことがあるけど、平気。中国粥を食べれば治るから」

部長は専務に呼ばれて席を立ち、戻ってくるなりトイレに駆けこむことがしばしばある。血圧の急上昇のためだ。本人が豪語する「二百ぐらいは当たり前」の限界を超えたのかもしれない。

サイモンが立ち上がった。誰も通訳はしていないが、焚き火の前で繰り広げられているのが、百円ライターを巡る政変だということを理解したのだろう。号泣している早織さんを藪内に押しつけると、課長に向かって荒らげた声を吐きつけた。

「ドント・メイク・アン・アービトレリィ・デシジョン《かってにはなしをきめるなといったろう》」

「なんだ、お前？　文句があるのか？」

その言葉が終わらないうちに、サイモンが課長に突進した。さっきのタックルの報復とばかりに両手で課長の体を抱えて地面になぎ倒す。複数の悲鳴があがった。砂浜の上で巨漢二人がもつれあう。

「やめろ」

賢司は立ち上がったが、大型獣のボス争いさながらの取っ組み合いをどう仲裁すればいいのかわからず、砂ぼこりを立てて争う二人の周りを、相撲の行司みたいにぐるぐる回ることしかできなかった。

サイモンは百円ライターを奪おうとして課長の手首を掴んだ。ライターが飛び、焚き火の中に落ちた。

「あちちち」藪内が拾い上げようとしていた手を引っこめ、足で火を消しはじめた。

焚き火が消え、辺りが急に暗くなった。闇が二人の動きを止める。その隙に賢司は、星明かりがいつも以上に大きく見せている課長の背中をはがいじめにした。サイモンの腰には主任がすがりついた。足もとにへばりついた小さな人影は仁太だ。

「わかった。わかったから、離せ」

課長が声をあげて、立ち上がった。つられてサイモンも立つ。そのとたん、課長のシルエットがもそりと動いた。

サイモンが甲高い悲鳴をあげて、脇腹を押さえ、砂の上に這いつくばった。傷痕に不意打ちのパンチを食らわせたのだ。きったねぇ。ラグビーのノーサイドの精神は、どうしたんだ。

課長は呆気に取られている藪内の手から、再びライターを奪い取った。賢司はそれを取り返すために腕を伸ばす。

「課長、やめましょう」

「うるせぇ。お前らのお守りはもう飽きた。俺は好きなようにやる。お前もいい気になるな。リーダー気取りで、ちょろちょろしやがって。上司をなめやがって。今日からここのボスは、俺だ」

めちゃくちゃだ。それじゃあ、あんたが怒ってた会社人間のやってることと全然、変わらないじゃないか。

「いい加減にしろ」

二の腕をつかんだとたん、また課長のシルエットが動いた。サイモンを一発で倒したパンチが自分の腹に飛んできたことに気づいた時には、胃袋が震え、息が止まった。賢司もサイモンの隣に四つん這いになる。背中に勝ち誇った声が降ってきた。

「馬鹿が。俺に逆らおうなんて、百年早いんだよ。おい、典子。今夜から俺と寝ろ。この先の海岸に、ここよりいい場所を見つけたんだ。二人でそこへ行こう」

何を言ってるんだ、この人は？　賢司は耳を疑った。パニックで頭がおかしくなったか？

「こいつらは足手まといだ。二人で暮らそう。な、典子」

正気を失っている声とは思えなかった。そして、典子、と主任を下の名で呼ぶその口調は、慣れたもののように聞こえた。

詰った息をようやく喉に押し出し、顔を上げた賢司の霞んだ目に、課長に歩み寄る主任のシルエットが映った。

わずかな残り火が二つの影を照らしている。課長が主任の腰に腕をまわす。主任は拒否するどころか、なじんだ場所にようやく収まったというふうに体を預け、頬に手を伸ばしていた。

え？　嘘？　そうだったの？

主任は課長の頬にあてがっていた手をいったん離し、大きく振りかぶった。

高らかな音が、孤島の闇を震わせた。主任が課長の頬を叩いたのだ。

「いい加減にして」課長の腕からするりと抜け出した主任の声はもっと高らかだった。「つまらない喧嘩も、昔のことを蒸し返そうとするのも。二人で暮らそう？　もう終わったことでしょ」

二人の間になにがあったのかは知らないが、主任の言葉は、平手よりも手強く課長を打ち据えたようだ。首ががくりと落ちる。主任の手がライターをもぎ取っても、それを砂浜に放り投げても、悄然と突っ立ったままだった。

「誰の責任だとか、何が原因だとか、そんな話をして何になるの？　怖いから？　怖いなら怖いって、素直に言えばいいじゃない。私は、怖い。だけど、怖がってるだけじゃ、始まらないじゃない」

課長だけじゃない。賢司もうなだれてしまった。そのとおりかもしれない。怖くて怖くて、恐怖を別の何かにすり替えたくてたまらないのだ。賢司も、足もとに視線を落としてしまった他のみんなも。

主任はヘルメットを拾い上げた。それを頭上にかかげて、手首を返す。残っていた水が流れ落ち、長い髪を顔に張りつかせた。

濡れた顔を両手で拭う。何度も。化粧落としをするように。ひとしきりそうしてから、濡れた髪を一度だけ振った。

「よけいなものはいらない。よけいな言葉も。誰がリーダーかなんてどうでもいい。目的はひとつ、みんなで生き残ること。そしてここから帰ること。救助が来ないなら、私たちのほうが、ここから出ていけばいい」

言葉を発する者はいなかった。誰もが押し黙った。

長い沈黙を破ったのは、星明かりを頼りにライターを探り当てた薮内だ。

「さぁ、火をおこしましょう」

ちっ。ライターを擦りながら、青春ドラマみたいなセリフを口にした。

「みんなの誓いの炎ですね」

ちっ。

「あれ？」

ちっ、ちっ、ちっ。

「ああっ」

誓いの炎はつかなかった。焚き火の熱でライターが破裂してしまったのだ。

島から火が消えた。

45

八月十五日　晴れ

火がないくらしというのは、ぼくたちの毎日の中では、考えられないことです。火がないとお湯がわかせません。肉や魚もやけません。ぼくたちは火のおかげで多くの食べ物を食べることができます。やきとうもろこしもそうです。

電気がない場合、火は夜のあかりのかわりになります。体をあたためるための道具になります。だから火がないと、夜は暗くなり、寒くなります。

火がとてもたいせつなものであることをぼくが知ったのは、いまぼくたちのいる島に、火がなくなってしまったからです。

火がないとこまるものの例として、上にカップラーメンの絵を書きました。いまこれを書いているのは朝です。朝だけど昨日からいろんなことがあって、ねむくなってしまったので、早めに書いています。起きた時にもし夜になっていたら、暗くて今日の分が書けなくなってしまいます。もしあかりだけあったとしても、寒さで手がふるえて字がとても読みづらくなってしまうと思います。いまの字よりもっとです。

ぼくは、いままでのぼくの生活がどんなに便利だったのか、なにげなく使っていたふつうの道具やものが、どれほどすごいのかが、よくわかりました。

早く火がほしいです。そして家に帰ったら、ラーメンが食べたいです。

46

昨日はみんな眠っていない。わずかに残っていた線香の先ほどの火種を守るために、枯れ草や小枝を集めて燃え上がらせようとしたのだが、暗闇の中では、ろくな作業ができなかった。海岸の風が時を追うごとに強まったのも災いした。結局、夜明けを待たずに、小さな火は完全に消えた。

騒ぎに気づかず眠り続けている仁太のじっちゃんと、寝込んでしまった部長を除く八人は、膝を抱えてブランケットにくるまり、消えた焚き火の跡をぼんやり見つめている。

誰も言葉を発しない。昨夜あんなことがあったのに——あったからなおさらなのか——主任は最初に決めたルールどおり、賢司とブランケットを分け合っている。サイモンはついいましがた、早織さんの糸切りばさみを使って、傷口からオコゼの針を抜き取ることに成功した。大人たちの作業につきあっていた仁太は、そのサイモンの膝の上。いまにも閉じそうなカエル目をこすって日記を書いている。

課長はみんなの視線から逃れるように、車座から数歩下がった場所にいる。主任に平手打ちをくらったとたん、課長はいままでどおりの無口でおとなしい大男に戻ってしまった。いや、いままで以上か。大きな体を気の毒なほど縮こまらせている。

固形フードはまだ残っているが、誰も手をつけようとしなかった。昇ってきた太陽に炙られて、昨夜、食い残した魚が生臭くなってきた。不吉な臭いだった。

朝日の中で見ると、大四喜のライターは、ガスタンク部分が焼けただれ、穴が開いていた。もともと残り一センチもなかった液化ガスはすべて漏れている。何度も繰り返し擦ったためか、着火装置も動かなくなってしまった。

「修理してみましょうか」藪内が高価な骨董品を扱うように手のひらに載せた。ふだん百円ライターとは縁がないのだろう、新種の機械を眺める目を向けていた。「中に小さな火打ち石が入っているんですね、これ。石はまだ無事でしょうから、ローラーさえ動けば、火花を出すことはできるはずです」

火花だけは昨夜も途中まで出ていた。問題はその先なのだが、誰もがその言葉にすがりついて、藪内を見守る。先端部分を爪でこじ開けようとしているのだが、うまくいかないようだった。背後にいた課長が手を差しのべた。

「俺がやる」

言葉は短かったが、俺のものだから、ではなく、俺の責任だから、と言いたかったのだと思う。

課長が力任せに先端部分をはずしたとたん、部品が弾け飛んだ。鉛筆の芯のような火打ち石もだ。あわてて拾い上げようとしたが、見つからないようだ。みんなが加勢をしようと立ち上がったその時、

「ああ」

藪内が悲痛な声をあげる。強風が海岸の砂を舞い上がらせたのだ。燃え残りの薪すら吹き飛ばす風に、火打ち石もさらわれてしまった。

砂漠で針を探す、そんな譬《たと》えを思い出して、賢司の肩は落ちた。早織さんがまた泣き出した。


みんなで再び火のない焚き火を囲む。そうしていれば、そのうちまた炎が上がるんじゃないかと期待しているように。課長だけが諦めずに砂浜で火打ち石を探していた。

「何もライターだけが発火装置じゃありません。なければ他のものをつくりましょう」

昨夜の主任の言葉に誰よりも感動し、青春ドラマ的に燃えている藪内が、唐突に拳を振り上げた。

「何をつくるの？」

主任が首をかしげると、椰子の繊維でひっつめにした髪も揺れた。

夜明けとともに海岸のトイレへ向かった主任は、化粧をすべて落として戻ってきた。別の場所でいきなり会ったら、他人だと思っただろう。目はいままでよりひとまわり小さくなり、眉はあらかた消え、片側の頬に薄い痣《あざ》があった。厚い化粧はさくらの花びらに似た、その痣を隠すためだったのかもしれない。でも、気にしすぎだ。素顔の主任はいままでより若々しく、可愛らしい、と賢司は思った。

藪内が眼鏡の奥の瞳をふくらませて喋り出した。

「ぼく、中学の時、化学部で、実験したことがあるんです。金だわしと乾電池だけで火をおこすっていう実験なんですけど。やり方は簡単。金だわしをほぐして、二本の線を伸ばす。それを電池のプラス極とマイナス極につなぐだけ。ショートした火花が、金だわしに燃え移るんです。一瞬ですけど、けっこう火が出ました。顧問の教師に一カ月の部活停止を言い渡されたぐらい」

藪内はサイモンにも英語で自分の言葉を伝えた。ヒアリングさえおぼつかない賢司と違って、英会話にシャイだっただけで、喋ろうと思えば喋れるらしい。

サイモンが何か答えている。「ファンタスティック」という言葉はわかった。藪内がほころばせた顔をすぐにしかめる。主任が全員に聞こえる声で通訳した。

「君の意見は素晴らしい。私が試してみよう。いますぐ金《スチールウール》だわしと乾電池《セル》を持ってきてくれ」

もっともな意見だ。藪内は不安を紛らわせるために思いつくままを口走っているだけ。知識だけでは、ここでは湯も沸かないし、魚も焼けない。

サイモンが藪内に横目を走らせて、さらに何か語りかける。皮肉の続きを口にしたわけじゃなかった。主任によると、こう言っている。

「しかし、とりあえず言葉にしてみることは重要だと思う。沈黙はくそだ。どんな言葉に何のヒントがあるかわからないから」

主任は専属通訳のようだった。二人の息はだんだん合ってきている。サイモンは少しずつ言葉を切り、主任が訳すのを待つ。主任は身振り手振りと、いままでは訳すのを控えていた四文字言葉を交えて、やつの感情のニュアンスまで伝えた。

「全員の持ち物を、全部出してみよう。火をおこすために使えるものがあるかどうか、検討してみようじゃないか」

持ち物？　賢司が持っているのは財布とパスポートとハンカチだけ。あとは菜緒子への例の——

サイモンが眠ってしまった仁太をブランケットでくるみ、膝から下ろして、立ち上がる。椰子の葉を何枚か地面に敷き、手本を示すつもりか、その上にあちらこちらから取り出した品々を置いていく。

財布、ハンカチ、サングラス、キーホルダー、腕時計、壊れて使えなくなった携帯電話、キスしてから置いた十字架のネックレス。

ベルトもはずした。ドアノッカーさながらのごついバックル部分もはずす。何をするつもりかと見ていたら、ベルトの端に指をこじ入れた。

「オゥオゥオゥ、イエス」サイモンは歌うようにベルトへ囁きかけ、器用そうには見えない太い指で、何かをひっぱり出した。

驚いた。ナイフだ。空港のセキュリティ・チェックをすり抜けたのだから、金属ではなくセラミック製だろう。だが、長さは二十センチ近く。その半分以上が刃で、切っ先は鋭い。じゅうぶん本来の目的に使えるしろものだ。さっきこれを出されていたら、課長はどうなっていたことか。

誰もが半身退く。課長がつくった即席眼鏡を顔にあてがっていた主任がナイフの目の前まで近づいてから、「ひっ」と悲鳴をあげた。

「バターナイフだ。山羊のバターを切るときには、これを使えっていうのが、死んだおふくろの遺言なんだ」

　通訳していた主任が自らサイモンに質問を投げ返した。

「なぜそんなものを持ってるの？」

　ジョークの出来ばえを詫びるように、サイモンが肩をすくめる。

「ただの護身用だよ。ラウラは治安が良くないって聞いてたから」

　嘘としか思えなかったが、誰も気に留めなかった。無人島に漂着し、救助される可能性が低くなり、火もなくなったいまは、ナイフを持っている人間がいたって、大きな問題じゃない。むしろ歓迎すべき出来事だった。

「申し訳ない。もっと早くこいつを出すべきだった。そうしたら、もう少しサシミがきれいに切れただろう。君たちを信用していなかったわけじゃないんだが」

　信用していなかったんだろう。自分の持ち物をすべて晒《さら》したのは、いまは違うという、遠回しなアピールだと思う。じゃあ、それに応えなくちゃ。賢司もすべてのポケットを探り、引っ張りだしたベロまで見せた。

「これしか出せなくて、偉そうに言うのもなんですけど……」

　同じことを考えていたようだ。賢司のせりふの続きは主任が先に口にした。

「これからは、持ち物は全部、共有物にしよう」

サイモンの言うとおりかもしれない。何がどんな役に立つかわからない。自分にとってはたいしたものでなくても、他人には重要であったり、他人の知識が貴重なものであることを教えてくれたりする可能性もある。賢司も藪内と同様、マッチもライターも使わずに火をおこす方法をひとつだけ知っていた。

懐中電灯を使うのだ。中の反射板をレンズにして光を集める。懐中電灯がないから、と最初から諦めていたが、反射板に近いもの、反射板に加工できるものを誰かが持っていれば、火をおこせるかもしれない。

麻で編んだ小袋を眺めたサイモンが「それは何だ？」という顔をした。中身を見せることにする。

化粧箱だ。ずっとポケットに突っこんでいたから、ぺちゃんこに潰れている。箱も開けた。ここでは何の役にも立たないだろうが、賢司にとっては大切な品だった。指先でつまみ上げたものに、誰もが首をかしげる。努めてさりげなく説明した。

「ガールフレンドへの土産です。フィジーで買ったんです」

「フィジーでダイヤの指輪？」早織さんが涙で腫れあがった目を見開いた。「もしかして、お土産にかこつけた、エンゲージリング？　ふふ。愛のびっくり箱ね」

立ち直りの早い人。ある意味彼女がいちばん図太いかもしれない。

「いや、別に、そういう訳では……」そういう訳だった。菜緒子からどんな返事が聞けるのかは、わからないのだけれど。

なぜか主任の顔を窺ってしまった。なにやってるんだ、俺。どんな表情を期待していたんだ？　主任は興味なさそうに一瞥しただけだ。即席眼鏡をかけようともしない。すぐに自分のポーチを手に取って、ひっくり返し、中身をぶちまける。荒々しい音を立てて、主任の秘密が落ちてきた。

「どうぞ、欲しい人は持っていって。野々村さん、キスで少しずつ返してくれればいいって、ゴルフの帰りにプレゼントしてくれた口紅、申し訳ないけど、まとめて返しますね」

「あららら」

あらら、あらら、と呟きながら、野々村氏が差し出したものの中で、みんなの目を引いたのは、トンガ・ドル札で張り裂けそうなグッチの財布でも、脱け殻のイリジウム携帯電話でもなく、ゴルフバッグだ。

そうだよ、考えてみれば、野々村氏には早織さん以上の私物があった。もっと有効利用しなくちゃ。火をおこす手がかりは依然見つかっていないのだが、自分たちが案外に物持ちであることを知って、賢司の口は軽くなった。アイアンを振って言う。

「やっぱり、椰子の実割りにはこれですねぇ。バッグは果物を運ぶのに使えそうだな。ティーって釘のかわりになりませんかね」

藪内もウッドを握り締めて言った。

「釣り竿にしてもいいですか。これ、カーボンですから、立派なカーボンロッドですよ。こうなったら、火がおこせるまで、刺し身がうまい魚をばんばん獲ってきますよ、僕」

「……パターだけ残して置いてもらえると嬉しいな……あ、冗談、冗談。全部、使お」

ようやく砂浜から戻ってきた課長は、少しずつ大切に吸っていた煙草のパッケージまで提出した。あと四、五本残っている。

「今日から禁煙するよ」

小さな声でぼそりと呟いた。

「俺も出すぞ、塚本」

聞き耳を立てていたらしい。部長が弱々しい声で賢司を呼びつける。

財布、金属製のマイ爪楊枝、四つ折りにしたゴルフ場建設プロジェクトのレジュメ。

海外出張なのに定期入れまで持ってきていた。裏には娘の写真。噂ほど部長には似ていない。いつも渋面しか見せない部長と違って、娘さんが人なつっこそうな微笑みを浮かべているからだろう。一緒に写っている部長も、部長に似ていなかった。笑っているからだ。

　みんなの目が早織さんのウエストポーチに向く。いよいよ本日のメインイベントだ。視線に気づいた早織さんは、お腹のまん中に載せていたポーチを両手でかかえこんで、ふるふると首を振った。

「早織さん」藪内が声をかけた。

　ふるふる。

「見せられるものだけでいいよ」主任が水を向ける。

　ふるふるふる。

　サイモンが両手を広げ、求愛のポーズを取る。「プリーズ、グッド・ガール」

　ふる。

「……恥ずかしいけど、しかたありませんよね」

　うんっ、ううん、と深夜アニメみたいな声で喘いで、両手を背中に回し、ポーチの留め金をはずしはじめる。バックルを背中に回しているのは、ベルト穴の残りの数を知られたくないからか。まるっこい膝の上に載せ直したポーチにポケットは大小四つ。そのひとつのジッパーを、小指を立てて開き、中のモノをゆっくり取り出した。出るわ出るわ。

パスポート、ポケットサイズの旅行ガイド、口紅、くし、ハンカチ、ティッシュ、裁縫セット、歯ブラシ、口臭予防の錠剤、川崎大師のお守り、その他いろいろ。アメリカの空港だったら取り上げられていただろう化粧品ボトルやレディースシェーバーもあった。

自分だけの特権、というふうに横から覗きこんでいた藪内が声をあげた。

「あ、それ何？」

お前にその権利はない、というふうに早織さんがポーチを閉じる。

「なんでもない」

「写真じゃなかった？」

「犬の写真よ」

いまのところ、火をおこすのに使えそうなものは皆無。が、違う成果があった。早織さんは、ウエストポーチ同様、丸々とふくらんだお守りの中に手を入れて、小さな薬瓶を取り出した。

「家を出る前、祖母に持たされたんです。便秘に効くからって」恥ずかしそうに、しかし、これだけはぜひ言っておかねば、という口調で告白する。「これを飲まなかったから、空港で計った体重が多かったのかも。祖母が高血圧用に飲んでる薬なので、効くかどうかわからなかったし……」

パラダイス社の三人と野々村氏が、おおっと感嘆の声を漏らす。早織さんが告白の思わぬ反響に声を弾ませた。

「二キロは違ったかなぁって」

主任が瓶をつまみ上げた。

「少し分けてくれる？」

「ふふ。喜んで」

返事を聞く前に主任は瓶を投げた。輪から離れて座っている課長の前に。

「それを部長に」

課長はとまどった様子で、瓶と主任に視線を往復させた。が、すぐに職場でいつもそうするように無言で片手をあげた。部下への「了解」のサインだ。すくりと立ち上がり、すっかり慣れた手つきで椰子の実を叩き割って、飲み物を用意する。椰子の実をラグビーボールみたいに小脇に抱えて部長が寝ている木陰へ歩いていった。

「すいませんが、あとは個人的なものなので。殿方には関係ない種類の。ふふ」

早織さんは、サービスはこれで終わり、というふうにポーチを閉じ、胸に抱えて艶然と微笑んだ。確かにプライバシーも大切にしないと。サイモンみたいにコンドームまで出してみせる必要はないだろう。

後は老人と仁太の分だけ。とはいえ、老人の所持品はどうみてもゼロ。仁太のリュックも本人が「観察日記と文房具ぐらいしか入ってない」と言っていたから、期待はできない——

いや、いやいやいや。そんなことはないぞ。

ふいに、あることを思い出した。もし自分の勘が正しければ、いまの窮状をあっさり解決できるかもしれない。

「仁太、起きてくれ」

仁太はブランケットをぐるぐる巻きにして眠っている。寝ぐせのついた髪だけが飛び出しているブランケットを揺すると、不機嫌な声が返ってきた。

「なぁによぉ」

絵日記のどこかのページに、虫眼鏡で花を観察している絵があったはずだ。いま描いているページの何枚か前。ということは今回の旅に、虫眼鏡を持ってきているかもしれない。

「お前、虫眼鏡、持ってるか？」

「ムシギョウザ？」寝ぼけてる。

「あったら、出してくれ」虫眼鏡で太陽光を集めるのだ。色鉛筆で黒く塗った紙に。ここの日中の陽射しなら、きっと紙が燃える。「おい、寝るな」

「うう、歯はちゃんとみがいたよ」

「開けさせてもらうぞ」

ドリルは明日やるよ、と訴えている仁太に断りを入れて、リュックを漁る。入っていたのは、日記帳、十二色の色鉛筆。筆箱。椰子の繊維で何かを大切そうにくるんでいる。それも開けてみた。昨日、ウミガメを見た海岸で拾っていた貝殻だ。誰かへのお土産だろう。包みは全部で四つ。だが、それだけだ。筆箱の中も見た。なかった。

もう一度、絵日記帳を開いてみる。確かに虫眼鏡。眠りこけている仁太の体をひっくり返してポケットの中も探した。

やっぱり、ない。

肩が落ちた。地面まで落ちるかと思うほど。だめだ、俺の勘。菜緒子にもよく言われる。「賢司の勘は当たらない。賢司の場合、勘っていうより、ただの思い込みだもん」もしかして、ダイヤの指輪も、俺のただの思い込み？

「それ、虫眼鏡じゃなくて、金魚すくいのわっかだよ。お祭りに行った時の絵」

半開きのカエルみたいな目をこすって仁太が唇を尖らせた。

「じゃあ、この花はなんだ」

「それ、金魚」

「お前、絵、下手すぎ」

大人げなく八つ当たりする賢司に、大人びた憐憫の目を向けながら仁太が言った。

「ねぇ、じっちゃんに聞いてみようか」

「何を？　虫眼鏡持ってますかって？」やけくそのジョークのつもりでそう言ってから、はたと気づいた。「じっちゃん、老眼鏡、持ってるか？」

「ううん、持ってない。トンガのホテルに忘れてきちゃったんだ」

度の強い老眼鏡なら、虫眼鏡のかわりになる、かもしれない。

「……あ、そう」

「じゃなくて、前にじっちゃんから聞いたことがあるんだ。昔、南の島で戦争をしてた頃は、チャッカマンがなくてもお湯を沸かしたりご飯を炊いたりできたって」

「すぐに起こそう」

老人のもとへ仁太がすっ飛んでいった。

老人は仁太そっくりのカエル目で周囲に集まった顔を不思議そうに眺めた。事情を説明すると、しばらく腕組みをしてから、ぽつりと呟いた。

「ガソリンはあるか？」

それは無理だ。百円ライターのガスすらないのだから。

「除光液じゃだめ？」主任が言う。「あれ、きっと燃えるよ。火気厳禁って注意書きがしてあるし」

何人かが「おお」と声を漏らすと、早織さんが大きな胸を反らせて、主任の隣に進み出た。

「あたしの化粧水はどうですか？　アルコール分がけっこう入ってるんです。つけすぎると顔が赤くなるぐらい」

差し出された二つのボトルを手に取った老人は、両方の匂いを嗅ぎ、指の腹に垂らして粘り具合を確認してから、結局、除光液のほうに頷いた。賢司に指を突きつけてくる。

「木塚、板を持ってこい」

木塚ではなく塚本です、などと訂正している暇はなかった。背後の森へ直行する。みんなが後を追いかけてきた。

考えてみれば、木はいくらでもあるが、森に板などない。全員で探し歩き、課長がなんとかそれらしいものを見つけた。朽ち果てた倒木から引き剝がした、半円の丸太だ。

浜辺まで二人がかりで運び、おそるおそる老人に献上する。

「これで、どうでしょうか」

老人は眉間に深いしわをつくり、美術工芸品を眺める目つきでしばらく木を吟味してから「ふむ」と唸った。木目のある側を上にして砂地へ置く。

「後は火種を移す木っ端《こば》だ。初手は火が小さいから、できるだけ細《こま》いものを用意しろ。枯れ葉、枯れ枝、木屑、略帽の綿ぼこり……」

最後のひとつ以外は、なんとかなる。今度はみんなでにわとりのように地面を漁った。

注文の品が揃うと、老人は板の前に腰を下ろし、木の表面の小さな窪みに揉みほぐした枯れ葉や、小さく丸めた椰子の繊維を詰めた。それから柏手のように手を打ち鳴らす。

「よし、これでいい」

全員が見守る中、賢司が代表して老人に聞いた。

「で、後はどうすれば」

「決まったことよ。あれを持ってこい」

老人が片手を差し出してくる。賢司には手相を見ることしかできなかった。

「……あれ、とおっしゃいますと？」

「あれはあれだ。皆まで言わせるな」

耳を貸せ、というふうに指を動かす。顔を寄せると、なぜか辺りを窺い、意味深な笑いを浮かべて、声を潜めた。

「銃だ」

「は？」

次の瞬間、耳を近づける必要などどこにもなかったどら声が賢司の鼓膜を震わせた。

「早くしろ、木塚。銃といえば、三八式に決まっとる。陛下からいただいた大切な銃を、飯盒《はんごう》炊さんに使ったなどと知れたら大事。分隊長殿がおられん、いまのうちに持ってこい」

みんなの手からはらはらはらと木っ端が落ちた。

期待した分だけ、落胆も大きかった。なぜか急に元気になり、浜辺で体操を始めた老人と、薬が効いたのか安らかな寝息を立てている部長を除く全員が、火のない焚き火の周囲に、一人ずつ離れ離れになって、とはいえ孤立しすぎない距離を置いて、へたりこんだ。何人かは横たわっている。誰もが疲れ切っていた。

誰かのいびきが聞こえる。こんな時によく眠れるもんだ、そう思っていた賢司もまぶたが重くなり、膝に載せていた顎が落ちそうになった。現実が過酷だと、人間は眠りに逃げこむのかもしれない。

野々村氏の突然の声に、まどろみから引き戻された。

「摩擦で火をおこしたらどうかな。みんな、社会科の授業で習わなかった？　理科だっけ？　木と木をこすり合わせるんだよね」

「……ああ、はいはい」

椰子の木に背中を預けた藪内が面倒臭そうに答える。早織さんが自分から離れた場所で熟睡しているためか、不機嫌な声だ。藪内が乗ってこないとわかると、今度は賢司に言葉をかけてきた。

「原始人の想像図なんていうのがあったじゃない。『一万年前の人々の暮らし』とかなんとか。懐かしいな。確か、二本の棒を使うんだよね、覚えてる？」

「はぁ、なんとなく」

おざなりに答えた。ちょっと休ませて欲しい。いまは能天気な話につきあう気力はなかった。

「僕、やってみようかな」

野々村氏が立ち上がって森へ歩いていく。しばらくして木の枝を手にして戻ってきた。

「こんな感じでいいのかな？」

細い枝を二本、十字にして、みんなに掲げてみせる。誰も答えないとわかると、離れた場所で一人、いじけた子どものように木をこすりはじめた。見るともなく見ていたら、いかにも肉体労働慣れしていない不器用な手つきで、ときどき手の中から枝を飛ばしていた。あれじゃあ、一万年かかったって、火なんかおきないだろう。藪内があくびをしながら首を横に振った。

「無駄ですよね、あんなこと。ああ、電池と金だわしがあればなぁ」

「彼は何をしている？」

そう言ったのだと思う、寝ているとばかり思っていたサイモンが、首だけもたげて尋ねてきた。主任は膝を抱えてうずくまっている。これ以上、疲れさせたくないから、賢司が答えた。

「ファイヤー。メイク・ア・ファイヤー、ライク……」えーと、なんだっけ、原始人って？　バーバリアンでもなし、ピテカントロプスじゃなし。しかたないから、ジェスチャーに切り換えた。ウホウホという擬音もつけ加えて。

「マンキー？」

違う、猿じゃない。

「マッドマン？」

失礼な。

「プリミティブ・ピープル？」

「オーイエス」

なるほど。原始人はプリミティブ・ピープルって言うのか。ふーん。立てた膝に再び顎を載せて、目を閉じた。

プリミティブ・ピープル？

ぱちりと目を開いた。

ピープル。

そうか、ウホウホなんてサル扱いして申し訳なかった。俺たちと同じ人間だった。膝の上から顎を上げる。

考えてみれば原始人どころじゃない、マッチやライターが発明されたのは、人類の歴史から見たら、つい最近。それまで人間は、石や木で火をおこしていたのだ。なんで最初から無理だって決めつけたんだろう。藪内だけじゃない。賢司もそう思っていた。いまのいままで。文明の利器に頼る、楽な方法しか頭に思い浮かべなかった。いつもそうして暮らしているからだ。

やるしかない。俺たちだっていまや、プリミティブ・ピープルだ。無理じゃない。同じ人間がずっとそうして来たのだから。よしっ。

立ち上がり、アロハシャツを汗まみれにしている野々村氏の肩を叩いた。

「野々村さん、そろそろ交替の時間ですよ」

「え？」野々村氏がぼんやりと見上げてくる。それから自分の手を見て、もう一度、「え？」と声をあげた。

賢司も驚いた。野々村氏の、男にしてはふっくらとした手は、真っ赤だった。皮が破れて血が滲んでいることに気づかなかったらしい。

「ああ、ありがとう。じゃあ、頼むよ」

そうこなくちゃ。やっぱり野々村氏には、人にものを頼むほうが似合っている。

野々村氏の血に染まった二本の枝は、長さ四、五十センチ。太さはゴルフクラブのシャフトぐらい。まん中だけすり減っていた。一本をバイオリンの弓のように持って、もう一本にこすりつけていたからだ。

賢司も何度か見ているはずの『人類が火をおこす図』でも、確かに棒を十字に交差させていたものがあった。だが、これをいくら続けても無理だろう。たぶんやり方が違うのだ。

とはいえ、そうした図をどこで見たのかすら思い出せないぐらいだから、枝を手に取ってみたものの、すぐに途方にくれてしまった。

どうする？　野々村氏は何度も手から枝をすっ飛ばしていた。擦り合わせる木が安定していないからだ。きっと、どちらかを固定しないとだめなのだ。

老人の求めに応じて手に入れた「板」を使ってみることにした。半円柱を平たく潰したような形。サイズは小ぶりの二人用ベンチといったところ。元が何の木なのかわからないが、材質が柔らかく、よく乾いている。板の底に椰子の実割り用の石を置いて、しっかり固定してから、馬乗りになった。賢司が見た別の想像図は、こんな感じだったと思う。

さっきは老人の妄想に振り回されてムダ骨を折ってしまった。そう思いこんでいたのだが、板の上で枝を構えて気づいた。老人がやろうとしていたことが、じつは示唆に富んでいることに。

老人は木肌の窪みのひとつに、集めた木っ端をさらに細かくした砕片を詰めていた。これは着火材だ。弾丸を撃ちこんだ摩擦熱で、まずここに火種をつくろうとしたのだ。つまり、木の枝を弾丸のかわりにすればいい。腰の位置をずらし、枝の先を木っ端が詰まったままの窪みに突っこんだ。そして、手のひらで回転させる。

さぁ、がんばろう。ヘインガペだ。時間だけはたっぷりある。

枝を速く回転させればさせるほど、木っ端が飛び散ってしまう。そのたびに詰め替えた。

手を替え品を替えた。椰子の繊維だけにしてみる。砕いた枯れ葉に、油が多そうなまだ青い椰子の葉を加えてみる。片手だけ動かして回転を一方向にしてみた。枝を持つ位置を高くしてみた。低くしてみた。そのうちに手のひらにマメができた。皮が破れて血が出た。

前途多難。ご先祖様は、偉かった。

潰れたマメに唾を吐きつけて、気合を入れ直していると、目の前に手袋が飛んできた。野々村氏のゴルフグローブだ。

「デューエル・ウィズ・ミー」

投げたのはサイモンだった。

「は？」

籔内が説明する。「俺と決闘だ、と言ってます。ご存じでしょうけど、手袋を投げるのは、決闘の申し込みのサインです。もちろんジョークだと思いますが」

サイモンが何か呟きながら近づいてきて、賢司の肩を叩く。籔内が甲高い声にドスを利かせて通訳した。洋画劇場のアフレコの真似をしているように。

「騎兵隊の到着だ。少し休め」

正直に言って、両手は限界だった。騎兵隊に後を託すことにする。

サイモンは素肌の上に着ていたサマージャケットを脱ぎ、ゴルフグローブをはめる。本当の馬にそうするように、足を高々と上げてまたがって、板の片端を枝で叩いた。

「ハイ・ヨー」

やる気満々。

力任せに枝を回転させる。木っ端の着火材など不要とばかりにすっ飛ばす。三分、四分、五分……両腕の勢いは衰えない。すごいスタミナだ。禍々しいタトゥーが今日は頼もしく見える。

「アウチ」

いきなりサイモンが叫んで、枝を放り出した。「アウチ《いたい》」ではなく「アウチ《あつい》」であることが、板からポップコーンのように体を跳ね上がらせた様子でわかった。

ついに火がおこったか。賢司はへたりこんでいた砂地から跳び上がった。

板を覗きこむ。窪みには何の変化もなかった。

摩擦で焼けたのは、過熱したゴルフグローブの中の手のほうだった。「アチアチアチ」火傷をした時の叫びは、日本人もアメリカ人も変わらない。リアクションも。サイモンはグローブを剝ぎ取って、手のひらに息を吹きかける。野々村氏が遅すぎるアドバイスを送って寄こした。

「あ、それ、気をつけて。ナイロンだから熱に弱いよ。僕、羊革アレルギーでさ」

サイモンが本当に決闘を申し込みたそうな顔で、野々村氏にグローブを投げ返す。

その隙に板に座りこんだのは、藪内だ。

「サンキュー、ジョー。ここからは僕の時間だ」

まぶたの痙攣にしか見えないウインクを投げてくる。手にしているのは、もう一本の枝だった。サイモンのナイフを使ったのだろう、いつのまにか先端を鉛筆のように尖らせていた。

「パワーだけじゃだめですよ、ここを使わなくちゃ」そう言って、枝で自分の頭をつつく。「摩擦面が小さいほど、エネルギーが一点に集中するわけですから」

いつのまにか賢司たちの背後に主任が立っていた。子どもの火遊びを見張る母親みたいに腕組みをして。

「五分あればじゅうぶんです」藪内はそう豪語して作業を開始し、五分でマメをつくった。十分と経たずに、賢司同様両手を血まみれにした。パワーだけでも、頭脳だけでもだめらしい。

あとは気合か。よし、もう一回、俺が。手に唾をつけて立ち上がる。が、意地を張って枝を離さない藪内の背中を先に叩いたのは、課長だった。

「俺にやらせてくれ」

了承を求めるふうに、その場にいた全員の顔を覗きこんでくる。

「もちろん」賢司は血に染まった手を、予約テーブルへ誘《いざな》うギャルソンのように差し伸べた。「どうぞ」

サイモンが声をかけ、主任が通訳する。

「板を潰すなよ、スモウレスラー」

サイモンのパワーと、先端を尖らせた藪内のアイデアが板を削り、窪みの底には粉状の木屑が溜まっている。課長が猛烈なスピードで枝をきりもみすると、木屑が飴色になった。飴色は焦げ茶になり、やがて真っ黒になった。

「あれ、いま」藪内が声をあげた。

「え」賢司も。

サイモンが口笛を吹いた。

窪みから細い煙が立ちのぼってきたのだ。

賢司は上司を叱咤する。「よし、いけっ、もうちょいだ」

課長が回転のスピードをさらに上げた。断続的に煙があがる。力が入りすぎたらしい。ほどなく枝がまっ二つに折れてしまった。

だが、一筋の煙がみんなを勇気づけた。主任が削り上げていたもう一本の枝を奪い合って、血豆が潰れた手と、火傷を負った手が伸びる。ちょっと待てよ、次は俺が再チャレンジする番だろう。

主任は誰にも渡さなかった。自分で板にまたがる。賢司はその前に立って、包帯がわりのネクタイを巻いた手を差し出した。

「そちら側で押さえててください。俺がやりますから」

迷った様子だったが、結局、主任は賢司に枝を差し出してきた。

人の姿を見ていると、不思議なことに、自分がやっていた時よりも何が問題なのかがわかってくる。力ずくじゃだめだ。早く回転させてばかりでもだめ。長続きするペースでいい。そのかわり一度回転させたら手をとめないようにする。さっきも課長が枝を握り直すたびに煙が途切れていた。

今度はまず、ゆっくり枝を回転させた。じゅうぶんに熱せられていた窪みから、それだけで煙が上がってくる。板にこすりつける感じにすると、煙が大きくなった。よし、このままこのまま。

ここぞという時に、いっきにフル回転させるために余力を残しつつ、少しずつスピードを上げていく。てのひらは痛みを通り越して、痺れていた。感じるのはむしろ、摩擦で焼かれる熱さ。それでも手を動かし続けた。滴り落ちそうになる血は、回転で弾き飛ばした。

ときおり主任が顔を覗きこんでくる。薄くなった眉の片側をはね上げて。「だいじょうぶ？」と問いかけているのがわかったが、言葉を返す余裕はなかった。「だいじょうぶ」と答えるかわりに、むりやり笑ってみせた。ちゃんと笑えたと思う。そうするたびに主任の眉がもとどおりになったから。

生え際から汗が噴き出てきた。汗が窪みに落ちないように首を横に向ける。必要以上にねじ曲げたのには、違う理由があった。そうすると、窪みに目を凝らしている主任の顔がよく見えるのだ。

ひたすら枝を回転させ続けた。すぐそこにある化粧っけがなくて少し疲れて見える、片頰に花びらのかたちの痣が散った顔が、ほころぶ瞬間が見たかったからだ。

しだいに窪みが深くなっていき、板を貫通した。黒い木屑がぱらぱらと砂地に零れ落ちる。

ずっと顔を見つめていたから、わかった。主任の口紅のない唇が丸く開いたのが。

「あ」

小粒になった目が、以前の大きさに戻ったように見開かれたのも。

「え」

窪みに目を落とす。真っ黒な木屑の中に、小さな、針先ほど小さな、赤い点が灯っていた。

課長たちも覗きこんでくる。そして口々に歓声をあげた。

貫通した板から、木屑が火の粉になって落ちてきた。老人がつくった椰子の繊維のたわしで、抜け目ないサイモンがそれを受ける。

藪内が持ち前の慎重さを発揮して、そっと息を吹きかけると、たわしの上の針先ほどの火が、ゴマ粒になった。

賢司はまだ手を動かし続けている。血まみれの枝を握る手のひらからも、火の粉が零れ落ちそうだった。

「がんばれ、がんばれ」

仁太が拳を握って声援を送ってくれた。老人は浜辺の体操から戻り、脱いだシャツで汗を拭っている。すべては自分の指示通りと言いたげな満足そうな表情で。

「よしっ、焚き火の準備をするぞ」課長が大声で自分自身に命令して、焚き火跡にトライする勢いで走り出す。

「おい、燃えるものだ、誰か燃やすものを用意しろ」

部長がいつもの偉そうな声に戻って誰にともなく命令をする。野々村氏がゴルフ場建設プロジェクトのレジュメを差し出していた。

早織さんがポーチから取り出したコットンに、主任が除光液を含ませ、藪内がそれを受け取って、火種に近づけると、ぽ。

火種は小さな炎になった。

火の移ったコットンを、早織さんがしずしずと焚き火跡へ運んでいく。時に身悶えしたくなるほどのどかな早織さんの足取りは、その役目にぴったりだった。

海から吹く風はあいかわらず強い。みんなは火をかばって海に背を向けて立つ。聖火ランナーを見送るように。

課長は焚き火づくりの腕を上げていた。きちんと円錐に積まれた小さな薪に聖火が燃え移る。主任が大切な儀式のように除光液をふりかけると、薪がいっきに燃え上がった。

火が戻った。

男も女も子どもも、全員が南太平洋の空に腕を突き上げて雄叫びをあげる。つられてカーゴも声をあげた。いつまでも続く遠吠えは、高らかなファンファーレだ。

どんどん大きくなっていく炎が、賢司の目には滲んで見えた。

あれ、おかしいな。さっきの火おこしで、煙が目にしみるのは、慣れっこになったはずなのに。

嬉し涙を流したのは、生まれて初めてだ。

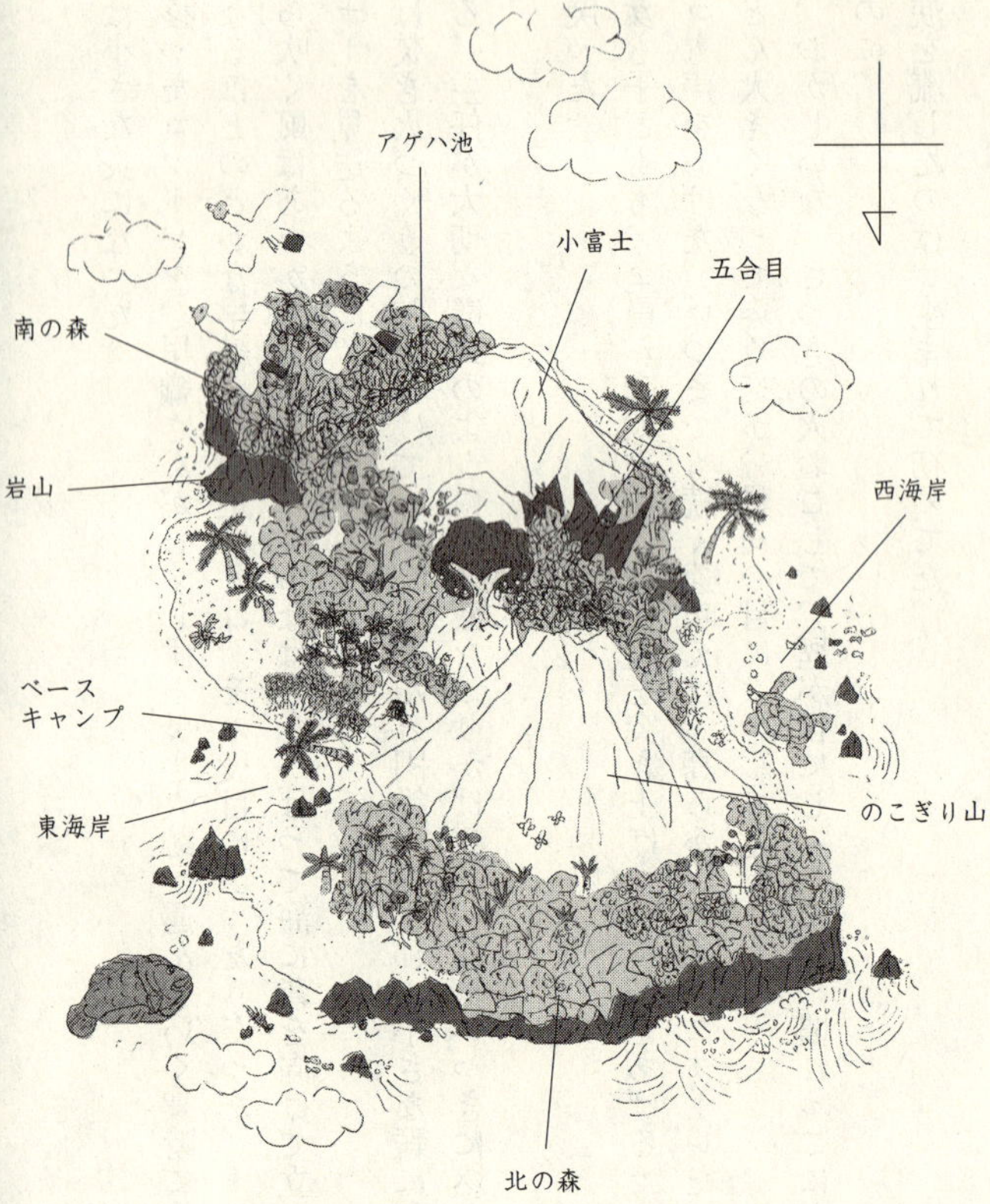
アゲハ池
小富士
五合目
南の森
岩山
西海岸
ベース
キャンプ
東海岸
のこぎり山
北の森

47

「飛行機だ」

部長が沖に向けて叫び声をあげた。血圧が二百を超えて動けないはずの体が、血圧計の目盛りのようにすくりと立ち上がる。

漂流して今日で一週間が経つ。部長の「飛行機だ」という言葉を聞いたのは、これで三度目だ。血圧が上がりすぎると幻覚が見えるのだろうか。朝飯用のココナッツを焚き火で焼いていた賢司は、それでも、ついつられて顔を上げたが、薄曇りの空しか見えなかった。

「また放射状雲を飛行機雲と間違えたんでしょう」藪内が釣り道具を点検している手を止めて言った。

椰子の実を割っていた課長が鼻を鳴らした。「アホは、ほっとけ」

部長は空に向かってブランケットを振りまわしはじめた。

「飛行機だ飛行機だ飛行機だ」

野々村氏が隣に立ち、同じようにブランケットを振る。振りながら聞いていた。

「どこどこどこ」

「あそこあそこあそこ」

浜辺に向かってよたよたと走り出す。斜め椰子の土手のところで、血圧のためというよりブランケットの振りすぎで体をよろけさせて滑り落ちた。

「見ろ、見ろ、救助だ、救助隊が来たぞ」

藪内がぽかりと口を開けた。「……ほんとだ」

尻餅をついた部長が指をさす上空には確かに灰色の影がある。こちらに近づいていた。部長に代わってサイモンが椰子の葉を振りはじめた。

「アホはほっとく」はずの課長が猛ダッシュで土手を駆け下り、部長を助けおこして、服の砂を払った。「部長、だいじょうぶですか」

賢司もココナッツをうっちゃって立ち上がった。

「どうだ、どうだ。きさまら辛気臭いことばかり言いやがって。ちゃんと来たじゃないか」

唇の端に唾液の泡をつくりながら部長は叫び続けた。

「お前らにもあれが見えるだろう。おーい」

影はまっすぐこちらへ向かっている。

「おーい、おーい、おぉーい」

　部長以外の人間の肩が次々と落ちた。飛行機がはばたいたからだ。

　影が大きくなるにつれて、部長以外の人間の肩が次々と落ちた。飛行機がはばたいたからだ。

　大きな水鳥だった。気づかわしげに肩を貸していた課長が、水鳥にまだ「おーい」と叫んでいる部長を砂浜に突き倒した。

　先頭のその鳥に続いて、水鳥の一群が一直線に島へ向かってきたかと思うと、頭上を越えて小富士の方角へ飛び去っていった。野々村氏がひたいに片手をあてて呟く。

「いや、確かに何か来るよ」

　沖の海面が泡立っているように見えた。そのはるか上空には、巨人が両手を広げたような形の黒々とした塊が浮いている。塊はどんどんこちらに近づいていた。島に向かってきたのは、救助隊なんかじゃなかった。課長が叫んだ。

「雨だ。雨雲だ」

　空が急に暗くなった。見上げていた賢司のひたいに、
　ぽつ。

　水滴が落ちてきた。

「水だ、真水が飲める」

藪内が椰子の殻を地面に並べはじめた。早織さんが続こうとした時だ。サイモンと主任がほぼ同時に英語と日本語で叫んだ。

「ファイヤー・イズ・ダイイング」

「火が消えるっ」

そうだった。そっちが一大事だ。

主任が焚き火の中から、火のついた薪をすくいとる。賢司も手を伸ばした。

「あちちち」

雨が風を呼び、こんな時にかぎって炎が大きくなった。拾えたのは、すでに半分炭になっている小枝だけだった。野々村氏がクラブを使ってヘルメットの中に炭火を放りこんだ。

ぽつ、ぽつ。

「洞窟だ。急げ、洞窟だ」

洞窟なんぞに居たら救助隊に気づかれない、あんな薄気味悪いところで寝られるか、と大反対していた部長が叫ぶ。

サイモンが薪と椰子の葉を抱える。抱えきれない半分を課長が抱えた。こぼれ落ちた分を早織さんがかき集め、そのまた残りを仁太が拾った。

主任が洞窟に向かって走りはじめる。賢司も火を守るために身をかがめて走った。

誰もが必死だ。再び火をおこすことがどれほど大変か、濡れた体でここの夜を過ごすことがどれほど辛いかは、この一週間で身にしみている。

ぽつ、　　ぽつ、　　ぽつ。

ぽつ、ぽつ、ぽつ、ぽつ、ぽつ。

ぽつぽつぽつぽつぽつぽつぽつ。

「急げ」

急がないと、火が消えてしまう。皮が剝けた手のひらはまだ完治していない。包帯がわりのネクタイを巻いた両手が、同じことを繰り返すのはもう嫌だ、と言っている。

洞窟は海岸のベースキャンプから五、六十メートルほど後方。口を開けているのは、地上から一・五メートルほどの高さだ。先頭の主任は、片手に火のついた薪を持ったままあっという間に攀じ登ったが、賢司はそうはいかない。とっさに口にくわえた。

あちちちち。

道具が詰めこんであるゴルフバッグを抱えた課長がトライするように飛びこんで、早織さんに手を貸す。藪内がその尻を押した。

サイモンが老人を肩車した。その背中をはしごに使ってカーゴも入ってくる。顔を真っ赤にして仁太も登ってきた。ヘルメットを抱えた野々村氏が続く。

そのとたん、途中経過省略、とばかりに小降りがいきなり本降りになった。本降りなんて言葉は生やさしいかもしれない。水が塊になって落ちてきた。雨音はまるで滝の音。日本では経験したことがない凶暴な雨だった。

運びこまれた椰子の葉に主任が火を移そうとしたが、うまくいかなかった。それどころか手にした薪の火のほうが消えてしまった。

賢司がかき抱いていた小枝の火を試す。

だめだ。葉が湿っているのだ。体を丸め、雨風から小枝の先のろうそくの炎ほどの火を守りながら、途方に暮れた。文字通り風前の灯。せっかくの名案だったが、野々村氏が運んできたヘルメットの中の炭は、もう白くなっていた。

「この中に、葉っぱをいれたらどうだろう」

野々村氏が椰子の葉をちぎって投入する。燃えはしないが、余熱で葉がちりちりと丸まっていく。グッド・ジョブ！

「除光液！」

主任がメスを要求する執刀医のように早織さんに片手を差し出した。自分のものではないのに、早織さんは椰子の葉に注ぐ主任の手つきに注文をつけている。

「三滴。三滴ぐらいよ。もう残りが少ないんだから、無駄遣いしないで」

賢司はそろりそろりと風前の灯火を近づけた。

ぽ。

ようやく火が戻った。

「さすが、副社長」

皮肉でもおべんちゃらでもなくそう言うと、野々村氏はお手伝いを褒められた小学生みたいに照れて下を向いた。

ヘルメットの炭で椰子の葉を次々とあぶってくべ、洞窟の中で焚き火を再開した。たちまち煙が充満して、誰もがむせたが、背に腹は替えられない。実際に這い入ってみると、洞窟というより山肌の窪みといったほうがふさわしい場所だった。九人と一匹が入ると、かなり狭い。

ん、九人？

「おーい、誰か手を貸せ」

ああ、部長を忘れていた。

雨はやむどころか、ますます酷くなっていく。空の上の貯水タンクがカラになってしまうのではないかと思うほどだ。

賢司はびしょ濡れで、上着を脱ぎブランケットにくるまっている。海岸へ戻って食糧を取ってきたからだ。食糧と言っても残り少ない固形フードと食べかけの椰子の実しかないのだが。行ったついでに器になりそうな椰子の殻を全部上向きにしておいた。ヘルメットも。水を貯めておくためだ。

「固形《ビスケット》フード、配ります」

一週間経ったいまも、食糧管理は賢司の仕事だ。固形フードは幸い水浸しになってはいなかった。残りが少なく、密封してあるビニール袋でぐるぐる巻きにしてあったからだ。心配なのはむしろ量だった。なるべくココナッツや魚や果物を食って、一人一日二個ずつに制限していたのだが、残りは二箱。老人はあまり食事をとらないのだが、その分はカーゴの腹に収まっている。

「あれ？」

ひと箱を手にとって、軽さで気づいた。まるまる二箱残っていたはずなのに、その箱は開封されていた。上蓋ではなく底を抜いてある。

数をかぞえると、四個少ない。ひと箱九個入りだから、残りは――

十四。十人で十四個。今日一日は固形フードだけで凌げると思っていたのだが、あと二食分もなかった。ずぶ濡れの部長が、雨の中に見捨てられた憤懣《ふんまん》をぶつけてきた。

「数が合わないぃ？　お前、どういう管理をしてた。管理責任だろ、それは」

漂流後も唾で撫でつけて後頭部に蓋をしていた髪がざんばらになった姿は、まるで落ち武者だ。

誰かが盗み食いをしたらしい。みんなの良識を信じて、袋を焚き火のかたわらに放置しておいたのがいけなかったか。

犯人探しをする気力もなかった。腹が減れば、まして次の食い物の保証がないいまの状況では、良識なんてものに期待するほうが間違っていたのだ。良識やモラルっていうのは、人の心に宿るものじゃないんだろう。きっと三食満ち足りた胃袋に宿るのだ。

全員がお互いを探る目になっている。が、露骨に疑惑を口に出したりはしない。ひとたび口を開いたら、椰子の繊維一本分ぐらいで繋がっている、危ういチームワークがまたもやばらばらになってしまうことを恐れているのだと思う。

何人かの目が賢司に注がれていることに気づいた。違う。俺じゃないってば。誰のしわざであってもおかしくなかった。「お前にはそれなりに期待していたのにな。管理能力がないやつを上に立たすわけにはいかんぞ」などと分け前の量を気にしてか、嫌味にいつもの冴えがない部長であっても、お前が食ったんじゃないのかと言いたげな目を向けてくる、他人と同じ量では満足していなかった大食漢の課長であっても。「半分、カーゴにあげてもいい？」と無邪気なことを言っている仁太だったとしても驚きはしない。食べ盛りの子どもだし、カーゴに与えた可能性もある。

全員にひとつずつ渡すと、固形フードは残り四個になった。

十人で四個。

〝ＦＯＯＤ〟とゴシック体でプリントされた銀色に輝くラミネートのパッケージが、肩身を寄せ合ってみえるほど心細い量になると、いよいよ文明社会に見放された気分になった。

藪内が居たたまれない、という表情で立ち上がった。

「あの、僕、釣りに行ってきます」

「あ、俺も」

もう一本釣り竿があればいいのだが、早織さんの裁縫セットの中で釣り針として使えるのは、太くて長い刺繡針一本だけで、残りは「イワシ釣りにしか使えない」短針ばかりだ。賢司は椰子の実を探しに行くつもりだった。

腰を浮かせた賢司の顔の前で主任がひとさし指をチクタクと振る。

「もう少し待ちな。風邪を引いて肺炎になっても、薬はないんだよ」

正午過ぎだが、雨のために気温はいままでになく下っている。確かにこの寒さの中、ずぶ濡れになり、着替えもなかったらどうなるかは想像したくなかった。

洞窟から手を伸ばして、雨模様を確かめていた野々村氏が、クラブハウスで天気待ちをするのどかさで言った。

「ただのスコールさ。セブ島でもカンクンでも、良くあるんだ。呆れるほど降るけど、すぐに止むよ」

野々村氏の楽観的な見通しは、しばしば逆説的に不吉な予告になる。そのジンクスどおり、いったん収まったかに見えた雨は、すぐに勢いを取り戻した。

48

非常食のビスケットの数のことで、塚本クンがみんなの非難を浴びている。「管理職の心得がどうのこうの」と河原に偉そうに説教されたり。野々村さんに「いいよいいよ、誰にだって魔が差すことはあるから」なんて犯人扱いしているような言い方をされたり。

かわいそう。

早織は食べ物をこっそりつまみ食いした犯人を知っている。夜中に見たのだ。

でも、それが誰かなんて、言えない。

だって、そのヒトを非難することはできないと思うのだ。ふだんはご飯をそう食べるほうじゃない早織でも（間食はしちゃうけど）、ここでの食事は足りない。この島に来てからというもの、やけにお腹がすくのだ。体の中に大食いの妖精でも飼っているみたいに。昌人もそうらしい。「僕もいつも腹ぺこだよ。僕たち生理現象も似てきちゃったね」なんて気味の悪いことを言う。人間の食欲って不思議。ストレスで胃に穴が空いても不思議じゃない毎日が続いているのに。飢えを予感すると、胃袋って元気になっちゃうのだろうか。

「塚本じゃないことを、俺は信じるよ」

安田の口ぶりは信じてないって言っているようなもの。違うったら。

やっぱり、話したほうがいいのかな。

塚本クンじゃありません。仁太クンのおじいちゃんですよ、って。

でもねぇ。たぶん本人には悪気がない、というより、それがみんなの大切な食糧だってことを自覚していないんだと思う。まだらボケっていうやつ？　ここ二、三日は

「まだら」なんて生やさしい感じではなくなっているし。

夜中に突然飛び起きて、「敵襲！」って叫んだり。椰子の実を抱きしめて「清子、どこへ行ってた」なんて繊維の飛び出た実に話しかけたり。かと思うと、砂浜に正座をして椰子の幹に向かって何度も何度も頭を下げ続けたり。「木塚、すまん、木塚、すまん、木塚、すまん」そんなわけのわからないことを呟いて。ここを違うどこかと勘違いしているみたい。仁太クンもたいへん。

やっぱり、黙っておこう。おじいちゃんが、夜中に夢遊病みたいに起き出して、勝手に箱を開けてもしゃもしゃ食べているのをブランケットのすき間から見ているうちに、早織もたまらなくなって、そのあと一個、もらっちゃったんだから。

ごめんね、塚本クン。でも、私は一個だけ。あとの二個はおじいちゃんよ。それだけは信じて。河原はまだ怒っている。

「気づくのが遅すぎる。確認作業は随時と言ってあるだろう」

嫌《や》なやつ。自分が白い目で見られることが多いから、みんなの怒りの矛先を別の人に向けたいんだ。

「信じられん。なぜ四つも減っていることに気づかないんだ」

四つ？　あらら。計算が合わない。犯人は他にもいるんだ。

釣り竿を握りしめたままの昌人が、びくりと体を震わせていた。

49

まだ午後四時前だが、洞窟の外は夕暮れ時を思わせる薄暗さだった。雨は依然やまない。今日は二食にしよう。誰ともなく言い出して、昼食は抜きと決まったのだが、頭で決めても胃袋が言うことを聞くわけじゃない。食うものがないとわかると、よけいに腹が減ってくる。賢司の腹はさっきから苦境を訴える悲痛な叫びをあげていた。それはみんなも同じのようだった。

珍しく朝食を口にした老人は、洞窟の隅のちんまりとした岩の出っ張りに話しかけている。

「……清子、朝飯はまだか」

サイモンは誰も笑わないジョークを、やけくそ気味に繰り返していた。「ドミノ・ピザ・ハズント・カム・イエット?《はまだこないのか?》」

焚き火のすぐ脇、みんなの目の触れる場所に置いた四個の固形フードに、誰もがちらちらと視線を送っている。盗られはしまいかと監視する目、あるいは自分ひとりでそれを食えたらと夢想している目を。

「お腹すいたー」

珍しく仁太が弱音を吐いた。言ってから、しまったという顔で両手で口を塞ぐ。その言葉を聞いた瞬間、もう我慢できない、というふうに、藪内が再び立ち上がった。

「やっぱり、僕、釣りに行きます」カールおじさんのように唇の周囲だけを縁取っている髭のせいで、精悍さとはますます縁遠くなった顔をこわばらせて、ポロシャツを脱ぎ捨てる。「平気だよ。どうせ濡れるのは一緒だから。なまじ服を着るとかえって寒くなる。このほうがいいんだ」

誰に聞かせる言葉なのか、誰も止めていないのに、誰かの制止を振り切る調子で釣り竿を摑んだ。人間というのはわからないものだ。ここへ漂流した直後には、ひそかにこの男がいちばん足手まといになるだろうと思っていたのに。夜中に盗み食いをしていたやつに、爪の垢をのませてやりたい。

そうだよ、俺も少しはのまなきゃ。爪の垢。賢司も立ち上がった。

「じゃあ、俺は椰子の実を採りに」

もう一人が立ち上がった。

「私も」

驚いたことに、早織さんだった。頬を決意に染めて、ブランケットを頭からすっぽりかぶる。片手で喉もとを止めた赤ずきんのようなアレンジだ。ちょっと見直した。雨足は少ししか弱まっていないが、主任は今度は「やめろ」とは言わなかった。

　籔内に続いて雨の中に飛び出した。なまじ服を着ないほうがいい。その言葉を信じてシャツも下着も脱ぎ、上半身裸になった。風邪より、肺炎より、餓死が怖かった。

　寒いというより、雨は痛かった。小さな鈍器で叩かれ続けているような激しさだ。

　カワハラ椰子園へ行き、いつものように木の枝で叩き落とすことにする。椰子の実採集用の枝は、この一週間で倍以上の長さになり、先端には石鉈をつけている。技術も向上した。だが、もうめぼしい実は採ってしまったし、届く場所にある残り少ない実も、雨に濡れたせいだろうか、覚えた要領で実のつけ根をいくら叩いても落ちてこない。頭上を仰ぎ続けている目に雨がしみた。

　いきなり椰子の実が揺れた。え？

　見ている間に、もう一度。視線を頭上から地平に戻す。

　課長だった。上半身裸で幹に体当たりしている。と思っているうちに体がふわりと浮き上がった。

「アイム・カウンティング・オン・ユー《たよりにしてるぜ》、ヤオ・ミン」

サイモンに肩車されたのだ。ヤオ・ミンって誰だっけ。NBAの中国人センター？こちらはトランクス一丁。太股にもタトゥーが入っていることを初めて知った。すぐ近くの繁みには、ブランケットをレインコートにした主任の姿が見えた。野々村氏がくっついて歩いている。

早織さんは海岸で貝を拾っている。いつもの悠長さに比べたら、やけにしゃきしゃきした動作で。仁太も一緒だ。

みんな必死だ。何せいまの境遇はホームレス以下。廃棄弁当すらどこにもない。行動しなければ、死ぬ。

よしっ、まだ死ねない。賢司はめちゃくちゃに木の枝を振りまわし続けた。

雨がまた目にしみた。


食糧調達のための時間は、そう長くはかからなかった。かけられなかった、といったほうが正しいか。

日没後の暗闇が訪れたらもう、嫌でも終了せざるを得なかった。星も月もない今夜の夜闇は、いつも以上に深かったのだ。

洞窟には藪内が先に戻っていた。この男が釣りに出るのは、この一週間で五回目だから、もうみんなはわかっていた。いつもぎりぎりまで粘る藪内が早く帰ってきたということは、つまり大漁だ。

ポロシャツでつくった袋にみんなの期待が集まる。藪内がなかなか釣果を見せようとしないのは、もったいをつけているため、表情が硬いのは得意顔を隠しているため、そう考えて。でも、違った。

「だめですね、この雨でみんな底に潜っちまったらしい」

出てきたのは、老夫婦の夕げのおかずに似合いそうな、アジに似た小ぶりの魚が三匹だけ。十人と一匹で、どうやって分ければいいんだ。

「おまけに、釣り針、取られちまいました。はは」

明日から、どうすればいいんだ。

「たったこれだけ？」野々村氏の呟きは、洞窟の中にいる全員の言葉だった。「断食道場みたいだな」

目の前にあるのは、

アジらしき魚が三匹。

椰子の実、三個。

小さな貝が二十二個。

固形フード、四個。

昼飯抜きなのに、夕飯はそれだけだった。

誰からともなく、楽観的な言葉が口をつくのは、じつは不安でしかたないからだ。明日が。いつまで続くのかわからない、その先が。

「明日は遠出をしてみよう」雨がやんでいれば。

「島の裏手にも椰子はあったよね」背の高い木ばかり。

「果物も見かけた気がするな」あったっけ。

とりあえず固形フード三個を三等分にした。大人は大きさが不揃いのかけらをじゃんけんで選び、仁太にはまるごと一個。子どもにだけはちゃんと食べさせておこう、そんな理性は残っているのか、異論は出なかった。

「ず」ずるいのずを口にしようとした野々村氏は、課長が視線で黙らせた。

煙を外へ逃がすために洞窟の縁に焚き火の場所を移し、藪内が魚を焼く。早織さんが取り分けて、木の葉の器に盛った。一人の割り当ては、キャットフード一食分ほどしかない。それも子猫の。そんな少量なのに、いや、少量だからか、あちこちから文句が出た。

「おい、俺のぶん、少なかないか」

「こっちは骨ばっかりだぞ」

「あ、僕、ぐじゅぐじゅしてるとこ、ダメ」これは仁太ではなく野々村氏。

「ぼくは好き」仁太が好き嫌いを言わない子どもで助かった。ハンバーグが食べたいなんて、駄々をこねられても困る。

「ドゥ・ユー・ハブ・フィッシュ&チップス？」駄々をこねているのはサイモンだ。魚フライが食いたいらしい。彼にとってはエスニック料理である刺し身や塩味の焼き魚を喜んでいたのは最初の数日間だけだ。

主任は主任で、早織さんの配膳に精密機器の検査官みたいな視線を向けている。

「ねぇ、ちゃんと分けてる？」

賢司も言いたかった。自分の前に突き出された葉っぱの器の中身が、早織さんと藪内の分に比べて、やけに少ない気がするのだ。そこで、提案してみた。

「どれを取るか、じゃんけんで決めましょうよ」いちばんシンプルな民主主義だ。

「おお、それがいい」

「そうしよう」

賛成の声、多数。右手を振ってみんなに声をかける。

「いきますよ。サイモンも、オーケー？　ロック、ペーパー、シザースだよ。じゃん、けん、ぽ」

ん、が口から飛び出す前に、早織さんが餌トレイを蹴飛ばされた猫みたいな声をあげた。

「ちょっと待ってください。これ、誰が獲ってきたと思ってるの。みんなに分けるだけで、ありがたいと思いなさいよ」

夜気の冷たさのせいだけでなく、洞窟の中の空気が冷やかになった。みんなの顔色を見た藪内が身を縮める。

「ねぇ、ちょっと、早織さん」

早織さんの体が小刻みに震えているのを見て、さらに身を縮めた。椰子から果肉を削り落としていた課長が手を止めて、やけに低い声を出した。

「それを言うんだったら、椰子の実は俺が二つ食う。俺が採ったんだから」

「いらないわよ、そんなココナッツ石けんみたいなの」早織さんの叫びは、途中から啜り泣きになった。「もう……もうたくさん。なんで分けなくちゃいけないわけ？

……これを……これを獲ってきたのは……」

「いいんだよ、そんなことどうだって」

「だめよ。このお魚は、藪内家のものです」

ヤブウチ家、という言葉に藪内の小鼻がふくらむ。

「まぁ、確かに、そうだけど……」

「じゃあ、二人だけで暮らせば」主任が手にしていた木の枝の箸を地面に叩きつけた。とはいえ魚の身はしっかり膝の上にかかえこんでいる。「別に無理して一緒にいることないよ。どうせ飛行機にたまたま乗り合わせただけなんだし」

そりゃあ、まずい。藪内の食糧調達能力も、大型ポーチをまるまるとふくらませている早織さんの財力も、あとどのくらい続くかわからない、ここでの生活には必要不可欠だ。ばらばらに暮らしても、いいことなどひとつもなかった。

それがわかっているのに、賢司は主任の言葉に頷きかけている。この日程不明のサバイバルツアーの幹事役に勝手に任命されて、下働きを引き受け、あっちをなだめ、こっちをすかすのには、もう疲れ果てていた。誰もやらないし、言わないからそうしているだけなのに、「出しゃばり野郎」呼ばわりされ、食糧をかすめ取った嫌疑までかけられて。七面倒くさい共同生活に嫌気が差していたのだ。

「そのかわり、除光液は貸さないよ。火も二人だけでおこしな」

「いゃあ、別に僕はいまのままでも……」藪内のふくらんだ小鼻が荒い息をたっぷり吐き出した。いま思いついたというふうに、前々から考えていたらしい棒読み口調で言う。「あ、でも、火や食糧や道具はお互いに融通しあって、住居は別々っていう手もありますよね」

早織さんの嗚咽がぴたりと止まった。

「協調しつつ、プライベートは尊重し合うというか、はは、なんというか」

サイモンが野々村氏に通訳を要求している。どういうふうに訳したのだろう。いきなり顔を赤く染めてまくし立てはじめた。恐ろしい早口で野々村氏には通訳不能。主任と課長は知らぬ顔を決めこんでいて、賢司には意味不明だったが、「ライブ・アローン」と繰り返していたから、たぶんこう言いたいのだと思う。「だったら俺も一人で暮らす」

いっそ一人で漂流したほうが楽だったかも。椰子の実も一人分なら楽に調達できる。固形フードだけで一カ月分はあったはずだ。賢司は心の中で、目の前にいる面々の顔を一人ずつ消していった。

こいつはいらない。

こいつも。

こいつも、こいつも。

途中でやめた。頭の中だけでかぶりを振る。

いや、ひとりぼっちは辛すぎる。面倒くさい連中だけど、一人きりで、自分がここで一週間持ったかどうかは疑わしかった。巨大な穴に落ちたような毎夜の暗闇に取り残されているうちに気が狂っていたかもしれない。仁太ぐらいならいてくれて構わないか。

いやいや、子ども連れの漂流生活なんて、一人より大変だろう。それならもう一人。男は勘弁して欲しい。絶対に喧嘩になる。仲裁する人間もいない。たとえ釣り上手の薮内でも。そうだよ、もし無人島クイズのように選べるのなら、もう一人は……。

菜緒子を思い浮かべようとしたのに、なぜか向かい側にいる主任に視線を走らせていた。首を振って浮かんできた妄想を追い払う。何を考えてるんだ俺は。

早織さんは両手で顔を覆って俯いてしまった。薮内は妻の肩を抱くべきかどうか迷っている様子で、片手を宙に浮かせている。結局、肩口の宙だけを撫ぜてから、早織さんの顔を覗きこんで、二枚目ぶった声を出した。

「ねぇ、二人だけで住もうか」

ずり。早織さんが正座のまま後ずさりした。

「君がそうしたいのなら、僕は構わない」

ずり。ずり。

「そうするかい」

　また泣きだしてしまった。

「……ごめんなさい……言いすぎました。忘れて……みんなと一緒にいたいです……」

　残念と安堵をないまぜにした顔で、藪内が肩に指先だけ触れると、ずりずりずり。

賢司には、新妻の女心はさっぱりわからないが、とりあえず当面の分裂の危機はなくなったようだった。

「アイ・ニード・マイ・ベッドルーム、アンド・バスルーム、アンド・ラヴァトリー、アンド……」

　サイモンがまだぶつくさ言っていたが、主任がなだめる口調で早織さんの言葉を伝えると、ようやくおとなしくなった。

　水だけはある。いざとなったらアゲハ池に、と考えていた飲料水がこの雨で手に入った。雨水を溜めた椰子の殻が人数分プラス1の十一個に、ヘルメットの器になみなみと一杯。椰子の実ジュースばかり飲まされてきた喉が、ただの水を喜んでいる。水が手に入ったと思ったら、今度は食糧がなくなった。うまくいかない。

　誰もが無言で、たった数切れずつの、小猫のキャットフードを食った。

仁太は半分残した固形フードとぐにゅぐにゅ以外の魚の身を抱えて、犬のもとへ行く。それが「お預け」の姿勢なのか、カーゴは巨《おお》きな頭を前脚に載せて、人間たちから少し離れた場所でじっとうずくまっていた。

「よせ」部長のひと声に、仁太の足が止まった。「犬に食わせるんだったら、こっちによこせ」

「でも、カーゴ、なにも食べてないから」

「かわいそうじゃないですか」藪内も魚の目玉をえぐり出して、口に放りこみながら言う。「ねぇ」

新妻への点数稼ぎの言葉だったのだろうが、早織さんは同意しなかった。

「そうよ、犬にあげるなら返して」

「状況を考えろ、状況を。状況って言葉はもう学校で習っただろう。こんな馬鹿でかい犬に飯を食わせる余裕なんかない」

子ども相手に部長の舌鋒が冴え渡る。課長が「お前に食わす余裕もない」という目を向けていたが、特に反論する気はないようだった。

賢司もだ。可哀相だが、部長の言うとおりかもしれない。ペットは家族の一員なんて言っていられるのは、人間に食う物があるからだ。まして、このメンバーの中で最重量かもしれないセントバーナードだ。犬の一日の食糧摂取カロリーは、体重当たりで換算すると、人間の二倍だと聞いたことがある。ということは、人間三、四人分。何でも厭わずに食べるから、これまでは魚もココナッツも与えていたが、いまはカーゴに食べさせる余裕はなかった。

「どうしてもだめ？」

父親のような口ぶりで言ったのは、課長だ。

「だめだ。自分で食え」

「賢司？」

助けを求めるまなざしを向けてくる。目を逸らして首を横に振った。せっかく手に入れたヘルメットの水もカーゴがすべて飲んでしまった。誰かがいつかは言わねばならないことだったのに、みんな、自分じゃない誰かが言い出すのを待っていたのだと思う。この犬は必要ない、と。まだ希望的観測だが、危険な大型動物がいないこの島では、番犬の必要もなさそうだった。

「食い物がいっぱい採れたら、カーゴにも食わしてやるから」

何のあてもないくせに、大人のずるさで、そう言ってしまった。仁太が涙目になっていたからだ。

サイモンが鼻を鳴らした。自分の魚をカーゴのいる場所に放り投げた。カーゴが舌でひとすくいして呑みこむ。

「ゴー・オフ・フィッシュ《魚は飽きた》」

誰も文句は言わなかった。

50

洞窟で迎えた最初の朝の目覚めは最悪だった。頬のむず痒さに気づいて眠りから半分だけ抜け出し、片手を顔に伸ばした瞬間、何かが手の甲を移動していった。毛先の粗いブラシでそっと撫でられたような感触。

「うわわっ」

跳ね起きた目に飛びこんだのは、腹から足もとへ、体を縦断して岩壁へ走り逃げていく、フナムシ、あるいはゲジゲジに似た生き物だった。黒と赤のツートーンカラー、体長は優に二十センチ。賢司はもう一度、情けない悲鳴をあげる。

「ホールド・イット・ダウン《静かにしろ》」

サイモンに怒鳴られてしまった。

背中が痛い。体の節々も。岩の上にじかに寝たからだ。そして寒い。こうしているあいだにも、尾骶骨から冷気が這い昇って、背骨をアイスバーにしようとしている。せめて段ボール一枚か二枚あれば、寝心地はずいぶん変わるだろう。日本のホームレスが羨ましかった。

寝ぼけ眼のすぐ先に、髪が鳥の巣になった主任の頭があった。もう終わったことと主任は言っていたが、課長の手前、ひとつのブランケットを分け合うわけにはいかなくて、四日目の夜からは、主任からなるべく離れた場所を選び、一人で重ねた椰子の葉をかけ布団がわりにして寝ている。それなのに今朝はいつのまにか主任がまた隣にいて、賢司の体にはブランケットの片側がかけられていた。

二度寝をして現実逃避したかったが、そうもいかない。今日こそ食い物を手にいれなければ。くしゃみを放って、大きく伸びをすると、シャツの下から石が落ちた。空腹を紛らわせるために、焚き火で石を温め、懐に入れていたのだ。

誰かの叫び声がした。

「なにやってんだ」

課長だった。自分たちのことを言われたのかと思って、ブランケットを主任に押しやる。

「いいからいいから」

主任がまだ半分夢の中にいるらしい鼻声を出し、ブランケットを賢司の体にかけ直した。

「火が消えちまう。誰が見てたんだ」

場の空気をヒアリングしたらしいサイモンが答えている。「俺じゃない」

夜の焚き火の番は、仁太と老人を除く八人で、一日置き二時間交代でやっている。藪内は早織さんと二人で、と主張したが、奇数は困る。当の早織さんにも反対されて、却下となった。

昨夜は主任が深夜十二時からの番。終わってから隣に来たのだと思う。空腹と寒さのために眠れず、寝返りばかり打っていた賢司のためにそうしてくれたのか、一度決めたルールは守るという全員への主張なのか、課長に対して何かのアピールをしたかったのか、その理由は不明だが。

課長は焚き火に薪をくべ、息を吹きかけて、また叫んだ。

「あと何分か遅かったら、消えてたぞ」

木刀並みの長さの火掻き棒を突きつけられたサイモンは、殺気立った声で言い返した。寝起きの悪い主任がブランケットに頭を埋めたまま通訳する。

「私は、次の人間に、ちゃんとチェンジした、お門違いだ」

かなり意訳していると思う。そんな生易しいセリフではないはずだ。賢司の耳には「俺は次のくそったれとちゃんと交替したんだ。くそなこと言ってるんじゃねぇよ、くそ野郎」と言っているように聞こえた。

「彼は二時から四時までよ。私が時計を渡した」

ようやく身を起こした主任が頭を掻きながら、通訳ではなく自分の意見を口にする。時計というのは、野々村氏の四百九十二万円の「ブレゲ」アラーム機能付きのことだ。当番の人間がこれを持ち、次の人間に渡すというのが、みんなで決めたルールだった。

「じゃあ、誰だ？」

サイモンが〝地獄に堕ちろ《ゴー・トゥ・ヘル》〟サインのように、下に向けた親指で一人を指さす。親指の先では、ブランケットをぐるぐる巻きにした部長がいびきをかいていた。左手にはブレゲが嵌まっている。課長の細い目が見開いた。部長の寝床へ歩き、火掻き棒を振り下ろした。

早織さんが悲鳴をあげた。部長の頭を直撃したように見えたからだ。

課長が打ち据えたのは、部長が枕にしていた丸太だ。とはいえ相当の衝撃だったようで、丸っこい体が硬直したまま跳ね上がった。

「痛《あた》たたたっ」頭を抱え、呻きながら片手で眼鏡を手さぐりする。「なななんだ、地震か」

眼鏡を探して四つんばいになった背中に課長が言葉を放った。冷やかな声だった。

「おい」

「おお、安田か。俺の眼鏡を探せ。その辺にあるはずだ」

「おい、あんた」

「あんた？　誰に向かって言ってるんだ、お前」

部長が半開きのまぶたを押し上げて課長を睨《ね》めつけた。眼鏡のない部長の顔は愛嬌を取り除いたフレンチブルドッグのようだ。課長に怯む様子はなかった。しゃがみこみ、犬にしつけをする口調で言う。

「火の番はどうした」

「あ？」

「火の番はどうした。もう少しで消えるとこだったんだぞ」

火掻き棒が鼻先に突きつけられると、部長は首を縮め、自分よりはるかに大型の犬に吠え立てられたように、四つんばいのまま後ずさりした。パラダイス社の人間がこの光景を見たら、太陽が地球の回りをまわりはじめたかと思うだろう。日本にいた時には、いや、つい数日前までは、想像もできなかったシチュエーション。

三日目の晩に切れてしまった課長のサラリーマン的思考回路が、その後も修復していないことはわかっていた。あれ以来、部長の顔を見ようとはしないし、まともな言葉はひと言も交わしていない。

「お、お、俺は病人だぞ」

部長に浴びせられたのは、課長のひと振りより鋭い早織さんの叫びだった。

「そんなの関係ないでしょ。サイモンさんだって本当は体調が悪かったのに、何日も頑張ってたのよ」

洞窟の壁に後退を阻まれた部長が両腕で体を抱えて首を振る。

「血圧が高いんだ。二百、いや、たぶん二百二十はある。俺は無理だ。お前らとは違うんだ。もう五十五だぞ」

部内の誰かが病欠しようものなら、いまどきの若いのは鍛え方が足りない。人間力だけじゃない、体力も五十代のほうが上だ、などと威張り散らしていたのは、どこの誰だ？

わざわざサイモンにも英単語で弁解をはじめた。

「アイム・オールド。ヒフティフファイブ」

サイモンが肩をすくめる。座ったまま体操をしている仁太のじっちゃんに視線を向け、誰にでもわかる英語で言った。

「彼はいくつだったっけ？」

仲裁の言葉をかける人間はいない。自分が会社の肘掛けつきの椅子に座っている夢を見続けている部長に、みんなのなけなしの寛容は日に日に残量を減らし、ゼロに近づいていた。

誰もが、空腹の苛立ちと、この先にも食い物の当てがない不安を、誰かに力まかせにぶつけたがっている。賢司だって同じだ。課長が部長を怒鳴っていた時も、じつはどこかで面白がっていた。心の中には、もっとやれ、とけしかけているもう一人の自分がいた。

洞窟には昨日の魚の残臭が漂っている。狭い空間に入りこんだせいで、誰もが体からすえた臭いを放っていることにお互いが気づいていた。それがまた苛立ちを増幅させている。

課長は本当は、枕ではなく頭を直撃したくてうずうずしているように見えた。他人の視線が棍棒を手にした両腕を引き止めているのだ。もしこの島に二人だけで漂流していたら、部長は無事でいられたかどうか。もっとやれ、と誰かがひと声かけただけで、本当に殴り倒すかもしれない。

「もうよしましょうよ、課長」

声をかけても、課長は振り向かなかった。ライター事件をまだ恥じているのか、あの日以来、賢司の目もまともに見ようとしないのだ。背中を向けたまま嘲るように言った。

「こんなヤツをかばってどうする気だ。ここから無事に戻って出世しようってか」

空っぽの腹には、食い物のかわりに怒りが溜まる。胃袋からこみあげてきたその怒りを、つい吐き出してしまった。

「課長に言われたくないな」

岩壁のような背中がかすかに震えた。こちらを振り向こうかどうか迷っているようだった。あるいは火搔き棒を振り上げようかどうか。課長の火の番は、昨日の十時から十二時。腹をよけいに減らさないように、みんな早く寝てしまったから、交替の時に主任と二人だけになる機会があったはずだ。唐突に見える激昂は、部長にだけ向けられたものではないかもしれない。

「やめなよ、もう」主任の声が飛んできた。「子どもが見てる。怖がってるじゃないか」

仁太は、大人たちの子どもじみた諍《いさか》いを、見ないように聞こえないようにするためか、目をガラス玉にして焚き火をつつき続けている。

課長の肩が上下した。何度かいからせてから、結局、肩を落とし、火搔き棒を捨てた。誰かが止めてくれるのを待っていたようにも見えた。課長には仁太と似たような年の息子がいる。主任は課長に何を言えばいちばん効果的かを熟知しているのだ。

主任は部長の前へ歩き、しゃがみこんで、群に必要な牡かどうかを確かめる牝犬みたいに鼻先を近づけた。

「ねぇ、部長、体がつらくても、火の番はできるよね」

「あ……ああ」

「じゃあ、次からはちゃんとやって。だって、娘さんの結婚式に出るんでしょ」

「うう」

「今日は顔色がいいみたい。そろそろ仕事に復帰できるんじゃないかな」

「……仕事？」

「そう仕事。いま緊急の業務は、食べ物探し」

課長が鼻で笑った。

「無駄だよ。そいつは役立たずだ」

部長が横目で課長を睨んだが、専務派閥も人事考査表もないここでは、視線だけで部下を震えあがらせていた神通力は通用しなかった。

「だいじょうぶ、できるよね」

「菅原、お前にはわからないんだよ、高血圧のつらさが。俺の年で二百を超えるってのは、クルマで言えばレッドゾーン突入だ……」

主任は部長の愚痴にいちいち頷いた。頷いたが、セリフはさっきと変わらなかった。

「できるよね」

部長が唾を飲みこんだ。

「……無理だと言ったら」

ん？　主任が唇を「ん」の形にして微笑みかける。目は笑っていない。もう一度、部長が唾を飲みこんだ。

「できるとも」

一つだけ残してあった椰子の実を割り、ほんの少しのジュースと果肉の朝飯をとった。これでもう本当に、食糧のストックはゼロ。

サイモンは裸の上半身にジャケットだけまとうと、スターバックスで、ビーフ・パストラミを食ってくる、と言い残して出ていった。

続いて主任が「成果があってもなくても、午後一《イチ》には集合しよう」そんな業務連絡を残して出かける。その後を追うように野々村氏。みんな共闘する気はないらしい。が、何をすべきかはもちろん全員がわかっていた。

俺も行かなくては。でも、どこに？　セブンイレブンか？

日本にいた時の賢司の朝飯はたいてい、前夜にコンビニで買い置きしていたお握りかサンドイッチだった。たまさか時間に余裕のある時はドトール、酒を飲んだ翌日には朝マック。寝坊して飯を食わずに出勤することも多かった。ここにはコンビニもドトールもマクドナルドもない。スタバも。あるのは海と密林と時間だけだ。

とりあえず、まだ開拓の余地があるかもしれない、向かって左手の海岸で椰子の実を探すことにした。

雨は上がっていたが、たっぷり水を吸った灰色のスポンジのような雲が低く空を覆っている。太陽のない島の風景は、原色の絵画を薄絹で覆ったようだった。いままでとうってかわって陰気で、これまで同様に不吉な美しさを湛えていた。

深い下草を踏み分けて、海岸へ歩きはじめてすぐだった。草叢の間から、いきなり仁太の頭が飛び出してきた。

賢司の姿は目に入っていないようで、左右へ首を振り、あちこちへ必死に目を凝らしている。手伝ってくれるのはありがたいけど、ここに食い物は落ちてないよ、と声をかけようとして気づいた。仁太の顔がひどく強張っていることに。

「どうした」

賢司の姿を認めても、いつもの笑顔もきらきら目もない。

「いないんだ」

いない？　まさか老人が徘徊を始めた？　いや、老人は洞窟近くの低木の下で乾布まさつをしている。

「誰が？」

「カーゴ」

そういえば、洞窟の中には姿がなかった。夜も朝起きた時も仁太のすぐ脇に大型の抱き枕のように寄り添って寝ていたのだが。懐いているというより、他に行き場が見つからない、そんな様子で。

「散歩に出かけたんじゃないのか」

「でも、昨日から元気がなかったんだ。寝てるわけじゃないのに、ずーっと横になってて、ほとんど動かなかったのに」

それは、腹が減っているからに違いないが、仁太には言えなかった。

仁太を連れて草叢を抜ける。きっと昨日まで焚き火をしていた場所に戻っているのだろうと思ったのだ。

やっぱり姿はない。

海岸へ出て、左右を見まわしてみた。

「あ」

仁太が左手の砂浜を指さす。雨を含んで湿った砂の上に点々と犬の足跡がついていた。女性用トイレである岩場の方角だった。「使用中」を示す椰子の葉が立っている。早織さんはまだ洞窟の中で髪を結っているはずだから、主任だ。

足跡は一度波打ち際で消え、少し先でまた続いていた。

新たに始まった足跡には、赤い斑点も平行していた。何の赤色か、近づいてみなくてもわかった。

血だ。仁太と顔を見合わせる。この一週間でずいぶん日に焼けた仁太の焦げ茶色の顔の中で、そこだけ白い目玉がこぼれ落ちそうだった。

血と足跡を辿って走った。まさか、カーゴが？　いや、あれほどの超大型犬を襲う生き物はここにはいない、はず。もしや主任の身に何かあった？　岩場に向かって声を張り上げた。

「主任」

返事がない。血まみれで倒れている彼女の姿が頭にちらついた瞬間、賢司の足にターボエンジンが搭載された。回りこむのがもどかしく、岩場を駆け上がる。

「主任っ」

主任は岩と顔を突き合わせてしゃがみこんでいた。力なく座りこんでいるわけではなかった。白い尻が目に飛びこむ。コンマ数秒で引き下げられたスカートでそれが隠され、無事であることがすぐにわかる声が飛んできた。

「ちょっとぉ」

あわてて背を向ける。「だいじょうぶですか」

「変態野郎」

「違います。カーゴを探して……」

「知らないよ。私は五分前からここに——」

「賢司！」

仁太が叫ぶ。塞がった喉をむりやり押し開いている声だった。

岩場の先、砂浜が椰子林と下草に変わる辺りに、カーゴがいた。

何かくわえている。それが肉の塊に見えたのは、空腹のための錯覚ではないかと自分の目を疑ったのだが、見間違えではなかった。

鳥だ。水鳥の肉だった。砂浜が真っ赤に染まり、羽根や骨や肉片が散乱していた。カーゴは水鳥を頭からむさぼり食っていた。骨が砕かれる枯れ木を折るような音がここまで届いてくる。先に駈けだした仁太の足は途中で止まってしまった。追いついた賢司の顔を見上げてくる目には薄く膜が張っていた。

仁太がおずおずと腕を伸ばし、遠くにいるカーゴの首すじを撫ぜる手つきをする。そして、声をかけた。

「カーゴ」

砂に汚れた背中は動かない。再び駆け寄ろうとする仁太を引き留めた。

仁太を背中に隠して数歩だけ近づくと、カーゴがようやく振り返った。鼻先が血に染まっていた。眉毛の長い老人を思わせる顔にも赤い斑点が散っている。

もう一歩近づく。そのとたん、歯を剝いて唸った。

「ウウ」

人間にやる食い物はない、と言っているかのようだった。鈍重にも見える温和な目つきが、一変していた。獰猛な獣を思わせる目だった。

鳥を食い散らかすと、カーゴは新たな獲物を追いかけるように草叢に分け入り、揺れる葉だけを残して、奥深い繁みの中へ消えてしまった。

「戻ってこないかもしれないね」いつのまにかかたわらに立っていた主任が、仁太に聞かせないための潜め声で言う。「飼い主に懐いていた犬ほど、他人には懐かないから」

もともとは機長の犬だ。飼い主がもうどこにもいなくなったことに、ようやく気づいたのかもしれない。

仁太が泣きだした。ぼんやりした子だが、こんなところに漂流してもう一週間。本当は怖いはずだ。身内の爺さんがいるとはいっても、一日の大半は寝ているし、起きていても意識がはっきりしていないことのほうが多い。犬が心のよりどころだったのだと思う。

仁太の体を抱きしめてやる。もう小学四年だ。肉親ではない人間の抱擁は、懐かない犬がそうするように、すぐに振りほどかれてしまった。

「カーゴはきっと、人に頼らないことに決めたんだ。だいじょうぶ。自分の食い物は自分でなんとかするよ」

口だけの慰めじゃなかった。たぶん犬のほうが人間よりずっとたくましい。考えたくもないが、もしも、賢司たちがこの先ここでくたばったとしても、カーゴだけは生き延びる気がした。

51

わかってはいたことだが、海岸のこちら側の椰子には、いま手にしている最新バージョンの採集用の枝でも、届く場所に実はなっていない。登って採るしかなさそうだった。

たいていが地面と垂直に立つ椰子の中で、いちばん斜めに傾《かし》いでいる一本の前に立つ。そうしたところで何も変わらないのだが、幹を何度も叩いて強度を確かめた。これから始める作業を少しでも先延ばしするように。

ふむ、いい音だ。問題ない。問題は自分の高所恐怖症と、命綱がないこと、その二つだけ。たいした問題じゃない。そうとも。

靴と靴下を脱ぎ、きちんと揃えて置いてから、縁起でもないことに気づき、わざと脱ぎ散らかし直す。

ベルトに挟んだ石鉈を手に取って、椰子の幹に切れこみを入れる。五日前につくった即席の鉈より多少切れ味がいいのは、刃をのこぎり山の麓で見つけた、より鋭い石と交換したからだ。

足の親指の長さ分まで幹を穿《うが》ち、そこを足場にして、最初の一歩を踏み出す。

腰の位置に新しい切れこみを入れ、また半身ぶん体を引き上げる。これを繰り返していけば、たっぷりの果肉がつまった九個の椰子の実までたどり着くはずだった。そう難しいことじゃない。椰子の高さの推定は、たかだか十二、三メートル！　実がなっている場所までは十一メートル半！

四つ目の足場に立つ。目線の高さでも、まだ地上から五メートル半ほどだろうが、見下ろす風景は、早くも俯瞰図になっている。すぐそこの海岸で、とぼとぼと歩いて貝を集めている仁太の姿が、やけに小さく見えた。

ここで木の枝を使ってみた。が、まだ届かない。もう一段上に進んで、再チャレンジ。強引過ぎたのだろうか、鈍い音とともに枝が折れた。

自分の腕が骨折した音を聞いたようだった。椰子の実採集用の枝は、この一週間あまりの間、細い、長い、丈夫、の三拍子揃ったものを探しに探してようやく手に入れた三本のうちの一本。あとの二本は他の誰かが使っている。

どうする。新しい枝を探す？　そんなことをしていたら昼飯には間に合わない。いや、昼飯どころか、下手をしたら夕飯にも。

半分の長さになった枝を拾いに戻り、再び上を目指す。空腹が雑念を麻痺させていた。ほとんど何も食っていない胃袋は実際には、空腹感というより膨満感を訴えている。高所より恐ろしい飢餓の恐怖が胃袋をふくらませているのだ。

海岸に吹く風は冷たいが、額には汗がにじんでいた。自然石の鉈で椰子の幹に溝を穿つのは、ひどく手間がかかる。椰子の実はまだまだ頭上はるか彼方だ。震える足を必死でなだめすかしているというのに。

六段目の足場をつくるために、片腕でしっかり幹を抱いて、新たな一撃を加えた時だ。

何かが幹を這う音が聞こえた。

頭上からだった。

顔を振り向けたが、何もいない。

空耳か。作業を再開すると、その振動に呼応するように、また。

豆をザルにあけたような音。虫や、この島のいたるところにいる小さなトカゲではなく、もっと大きくて重いものがひそやかに移動する音に聞こえた。気のせいであることを確かめるために、かがめていた腰を伸ばす。

気のせいじゃなかった。

伸ばした体の目線のすぐ上に、それがいた。

巨大な蜘蛛に見えた。この地球上に、人の顔ほどの胴体と、指より太い脚をもった蜘蛛がいるとするならば。

本当に驚いた時に、声も出ないのは、呼吸を忘れてしまうからだ。呑んだ息が肺に逆流してきた。反射的に上体がのけぞる。緊急時には頭よりも体のほうが頼りになる。心はこの場から逃げ出そうとしていたが、腕が樹上であることを覚えていて、椰子の幹にしっかり指を食いこませていた。

そいつは触角と思われる器官を震わせたかと思うと、多すぎる脚を蠢《うごめ》かせ、茶色と紫と青を混ぜ合わせたような色合いの楕円形の胴体を幹の裏側へ隠した。

その後ろ姿で、正体がわかった。

実物を見たのは初めてだったが、写真ではすでに何度もお目にかかっている。トンガのレストランのメニューブックや紹介記事の中で。野々村氏に翻弄されてレストラン巡りをしたのは無駄ではなかった。

あれは、ヤシガニだ。南太平洋では名物食材のひとつ。頭の中に、ボイルされたり、丸ごとスープに浮かんだりしていた、ＳＦ映画のエイリアンじみた特徴的な甲羅が蘇った。調理済みの色は赤だったが。

　ということは食い物。

　とわかれば、地上六メートル半の高さもなんのその。足場からつま先を抜いた。カニカニカニと口ずさみながら、幹を抱きしめて裏側へ回りこむ。ヤシガニは地上に這い降りようとしていた。

　幹を抱いておサル並みの素早さで滑り降り、椰子の根もとから低木の繁みへと遁走していくヤシガニを追いかけた。

　鈍重そうに見えたが、平地では案外に素早い。採集用の枝で行く手の地面を叩いて、進路を妨害した。

　ヤシガニは後ろ歩きをはじめた。意外にもバックのほうがスピードがある。一目散に後を追った。逃がしてなるものか。カニ缶十缶分はありそうな食肉だ。

　食肉は波打ち際に近づくと動きを止め、こちらを威嚇するように鋏を振り上げた。

　もしかしたらカニのくせに、海には入れないのかもしれない。

　でかい鋏だ。工事用のレンチを二組揃えたかのようだった。挟まれた時のダメージもレンチ並みだろう。枝先を近づけると、綱引きを挑むように二つのレンチで挟みこんだ。

ヤシガニが枝と格闘している隙に接近する。手を伸ばすと、使用中の鋏のかわりにいちばん手前の脚を振り上げてきた。棘の生えたこちらは、まるで糸のこぎり。触らないほうがよさそうだった。

枝をゆすって再び注意を向けさせ、背後にまわりこむ。両手でいっきにすくいあげた。予想を超えた重量に腕が砂浜に沈みそうになった。金属でできているのではないかと思うほどの重さだ。

鉢巻きにしていたネクタイで、木の枝を離そうとしない鋏をぐるぐる巻きにする。捕獲成功だ。椰子の実を採りにきたのに、なぜかヤシガニをゲット。タナボタ。エビでタイ。ちょっと違うか。

ヤシガニを引きずりながら、他の椰子の幹にもいないかどうか探し回っているうちに、椰子の並木ではなく、低木の繁みで、もう二匹を発見した。

二匹のうちの一匹は、捕獲したやつよりさらにでかい。ふくらんだデイ・パックにタラバガニの脚をくっつけたようなそいつを木の枝で挑発し、砂浜に誘い出して捕獲。こいつの鋏は植木バサミ並みだったが、最初から鋏で何かを抱えこんでいたから、さっきより手間はかからなかった。今度はズボンのベルトで拘束した。

あと一匹は諦めるしかなかった。捕らえるための縄がない。いったん戻って焚き火番をしている課長か、いまも毎日締め続けている部長からネクタイを借りてこよう。場所を覚えておくために、繁みに戻って気づいた。

あと一匹どころじゃない。あっちにもこっちにもうじょうじょいた。ヤシガニなんて、この一週間、一度も見かけたことはなかったのに。なぜだろう。陸上にいるとはいえカニはカニ。雨が降ったおかげか。

ヤシガニが群がっているのはリュウゼツランにもアロエにも見える、ぎざぎざした細長い葉を持つ植物だ。葉の付け根に大きな実がなっていて、ヤシガニたちはそれを食っていた。二匹目が抱えこんでいたのも、この果肉だった。

パイナップルに似た実だ。大きさも同じぐらい。見間違えるほど似ているわけじゃない。より正確に言えば、松ぼっくりを巨大にして、オレンジに着色した感じ。

触ってみると、見かけより柔らかかった。これも食用にならないだろうか。レストランのヤシガニ・メニューの数々を思い浮かべたとたん、胃袋の膨満感は痛いほどの空腹感に変わっている。他の生き物が食っているものなら自分たちにも食える気がした。少なくとも毒はない、と思う。

ひとつをもいだ。ベースキャンプからそう遠くない場所なのに、この実も初めて見るものだ。いや、初めてじゃないのかもしれない。いままでは椰子ばかりに気を取られていて、食い物だとは思いもせず、見過ごしていただけかもしれない。なんでも食ってやる。そう考えただけで目の前の景色は変わる。この島が頼もしく思えてくる。食い物はコンビニやスーパーに並んでいるもの、という考えを捨てれば、まだまだ知らない食材がたくさん埋もれている気がした。

ヤシガニ二匹とパイナップルもどきと一緒に、ベースキャンプへ戻る。凱旋だ。浜辺で貝拾いを続けていた仁太に声をかけた。ずっと泣いていたんだろう。まぶたがカエルみたいに腫れている。

近くには貝が山積みになっていた。食糧のつもりなのか、飼うつもりなのか、片手にはハマグリ大の甲羅のカニ。さすが潮干狩りの本場、千葉に住んでいるだけのことはある。カニを大切そうに指でつまんで、もう一方の手と足を使って器用に貝を掘り返していた。

「よっ、仁太、俺もカニ、捕まえたんだぜ」

背後に引き連れていたヤシガニを披露すると、カエルの目が見開いて、「ひゃあ」と歓声をあげた。

早織さんは、洞窟と海岸の中間の草叢にいた。ブランケットを赤ずきんのように頭からかぶって。藪の中にこわごわとかがみこんでいる様子は、まるでガーデニング初心者の主婦だ。ピンで喉もとをとめたブランケットの前身ごろを片手で支え持って、バスケットがわりにしている姿は、赤ずきんというより銀色のドラえもんか。お腹のバスケットには、草の葉っぱや茎。ままごとの料理集めにも見えるが、当人は真剣だった。

「食べられそうな野草を摘んでるんです。ほら、ここにはお野菜がなくて、みなさん、ビタミンが不足しているでしょ。野菜スープとかつくってあげたくて」

「こいつを具にできませんか」

ヤシガニを引っ張り上げてみせると、「ぐがぁ」と悲鳴をあげた。

洞窟の手前に野々村氏がぼんやり突っ立っていた。背中にはゴルフバッグ。片手にはアイアン。ゴルフをやりにいったわけじゃないことはわかっている。本当のゴルフなら野々村氏が自分でバッグを担ぐことはありえないから。たぶんバッグは収穫袋、アイアンは杖、山刀、武器を兼ねたものだと思う。賢司の顔を見ると情けない顔で首を横に振った。

「なんにもない。胡椒かトマトをって思ったんだけど。ところで、胡椒って、木に生えてるのかな」

近くの木立では、藪内がサルスベリに似た樹木の枝を折り取っている。

「何してるんです」

「ああ」一本を折り、折れた断面を一瞥し、何かが気に入らなかった様子で、地面に放り捨てる。

「銛《もり》をつくろうと思って」

「銛？」

「ええ、どっちにしろ釣り針じゃ大物は無理ですし。大きい魚は鈍いから、銛のほうがかえっていいかもしれない」

「じゃあ、俺もつくります。釣りに——いや、漁に連れてってください」

みんなも誘おう。藪内ほどのことはできなくても、みんなで行けば収穫は確実に増える。食い物をよこせとわめいているいまの胃袋さえあれば、サメだって釣れる気がした。

仁太にもやらせよう。手を離すとすぐに飛んでいってしまう、風船みたいな仁太の元気は、すっかりしぼんでしまったようで、話しかけてもろくに答えない。気を紛らわす仕事を与えてやりたかった。

賢司は、父親も母親も出てこない仁太の絵日記帳を思い出していた。自分の小学校時代のものとよく似ていた。仁太にはいい夏休みをプレゼントしてやろう。

藪内が新しい枝に手をかけてぼやく。

「でも、なかなかうまい具合に枝が折れてくれなくて」

鋭角の切断面を手に入れたいらしい。偶然に頼っていては難しいと思う。藪内の周囲にはひと晩分の薪になる枝が散乱していた。

「ジョーのナイフを借りたら？」

「でも、大物を仕留めるとなると、硬い枝じゃないと。あのナイフでは削れないと思います。いっそ金属のほうが加工しやすいんですけど。石で叩いたりして」

「金属ねぇ。ホームセンターで買ってきましょうか」

やけくそのジョークを放っていると、誰かに背中をつつかれた。野々村氏が真後ろに立っていた。

「なんすか」腹が減ってる時は体に触らないで欲しい。苛つくから。

「あるよ」

「なにが」腹が減っている時には、しゃきしゃき喋って欲しい。

「金属」

そう言って野々村氏が、手にしたアイアンを振った。

「マッスルバックヘッドでよければ」

午後イチぴったりに、右手の海岸から主任が戻ってきた。片手にさげた風呂敷包みに見えるものは、袋がわりにしたショールだ。中から出てきたのは、大量のスガワラりんご。五十個はあるだろう。

「この間、迷った森の中で見かけた気がしたんだよ。あの時採っておけばよかった」

ド近眼なのにまた大岩をロッククライミングして、南の密林まで出かけたらしい。うなじで束ねた髪には、凝ったヘアアクセサリーのようにあちこちに木の葉がからみついていた。

「だめだね、目的意識がなかったんだ。探せばまだまだいろいろ食べられるものがありそうだな」

言おうと思っていたセリフを先に口にされてしまった。パイナップルに似た実を見せる。

「これはどうですかね。食えそうな気がするんですよ」

「気がするんなら、食べてみな」

「ですよねぇ」

そう言われて改めて眺めると、なんだか不安だった。

松ぼっくりのカサを太らせたような実のひとかけらをつまんでみる。鮮やかすぎるオレンジ色が発見した時よりずっと毒々しく見えた。野草を椰子の器に移しかえていた早織さんが主任と賢司の間に割って入ってきて、乳房を強調するように腕組みをした。

「ああ、これ、アダンですよ。以前、沖縄へ旅行した時、同じもの見ました。確かグアムに行った時も。果実というより新芽がおいしいってガイドさんが言ってましたよ」

そんなことも知らないの、と言いたげな視線を主任に走らせ、うふふと笑った。主任が変えなさすぎと思えるほど表情を変えず、一瞥もくれずに早織さんに言う。

「あ、そう。じゃあ、あなたが食べてみて」

早織さんが、いいですよ、というふうに微笑んで果肉をつまみ、片手で隠した口もとへ運ぶ。つられて手を伸ばした仁太を主任が止めた。

「待ちなさい」仁太にというより、居合わせた全員に聞かせる言葉だと思う。「ここには医者もいないし、薬もないんだから、用心するに越したことはないよ」

早織さんの手が止まる。果肉を眺める目がより目になっていた。

「よく似た種でも赤道の反対側に来れば、何がどう変わってもおかしくないからね」

主任が硬い顔と声でそう言うと、早織さんが再び微笑んだ。が、微笑むだけで、手はぴくりとも動かない。主任の表情もぴくりともしない。

怖《こわ》。二人の冷戦を眺め続けているより、食あたりのほうがましだ。賢司はアダンだか、パイナップルだか、毒リンゴだかわからないものにかぶりついた。

想像より皮は薄い。しゃきしゃきした繊維質。一度だけ食ったことがあるサトウキビに似ているかもしれない。うっすらとした甘みがある。果物だとしたら甘さは控えめだが、逆にそれが野菜風に感じられて好もしかった。野菜はあまり好きじゃないのに。早織さんが言うように、体が野菜を求めていたのだろうか。

「だいじょうぶです。なかなかいけます」

賢司は請け合った。が、主任は、仁太が伸ばそうとした手を再び制する。

「まだ」

手首をひねって腕時計を眺めはじめた。時おり、ちらりと賢司に視線を投げかけてくる。こういう時の主任の表情はぞくりとするほどきれいだ。

三分経過。

「よし、そろそろかな」

主任がまずひと口齧り、のみ下して、さらに一分待ってから、片手でオーケーサインをつくる。それを合図にして賢司を実験動物のように眺めていた二人が手を出した。

「おいしー」

仁太が今日、初めて笑顔らしきものを浮かべた。よしよし、お前は、そうでなくっちゃ。早織さんが、ほらみたことか、と言いたげな声をあげた。

「こんな味だったんですね、アダン」

椰子の繊維を縒《よ》ってヤシガニを捕獲するための縄をなっていると、洞窟の左手の崖から何かが這い出てきた。また新たな食用動物かと思ったら、スーツを泥まみれにした部長だった。駅の階段を昇り切った時のように息を荒らげ、足をよろけさせながら、こちらに近づいてくる。

「はぁ、見ろ見ろ、はぁはぁ、大、はぁ、収穫だ、はぁははは」

息を弾ませたまま高笑いする。頭の血管が切れなければいいけれど。もう何本か切れているかもしれない。

喘息の老犬みたいに笑い続けながら、スーツのポケットから取り出したのは、キノコだ。あちこちのポケットから次々と出てくる。全部で十個。ちゃんと人数分。得意気に胸をそらせて、またひとしきり高笑いした。

「ジコボウだ」

「なんですか、ジコボウって」

「ジコボウはジコボウだよ」

両手いっぱいのキノコを、専務から受け取った辞令であるかのように、誇らしげに掲げてみせる。

「マツタケよりうまいんだ。昼飯はキノコ汁にしよう。姿焼きでもいけるぞ」

シイタケに似ているが、笠はスーパーで売っている類よりはるかにでかい。似てはいるが、笠の裏側がやけに鮮やかな黄色なのが気になる。部長が笑い続けているのは、試食したためじゃなかろうな。

「だいじょうぶなんですか」

「あたりまえだ。言ったろう、俺は信州の山育ちだって。山のことならなんでも知ってる。俺のガキの頃にゃ、山のキノコはおやつよ。食用か毒か、ひと目見りゃあわかる」

主任が歩み寄ってくると、悪くない点数を取った子どもがテスト用紙を母親に見せるように、キノコを突き出した。

「ほら見ろ、ジコボウだ」

主任がいちばん大きなキノコをつまみあげて、匂いを嗅ぐ。

「ん、菅原はそれがいいか。やっぱり姿焼きにしよう」

主任が部長の鼻先にキノコを突き出した。

「毒味」

サイモンが戻ってきた。「スターバックスもたいしたことはない。ここにはまだ店をオープンしていないようだ」そんな不屈のアメリカン・ジョークを口にして。両手いっぱいに巨大な葉を抱えている。

何の葉だろう。観葉植物のオモトを人間の身長ほどのサイズに拡大した感じだ。全員の視線が集まると、サイモンはどさりと葉を落とし、アカデミー賞の司会者のように両手を広げた。

「カーペット」

なんだ。全員がたちまち興味を失う。サイモンの帰りを昼飯を食わずに待っていたのに。もうひとつサイドメニューが加わるのではないかという期待もあったから。焚き火の上のヘルメットでは、ヤシガニとキノコが煮え、食欲をそそる匂いを放っている。

「グッド・カーペット、フォー・リビンググルーム」

サイモンは海辺のベースキャンプを放棄することに反対していた一人だ。洞窟を住居にすることは、このまま既成事実になりそうだった。

「アーンド」いきなりドラムロールの口真似をはじめた。「ドゥクドゥクドゥクドゥク」

葉っぱのカーペットの何枚かをめくり、唇で高らかにトランペットを鳴らす。

「パッパパァーン」

思わず叫んだ。賢司も仁太も早織さんも野々村氏も、主任まで。

「バナナ!」

52

「マンゴー?」

繁葉が空を覆い尽くしている大木を見上げて、賢司は伸びた髭を撫ぜた。

「うん、マンゴーだ」

隣で主任が頷く。蔓草で結ったポニーテールが風に躍って、賢司の肩をくすぐった。

賢司と主任と仁太の三人は、のこぎり山と小富士の中間に位置する「五合目」と名づけた丘にいる。丘に立つ巨樹の真下だ。

賢司が急斜面の上の五合目にやってきたのは、初日に仁太と登って以来だ。主任以外は誰も足を踏み入れていない。一週間前の大雨がぬかるみを残していき、斜面を酷い悪路に変えていたからだ。

緑がかったベージュの幹と無数の枝を持つ巨樹は、高さ三十メートル。確かに枝先には、丸々とした実がなっていて、樹上からはかすかに甘酸っぱい匂いが漂ってくる。とはいえ、賢司の知るマンゴーとはだいぶ違う。楕円形というよりまん丸に近く、色は青色。大きさは赤ん坊の頭ほどある。

主任は、課長がつくった簡易眼鏡を、賢司の目に触れさせまいとするように手早く使ってから、もう一度頷いた。

「間違いない」

静岡生まれだから、サツマイモやラッカセイ、スイカやイチゴの実り方は知っているけれど、南国や外国産の果物がどんなふうに実るのか、賢司はまったく知らない。

パイナップルもキウイもパパイヤもマンゴーも。バナナですら、サイモンがのこぎり山の麓で密生地を発見するまで、本当のバナナのひと房は百本以上の集まりであることや、実が空に向かって反りかえるように（課長の適切な比喩を引用すれば、房の上方は二十代の男が、下方は五十代が勃起する角度で）生《な》ることも知らなかった。

「採れるでしょうか」

なにしろ実がぶらさがっている枝は、一番低いところでさえ地上から十メートル近い高みにある。しかも樹頂近くにはあちらこちらに例の巨大コウモリがぶらさがっているのだ。椰子の実より始末に悪い。

「採れるでしょうか、じゃなくて、採るんだよ。食べたいだろ、マンゴー」

主任が靴を脱ぎはじめた。ヒールは自ら折り取ってしまっているから、いまは平たいサンダルだ。

木に登って採るつもりなのだ。主任がもぎ、賢司がアミで受け止め、収納袋に入れる、というのが彼女が一方的に決めた手はず。アミは二股になった木の枝にショールを結わえて袋状にしたもの。収納袋は肩口に切れ目を入れたライフジャケットだ。

主任は斜面を登るために使っていたロープを肩から下ろした。ロープは、老人が製造し続けている大量の椰子のたわしをほぐして綯《な》ったもの。ボートについてたロープさえあればねぇ、とぶつぶつ言いながら、主任が毎日一メートルずつ縒り、ようやく六メートルほどの長さになった。

朝、「丘」に登って食糧を探してみよう、と賢司を誘った時から、この木に登るつもりだったに違いなかった。

「こんなでかい木に登らなくても、もっととりやすい木があるんじゃないですか。あちこちに種がこぼれてるはずですから」

のろのろと靴を脱ぎながらそう言ったのは、自信がないからだ。

椰子の実採りは、幹に足場を穿ち、手や棒が届く場所まで登る、という新方式を採用してからというもの、格段に収穫が増えた。だが、当の発案者の賢司は、いまだに高度三メートルを超えると足が震える。仁太なんて大人が止めなければ、どこまでも昇っていってしまうというのに。

「ああ、あるかもしれないねぇ」賢司の言葉には、強度を確かめるために伸び縮みさせているロープ以上の興味はなさそうだった。「だけど、どこに？」

漂流から二週間が経った。アイアンの銛を手にして海へ潜ったり、森の中を探索したり、みんな毎日、食い物を求めて島中をうろついている。だが、マンゴーが発見されたというニュースはなかった。誰かが自分だけの穴場を隠しているのでなければ。

狭い島だ。植物も生存競争が厳しいのかもしれない。生命力が弱ければ淘汰されてしまう。

早織さんが所蔵している、ここでの唯一の書籍『トンガ旅行・ワンポイントガイド』によれば、他の場所から隔絶した孤島群ともいえるトンガに自生している果物でさえ、多くは原生ではなく、人や鳥が運びこんだものだそうだ。

「ぼくも――」

仁太が「登る」と言い終わる前に、主任がかがみこんで同じ目線になった。遊びじゃないんだよ、と言われることを察知したらしい。母親に叱られた時もいつもそうしているんだろう、あわてて口をつぐみ、眉根をすぼめた主任の視線から逃れるために目玉を左右にきろきろさせていた。

仁太はブランケットをマットがわりに広げて、落としてしまった実を拾う係に任命された。幹の下から離れるな、と言い渡されて。

「いいかい、コツは三点確保だ。両手両足のうち、動かすのは必ず一カ所だけ。あとの三カ所は、手がかり《ハンドホールド》と足場《フットホールド》にきちんと置いておくこと。それと、高さを意識しない。地上では簡単にできる動作が、意識したとたんに難しくなるんだ」

収納袋になるライフジャケットの紐を結んでいる賢司にアドバイスしてくる。必ず一カ所と言われても。四点確保しかできないかもしれない。

「これつけて。ザイルだ。チーム登攀《アンザイレン》でいこう」

ロープの片端を自分の腰に巻き、もう一端を投げよこしてくる。

「こんなので、役に立ちますかね」

ふた結びで腰に巻いた椰子の繊維のロープは、ザイルと呼ぶには頼りない。四十九キロなのか五十六キロなのか本当のところはわからない主任の体を支えるのがせいいっぱいに見えた。

「気休めだよ。もし私が落ちても、あんたが男らしく踏んばってくれれば、なんとかなるかもって程度」

こんな俺を信用していいのだろうか。待てよ、ということは。

「もし俺のほうが落ちたら」

「私も死ぬ」

まっすぐ賢司の目を覗きこんできた。化粧っけのない少女みたいな顔で。信じてるから、と言っているふうに。震えていた両足に力が蘇る。よしっ、オイアウエ！

主任はマンゴーの幹のまわりをぐるりと一周し、南側の二メートルちょっとの高さにある大きなこぶに目をとめた。飛びつこうとしたが、届かない。賢司をひとさし指で呼びつけ、その指先を地面に向ける。肩車をしろ、ということらしい。

ミズ・五十六キロは思ったより軽かった。この二週間で、ミズ・五十二キロぐらいに痩せたかもしれない。

最初のこぶの上に立った主任は、斜め上方に空いた洞《うろ》に手を伸ばす。腰に巻きついたロープが、早く来い、と指令を送るように、ぴんと張った。カゴをベルトに差し、賢司もロープに引き上げられるように幹に飛びついた。

マンゴーの木は直立しておらず、幹も、あちらこちらで二股三股に分かれる太い枝も、ぐねぐねと微妙な曲線を描いている。知っている木で言えば、いちばん近いのはドングリがなる木、カシの木だ。細長い葉っぱも似ている。

幹に取りすがったものの、どこに手を置き、足をかければいいのか、まったくわからない。主任の登り方を参考にするしかないのだが、目のやり場に困った。

三点確保の場所を探して、足を振りあげるたびに、ダークブルーのワンピースから尻のかたちをくっきり浮かび上がらせたショーツが剝き出しになる。頭上の手がかりを、コンタクトレンズを捨ててしまった目で探すのに集中している主任には、隠す気もないようだ。さっき肩車した時の尻の柔らかさと温かさを思い出してしまった賢司は木登りに集中できなかった。どこかでこっそり洗濯をしているらしいショーツは、悲惨な状況になっている賢司のトランクスと違って、まだ白い。

地上五メートルほどから幹は斜めにかしいでいる。主任は幹の傾斜——といっても七十五度はありそうだ——を利用して、両手で幹を抱き、太腿で挟みこんだ体勢で少しずつ体を上に押し上げていく。賢司もそれに倣った。

高さ七、八メートルで、巨樹は最初の枝分かれをしている。大人二人がやっと並んで座れる程度だが、木の股がちょっとしたゴンドラになっていた。主任が両足をぶらぶらさせている。ここまでおいで、と言っているみたいに。

二人を結ぶロープが後戻りを許してはくれない。とにかくあそこまで登らないと。見よう見まねで懸命に這い登った賢司は、余っていた太いほうの幹によりかかって大きく息を吐く。

周囲を覆う繁葉が日差しを遮った、ひんやりとした場所だった。木の股に横座りし、反対側の幹に体を預けていた主任が、息を整える間もなく目配せをしてきた。

「よし」

休むつもりはないようだった。片側の幹のすぐ上方、ほぼ真横に伸びた電柱ほどの太さの枝に跨がったかと思うと、ずりずりと尻をすべらせて枝先に近づいていく。実はその枝の先端近くから伸びた細い茎の先に、ヨーヨー風船のようにぶら下がっているのだ。

賢司は枝と幹の間に尻を据えた。下を見ないように主任の姿を追う。ロープがぴんと張った。主任を乗せた枝が細くなるにつれて、しなっていく。だいじょうぶか。

放物線並みにたわんだ枝先から声が飛んできた。

「しっかりしがみついてて」

両足で枝をしっかり挟んだ。後手で幹をしっかりつかむ。四点確保。

「しがみついてますっ」

答えたとたん、枝の上から主任が消えた。落ちた。心臓が破裂しかけたが、違った。枝につかまったまま、体をくるりと反転させただけだった。

天然のマンゴーは、ひと枝にひとつずつ大切に袋詰めされているわけじゃない。一カ所にいくつも固まってなっている。ナマケモノの体勢で枝にぶら下がった主任は、そのひとつに手を伸ばす。パンツ丸見え。あわてて顔を逸らした。顔は逸らしたが、目だけまた戻してしまった。

お腹にマンゴーの実を載せて、主任が戻ってくる。

「受け取って」

「はい」

「パンツは見るなよ」

「はいっ」

カゴを構えてから気づいた。両手は完全に幹から離れている。三階建ての屋上ぐらいの高さで。爪先から頭へ血の気が抜けていく賢司に、主任は無造作にマンゴーをトスしてきた。

「しっかり取って」

「ふぁい」

マンゴーはまだ熟す前のようで、けっこう硬い。同じ作業を繰り返して、三つのマンゴーを収穫した。下を見ないようにし、両腿で枝を締めつけて、ライフジャケットの中に実を突っこむ。枝にはまだいくつか実がなっていたが、先端のそれらには手が届かないとわかって、主任が残念そうに戻ってくる。

枝の上にまたがった主任が手を伸ばしてきたから、握り返した。もう一方の手で賢司の前腕を摑み、それを手がかりに反動をつけて飛びこんでくる。背中に手を回して抱きとめると、主任の体が両手を広げた賢司の体にジグソーパズルみたいにすっぽり収まった。

鼻に押しつけられた髪からは、強い汗の匂いがした。オフィスにいた時にふりまいていたローズ系の香りを嗅ぐよりどぎまぎした。至近距離から賢司を見上げてきて、うふふと笑う。

「マンゴー、好きなんだ。スーパーなら一個二千百円だよ」

賢司の腿に両手を突っぱって、立ち上がり、さらに上を目指す。二千百円。二千百円。となんだか嬉しそうに呟きながら。賢司も二千百円、二千百円と念仏がわりに唱えながら主任の尻を追った。


二番目の枝では五個を収穫。ライフジャケットはもうぱんぱんに膨らんでいる。比較的小さな――といってもリンゴぐらいのサイズはズボンのポケットにねじこんだ。

枝先から戻ってきた主任が、枝元に跨がっている賢司の内腿にしゃがみこんでくる。やれやれベースキャンプに到着とでもいうふうに。硬くなりかけている股間を気取られたくなくて、腰の位置をずらした。

「そろそろいいんじゃないですか」もう高度は十メートルを超えているだろう。

「だめだよ。まだ人数分にもなんない」

賢司の太腿に両足を載せて立ち上がったかと思うと、中華街の肉まん程度の大きさしかない突起に手をかけた。

「無茶しないほうが」

突起にぶら下がったまま、右足を横に振り、賢司に道筋を示すように、幹のわずかな亀裂に足の指をかける。

「無茶しなくちゃ。みんなのためだ」

確かにここになっている実を全部集めたら、全員の一カ月分かそれ以上の副食になるだろう。樹頂近くに、特大マンゴーより数段大きなシルエットとなってぶら下がっているコウモリたちに食いつくされなければ、だが。

枝々のマンゴーの中には、鋭い歯で食いちぎられた痕跡を残しているものがいくつもあった。熟した実が多い上にいくほどそれが酷くなっている。近視の主任には見えていないのだろうか。巨樹の上方ではマンゴーより大コウモリの数のほうが多そうだった。

震える足をなだめすかして、平均台と大差ない横幅になってきた枝の上に立つ。ロープに余裕ができたことを知った主任は、幹を半周し、一段上の枝に軽々と移動した。そうだよ、信頼に応えなくちゃ。二人は運命共同体。俺が落ちたら二人とも墜落死だ。

主任を真似て、両手で小さな突起をつかみ、大きく右足を振って亀裂に足をかけた。続いて左足をもう突起とも呼べない、小籠包《ショーロンポー》程度の木肌の瘡蓋《かさぶた》に置いた。半メートル上昇。右足が宙に浮く。

ふいに思った。さっき三点確保がコツだと言っていたけれど、これって二点しか確保していないのでは？

爪先から背骨へ血管の中を冷気が駆け抜けた。冷気はすぐにうなじを伝い、頭を白く凍らせる。次はどうするんだっけ。次は体のどこを動かせばいい？

ああ、左手だ。肉まん大の突起に体を押し上げ、左手を主任が到達している枝のすぐ下、まだ青い若枝に伸ばす。マンゴーで膨らんだライフジャケットが手足の動きの邪魔をして、指先が届かない。

届いたとたん、バランスを崩した。とっさに両手で小枝を摑んだが、両足が完全に宙に浮いてしまった。

うわ。落ちる。

「塚本」

主任が叫んだ。叫びながら腰のロープをほどこうとしているのが見えた。

嘘つき。

みし。賢司の体重に耐えかねて、小枝が不吉な音を立てた。

必死で足をもがかせて、足場を探す。左足がかろうじて小籠包にひっかかった。

指先が——爪先も——氷に触れてかじかんだように言うことを聞かない。ここが地上のはるか上であることを思い出してしまったからだ。

すぐ下が地面だと思うことにした。すぐ下は地面、すぐ下は地面。頭の中で繰り返し唱えながら、小枝に体重をかけすぎないように、主任がいる枝に手を伸ばした。

指先しかかからない。すぐ下は地面。すぐ下は地面。

指先懸垂で体を引き上げる。なんとか腹まで枝に乗り上げた賢司に、主任が手を差しのべてきた。

「だいじょうぶか」

これまでとは逆に、主任の体に賢司が抱きつく。胸と胸が合わさるかたちで。みぞおちのあたりで主任の乳房が潰れる感触がしたが、いまはそれどころじゃなかった。

「主任、俺を見捨てようとしませんでした？」俺を足場の代わりに利用しているだけじゃないのか。

「とんでもない。なんであたしが、可愛い部下に、そんなことを」

なぜわかったという顔で首に両手をからめてくる。にっと笑ってから、突然、賢司の口を塞いだ。唇で。

ほんの一秒、ちょっとだけご褒美とでもいった、小鳥についばまれたようなキスだ。

騙されてる、と思いつつも、賢司の頭の中は、マンゴーの香りに似た甘ったるい霞に包まれてしまった。

幾重もの葉叢に遮られて、地上からは見えなかったはずだが、念のために口止め料として仁太にマンゴーをひとつ落とす。

コウモリの食い散らかしたものも含めてだが、この枝にはたっぷりマンゴーがなっていた。もう入れるところのないマンゴー二つを乳房のように胸の前で抱えた賢司は、三往復目に入ろうとする主任に訴えた。

「もう人数分、集まりました」

すっかり見慣れたパンツの向こうから、答えが返ってくる。登ってきた当初よりところなし食いこみが激しくなったような。

「まだまだ。マンゴーは干して保存もできるんだ」

木にしがみつき続けてきた賢司の両手からは握力が失せて小刻みに震えているというのに、凄いスタミナだ。

「くわしいですね」

「マンゴーダイエット、やってるから。便秘にもいいんだ」

本当にみんなのためかどうかも、疑わしくなってきた。まさか漂流してまで、ダイエット？

十三個目のマンゴーを手にした主任が、ナマケモノのポーズで、ようやく終了を宣言する。

「よし、こんなところかな」

主任がこちらに戻りかけた時、頭上でコウモリたちが騒ぎはじめた。ここのコウモリは昼でも飛ぶ。枝にぶら下がっている主任を縄張りを荒らしに来た他の群れの同類とでも思ったのか、一頭がいきなり舞い降りてきて、すぐそこの宙を旋回しはじめた。はばたきは日本の小さなコウモリとは違って猛禽類のようだ。緩慢だが力強い。

翼のあるネズミ。コウモリにはそんなイメージしかなかったのだが、真近で見る巨大コウモリはネズミというよりキツネに似ていた。頭部のサイズは握り拳大。胴体はニホンザル並み。大きなコウモリに吸血タイプはいない、とサイモンは言っていたが、絶滅危惧種以外には興味のないヤツの知識は当てにはならない。

猿の体とキツネの頭を持つその一頭が、いきなりこちらに方向転換した。枝の中ほどに着地し、翼をドラキュラのコートのように畳むやいなや、主任に牙を剝いた。鋭い牙だ。

危ない。賢司はとっさにアミを突き出して、コウモリをなぎ払う。

大コウモリが急ブレーキの音に似た鳴き声を上げる。強風に煽られた傘のように手足と翼をこんがらかせて落下した。

下から仁太の悲鳴が聞こえた。


木は登るのも怖いが、降りるのも恐ろしい。へっぴり腰で地上に生還すると、仁太がひーひー叫びながら、幹の周りを走りまわっていた。翼を傷めたのか、脳震盪を起こしたのか、大コウモリが地べたを這いずっている。そいつから逃げまわっているのだ。

主任が幹のそばを離れるな、と言ったのは迷子になってしまうのを心配したからだが、それを忠実に守っているらしい。右回りに逃げ、コウモリに行く手を塞がれると、左回りに逃げる。翼を前脚がわりに、四つんばいで地べたを這う巨大なコウモリの姿は、仁太の目には空から舞い降りた妖怪に見えただろう。賢司の姿を見るなり、声ですがりついてきた。

「助けて」

ふいにひらめいた。その突然の思いつきが正しいのかどうか頭が考える前に体が動いた。賢司はアミの柄で大コウモリの頭部をぶったたいた。

コウモリが翼で頭を抱えこむ。露出狂のように翼を半開きにして体をふらつかせながら、横向きに倒れた。

改めて眺めても、でかい。翼の長さは、賢司の広げた両手以上だ。羽の部分の皮膚は薄く、てらてらと光沢がある。年寄りは傘のことをコウモリと呼ぶが、その姿はまさに、おちょこになった黒い傘だった。その傘の柄にあたる場所に、キツネにも、耳を除けばチンパンジーにも見える顔と、手足が細く胴だけ肥満した中年男のミニチュアのような体がついている。

両足を握ってぶら下げてみる。見かけほど重くはないが、爪先から頭までは六、七十センチありそうだ。死んではいないはずだ。翼が小刻みに痙攣している。

コウモリの体を折り畳み傘にして、腰からほどいたロープでぐるぐる巻きにする。まだロープをつけたままの主任をたぐり寄せてしまった。

「どうするつもり？」

黒褐色のごわごわした毛に覆われた胴体に決意のまなざしを向けて答えた。

「これ、食えますよね」

主任が不揃いに生えはじめた眉をしかめる。後ずさりしようとして、腰のロープに気づき、あわてて解《と》きはじめた。ネズミが苦手と聞いたことがある。

「確か、こいつもトンガのレストランのメニューにありました。二日目に入った店で。コウモリのパイ包みスープっていうのが。サイモンが喜ぶかもしれない」喜ばないかもしれない。

「本気？」

「本気……です」

昨日の夕方だった。久しぶりの大漁にベースキャンプは沸いていた。賢司も初めて銛でヒメフエダイを仕留めた。洞窟の外で焚き火をし、魚を焼いたり、ヘルメットで煮たりしていた時だ。いきなりサイモンがわめき出した。

「フィッシュ、フィッシュ、フィッシュ」

いまいましげに連呼しながら両手を胸の脇にあてがってひらひらさせ、またひとしきりまくし立てた。

「なんて言ってるんですか」

ヘルメットの鍋から椰子の殻のかけらで中身を取り分けていた主任が肩をすくめた。

「フィッシュ・イーターのくそジャパニーズめ。こっちはもう体にうろこが生えそうだ。ああ、胸びれが生えてきたぞ、って」

「文句があるなら食べないでください」

珍しく藪内が尖った声をあげた。八十センチ級のハタをしとめて帰り、興奮気味に語っていた最中だったのだ。やっぱり4番アイアンをチョイスしたのは正解でした。明日は一メートル超えを狙います。4番アイアンというのはもちろん、先端を潰して尖らせた銛のことだ。

サイモンは一夜干しのイワシに目を走らせて鼻を鳴らした。「うまいか、魚のミイラ」

日本の食文化が侮辱されていることに気づいた部長が日本語で叫び返した。

「贅沢言うな、肉食人種」

サイモンは返事をする代わりに、ゲップをしてみせた。

「オァップ」

そして、肉を探してくる、俺は狩りに行く、と宣言した。

サイモンだけじゃない、食事は毎日塩味だけの魚貝類とキノコと果物。他のみんなだって飽き飽きしていた。好評だったヤシガニも三日続いたら、誰もが「またか」と言う顔になった。一昨日も部長が「もう椰子の実とバナナはいいから、誰かコシヒカリを取ってこい。醤油もだ」とめちゃくちゃな命令を下していた。課長には怖くて言えないから、誰もいない宙に向かって。飢餓に対する当面の恐怖が薄れてきたら、今度は味覚への不満。人間ってのはつくづく業深い。

「何を狩るつもり？」

「タヒチじゃないんだ、野豚はいないぞ」

「あ、ジビエなら、兎を頼むよ」

野兎の背肉のソテーを本気で期待しているらしい野々村氏以外のみんなの揶揄まじりの声を背中で聞き流して、サイモンは丈夫な蔓草に石をくくりつける作業を続けた。

「チキンを獲ってくる」

水鳥を捕獲できないか、あれこれ試しているが、誰も一度も成功していない。サイモンがトライを繰り返しているのは、蔓のロープをくくりつけた石を、鳥の足を狙って投げ、からめとるという方法。ダチョウ狩りの手法だそうだ。サイモンは毎日これを験し、無駄骨折りを重ねていた。

サイモンは皮肉たっぷりの声援に送られて、鳥たちがねぐらにしているのこぎり山の麓に向かったが、結局、三時間後に手ぶらで戻ってきて、仁太が差し出した煮魚の器をいじけてすすった。

五合目から戻ったのは、午後四時過ぎ。焚き火の前には食糧集めを終えた面々が顔を揃えていた。

洞窟の中で火を焚くのは、部屋の中で炭火バーベキューをしているようなものだから、雨か雨模様の日でないかぎり、焚き火は洞窟の前で燃やすことにしている。すぐそばの平石には、昨日と代わりばえのしない魚が並び、その隣にはいつもの椰子の実とバナナが積まれていた。午前中にキノコ採りを終えた部長は、ノルマ達成とばかりにブランケットの中。実働二時間だ。老人は朝からずっと寝ている。藪内だけがいない。公約の一メートル超えをまだ狙っているのだろう。

先頭の仁太が課長の真似をして、特大マンゴーを小脇に抱えて焚き火の前にトライをする。

「見て見て、これ」

フルーツショップで売っているものとあまりに様子が違うためか、訝しむ目しか向けられなかったが、ライフジャケットを放り出した主任が「マンゴーだよ」と告げた瞬間、歓声が起こった。

しんがりの賢司は獲物を差し出すタイミングを失ってしまい、息を吹き返してもがいている大コウモリを抱きしめたまま、マンゴーを囲む人垣の背後をおろおろ歩くしかなかった。夜泣きをもてあます母親みたいに。やめといたほうがよかったか？

「ああ、懐かしいな、マンゴー。うちの子が大好きなんだ」

「お店で買ったら、千八百円はしますよね」

早織さんの言葉を、主任が訂正した。「二千百円」

「生ハムと一緒に食べるとうまいんだよね」

「キッ」

「キャン・アイ・ハヴ・マンゴー・ジュース」

「生ハムは、ハモン・セラーノがいちばん……」

「キーッ」

「……ん、塚本、何か言ったか？」

「えー、これもとってきました」

振り向いた全員の目がコウモリに吸い寄せられ、一拍遅れて体をのけ反らせる。もう一拍遅れて早織さんが悲鳴をあげた。

「……なんだ……これ」課長の声は裏返っていた。「ペットを飼う余裕はなかったんじゃないのか」

「食糧です」きっぱりと言った。半分は自分に言い聞かせるために。「食べようと思います」

「……どうやって？」

「煮るか、あるいは焼くか……」

オァップ。サイモンが空えずきをした。他のみんなも口には出さないが「オァップ」という顔だった。

「私はゼッタイに嫌」

早織さんが涙声を出す。彼女はゲテモノを受けつけない。ヤシガニも食べようとしないのだ。

唯一、興味しんしんといった様子でコウモリの頭を突っついて、噛まれかけたのは野々村氏だ。

「スープにするとなかなかいけるよ。手羽の水炊きみたいな感じ。米のない参鶏湯《サムゲタン》って言ったほうがいいかな。コンソメにちょっと生姜を効かせるんだ」

その言葉が場の空気を変えた。毎日夢見ている文明社会のメニューが、それぞれの頭の中に浮かんだのだと思う。

「じゃあ、お前が料理しろ」

課長の口調は、この案件に自分は関知しない、お前の責任において処理すること、そんな調子だった。なんにしても承諾の言葉。

「では」

といったものの、どうすればいいのかわからない。

「お願いだから、ここでは料理しないで。お鍋もつかわないで」

そう言われても。料理以前の問題だ。覚醒した大コウモリはロープから抜け出そうとして暴れていた。瞳孔のない茶色の目で賢司を睨み、威嚇するように牙を剝く。

「ピーピーうるさいやつらだ」

一座の後方で、ブランケットがもぞりと動いた。部長が顔を出す。ブランケットをかき抱いたまま、中腰歩きで賢司とコウモリを遠巻きにしている人の輪を割る。くしゃみをし、洟《はな》をすすりあげてから、ブランケットの間から腕を伸ばした。

「貸せ」

「どうするつもりですか」

「お前こそ、どうするつもりだ」

「あ、いや」

じつは何も考えていなかった。食わなくちゃ、と半ば意地で決意を固めていただけだ。

賢司の手からコウモリを奪い取ると、しゃがみこみ、縛り上げた余りの一メートル半ほどのロープを輪にした。

輪の中にコウモリの首を突っこんで締め上げる。牙を剝いて暴れるコウモリを押さえつけながら、体のロープをほどき、賢司にロープの両端を突き出してきた。

「持ってろ。立ってだ。両手でしっかりとだぞ」

賢司がロープを握って立ち上がると、コウモリが宙づりになった。部長は脚をひとつに束ね、首のあたりまでさし上げる。もう一方の手でいきなりコウモリの体を下に引き下ろした。

キッ、鳴き声なのか空気音なのか判別のつかない音を立てて、コウモリは一瞬で絶命した。過激派動物保護団体構成員のサイモンに抗議する隙も与えない早技。

「最低」主任が声を漏らす。

「なにが最低だ、馬鹿女が」

部長がブランケットを脱ぎ捨てた。もう一度洟をすると、ザリを手にして、喉を切り裂く。血しぶきが飛んだ。

ひひっ、早織さんが泣き声なのかさだかでない声をあげて両手で顔を覆った。部長が返り血を浴びて赤い斑点が散った顔をあげる。狂ったのか、と賢司は思った。誰もが目を背けた。

「やめて」

仁太が叫んだ。カーゴのことを思い出したのかもしれない。

「何がやめて、だ。馬鹿ガキが」部長が声を荒らげたが、子どもに言いすぎたと思ったのか、弁解する口調でつけ加えた。「血抜きをしないと、肉が臭くなるんだよ」

腹にザリをあてて一文字に切り裂くと、コウモリの内臓が湯気を立て血を垂らし、それ自体が別の生き物のようにでろんと姿を現した。

早織さんが悲鳴をあげる。部長はその声を鼻先笑いで吹き飛ばした。

「お前ら、こいつを食うんだろ。食うためには、殺さなくちゃならないだろうが。文句があるならスーパーに行って精肉パックを買ってこい」

コウモリの肩と翼の関節に刃を差し入れて切断する。頬の内側にまで鳥肌が立ちそうな音がした。部長は手慣れていた。見る間に両翼と両脚を胴体から切り離す。さんざん繰り返した作業を反復する手つきだ。

首の骨にだけは手こずっていた。血しぶきが飛んだレンズをサイモンに向ける。

「ナイフ出せ」

片手を差し出した。通訳はいらなかった。チビで眼鏡のジャパニーズ・ビジネスマンの迫力に押されて、サイモンがズボンの裾をあげる。靴下留めに挟んでいたナイフを、おずおずと差し出した。ナイフをコウモリの首にあてがう。木の実に似た光のない眼球に語りかけるように問わず語りをはじめた。

「俺の実家は農家だ。家で鶏を飼ってた。豚も牛も。鶏だって毎日顔をみてりゃあ、一羽一羽顔だちも、性格も違うことがわかる。人懐っこいのもプライドが高いのもいる。俺や姉貴や弟や妹たちは、一羽一羽に名前をつけていた。ペットなんていないからペットがわりだった」

ごとり、と首が落とされる。

「でも、それも雄ならとさかが生え揃うまで、雌も卵が産める間だけ、だ。ピースケもマメキチもコッコも、ある日突然いなくなる。いなくなった日の夕飯は鳥鍋だ。しょうがない。俺たちは自分の家の食糧に勝手に名前をつけてただけだからな。覚えとけ。肉屋に並んでる肉の賞味期限ってのは、鶏や豚や牛の初七日の日取りみたいなもんだってことを」

誰も何も言い返せなかった。確かにそのとおりだ。生き物を食うためには、殺さなくちゃならない。そんなあたりまえのこともわかっちゃいなかった。魚なら平気で、コウモリならダメ。その境目《さかいめ》なんか本当はないはずなのに。

コウモリの肉は、木の枝で串刺しにして炙った。野々村氏がうまいと言っていた内臓も。

課長は「俺はいい」と顔をしかめた。

主任も首を横に振った。

漁から戻ってきた、ネイチャーボーイ藪内ですら、ころがっていたコウモリの首に呻き声をあげた。

仁太は中村老人を起こす。老人に全部食べてもらいたかったのかもしれない。

部長がかりかりに焼けている脚を手にとった。肉は少ないがいちおう腿肉。節分の鬼の面のような形相でかぶりつく。

「うん、うまい。早く食え。俺のさばいた肉が食えないのか、ああ？」

オイアウエ！　賢司は部長が差し出してきた、ケンタッキーのパックメニューだったらハズレのピースだろう胸肉を受け取り、胸骨の間の肉を歯でこそげ取った。

野々村氏がなかなか手を出さなかったのは、彼らしくもなく、遠慮していたからだった。誰の手も伸びないとわかると「これ、もらっちゃっていいの」と周囲の顔色を窺いつつ、もうひとつの腿肉を選び取った。

サイモンは手羽とおぼしき部位を手に取った。自分たちの組織の保護対象動物以外の生死と食肉には寛容であるらしい。とはいえ、すぐには口には運ばず、小声でなにやら呟き続けていた。祈りの言葉だと思ったら、違った。ディス・イズ・チキン。ディス・イズ・チキン。ディス・イズ・チキン。

一人分の量はごくわずかだが、結局、そもそも鶏肉が苦手だという早織さん以外の全員が食った。それぞれの決意表明のかわりだったと思う。

鶏肉に似た淡白な味だった。果物を常食にしているからか、ほのかな甘味があった。合鴨のロースト・オレンジソース、という野々村氏の評価は高すぎにしても、十分いける。なんとか食えるという意味で。さすがの部長も「ここも食え」とは言わず、焚き火から遠い場所に転がしてある、恨みがましい茶色の目をこちらに向けた血まみれの頭部さえ見なければ。

とにかく、食わねば。

食わねば、死ぬ。ごく当たり前の事実しかなかった。

53

九月二日か三日　晴れのち雨

みんな元気ですか。ぼくは元気です。

夏休みは終わってしまいましたが、ぼくたちはまだ島にいます。

この日記はもう書かなくてもいいような気もしますが、やっぱり書いています。

夏休みが終わったのに、こっちはどんどんあつくなっています。ぼくはすっかり日にやけました。

今日は初めて水鳥がつかまりました。水鳥はとまっているところにそうっと近よって、石をなげてつかまえます。急しょにめい中させないとだめだし、一度しっぱいすると、けいかいしておりてこなくなるので、いままでほかくにせいこうしたことがなかったのです。

せいこうさせたのは、けんじくん。高校生の時、野きゅうをやっていて、ベンチを守っていたそうです。

かわ原さんがしめて、羽根をむしりました。すが原さんが肉にして、やす田さんがたき火で肉をやきました。

水鳥の肉は、こうもりよりもケンタッキーに似ています。ちょっとくさいけど。

54

目の前にずらりと自動販売機が並んでいる。清涼飲料水、酒、アイスクリーム、スナック菓子、うどんやハンバーガーの販売機まである。何を買うべきか賢司は迷っていた。

なにしろ自動販売機の数は半端じゃない。いま立っている砂浜の端から端まで、見渡すかぎり列をなしているのだ。辺りは真っ暗闇だが、商品をライトアップしている灯が光の帯になり、浜辺を煌々と照らしていた。

とりあえず飲み物だな。ここはやっぱり、ビール。それと久しぶりの醬油味。きつねうどんだ。

彼女にはたぬきそばがいいかな。二人分を買うつもりだった。それが誰の分なのか、賢司にはよくわかっていないのだが。

財布を取り出して、小銭入れを探る。硬貨は一枚も入っていない。逆さに振ると、砂と貝殻が落ちてきた。嫌な予感に、胸がことりと鳴る。

札入れを覗く。心配ない。こちらはたっぷり。千円札を抜き出して、挿入口に押しこんだ。

入らない。手の中の千円札は、いつのまにか椰子の葉のきれはしになっていた。いくら抜き取っても、椰子の葉。二枚あった万札を取り出す。そちらはコウモリの翼になり、翼だけのコウモリが、ひらひらと夜空へ飛び立っていった。

なんてこったい。かんべんしてくれ。よく冷えた飲み物と、あったかい醬油味の食い物が、手に入り放題だというのに。自動販売機を拳で叩く。何度も。何度も。何度も。空の上から、声が降ってきた。

「もう、おしまいですよ」

目を開けると、万里の長城並みだった自動販売機の行列が消えた。そのかわりに焚き火の炎がちろちろと揺れていた。

「そろそろ交替です」

藪内に肩を叩かれて、脳味噌がようやく現実に追いついた。そうだった、焚き火の番をしていたのだっけ。

「ごめん、寝ちまった」

「だいじょうぶ、ちゃんと燃えてますから」

藪内がにんまり笑う。年下の賢司にも敬語で接する生真面目さは初めて会った時と同じだが、風貌はずいぶん変わった。よく日に焼け、髭が伸び放題。眼鏡の片側にひびが入っているのは、一メートル級のハタと格闘して、岩礁に転落したからだ。

そう言う賢司も、似たようなものだろう。髭はもう何日もほったらかし。早織さんのレディースシェーバーは女性専用で、男たちは使わせてもらえない。藪内より短いのは、一週間ほど前、「あんたは本当に髭が似合わないね」としかめっ面をする主任に、裁縫ばさみでカットされたためだ。

焚き火をしているのは、洞窟の前。雨の日以外はここで火を燃やし続け、煮炊きもしている。いわばこの洞窟前は全員のキッチンであり、ダイニングだ。

大小三つの洞窟は、その他の部屋。

十人の共同の寝室は、一番広い洞窟だ。広いといっても、間口四メートル半、奥行きは四メートルあるかどうか。畳で換算したら、十畳。風呂なし。都会でも家賃五万もしない物件。いや、キッチンもトイレもないから、売り物にはならないだろう。

洞窟が開いているのは、地面から一メートル半ほど上。足場になる凹凸もあるし、昇り降りが難しい高さではないのだが、老人と部長と「女に変な格好をさせないで」という早織さんのために、木の枝で小さなはしごをつくってある。

奥行きがないから、雨が降ると水浸しになる。そこで木の枝と椰子とバナナの葉を組み上げて屋根をつくった。寝室用の洞窟は、皮肉屋のサイモンによって『大《ビッグ》ホール』と名づけられた。

大ホールの斜め上は、仁太以外は背の立たない高さしかない、間口二・五メートル、奥行き三メートルほどのスペース。ここは倉庫。いまのところ入っているのは、椰子の実、マンゴー、干しマンゴーだけ。

いちばん小さい、奥行一メートル半ほどの洞窟というよりただの窪みは、「焚き火部屋」だ。雨が降ってきたら、ここに用意した乾いた薪や枯れ葉に火種を移す。とはいえ万一、火が消えてもそう大きな問題ではない。実際、いままでにも何度か消え、そのたびに技術が進歩していた。

やり方は先月、初めて成功した時と同じだが、道具が変わっている。試行錯誤した末、穴を彫り火種を生む板は柔らかいもの、回転させる枝は硬いものがベストだということがわかった。この島の樹木のたいていは材質が柔らかく、特に大木の枝は火おこし棒には適さない。いま使っているのは、クチナシに似た花を咲かせている低木の枝だ。

薪や火おこしの板は、手当たりしだいに拾うのではなく、森の木を伐ってつくるようになった。使っている道具は、のこぎり山の麓に多い尖った石。これを椰子の繊維で編んだ縄で棒にくくりつける。ようするに石斧だ。切るというより叩き折る感じだから、丸太を手に入れることは難しいが、そこそこの太さの枝なら伐採できる。

火を絶やさないようにしているのは、残り少なくなった除光液と化粧水を節約するため、そして、海を望める場所にあるこの洞窟の火を、誰かに発見してもらうためだ。昼間は青い葉をくべて、のろしを上げている。が、どれだけの効果があるのかはわからない。最近では気が向いた時に誰かがやる程度だ。

雑草を刈《か》った下り勾配の向こうに海が見える。賢司は目をしばたたかせた。もう朝焼けが始まり、黄金に染まっている。いつのまにか見慣れてしまった光景だ。

「少し寝たほうがいいですよ。今日はコウモリ狩りに行くんでしょ」

藪内が焚き火に新しい薪をくべながら言う。

「うん」

島の反対側、「西海岸」と名づけたもうひとつの浜辺にも旗を立てた。長い枝をつないで、十メートル近い支柱をつくり、そこにブランケットを結びつけてある。銀色のブランケットは遠くからでも目立つはずだ。

九月に入ると、南半球の春が始まったらしく、夜の寒さが和らぎ、他のみんなの布団も椰子の葉になった。だから、いま両海岸の旗竿には七枚のブランケットが翻っている。

飛行機どころか飛行機雲を見かけることすらないが、両方の砂浜には、太い枝を選んで、空から「ＳＯＳ」と読めるように並べている。

「これだけやってれば、そのうち誰かが気づいてくれるよね。グーグル・アースに映るかもしれないし」

下ぶくれの頬がいくぶん削れた野々村氏は、平安貴族みたいな薄い髭を撫ぜながら、雅《みやび》なことを言うが、残念ながらいまだに小舟の影すら現れない。

課長の言う「死の島《イスラ・デル・ムエルテ》」だったとしても、これだけの美しい島だ。そのうちひょっこりアイランド・ホッピングの観光用水上機が飛来し、アロハを着た観光客たちがのん気に降り立ってくる。賢司は繰り返しそんなシーンを思い描いていたのだが、どうやら期待薄のようだった。

もしかしたら、ここは現実の島ではなく、雷雲を抜けている間に、まだ飛行機が存在しない地球の至るところが未踏地だった時代にタイムスリップしてしまったのではないか、あるいは現実世界とは別の次元にあるパラレルワールドに紛れこんでしまったのではないのか、最近は、そんな妙なことまで半ば本気で考えはじめている。

大きく伸びをして、夜明けの空気を吸いこむ。洞窟の前の空気は魚臭かった。木とバナナの葉でつくった台の上で干物をつくっているからだ。

立ち上がって洞窟へ歩く。地面に並べられた椰子の殻を蹴っ飛ばさないように注意して。半分に割った殻は、ざっと百個。これは飲料水タンクだ。水に困ってアゲハ池まで汲みに行ったのは(運搬にはライフジャケットを使った。水漏れがひどい)一度だけ。このところ夕方になると毎日のように雨が降るから、飲み水には困らない。ときどき懐かしくなってココナッツジュースのほうを飲むほどだ。

体を洗ったり、洗濯したりするのは、男たちは海。女性三人は、アゲハ池まで出かけている。海水は髪が傷むそうだ。主任は少し痩せたが、相変わらずふっくらした体型の早織さんは含み笑いとともに言う。「殿方を妙に刺激するのもあれですし」

刺激？　食欲だろうか。

寝室用の洞窟の中は明るくなりはじめていたが、みんなよく寝ていた。それぞれの寝場所はおおよそ決まっている。雨から逃れてこの洞窟での最初の夜を過ごした場所が、そのまま一人一人のベッドだ。だから、賢司の寝場所もあいかわらず主任の隣。

主任の寝顔に「おやすみ」と声をかける。眉毛が生え揃った主任の寝顔は、子どもみたいに幼い。見るたびにせつなくなるのはなぜだろう。

島に流れついて一カ月。異常事態だったはずの漂流生活は、しだいに日常と化していた。人間の順応力は自分たちが考えている以上にたくましいかもしれない。情けないほど。

とはいえ、賢司は毎晩のように夢にうなされる。昨日の夢は、見渡すかぎりに広く、潮風みたいに醤油の香りが吹きつけてくる、立ち食いそば屋のカウンターに立っている夢だった。隣でたぬきそばを注文していたのが、誰なのかは思い出せない。

55

陽射しが強くなってきたためか、アゲハ池の水は温かかった。虫の死骸が汚らしく浮いた水面に、最初の頃の早織は指先を入れることすらできなかったのだけど、おばあちゃんの言うとおり。「背に腹は替えられない」この頃は、ホテルの備品だった石鹸を舐め取るような量だけ髪と体に塗って、頭から飛びこんでしまう。

いまは花咲く畔《ほとり》で、ムダ毛のお手入れ中。腋が終わって、脛に取りかかっている。シェーバーは一本しかないから、刃こぼれしないようにそおっとそおっと動かす。早織は体毛が強《こわ》いのだ。

ちゃんと剃れたろうか。ああ、大きな鏡が欲しい。男の人たちは、水だ食糧だと騒ぐけれど、早織はそれよりなにより、大きな姿見が欲しかった。せめてドレッサーミラー。

「お願いがあるんだけど」

菅原が声をかけてきた。ワンピースを洗濯中だから、胸はココナッツブラ、腰にはショールを巻いただけの姿だ。あんなちっちゃな椰子の殻に胸がすっぽり収まるなんて、羨ましい。

補正下着の下のお腹は思っていたほど出ていなかったけれど、胸が小さい分、菅原はお尻が大きい。その大きなお尻をこちらに向けて、一枚しかないワンピースを海草でこすっている姿を見ると、なんだか可哀相になってくる。早織はいつもポロシャツとハーフパンツを別々の日に洗濯する。日中は上半身裸で過ごすことが多い昌人のシャツを上着にしたり、パレオがわりにしたりできるからだ。パートナーがいるってことはありがたいもの。心の中ではかりそめだとしても。

「シェーバー？　終わったら、お貸しします」

「ううん、違うの」菅原は二人しかいないのに、なぜか声をひそめた。「あれ、もし余ってたら、譲ってもらえないかな」

「あれ？」

「コットン」

火をおこすのにだいぶ使ってしまったから、残りは少しだけ。第一、このヒト、もう お化粧をやめたのに、何に使うんだろう。

「もしかして、あれ？」

菅原がこくりと頷く。「うん、いろいろ代用品を試してみたんだけど、ちょっとキビシクて……」

「もしなんでしたら、ナプキンがありますけど」

そう言ったら、菅原が案外にちっちゃい目をぱちりと見開いた。ふっふっふ。生理不順になったことはないし、早織自身は旅行前に終わっていたけれど、海外では何が起こるかわからない。万一の時、外国製は使いたくなかった。「転ばぬ先の杖」これもおばあちゃんの教えだ。

「でも、あなたは、だいじょうぶなの？」

早織の場合、人より周期が遅い。三十四、五日おきぐらい。ずっと前から、そのサイクルは崩れていない。

「うん、なんとかなる。女は二人だけだもの。協力し合わなくちゃ」

「ありがとう」菅原の目は、ほんの少し潤んでいるように見えた。

つきあってみれば、菅原は案外に素直な性格だ。女のくせに脳味噌のつくりが雑。ここは貸しをつくっておきましょう。ときどき私の髪をシニョンにしてくれるし。でも、いざとなると、不安になった。

「……多い日用だけ残しといてくれれば」

人ごとじゃない。数日前から下腹が痛むいつもの兆候はまだだけど、私もそろそろだ。計算では九月六日あたり……

あれ？　早織は首をかしげた。

「今日って、何日だっけ？」

ここへ来てから、日にちの感覚がすっかり曖昧になっている。みんなのカレンダーは仁太君の絵日記なんだけど、仁太君はよくサボっているみたいで、それがどこまで正確なのかわからない。菅原も首をかしげた。

「確か、九月九日か十日」

あら？

あらら？　早織は昌人のシャツを巻いたお腹を抱えた。

56

灌木の繁みの間から、顔を半分だけ上げて、前方の様子を窺う。

すぐそこは岩場の海岸だ。賢司はネクタイの鉢巻きに挿した葉っぱ付きの枝が落ちないように両手で押さえながら、かたわらで身を縮めているサイモンに囁き声で言う。

「だめだ。近寄っても来ない」

サイモンの肩先まで伸びた髪は、早織さんに編んでもらった椰子の繊維のバンダナでまとめられている。サイモンもバンダナにアダンの枝を挿し、今日のような日差しの時にはひときわ目立つ金髪と案外に後退した額を隠していた。

「ダム・イット《くそっ》」

いつもの「シット」を使わないのは、サイモンのそのまた隣に仁太がいるからだ。子ども英会話教室に五カ月間通ってたことがあるという仁太は、サイモンの英語を聞くと条件反射みたいにリピートする。

「だむいと」

仁太は二つに割った椰子の実をかぶっていた。これには本物の双葉が生えている。

目の前の岩場では水鳥が群れていた。賢司たちが潜む岩場の前には、木の枝と蔓と椰子の繊維でつくった籠をしかけてある。籠の片側にはつっかえ棒を嚙ませ、ロープを結びつけてある。籠の中にはイワシが一匹。

サイモンがロープを握りしめて体をわななかせた。アダンの葉が小刻みに震える。

「カム・オン、カム・オン、カム・オン」

仁太も椰子の双葉を揺らす。

「かもかもかも」

賢司の頭上の葉も揺れた。首を横に振ったからだ。

「ノ《ま》ット・イエ《だ》ット《だ》」

鳥の捕獲は難しい。

これまでに捕獲したのは二羽だけ。一羽は賢司がやけくそで投げた石がまぐれ当たりした、ベースキャンプ近くの海岸に頻繁に現れる白黒カラーの首長鳥。

もう一羽は、のこぎり山の麓で巣を見つけたペリカンに似た鳥。最初は姿がなく、卵を持ち帰るつもりだったのだ。戻ってきた親鳥は逃げようとせず、近くをおろおろと歩きはじめた。だから居合わせた全員総がかりで、椰子の実採り棒を使って捕獲した。ありていに言えば撲殺。棒をふるう時には「ごめんよ」と唱えた。

もし賢司たちの日々がドキュメンタリーなんぞになってテレビに流れたら、抗議電話が殺到するだろう。いや、そもそも放送禁止か。

でも部長が言うとおり。文句があるなら精肉パックを買ってこい。賢司たちはあらゆる生命を殺して、そのおかげで生きている。

水鳥の肉はそううまいものじゃない。コウモリに比べると硬くてぼそぼそしている。鴨南蛮の鴨肉をゴム状にして、臭みを倍増させた感じだろうか。鳥が手に入ると、サイモンは「クリスマスターキー」とはしゃぐが、強がりだろう。とはいえ、一匹でケンタッキー二ピースぐらいにしかならないコウモリよりはるかに肉の量が多いのは魅力だ。五ピースにはなる。

気温が高くなるにつれて、雨が多くなった。雨が降ると、どこかからヤシガニが這い出てくるのだが、そのかわり魚が獲れなくなる。今日こそ最低一羽、できれば二、三羽をゲットしたかった。

狙っているのは、いつも北の森近くの海岸に群れている大型の鳥だ。カツオドリじゃないか、と籔内は言う。野々村氏によれば、カツオドリならおいしい、らしい。

「八丈島でカツオドリカレーというのを食べたことがあるんだ。鶏肉と変わらなかったたな」

鶏肉と変わらない。なんて魅力的な言葉だろう！　確かに、ハトを何まわりも大きくしたような姿は、首長鳥やペリカンより味に期待が持てそうだ。

「こんなやり方で、捕れるのか？」

サイモンが日本語まじりの英語で聞いてくる。

「もちろん。子どもの頃、祖父ちゃんに教わった方法だ」

英語まじりの日本語で答える。相手はスズメで、成功したのは一回きりだったが。

肉を食うことに執念を燃やし続けるサイモンは、毎日のように鳥の捕獲に出かけ、手ぶらで戻ってくる。ダチョウ狩り方式や投石方式がうまくいかないとわかると、今度は毎晩椰子の繊維を自分で綯って、投網を完成させた。網でからめ捕ろうという寸法だ。だが、完成から一週間たったいまも成果はゼロ。見かねた賢司が「ジャパニーズ・オールド・メソッド」を提案し、この籠をつくったのだ。

つくったといっても、サイモンの投網に骨組みをつけただけだが。小枝のように硬い蔓と、蔓のように弾力性のある枝をナイフで伐ってくれれば、完成したようなもの。

貴重品であるセラミックナイフは、使いすぎて切れ味が悪くなりつつある。だから、最近では石ナイフを使うようにしていた。石を石で砕いて研磨したナイフだ。男どもが持っていたら、ろくなことには使わないだろうからと、セラミックナイフは主任が保管している。

切れ味はフルーツナイフに毛が生えた程度だが、藪を払ったり、魚をさばいたりするのにはまずまず使え、重い石斧を持ち歩かなくてもすむから、いまでは仁太と老人を除く全員がひと振りずつこの石ナイフを持っている。

「来たぞ」

ようやく一羽が近づいてきた。翼が一メートル半はあるこの鳥にしては小さめの若鳥だが、贅沢は言えない。成鳥よりうまいかもしれない。居酒屋メニューでも若鶏のほうが高いし。

「カム・オン・オーバー」

「かもおーばー」

「ああ、行っちまった」

「ゴー・トゥー・ヘル《くそったれが》」

「ごーつーへー」

「コウモリより難しいな」

コウモリは水鳥よりよほど捕獲しやすい。それもきわめて原始的な方法で。

夕方近く、彼らの活動が活発になる頃に、椰子の実採り用の棒を担いでマンゴーの大木まで出かけ、棒をひたすら振りまわす。それだけだ。主任と賢司はマンゴーの木の枝分かれしたところまで登って振る。

大コウモリは、日本で見かける小型のコウモリほど素早くはなく、飛び逃げたとしても、木から離れようとせず、すぐに戻ってくるから、根気よく続けているうちに、叩き落とせるのだ。数人がかりでこれを数時間。運がよければ、一度に三、四匹を捕獲できる。

気候のためか、いまのところ果実は豊富だ。

マンゴーは主任と二人ですでに数回登攀し、毎回十数個を収穫している。熟したものはコウモリに食われてしまうから、手に入るのは熟す前の青いものだけ。数日間放置すれば少しはましになるが、それでも甘いというより酸っぱい。塩を振ったほうがいけることを課長が発見し、全員でそれをまねている。デザートというより主食のひとつだ。

スガワラりんごは南の森のとば口近く、パパイヤ（だと思う。これも青いものはかなり酸っぱい）は北の森の奥深くまで足を延ばせば、そこかしこに実っている。レモンに似た果実は、食事の味つけに使っている。

サイモンが発見したバナナは、日本で売られているものとはだいぶ違う。小ぶりだし、皮も黄色というよりは淡い赤。そのまま食べてもうまくはないが、焼きバナナにすると、甘くなる。最近では貴重な炭水化物であるこの焼きバナナと、ココナッツミルクの絞りかすが、米やパンのかわりだ。

「だめかぁ。今日はヤシガニにする？」

「シット」

「しぃっと」

ヤシガニの捕獲法は進歩していた。ヤシガニは夜行性のようで、雨上がりの朝以外は、あれだけの体を地中に掘った穴や岩に隠してなかなか出てこないのだが、日が落ちると活動を始める。その巣穴を急襲するのだ。ベースキャンプ近くなら椰子の葉を巻いた松明を持って。遠くの場所なら、日没直後か夜明け前の、鋏の攻撃を避けられるまだ目の利く時間帯に。おかげで誰もがヤシガニに飽きている。

「生きた餌しか食わないのかな」

餌を替えてみる。横向きに寝かせていただけのイワシを、小さな石を集めて頭を埋めこみ、垂直に立てた。尻鰭《しりびれ》が海風でふらふら揺れる。こうすれば生きているように見えるだろう。口笛を吹いて鳥たちに悪意がないことをアピールしながら作業した。どちらにしても鳥たちは少し離れた場所に群れを移し、賢司を完全に黙殺しているのだが。

古い餌を、撒き餌のつもりで群れの近くに投げた。一羽が素早く反応し、地上に落ちる前にキャッチした。くそっ、それは食うのか。餌にしているイワシは、昨日釣ったもの。いまの気候ではどうせ夜まで持たない。

魚やヤシガニの食い残し、コウモリと水鳥の骨や食わない頭部は、いつも仁太が左の岩場の先、カーゴが消えたあたりにお供えもののように置く。

しばらくそのままになっていることが多いのだが、誰も気づかないうちに忽然と消えている。人間は身勝手だ。「カーゴが戻ったら、飼ってもいい?」と尋ねる仁太に、多少の余裕ができたいま、誰も「だめだ」とは言わない。

だが、狭いようで広い島だ。カーゴは人間を避けているのか、まったく姿を現さない。夜、時おり悲痛な遠吠えを聞くだけだ。向こうにもう、人間に飼われる気はないだろう。

灌木の蔭へ戻ると、鳥たちがまた舞い戻ってきた。学習能力がないのだろうか。学習能力のない賢司たちが舐められているのかもしれない。

サイモンの「ゴー・トゥー・ヘル」と「シット」を十回ほど聞いた頃、ようやく一羽が籠に近づいてきた。ニワトリサイズの大物。あわてて首をひっこめる。

「ディス・ウェイ、ディス・ウェイ」

「でぃすえい、でぃすえい」

籠に首を突っこんだ。と思ったら、ひっこめた。うがぁ。

また首を伸ばす。次の瞬間、籠の中にするりと入りこんだ。

「ゴー」

賢司が叫ぶと同時に、サイモンがロープを離した。籠の中の鳥がけたたましく鳴くと、他の鳥たちも騒ぎはじめた。もの悲しげな笛の音《ね》みたいな声だったが、いまの賢司には、ケンタッキーのサウンドロゴに聞こえた。

「よっしゃあ」

「イエス」

「いえっす」

57

水の中から太陽が見えるなんて、知らなかった。

水底から離れた賢司は、周囲をサファイアの色に染めている、ぼやけた円形の光に向かって浮上した。逃がしたナポレオンフィッシュが、海の色の魚影を海中へ溶かしこむのを横目で恨めしげに眺めて。

海面に出て肺の中に残っていたわずかな息を吐き出し、息を吸い、首を振って長く伸びた髪を払う。

百八十度が見渡せた。

空は青く、海は碧く、木々は蒼く、砂浜は白く、雲はその白より白い。

この島はいまいましいほどきれいだ。今日のように空がよく晴れた日はとくに。

漂流して三カ月が経ち、十一月に入ると、日差しが目に見えて鋭くなってきた。晴天が続いているここ数日は、絶好の銛漁日和だ。

「ぱっふぅ」

すぐそこの海面から飛び出した仁太の顔は、日に焼けてチョコレートをコーティングしたみたいだ。子どもほど肌が強くない賢司は、海の中に入る時もシャツを着ている。気温は日本の夏と変わらないが、直射日光の強さは比ではなく、素肌のまま一日中海に出てしまったら、夜はとんでもないことになる。

カメラがあればここでの生活の記録映画が撮れるのに。大ヒット間違いなしだよ、と野々村氏は言うが、いまの自分の姿は、できればここにいる人間たち以外には見せたくない。長袖シャツの下はパンツ一丁。裾がぼろぼろのズボンは穿かない。夜はまだ冷えこむから濡らしたくないのだ。

岩で足を傷つけないように、両足には靴を履いている。下ろし立てのビジネスシューズだったのだが、この三カ月、森を這いずり回り、岩場へ登り、海の中でも履き続けているから、爪先があひるの口のように開いてしまっている。それを椰子の繊維をよった紐でくくりつけた、おしゃれな逸品。

「グアップ」

仁太の隣に浮上したサイモンも似たような格好だ。シャツのかわりに素肌にサマージャケット。彼の場合、日焼けで黒くなるというより赤くなっているから、銛を振り上げて「シット」と叫んでいる様子は、まるで赤鬼だ。カツオドリと思われる鳥がたまに手に入るようになった余裕か、他の水鳥とたいして変わらないその味に諦観したのか、最近のサイモンは漁にも意欲的だ。

「ヘルプ」

仁太の銛で尻をつつかれて赤鬼が悲鳴をあげる。

「ジンタ、それ、あたしのお尻、クラゲ、違うの」

「ひと休みしましょうか」

藪内に声をかける。片側がひび割れた眼鏡を日差しに光らせて答えてきた。

「いや、僕はまだまだ」

早織さんが妊娠したらしい、とわかってからの藪内の勤労意欲はいままで以上だ。悲壮感さえ漂っている。

相変わらず上半身裸で、肌は小麦色を通り越して、健康的なのかかえって不健康なのかわからない、焦げたココナッツの色になっている。歯と目だけが白い。水面に胸までしか出ていないいまはいいが、陸に戻った藪内の姿は、誰よりも見ものだった。なにしろ下は紫色のビキニブリーフ。ときおりその姿のままベースキャンプをうろうろして早織さんに叱られている。

今日はだいじょうぶ。男たちだけで島の裏手に来ていた。ベースキャンプのある「東海岸」に比べると、ここ「西海岸」は遠浅で、銛漁に向いているのだ。銛はタイガー・ウッズ・モデルのアイアン。グリップのゴムをはずし、石で叩いてチタン合金をらせん状に曲げ、鋭く尖らせている。

課長はライフジャケットを着こんで波打ち際で貝を拾っていた。ヤシガニやコウモリの狩りではいつも先頭に立ち、主任や早織さんの前ではいまだに虚勢を張っているが、カナヅチで、しかも水恐怖症なのだ。

東海岸のベースキャンプからここへは、直線距離はたいしたことはないのだが、北の森を抜けるルートでは、踏み分け道があちこちにできたいまでも一時間以上かかる。最短ルートであるはずの五合目を越えた先の「中の森」はまだまだ未開拓地。移動は泳ぎだ。干潮時ならルートの半分は珊瑚礁伝いに歩くこともできる。課長だけが「新しい踏み分け道をつくる」そう言って、北の森を抜けて来る。

銛やイワシ釣り用の竿、釣果の運搬用として筏もつくった。石斧の切れ味に毒づきながらつくった丸太を、椰子の繊維でつなぎ合わせたもの。丸太といっても直径十センチで、筏のサイズは一×二メートルほど。歪《いびつ》ながらも先端は船のへさきのかたちになっていて、そこから伸びたロープを人力で引っ張る。

もっと大きな筏をつくれば、それに乗って島を脱出できるのではないか？

そんな話が何度も出ているが、いつも話だけで終わる。脱出積極派のサイモンも、早織さんから「海で溺れ死ぬぐらいなら、ここで死にたい」そう言われると、黙りこむしかないようだった。

死の島だということは、本当に周囲から隔絶しているようだ。この三カ月間、水平線のどこかに船影が現れたことは一度もなく、飛行機や飛行機雲を見たこともない。

この島の海流を考えると、一度外洋に出てしまったら戻ることはできないし、帆も舵もない筏がどこに流されるのかもわからなかった。行き先が世界中に張りめぐらされていると信じこんでいた空と海、どちらの航路からも、さらに絶望的に見放された場所だとしても不思議はないのだ。

しかも、石斧と椰子の繊維だけで組み立てた筏はもろく、外洋の大波に耐えられる可能性ははっきり言って低い。

つくるのにも手間がかかる。一×二メートルのいまの筏だって、大人四人と子ども一人で、食糧集めを終えた半日を使って、三日もかかった。石斧では直径十センチの丸太を一本つくるだけで何時間も必要なのだ。十人を乗せる筏をつくるために、いったいどのくらいの日にちを費やせばいいのか想像もつかなかった。

いざとなったら、一人乗りをつくり、誰かが助けを求めるために漂流する、という方法がいくらかは現実的だろうが、誰も口には出さない。口にしたら、たぶんその当人がその「特攻機」の搭乗員になってしまうからだ。

賢司も「自分が行く」とは言い出せなかった。いちばん年下で（仁太は怒るだろうが事実上）、独り身の自分が、特攻隊員に最も適任であるような気がするのだが、生活ともいえないいまの生活でも、命と引き換えにはできそうもない。

「やった、フエダイ、ゲット」

野々村氏が5番アイアンを突き出して叫ぶ。銛の先で三十センチ超えのフエダイが跳ねていた。野々村氏の銛は、先端に水鳥のくちばしをくくりつけたレア物。

「ねね、見て見て見て」

トンガのゴルフ場のドッグレッグで2オンした時（もちろん賢司が深いラフからグリーンに転がしたものだ）だってこの半分も喜んではいなかっただろう。今日の野々村氏は、これで二匹目。ゴルフよりよほど才能がありそうだ。

藪内にはまだまだ誰もかなわないが、みんな銛突きの腕が上達した。仁太が自分の胴体ぐらいあるアオブダイを獲ったこともある。

ちなみに、みんなというのは、いま海に入っている五人のことだ。部長はあいかわらず肉さばきとキノコ狩り専任。岩壁における鳥の卵集めや樹上での果実収集の第一人者である主任も、紫外線に無防備になる海にはめったに入らない。

家事が忙しいという早織さん（料理は交替制なのだが）は、すべての漁と狩猟に不参加を表明していて、老人は椰子の繊維でたわしをつくる以外は（このたわしがロープや洗い物のスポンジや着火材になるから、役に立ってはいるのだが）寝てばかりいる。

獲れるのは、イワシ、フエダイ、アオブダイの他に、ギンガメアジ（名称はすべて藪内の推測)、ナポレオンフィッシュ、アオブダイ以上の大きさのハタ。ハタが獲れたら、一匹で全員が満腹になる。

　小型のサメが獲れたこともある。味はいまひとつ。ヒレも焼いて食うぶんには、そううまいものじゃない。小型がいるということは、どこに大型がいてもおかしくないわけだから、「僕は平気です」と豪語する藪内を除けば、誰も一人では浅瀬から離れない。

　サイモンの仇敵、オコゼも食卓の常連だ。体長二、三十センチほどだから、ここの大物に慣れた目から見れば大きな魚ではないが、背中に尖った針を並べた姿は凶悪そのもので、岩陰からこちらを覗いてくる平たい面構えもふてぶてしい。主任曰く「眼鏡をはずした部長そっくり」の魚だ。

　藪内は、危険を顧みず好んでオコゼを狙う。「毒のある魚はうまいんです。フグだってそうでしょう」だそうだ。いつか自分も刺されて早織さんに看病をしてもらいたがっているとしか思えない。味はまぁまぁ。淡白な白身だ。まぁまぁ、としか評価されないのは、醬油がなく、本来の味で食うしかないから、魚には全員の舌が妙に肥えているせいかもしれない。

　醬油だけはどうしようもない。藪内が魚醬づくりにチャレンジしている。

つくり方は、塩とイワシを漬けこむだけ。「秋田のしょっつるもこうやってつくってるはず」という彼の魚類に対する博識、あるいは思いこみに基づく製法だ。

とにかく臭いが凄まじい。早織さんとサイモンの強硬な抗議を食らって、醸造中の椰子の殻は洞窟からの撤去をよぎなくされ、北の森の奥深くに移動している。完成は早くとも三カ月後だそうだ。みんな楽しみ、にはしていない。

海草を灰にするという方法に頼っていた塩は、いまでは専用の石鍋（仁太が発見した大きなへこみのある丸い石）を使い、海水を煮詰めて精製している。

ここでは伊勢海老が最大のご馳走なのだが、毎日のように漁に出ても見つかるのは、週に一度か二度。かわりに獲る珊瑚にへばりついたシャコ貝や真珠貝が最近の二番人気だ。不人気だがビタミン不足を補うためによく食うのがモズク。なぜかここの海にはモズクが多いのだ。これは茹でて食う。

当面はなんとか暮らしていけそうだが、ここの海は気まぐれだ。天候や気温によってまったく魚が獲れない日が続くこともある。イモムシを取って食おうかと本気で考えた時さえあった。だからあまった魚は干物にし、不漁に備えている。

鳥は落としカゴ方式で、ときどき捕獲できるようになったが、鳥の数自体が減っている。カーゴが乱獲しているからだ。

カーゴは人間を避けているようで、鳴き声は聞こえても、依然姿を見せることはない。鳥が棲む岩場へ行くと、羽根と食いちぎられた骨が散乱していることがよくある。いまやカーゴはこの島での生存競争のライバルになっていた。


「野々村さん、ナイスショー。ゴルフよりうまいかも」

つい本音で誉めてしまった。野々村氏が子どもみたいな笑顔になる。

「いやぁ、基本はゴルフと一緒だよ。上体をリラックスさせてテイクバック。肩と腰を意識して振り上げて、一気に手を振る。アン・パン・マン、のリズムでやってみるといいよ」

もうアイアンはすべて銛にしてしまった。ウッドは果実をたたき落とす石鉈の柄で、パターは椰子の実割りや、鳥の骨の釘を打つハンマー。ディンプルタイプのボールは、椰子の網にくるんで、ココナッツをすり潰すスリコギにしている。

浜辺から声が聞こえた。課長には似合わない悲鳴に近い叫び。

課長は砂浜が海浜植物の繁みに変わるあたりにいた。表情はわからないが、突進してくる重量フォワードに身構えているような姿勢になっている。近づくにつれ、黄色い花が咲くアワダチソウに似た草叢が揺れているのがわかった。

クロールで浜辺へ戻る。途中からは水の中を走った。

海面が膝下になるあたりに来たときだ。

繁みから何かが飛び出してきた。最初は岩がころがり出てきたのかと思った。

岩じゃない。岩は草をなぎ倒して歩き回ったりはしない。

課長が後ずさりをしている。自分一人では突進を止められない、フォワード陣にそう訴えかけるようにこちらを向く。両目が大きく見開いていた。

仁太が叫んだ。

「ウミガメだ」

ウミガメの歩みは、カメにしても緩慢だ。賢司たちが駆け寄った時には、まだ草叢を抜け出て、砂浜にその全身を現したばかりだった。

前回見たものとは甲羅のかたちも色も違う。全体に赤味を帯びていた。だが、圧倒的にでかいことは変わらない。甲羅のさしわたしだけで一メートル半はあるだろう。

課長は賢司たちの背後に下がり、野々村氏を楯にするように肩口から首を伸ばして、ニュージーランドのラグビー選手を目の当たりにしているような声を漏らす。

「なんてサイズだ」

「でかいなぁ」藪内は口ほどには驚いていないようだった。自分の知っているものと比較する口調だ。「こんな真っ昼間に海岸にいるのは珍しいな。普通、上陸するのは夜なんですけど。南半球だと違うんですかね」

黙って見つめているサイモンも、初めて目撃したわけではなさそうな冷静さだ。

ウミガメの動きは妙だった。海に向かって進んでいるのかと思ったら、ブルドーザーが旋回するようにゆっくりと左へカーブを切る。そしてまた草叢に戻りはじめた。見ている間に今度は右カーブ。半身を乗り入れた草叢から再び這い出て、岩場に向かっていく。

「なにしてるんだろう」仁太は銛で甲羅をつつきたそうな顔をしていた。

「多いのよ、この頃。タートル、変態なこと、するの」

日本語を驚異的なスピードで習得しているサイモンが呟いた。

「変態なこと？　生態《ビヘイビア》がアブノーマルってこと？」

賢司も主任たちと交わしている英会話を聞きかじって、不得意な英語をずいぶん覚えた。最近、サイモンとは、日本語と英語をごちゃまぜにして会話をしている。椰子に登って実を落とす時や、岩壁で鳥の卵を採ったりする時に、コミュニケーションが徹底していないと危険だからだ。お互いに文法は無視。端から見ればめちゃくちゃに聞こえるだろうが、案外に通じる。狭い環境で、シンプルな生活を一緒に続けているからだ。名指しする名詞や必要な言葉は限られている。

「ヒト、捨てる、ビニール袋《プラスチック・バッグ》、海に。タートル、食べるの。それを、クラゲ、思って。だから、タートル、変態なことするのよ」

サイモンに日本語を教えているのは、おもに早織さんだから、ときおり不気味なオネエ言葉になる。手首をくねらせ口もとを片手で隠して言葉を続けた。

「それか、ニュークリア・テスト、悪いのよ」

「ニュークリア・テスト」ってなんだっけ。

「核実験」課長がひとりごとのように訳し、説明を加えた。「ラウラは援助と引き替えに、領土内での核実験を容認してるんだ。何年か前にも反対運動を押し切って強行された。それがウミガメの異常行動になっているって言いたいんじゃないか。来年あたりまた、新しい実験をやるっていう噂を聞いた。まぁ、昔と違って、地下核実験だがな」

最後の言葉は、サイモンの核実験非難の過剰さを笑ったものだろう。賢司は笑えなかった。

「だけど、本当に絶対安全なら、わざわざ南太平洋じゃやらないですよね。自分の国の議事堂の真下でやればいいんだ」

「その核実験の場所って、ここじゃないよね、まさかねぇ」

野々村氏がふにゃりと笑った。サイモンが手のひらを胸の前でしなしなと振る。言葉と一緒に早織先生のしぐさまでマスターしてしまったのだ。

「ラウラ、いつまでたってもダメなヒト。また同じことのくり返し」

そこまで喋って焦れったくなったのか、感情を抑えきれなくなったのか、英語に切り換えて、捲くしたてはじめた。

いつまでたってもダメなヒト、という言葉にくすくす笑っていた藪内が、洋画劇場のアテレコ風の過剰にドスを効かせた声で通訳する。

「俺たちマリンガーディアンは断固、新たな核実験を阻止する。南太平洋の自然環境を、保護動物を守るためだ。ちくしょう、それなのに。俺はそのためにラウラに行くつもりだったんだ」

人間たちが核実験や南太平洋の自然環境について語っている間にも、当の保護動物はのそのそと這い続けていた。いくら大型でも、この体重では岩場は登れず、また草叢の中に入りこもうとするだろう。賢司はとっさに甲羅にしがみついた。

「何をするつもりだ」課長が悲鳴じみた声をあげた。

「捕まえましょう」

藪内の言葉を思い出したのだ。ウミガメは肉もうまい。これだけの大きさだ。牛とまではいかないだろうが、豚一頭分の肉は優にあるだろう。賢司には目の前のグロテスクな生き物が、精肉市場に吊るされている巨大なブロック肉に見えた。頭の中には、鉄板皿の上でじゅわじゅわと音を立てるアメリカンサイズのステーキが浮かんでいた。

捕まえるどころじゃなかった。賢司の数倍の体重があるだろうウミガメは押しても引いても動かない。賢司を背中に乗せたまま、まったく変わらないスローペースで這い続ける。

「ぼくも」

亀の背中に乗った賢司の背中に仁太が張りついた。

「タリホー」

たぶん違う理由で、サイモンも甲羅にしがみついた。カメの背中に呉越同舟。それでもウミガメの動きはとまらない。サイモンの体重に多少動揺したのか、岩場を避けずに登りはじめた。チャンス。体をひっくり返せるかもしれない。カメなら動けなくなるはずだ。賢司は首の近くの甲羅に手をかけ、全体重を預けた。

「違う。ダメなヒト。こうよ」

サイモンが甲羅の下側に手をかける。ウミガメがバランスを崩し、登りかけていた岩場から横ざまに滑り落ちた。四つのひれをもがかせながら、三人を乗せたまま岩陰に這い入ろうとする。

「まずい、離れろ」

「え？　何なになに」

ウミガメの前進している先は岩場と草地の境目にできた深い裂け目だ。

甲羅が前傾しはじめた。それでも前進をやめない。仁太をおぶってウミガメから飛び下りたとたん、裂け目の中に巨大な体が落下していった。

「ああ、肉がぁ」

「マイガァ」

陥没した地面は幅一メートル弱。だが、深さは二メートル近くありそうだった。ウミガメは中ほどに挟まって動けなくなっていた。足ひれが空を切る姿はキャタピラーを空転させている重機さながらだ。

「もう少しだったのに」

裂け目の中にため息を落とすと、サイモンが叱咤してきた。

「諦めちゃ、だめでしょう」

確かにそうだ。ウミガメがここに落ちたのは、かえって好都合かもしれない。

「ここで解体するしかないですね」

「解体？」課長が訝しげな顔をする。

サイモンもだ。「蚊、痛い？」

藪内は即座に理解してくれた。「ああ、そうか、食べるんですね、これを」

サイモンが目を剝く。

「た、べ、る？」

説得するのは、ウミガメの前進を阻止するより難しいかもしれない。賢司はことさらこともなげな口調で言ってみた。

「そう、イート」

「ソゥ・イット？」

「ノーノー、食べる。食う」

口にモノを放りこむジェスチャーをしたとたん、サイモンが詰め寄ってきた。赤鬼の顔がさらに赤くなったように見える。鷲鼻を賢司の鼻先すれすれに近づけてきた。

「信じらんない。あなたたち、食べるつもり？　このコを？」

サイモンとのいざこざにはもうすっかり慣れっこだ。目の前の皮が剝けた赤鼻に答えた。

「じゃあ、どうする？　ウイ・キャント・ヘルプ・イット。どっちにしたって、このままじゃ、ディス・タートル・イズ・ダイド。死ぬんだぞ」

言語は重要だ。まったくの別種に思えていた存在が、自分と案外によく似た人間であることがわかる。以前のサイモンだったら、とっくにぶち切れていただろう。向こうも日本語と英語、ごちゃまぜで反論してきた。

「満潮《ハイ・タイド》を待つ」

「いまはほぼ満潮です」藪内が冷静な声を出す。「これは台風の大波が削った穴でしょう。海水は届きませんよ」

「ロープ、使えばいい」

「ロープじゃ無理だ」これには課長が答えた。お前だってそのくらいわかるだろうという口ぶりで。椰子でつくったロープはいまでは何本もあるが、強度は不確かだ。椰子の木や岩場に登る命綱として使っているのはもっぱら主任で、賢司や藪内でもおそるおそる。サイモンや課長には怖くて使えない。

サイモンは理詰めの説得に弱い。返答に詰まると藪内にしばしばぶち切れる早織さんみたいにわめきはじめた。

「だめ、だめ、タートル、食べる、だめよ、ぜったいに」

「なぁ、いまはいいけど、いつまた食い物がなくなるかわからないんだぞ。人間とウミガメ、どっちが大切なんだ」

うまく伝わっただろうか。人間というところで自分の胸に手をあてがい、ウミガメと言ってから、甲羅を指さした。サイモンが唇を噛みしめる。藪内がフレンドリーな笑顔を向けた。

「タートル・ミート・ベリー・デリシャス・シュア」

たぶん藪内はぶん殴られるだろう、と思ったら、サイモンは椰子の繊維のバンダナを砂浜に叩きつけ、髪を掻きむしっただけだった。

「あー、もう。じゃあ、勝手にすればいいじゃないのっ」

納得したわけじゃないだろう。自分で自分の大切な何かを、心の底に沈めただけだと思う。

長い間ウミガメや珊瑚やその他いろいろを守るために生きてきたらしいこの男の信条が、そんなに簡単に覆《くつがえ》るわけがない。異文化を持つ外国人たちとともに生きていくために、譲歩を決意したのだと思う。たぶんやつにとっては、いままで辿って来た道を半分逆戻りするぐらいの譲歩を。

こっちだって譲れない。環境に人間たちがろくでもないことをしているのはじゅうぶんわかっているが、いま大切なのは、理想や信条ではなく、今日の食糧。自分たちの命だ。

とは言ったものの、賢司にはしばらく裂け目の中に落ちたウミガメを眺めることしかできなかった。カメは斜め上向きのまま動けずにいる。生命の危機を本能的に悟ったのか、いままでの緩慢さに比べたら、倍ぐらいの速度で足ひれを動かしていた。苦しげに伸ばしている首の中の目玉と視線が合ってしまった。黒目がちの犬を思わせるまん丸い目だ。

どうすればいいんだ。藪内に助けを求める目を向けたのだが、爬虫類は専門じゃないと言いたげに口をつぐんだままだ。

部長がいてくれたら、と賢司は思った。さすがのあの人もカメのしめ方は知らないだろうが。こういう時、部長ならどうするだろう。

課長が海浜植物の繁みの中へ分け入り、ソフトボール大の石を手にして戻ってきた。

「これでぶっ叩いてみるか。動物は眉間が急所だっていうじゃないか」

お願いします、賢司がそう言う前に、石を手渡してきた。やっぱり、俺か。

サイモンは砂浜に戻って、膝を抱えて海を見ていた。自分はここに居ないと主張しているように。仁太はこちらとサイモンとの間をおろおろ往復している。野々村氏が慰めにならない言葉をかけていた。

「カメの肉なんて、今日は要らないよねぇ。魚が二匹も獲れたのに」

石をつかんで裂け目の中に降りた。ウミガメが横目を走らせてくる。

両足と片手、狭い空間で三点確保をし、上半身を伸ばして距離を縮めた。

カメが丸い頭を苦しげにもたげた。その瞬間を狙って石を振り上げる。が、腕が動かなかった。

言葉では偉そうなことを言っても、頭の中にインプットされている何かが、体を止めにかかる。子どもの頃、親や教師にさんざん聞かされたフレーズが耳の中でリフレインした。「生き物を大切にしましょう」なぜか昔実家で飼っていた犬の顔が脳裏に浮かんだ。

コウモリや鳥は何匹も殺している。それと同じじゃないか。魚やヤシガニとだって同じはずだ。同じ人間じゃない生き物なのだから。でも、勝手が違った。

相手が大きすぎる。大きな動物の死を想像することは、小さな生き物の死より、生々しく、重い。それだけじゃない。真正面から見るカメの顔は、妙に人間じみていた。まぶたを半分下ろした目が怒ってつり上がったように見える。サイズも人間と同じぐらい。頭の禿げあがった年寄りのようだ。まるで仁太のじっちゃん。

もう一度、腕を振り上げた。やらなければ、だめだ。嫌なら精肉パックを買って来い。これから何が始まるのかを知った仁太が、後ずさりしている。

「仁太、見るな。いや、見てろ」

カメが首を縮めた。ぐずぐずしていると、甲羅の中に引っこんじまう。そう思っていたのだが、心配はなかった。小型のカメと違って甲羅の中に完全に頭を隠せないらしい。もう半分首が埋まった状態でこっちを睨みつけてくる。いまの体勢では力が入らない。もう一方の手を甲羅にかけようとすると、藪内が叫んできた。

「気をつけて、指に食いつかれたら持ってかれますよ」

あわてて手をひっこめた。そういうことは、早く言ってくれ。言われてみれば、椰子の実を途中まで裂いたような口の中には、鋭いのこぎり状の歯が並んでいた。

恐怖が躊躇を捨てさせた。腕を振り抜く。石が石より少し柔らかいものに跳ね返され、手のひらが痺れた。頭蓋骨の感触だ。

眉間ではなく、片目の上に当たってしまった。ウミガメが目を閉じ、大口を開ける。鳴き声はなく、そのかわりに激しい呼気を吹きつけてきた。生臭い息だった。

首を裂け目の下へねじこもうとする。もう一度体勢を整え、今度は両手で石を構える。足だけで体を支えた。主任とマンゴーの木に登攀しているうちに身につけた二点確保だ。

　上半身を近づけたとたん、前びれを顔面に叩きつけられた。頬をかすっただけで、脳味噌が揺れるほどの衝撃。巨人の手で平手打ちを食わされたようだった。まともに受けていたら、ノックアウトされていたかもしれない。よろけた体を支えるために手さぐりしていた左手に、鋭い歯を並べた首が伸びてくる。間一髪で避けた。

　動作が鈍いだけで、ウミガメはけっしておとなしい動物じゃない。ぐずぐずしているとこっちがやられる。賢司はこれが一方的な殺戮でないことを思って、なけなしの勇気をふるった。大型動物と対峙する勇気ではなく、生き物を殺す勇気を。

　もう一度、石を振り下ろす。再び厚い皮膚と硬い骨の感触。頼む、これで成仏してくれ。頼む。

　生臭い呼気が頬に吹きつけられる。何度も。だめだ。

「ヘイ」

　サイモンの声がした。

　見上げると、覗きこんでくる仁太の顔があった。

「これ、使えって」

　仁太の手に握られていたのは、サイモンの石ナイフだ。誰よりも熱心に研磨しているサイモンのナイフは大きくて切れ味がいい。

またサイモンの声が飛んできた。

「へたくそ。ぐずぐずしないで。かわいそうじゃないっ」

ナイフを口にくわえて裂け目の中へ戻る。前びれが届かない距離を保って両足二点確保。右手でナイフを構える。つり目で睨みつけてくる顔の前に左手を突き出した。挟み罠のような顎門《あぎと》が嚙みついてきた。寸前で手を引き、その手を上にかかげる。ウミガメが頭を上向かせた。賢司の左手を狙っていったん首が縮む。甲羅との間で皮膚が蛇腹になった。

蛇腹ポンプのように首が伸びた一瞬を狙って、喉にナイフを突きたてた。

ウミガメの皮膚は見かけより柔らかく、刃はあっさりと肉の中に吸いこまれた。真横に切り裂くと、目の前が真っ赤になった。

あたり前の話だが、ウミガメの血は赤かった。

ウミガメの肉はその場で解体した。

「できるかな。ウミガメをさばくなんてずっと昔に……いや、ずっと昔の人がやってたって話は聞いたことがありますけどねぇ」

藪内が石ナイフを手にして裂け目に下りる。自信がなさそうな口ぶりとはうらはらの手ぎわ良さだった。自動車修理工のように腹の下へ潜りこみ、甲羅と皮膚の境目に刃を入れていく。さばくというより何かの工事をしているように見えた。鶏肉のような灰色を想像していたのだが、ウミガメの肉は、血と同じ赤だった。課長が窮屈そうに体をこじ入れて手伝いに下りる。

もっとも賢司が見ていたのは、そこまでだ。解体に手を貸す気力はなく、膝を抱えて砂浜にへたりこんだ。

顔面を撫でると真っ赤だった。手のひらにはまだウミガメのざらついた皮膚の感触が残っていた。一張羅のワイシャツも真っ赤だ。生き物の体を切り裂けば血が吹き出し、身に降りかかる。そんなことにも気づかなかった。

シャツはどっちにしろ、海で洗ったぐらいでは落ちない、この三カ月間のあらゆる汚れのために、元が白だったとは思えない色合いに変色している。この赤色もたぶんもう落ちないだろう。

賢司の斜め前方、同じポーズでうずくまっていたサイモンがこちらを振り返って、怒りも嘲笑も、赦《ゆる》しもない目を向けてきた。賢司の顔ではなく、赤く染まったシャツを見て、言う。珍しく英語だけで。賢司の英語力が以前より向上しているとしたら、たぶんこう言ったのだと思う。

「この先も、ウミガメを思え。俺もそうする」

ベースキャンプに戻ると、主任が駆け寄ってきた。まだ日の高い時間だ。男たちが帰ってくるとは思っていなかったらしく、ワンピースは木の枝の物干しにかかったままで、ココナッツブラとバナナの葉のパレオ、肩に椰子の葉で編んだショールを羽織っただけの姿だ。本物のショールはココナッツミルクの漉《こ》し布として提供してしまっている。

「どうしたの」

賢司に向けて腕を伸ばした拍子に、椰子のショールが滑り落ちる。野々村氏がこっそり口笛を吹いた。主任は肩をつかんで賢司を振り向かせた。

「どこ？　どこを怪我したの？」

近眼の目を細めて顔を近づけてくる。つかまれた二の腕が痛い。

「あ、いや、平気です。これ、僕の血じゃないです」

主任の太い眉がつり上がり、近づけてきた時と同じ勢いでそっぽを向かれてしまった。なぜか二の腕をつねられた。

肉は一度では運びきれない量だった。とりあえずバナナの葉にくるんだ三つの塊を筏に載せて戻ってきた。

「まぁ、お肉。久しぶりっ」包みを開いた早織さんが瞳を輝かせる。「ずいぶん大きな鳥ねぇ」

最近の早織さんは鳥の肉を食べるようになった。食わず嫌いだったらしく、藪内のぶんまで食べる。鳥はオーケーだが、早織さんは依然コウモリは食べられないし、ヤシガニもおそるおそるだ。だから藪内は、銛漁に行くとまっさきに伊勢海老を探す。

「鳥じゃないよ」藪内が鼻をふくらませた。「さて、問題です。何の肉でしょう」

「鹿？」

妊娠したことがわかってから、早織さんはいままで以上にベースキャンプから離れなくなった。島のことはいまだにあまり把握していない。

「ブッブー」

藪内がいたずらっぽく笑う。新婚とはいえ、四カ月目なんだから、彼はもう少し奥さんの性格を把握したほうがいいと思う。案の定早織さんの表情はどんどん曇っていった。

「……兎？」

「ファイナルアンサー？」

「まさか、猪なんて、ことないよね」

「残念っ。答えは、ウミガメでした」

早織さんがコンマ一秒の素早さでバナナの葉を閉じた。ひたいに手をあて、洞窟の寝床に向かって歩きだす。薮内があわてて後を追いかけていた。

キノコ狩りから戻ってきた部長は大はしゃぎだった。

「肉、肉か。おお、肉だ。何の肉だ。カメ？　おおおお、相模屋ですっぽんを食って以来だな。丸鍋にしよう。シメジもあるしな」

部長の言うシメジというのは、赤い笠に黄色い斑点のある、シルエット以外はシメジとは似ても似つかないキノコのことだ。初めて採ってきた時には、誰も手をつけなかった。「馬鹿かお前ら。毒々しい色だから毒キノコだっていうのは迷信だ。一見、地味な色のやつほど危ないんだ」と断言した当の部長も一、二本食っただけ。翌日、部長の体に異変がなかったことにより、新しい食糧として認定された。腐臭を思わせる香りは、まったくの別物だが、食感は確かにシメジに似ている、気がしないでもない。

「内臓はないのか。置いてきた？　馬鹿もんが。内臓がうまいんだ。心臓は最高だぞ。エンペラは？」

帰り道で課長がサイモンにこんな言葉をかけていた。「俺たちに誤解があるようだが、日本人がクジラを常食にしていたのは、昔の話だ。いまは市場にもほとんど出回っていない。ましてカメなんて、こんな非常事態でなければ食いはしないよ」

すべて水の泡。

部長が肉を細かく切り分け、湯を沸かしたヘルメットの中にシメジモドキと一緒に投入した。ダシはコンブ（に似た海藻）だ。

藪内はステーキ三百グラム分はありそうな塊を木の枝に刺し、焚き火で炙る。ウミガメとはいえ、何カ月ぶりかで嗅ぐ獣肉の匂いが周囲に漂う。

「ねぇ、河原さん、飲みませんか、ひさしぶりに」

野々村氏が言う。部長が陽気に答えた。

「酒かい。いいねぇ、晃君、持ってきてくれるかい」

酒というのは、椰子酒のことだ。トンガには椰子の実からつくる椰子酒という酒があるらしい。課長のその言葉だけを頼りに、課長と老人、藪内夫妻を除く酒飲みたちが食糧調達以上の熱意をこめて、試行錯誤の末につくりだした。

椰子酒開発プロジェクトは、苦難の道だった。いきさつを語る時に、中島みゆきが歌うＮＨＫのドキュメンタリー番組のテーマソングを流して欲しいほどだ。

醱酵させるために果汁を殻に密封し、日陰にしばらく放置したものを、開発チーフの部長が試飲して、酷い下痢をした。ココナッツミルクを加えて二週間日なたに置いたものを、サブチーフのサイモンが飲み、激しく嘔吐した。開発過程で賢司も二度ほど腹痛を起こしている。ここでは死に至るかもしれない蛮行だったが、アルコールの魔力の前には、誰もが勇者になった。

わかってみれば、つくり方は単純だった。椰子の実ではなく、幹から流れ出る樹液を醱酵させるのだ。そのままではただの甘ったるい汁だが、これをひと晩置くと、酒になる。それが判明したのは、ジュースのつもりで収穫した樹液を翌日飲んだ仁太が、いきなりうひうひと笑い出し、洞窟ででんぐり返しを始め、それからぶっ倒れたからだ。

アルコール度数はさほど高くない。そう強くはない賢司が、椰子の実の器一杯（これが一回の一人分の最大の割り当て）を飲んでもさして酔わない。いちばん強い主任の場合、まるで飲んだ気がしない、と言っているから、たぶんビール程度だろう。ただし、飲みすぎると悪酔いをする。一人でこっそり三、四杯を空けた部長がそうだった。朝、洞窟に姿が見えないから慌てて探しに出たら、定期入れを握りしめたまま海岸に倒れていた。

久しぶりの豪勢な晩餐が始まった。野々村氏が部長に椰子の実の中にしこんだ酒を注ぐ。

「ささ、飲みましょ」

「ああ、悪いねぇ。晃君。返杯返杯」

「あ、どうもどうも」

「お父様に、よろしく伝えてね、例の件」

「はいはい。例の件ってなんだっけ」

酒に弱い課長も今日は飲むらしい。部長に酌を要求している。

「俺にもくれ」

「安田君、だいじょうぶかい。じゃあ、ちょっとね。あれ、返杯はなし？」

賢司にも酒が回ってきたが、飲む気にはなれなかった。肉も食いたくなかった。ウミガメの血の臭いが——人間のものと変わらない臭いが——鼻から離れなかったからだ。

賢司同様、洞窟前の焚き火の輪から遠ざかった人影がもうひとつ。サイモンだ。賑わいを背中で跳ね返してバナナをほおばっている。不貞腐れたゴリラのようなその後ろ姿に誰も声をかけることができないでいた。

「これ、菅原さんから」

葉っぱの皿に盛った肉を仁太が運んできた。二人分。ひと皿を賢司の前に置く。猛獣に餌を運ぶようにおずおずとサイモンに近づいて、少し離れた場所にもうひと皿を置いた。

食わなきゃ。やつより先に。賢司はカメのステーキ肉を手づかみする。あちっ。指が焦げそうなほどよく焼けている。両手を鉤爪にしてかぶりついた。

たっぷり塩が振られている。レモンもどきの絞り汁の香り。藪内が味つけに凝ったらしい。

うまい。

鶏肉と豚肉とカジキマグロのステーキ、その三つを足して、三で割った感じ。味よりなにより、いつも一人ずつの割り当てがケンタッキーのワンピースあるかどうかの水鳥やコウモリの肉とは違う、大きな肉の塊を食う懐かしい感覚が口の中いっぱいに広がるのが嬉しかった。

つけあわせの焼きバナナと一緒にいっきに半分を平らげてから、サイモンの皿をすくいあげて、やつの横顔に突き出した。

「食えよ、ジョー」

「いらない」

「なんで」

尻だけ動かして背中を向ける。丸めていた体をさらに丸めて、目頭をこすった。

「タートル、かわいそう」

「あんたがいつも足でクラッシュしてる、グラスホッパーはかわいそうじゃないのか」

賢司が英語でグラスホッパーと言うと、サイモンは日本語で答えた。

「バッタ？」

鼻を鳴らして、おそらく故意だと思う、言葉を早口の英語に戻した。

「虫に心はない。苦痛もない」

そうだろうか。苦痛はあるはずだ。漂流してまもない頃、不漁続きの時に、巨大なイモムシを発見して、焼いてみたことがある。東南アジアではイモムシがごちそうだという話を野々村氏に聞かされたからだ。虫嫌いだった賢司にも動物性の食い物に飢えていたその時は、イモムシがエビチリのエビに見えた。

仮死状態だったイモムシは、火に近づけたとたんもがき出した。その姿は大型の動物──たとえば人間──が苦悶する姿とさして変わらなかった。結局、誰も食わなかったが、翌日に藪内がナポレオンフィッシュを獲ってこなかったら、また探しに行って、躊躇なく食っていただろう。

人間は身勝手だ。数が少なくなれば、保護。多ければ、あるいは災厄をもたらせば駆除。あらゆる生き物を犠牲にして成り立っているぬくぬくした快適な環境の中で叫ぶ。かわいそうな動物たちを守れ。

高い知能を持つ動物を食うこと、自分たちの食文化の範囲外の動物を食うことは野蛮と決めつけながら、犬や猫と変わらないかもしれない牛や豚の知性については目と耳を閉ざす。身勝手を自分の高尚さをひけらかすアクセサリーにするより先に、まず身勝手を恥じるべきじゃないだろうか。

「イート。食えよ。食わないと、俺たちが絶滅《ダイ・アウト》する」

サイモンがそこに置け、というふうに顎ですぐそこの地面を指す。

武士の情け。しばらく一人きりにさせておいてやろうと思っていたのに、いくらもしないうちに藪内がおせっかいな声をかけた。

「どうでした、タートル・ステーキは？」

サイモンが尻をもぞもぞ動かして、その声に背を向ける。いつのまにか四百グラムはあっただろう肉が消えていた。

「次はミディアムで。焼きすぎよ。ダメなヒト」

58

辺りにヤドカリがいないことを確かめてから、仁太は海へ入り、お尻をぺろんと出して波打ち際にしゃがみこんだ。

ヤドカリがいないかどうか確かめるのは、ちんちんをはさまれたくないからだ。このヤドカリはでっかい。はさまれたら最悪。先月、一度やられたことがある。その時は、「おーおーおー」と叫んで、ヤドカリをぶら下げたままベースキャンプまで走って、賢司にとってもらった。

もっと怖いのはヤシガニ。ヤシガニは昼間はめったに出てこないし、砂浜じゃなくて、椰子やアダンの木にへばりついていることが多いから、だいじょうぶなはずなんだけど、万が一を考えてお尻を向けるのは椰子の木の反対側、海の方向にしている。

ヤシガニにやられることは、想像したくもない。ヤシガニはヤドカリどころの大きさじゃない。スーパーでまるごと売ってるタラバみたいな大きさだ。味も似てる。タラバより硬くて、果物みたいな匂いがすること以外は。

今日もいい天気みたいだ。なぜわかるかというと、よく晴れていて気温が高い日はきまって、朝日がお尻にじかに当たってむずむずするからだ。

海の中でおもいっきりウンコをする。した後は、ウンコ座りのまま、じりっじりっと二、三歩、海側に歩く。こうすれば波がお尻を洗ってくれる。野々村さんに教えてもらった方法。

野々村さんはウォシュレット・トイレじゃないとウンコができないんだそうだ。仁太の家のトイレはふつうのだったから、この島に来て初めてウォシュレットでウンコができるようになった。「欲しい、欲しい、いまどき、ウォシュレットは常識だよ」と言っていた姉ちゃんは羨ましがるだろう。

とはいっても、一枚しかないパンツを汚したくないから、最後はいちおう木の葉のティッシュで拭く。今日もいいウンコが出た。

食べ物は毎日ちゃんとあるわけじゃないけれど、みんな仁太には「食え」「食べなさい」そう言って、葉っぱのお皿にてんこ盛りにする。焼き魚や煮魚やココナッツや果物やヤシガニや鳥肉や鳥の卵やコウモリの肉なんかを。

野菜のかわりに早織さんが採ってくる葉っぱや茎を茹でて食べることもある。たいていは苦くて仁太は苦手なのだが、これもどばどば盛られる。「カルシウムも摂《と》らなくちゃだめだ」藪内さんはそう言って、せっかくのごちそうの焼きバナナにも、魚の骨をすり潰してつくったふりかけを振ろうとする。小さな魚は骨ごと食べさせられる。

というわけで、今日もいいウンコ。昨日ウミガメの肉をたくさん食べたからだな。水の上にぷかりと浮かばないで、半分沈みながら波を漂っていくのが、仁太のいいウンコだ。

ウンコが終わると、歯みがきをする。歯ブラシは、小枝にアダンの繊維を巻きつけたもの。歯みがき粉は塩だ。ちゃんと磨いてないことがわかると菅原さんに叱られるから、毎日朝晩数をかぞえながら磨く。百までっていう約束を、だいたいはズルをして八十ぐらいでやめちゃうのだが、今日は百二十まで磨いた。今朝も菅原さんに怖い顔でこう言われたからだ。

「虫歯になっても、歯医者さんに行けないいんだよ」

歯医者さんのいない世界。仁太にとってはパラダイスのように思えるんだけれど。

海岸まで出たついでに、浜辺で貝を拾う。貝拾いは、薪集めとともに仁太に任された大切な業務のひとつだ。

貝拾いにもコツがある。砂浜で穴がつぶつぶ空いているところを見つけたら、そこを足でぐりぐりと掘るのだ。そのうちに足の先に硬い殻がゴツッとあたる。ひとつを拾ったら、足でつくった穴を、手で広げていく。そうすると次々と貝が出てくる。貝は固まって暮らしていることが多いのだ。たいてい五、六個。家族なのかしらん。

岩場には一枚貝がいる。真珠貝もよく見つかる。もちろん真珠貝も食べれる。真珠貝には、本当に真珠が入っていることもある。

最初のうちは早織さんが殻を開ける係を進んでやっていて、「ほほほ、ほほほ」と上機嫌で取り出した真珠を集めていた。いまはもう興味はないみたいで、見つけてもつまんでぽいぽい捨てている。

色とりどりの貝を三十個ぐらい集めてから、ベースキャンプに戻った。もうみんなはそれぞれの午前リターンの業務に出勤していた。

賢司と安田さんと野々村さんと籔内さんは銛漁とウミガメの肉回収。最近はいつも四人と一緒のサイモンさんは、今日だけは一人で鳥の狩り。菅原さんは南の森に果物集め。河原さんは今日もキノコ採り。

河原さんは山育ちで、食べられるキノコか、毒キノコかを見分けるのがうまい、と本人は言っている。でも、菅原さんは、新しい種類が見つかった時には、河原さんが食べ終わって半日以上経たないと、他のみんなには食べさせない。菅原さんは口に入れるものにキビシイ。自分が蕎麦アレルギーだかららしい。

仁太は菅原さんと南の森へ行きたかった。カーゴに会えるかもしれないからだ。このあいだ、久しぶりに南の森へ行った時、カーゴの声が聞こえたのだ。でも、いくら名前を呼んでも、答えてはくれなかった。仲良しだと思っていたのに。

賢司は「野性に目覚めてしまったんじゃないか」と言う。「犬だって本当は人間に飼われたくないのかもしれない」って。

セントバーナードを飼っていたことがある野々村さんは、「セントバーナードって案外に凶暴なんだよ。おとなしいのは、だんぜんゴールデンレトリバー」って言ってる。魚醬というのつくりかけをカーゴにすっかり食べられてしまった藪内さんが「凶暴というより凶悪です」とつけ加えていた。

自分も犬を飼っている安田さんはこう言う。「狂犬病にかかったのかもしれない」南太平洋の島には狂犬病の犬がけっこういて、コウモリから病気が伝染することが多いそうだ。

仁太はどれも信用していない。絶対に仁太のことは覚えていてくれてるはずだ。会えば、またきっと顔を舐めてくれると思う。

ベースキャンプにはいい匂いが漂っている。バナナの葉の屋根の下で早織さんがココナッツミルクをつくっているのだ。

椰子の実の食べられる部分を細かく削って茹でて、椰子の実ジュースと混ぜて、手でぎゅっとしぼると、ココナッツ味の白い飲み物ができるのだ。味は牛乳とは違うけど、仁太は好きだ。甘い香りがここでは手に入らないお菓子を思い出させてくれるからだ。ココナッツミルクを飲みながら、仁太はいつもチェルシーやミルクチョコを思い浮かべる。

あんまり味がしない絞りかすはご飯のかわりに食べている。賢司がココナッツライスっていう名前をつけた。

じっちゃんはまだ寝ている。枕もとに置いといた朝ご飯はぜんぜん食べてない。今朝のメニューは、アジ(に似た魚)の干物とバナナ。干物は家にいた時から好きなはずなのに。

仁太は心配だ。昨日の夜もウミガメの肉をひと口かじっただけ。じっちゃんは家にいた頃から、あまりものを食べなかったのだけれど、ここへ来てますます食欲がなくなっている。最近は、一日一回か二回、それも小鳥の餌ぐらいの量しか食べない。もともと脂肪の少ない体が、最近は火おこし棒みたいに細くなってしまっている。ほっぺたの肉もなくなって、頭蓋骨の上に薄い皮を張りつけた感じなのだ。

「じっちゃん、朝ごはん、食べよう」

体を揺する。椰子の葉で編んだふとんの中で、赤ちゃんみたいにイヤイヤをした。いつものことだから、奥の手を使うことにする。両手をメガホンにして、耳の近くで叫ぶのだ。

「敵襲ーっ」

じっちゃんが飛び起きる。いつもは寝床の脇に置いた木の棒をつかんで立ち上がって、どこだ、どこだ、と少しのあいだ寝ぼけて、仁太を違う誰かと勘違いするのだが、今日はそうじゃなかった。

ゆっくりと目を開けて静かな声で言った。

「ああ、ジンか」

よかった。今日は調子がいいみたい。

「おはよう。ご飯食べよう」

目の前にバナナを突き出したけれど、首を横に振った。そして、いきなりこう言った。

「俺はそろそろゆかねばならん」

「どこへ？」トイレ？

「みんなのところだ」

「みんなって？」賢司たちのとこ？

じっちゃんは答えなかった。起き上がると、椰子の葉のふとんをきちんと畳み、椰子の葉の枕をその上に置いて、洞窟を出た。焚き火の前に行き、ヘルメットを手に取った。鍋として大切に使っている、すっかり焼け焦げて真っ黒になったヘルメットだ。

「あ、ちょっと、それ……」

ココナッツミルクを椰子の器の中に絞り出していた早織さんがあわてた声を出す。一回目を茹で終わって、二回目のためにお湯を沸かしているところだったのだ。

まだ煮立ってなくてよかった。じっちゃんは水が入ったままのヘルメットをかぶってしまった。

水が顔と体にしたたり落ちたけど、気にする様子もなく、そのまま歩き出した。仁太は早織さんと顔を見合わせた。たいへんだ。じっちゃんがおかしい。いままでよりも、ずっと。

じっちゃんは海岸に向かって、いつもよりか素早くみえる足どりですたすたと歩いていく。

「ねぇ、待って」

どこへ行くつもりだろう。先まわりしてもう一度呼びかけたけれど、じっちゃんの目はまるで仁太を見てはいなかった。下草をよけるみたいに仁太の脇を通り過ぎていく。心臓がどくどくした。まっすぐに歩いていく先には海しかない。

椰子の殻を段重ねで抱えた早織さんも後を追いかけてきた。

「じっちゃんが、変なんだ」ふだんも変だけど、今日はもっと変。「どうしたらいいの」

早織さんがいつものののんびりした声で言った。

「こういう時は、違うとか、だめって言わないほうがいいのよ。うちのおばあちゃんもそうだから、最近とくに」

最近っていう自分の言葉に、いつまでが最近だったんだろうって顔で、早織さんがゆっくり首をかしげた。ゆっくり首を戻してから、またのんびりと言う。

「おじいちゃん、兵隊さんの頃、なんて呼ばれてたんだっけ。ほら、河原さんがいつも怒られてるでしょ、なんとか殿って呼べって」

みんなはじっちゃんのことを「おじいちゃん」か「じっちゃん」と呼んでいる。呼ばれても、返事をしたりしなかったりなんだけど、昔の誰かに似ているらしい河原さんが「じいさん」と呼んだ時だけ怒り出すんだ。

「上等兵殿って、呼べ?」

「そうそう、それ」

早織さんが椰子の殻のひとつを仁太にかぶせた。サラダボウルのかわりに使っている大きなやつだ。別のひとつを自分でかぶる。

「たぶん、おじいちゃんの頭は、昔、南の島で戦争をした頃に戻っちゃってるのよ。ここが似ているのかもしれない」

そうかもしれない。敵襲とか、軍曹殿なんて言いはじめたのは、旅に出てガダルカナルへ行ってからだ。そして、それがもっとひどくなったのは、この島に来てからだ。

「いまから私たちは、おじいちゃんの夢の中のキャストになるの」

「キャストって?」

「登場人物よ」

早織さんは自分が夢を見ている感じで胸の前で両手を組んだ。

「そんなので平気?」

「うん、うちのおばあちゃんにもそうしてる」

はっきり言って早織さんは、賢司以上に虫とか、ヤシガニとか、いろんなものにキヤァキャァ言う人だから、いちばん頼りにならないんだけど、最近は前みたいに「帰りたい」って泣いたり、「こんなもの食べたくない」って騒いだりすることが少なくなった。藪内さんに命令したり、菅原さんに用を頼んだりする時にも、なんだか堂々としてきている。信じることにした。いまは他に頼れる人がいないし。

二人で椰子の殻をかぶってじっちゃんに近づく。もうじっちゃんは、波打ち際まで行ってしまっている。仁太が何度声をかけても足は止まらない。一学期の体重測定で三十二キロで、この島で体重が少し増えたと思う仁太とたいして変わらないんじゃないかっていうほど痩せてしまった体が、潮風に吹かれただけでふらふらしていた。

そのまま海の向こうへ歩き続けてしまいそうだった。走り寄ろうとすると、早織さんが片手を突き出した。

「待って。だいじょうぶみたい」

足もとが海水に浸るところで、じっちゃんがようやく立ち止まった。波を受け止めている大きな流木の前に立って、何かぶつぶつ言っている。

「上等兵どの」

早織さんが声をかけると、ようやくこっちを振り返った。立っているのが早織さんと仁太だってことに、不思議そうな顔をする。早織さんは大きめの頭に入りきらなくてころがり落ちそうな椰子の殻をかぶりなおした。仁太はこの島で二・五センチぐらい伸びた背を、大人の兵隊に見えるように背伸びさせる。じっちゃんが早織さんに声をかけてきた。

「木塚か」

早織さんがきっぱり言った。

「はい」

「少し太ったか」

頬をひくりと動かしたけれど、やっぱりきっぱり答える。

「はい」

「木塚、すまなかった。つらかったろう。お前を置いて行きたくはなかったんだ。だが、傷病兵は連れていけなかった。自決もさせてやれなんだ。手榴弾ひとつも無駄にはできなかったからな」

じっちゃんの目は、早織さんを見ながら、その顔を透かして遠くを眺めている感じだった。早織さんが抱えている椰子の器の中のココナッツライスを見て、目を細めた。

「おう、米か。久しぶりだな。お前にも食わしてやりたかったな、最後に腹一杯、おふくろさんが炊いた飯を。確か故郷《クニ》は新潟だったな。米どころだ」

じっちゃんのお腹が、ぐうと鳴った。食欲がないわけじゃないみたいだ。早織さんがココナッツライスを突き出した。

「食べてください」

じっちゃんは首を横に振った。

「だめだ。俺だけ食うわけにはいかん」

今度は早織さんが首を振る。椰子の殻のヘルメットが落ちそうだ。

「私に構わず、食べてください」

もう一度差し出すと、じっちゃんが迷いながら、ゆっくり手を伸ばした。

「いいのか、木塚。俺は食ってもいいのか」

「もちろんですとも」

器を受け取ると、ココナッツライスを手づかみで食べはじめた。いままで食べなかったぶんを取り戻そうとしているみたいな勢いで。

「おいしいですか」

じっちゃんが首をかしげると、早織さんの頬がまたひくりと動いた。

「ありがたい、食い物は」

それだけ言って、目の脇に皺をつくった。じっちゃんがちゃんと笑うなんて、久しぶりだ。この島に来るずっと前からぶり。ばっちゃんがいた頃ぶり。

海風に吹かれて早織さんの頭から椰子の殻が落ちる。殻は波打ち際をころころころがって、じっちゃんの足もとで止まった。

じっちゃんは、しばらく足もとを見つめていた。そこにころがっているものが、椰子の殻なのか、他の別のものなのか、見きわめようとしているふうに。

それが何かわかったみたいだ。殻を拾ってしゃがみこみ、流木の片側の丸いほうのふちにひっかけようとした。何度も失敗して、結局あきらめて、流木の上に載せる。

流木にココナッツライスをこすりつける。椰子の殻を置いたすぐ下だ。風に飛ばされた呟き声がきれぎれに聞こえた。

「木塚……もう……休んでくれ」

それからじっちゃんは流木に向かって敬礼した。

59

「やっぱり燻製ですかねぇ」

筏を引っ張りながら、藪内が言う。

「干し肉はだめ？」

筏を後ろから押して賢司が答える。西海岸へ昨日のウミガメの肉の残りを取りに行く途中だ。

内臓も含めれば、ウミガメは体の半分近くは食えそうだ。仮にあのウミガメの体重が三百キロだとしたら、百五十キロの肉。十人で連日肉三昧で暮らしても、二、三カ月は持つ。飢餓の恐怖に怯えながら、漁や狩りや果物採集に追われる日々とは、当分おさらばできる。

問題は保存方法だった。昨日から話し合っているが、結論は出ていない。

「干し肉は、薄くスライスする必要があると思うんです。いまの道具じゃ厳しいですよ」

三カ月間暮らしをともにしているが、藪内はいまだに年下の賢司に敬語を使う。なんとなく年上という気がしなくて、賢司のほうはついタメ口になってしまうのに。

「燻製だって、大変だよ。専用の焚き火と火の番が要るだろうし。アウトドアでやるにしたって、ドラム缶もブリキ缶もない」

昨夜と同じ話をまた蒸し返している気がする。

「木の切り株を使ってもできるって話を聞いたことがあるんですよ。中をくり抜いて、上に蓋をして。干し肉はほら、見張ってないと、鳥に持っていかれちゃうでしょ」

主任も同じことを言っていた。問題は、燻製にしても干し肉にしても、誰もが「聞いた話」しかできなくて、具体的な方法を知らないことだった。

賢司と藪内の間に、頭が浮かびあがった。野々村氏だ。週一で六本木のスポーツジムに通っていたそうで、泳ぎは下手ではないのだが、賢司とは逆にクロール一本。クロールで五十メートル泳いでは、筏につかまりに来る。ときおり方向感覚を失って沖に向かって泳いでしまうから、目が離せない。この島では入り江と珊瑚礁のある一帯を除くと、水深が深く、常に激しい海流が流れている。海岸から離れるのは危険だった。

サイモンは当然ながら参加していない。陸路の課長は賢司たちより先に出発している。

「ねぇねぇ、プティ・サレって知ってる」

野々村氏が水を吐き出しながら言った。

「なんすかそれ？」

「えーとね、パンチェッタみたいな感じなんだ」

「なんすかそれ？」

「フランスで食べたんだ。ボルドーで。ニースだったかな。シャトー・ムートン・ロートシルトの78年とよく合うんだ。ウミガメの肉もそれにしたらどうかなって」

「はいはい」

「あんまりおいしいから、つくり方を教わったの。カヨさんにつくってもらおうと思って」

「はいはい」

カヨさんというのは、野々村家の家政婦さんだ。もう百回ぐらい名前を聞いた。ああ、カヨさんのオムライス食べたい。カヨさんの五目ごはんは最高。

「サレって塩のことね。豚の塩漬け肉なんだ。塩をまぶして、水気を抜いて、しばらく置いておけばいいんだって。一回つくっておけば何カ月でも——」

賢司と藪内はほぼ同時に叫んだ。

「それだ」

野々村氏は「うふふ、やっぱり？　カヨさん、漂流してこないかな」そう言って、また水の中へ消えた。

西海岸の岩場の上にはもう課長が立っていた。浅瀬を歩きはじめた賢司たちに手を振っている。遅れを取りたくなくて森の中を走ってきたのだろう。

様子がおかしかった。両手をめちゃくちゃに振っている課長も、近づくにつれて様子がわかってきた昨日の岩場も。

岩場の周囲の砂地のところどころが黒く染まって、まだら模様になっている。駆け寄ると、黒いしみが乾いた血であることがわかった。

血だけじゃない。ウミガメの肉と内臓も散乱していた。肉を包んでいたバナナの葉のきれはしも。直射日光を浴びて腐敗しかけている内臓に、無数の蝿がたかっている。

こちらを振り向いた課長が声を絞りだした。

「やられた」

裂け目の中を覗いてみた。さすがの藪内も手をつけずにいたウミガメの頭が半壊していた。あちこちに白い骨が露出し、両目がえぐられている。

鳥のしわざじゃないことはあきらかだった。鳥にウミガメの頭蓋骨は噛み砕けない。

カーゴだ。

アゲハ池へ行くのは、最近の早織の、この島での数少ない楽しみのひとつだ。最初の頃は大変だった。なにしろ、どんな山奥の秘湯よりハードなルート。毎回、昌人に送り迎えしてもらっていた。

まず腰にロープを結んで昌人と菅原に岩山の下から引き上げられる。それから、昌人か菅原の後にぴったりくっついて、ヒルやトカゲに怯えながら密林の中を延々と歩く。往復二時間。せっかく水浴びをしても、洞窟のおウチに帰り着く頃には、汗まみれ、葉っぱまみれ。

いまでは早織のために、岩山にはしごがかけられたし（これはこれで、みしみしして怖いのだけれど）、密林にも早織のために、最短ルートの踏み分け道ができた。所要時間は片道三十分ぐらい。

トカゲは見慣れれば、子どもの頃に見飽きているヤモリを倍ぐらい大きくして、色を派手にしただけな感じ。ヒルはまだ怖いけれど、姿を見ただけで悲鳴をあげることはなくなった。いまも前を歩く菅原のポニーテールにした首筋に、真っ黒いのがぺったり張りついているが、それが気にならないぐらい。触ることまではできないから、悪いけど、とってあげられない。自分の体にぽたりと落ちてきた時にも、少ししか慌てず騒がず、誰かに（基本的に菅原に）とってもらうのを待つ。お腹の赤ちゃんに

「ママはだいじょうぶでちゅからね」って繰り返し語りかけながら。

慣れって恐ろしい。椰子の繊維で編んだ籠に、ボディソープがわりのココナッツの絞りかすを入れて歩く早織は、足もとを緑色のトカゲが這い逃げていく道で、鼻唄を歌っていた。

目と目で 通じ合う かぁすかに んん 色っぽい
目と目で つーじあう そういう仲になりたいわぁん

アゲハ池まであと数十メートルのところへ来た時だ。菅原が急に立ち止まった。

「どうしたの？」

声をかけたら、振り向いて顔を近づけてきた。ああ、やめて。向こうのほうが十センチは背が高いから、ヒルがこっちに落ちてきちゃう。

「何か聞こえる」

早織も耳を澄ましてみた。聞こえるのは遠い潮騒。それとよく似た葉擦れの音。鳥の声。いちいち気にしてられない羽虫の音。それから誰かの声――え？

確かに聞こえる。アゲハ池のほうからだ。

はっはっはっ。

喘ぎ声だ。正常位の時、上から降ってくる男の喘ぎみたいな感じの。

はっはっはっ。

菅原が案外につるつるのすっぴんを強張らせた。

「カーゴだね」

ま、ひさしぶり。覚えてくれてたら、いいけど。なんて考えてから、思い出した。

「いまのカーゴは大型の危険獣だ」と言っていた安田さんの言葉を。海岸で貝拾いをしている時、一度だけ見た、カーゴに食い散らかされた水鳥の惨殺死体を。羽根と鳥皮だけ残して肉が削ぎ取られていて、骨も半分消えていた。

ヒルのことを忘れて菅原の両腕にすがりついてしまった。

はっはっはっはっはっはっはっ。

カーゴの息づかいが激しくなってきた。距離は確実に近づいている。耳もとで喘がれているみたいに。

「ど、どうしよう」

「後ろ向きに歩く。ゆっくりと」

菅原が一歩後ずさりした。安田さんの受け売りだ。安田さんはこんなことを言っていた。「どこかでカーゴに出会ったら、刺激するな、背中を見せずに逃げろ」って。

その時は、水鳥の死体を見る前だったから、やけにおおげさ、と思っていた。だって、早織は——

昌人がかわりに答えていた。

「僕たちは平気ですよ。早織さんがどうしてもっていうから、狂犬病の予防接種をしてきたんです」

そう、南太平洋の場合、義務じゃなかったけれど、予防接種はしてきた。インド旅行をした友だちから、狂犬病は発症したら確実に死ぬって聞いたことがあったからだ。

安田さんは鼻先で笑った。

「狂犬病だろうがなかろうが、同じだよ。野生化した犬に襲われたら、嚙み殺される」

「おおげさじゃないの、熊じゃないんだから」と言う野々村さんの喉には、牙のかたちにした指を突きつけた。

「セントバーナードはオオカミよりでかいんだぞ。犬はな、力で人間に屈伏してるわけじゃない。人間が服従してもらってるだけだ。野犬と飼い犬を一緒にするなよ。本気で向かってこられたら、お前らなんか、ダルメシアンにも殺されるぞ」

自分なら平気って顔で、というか自分自身が犬そのものみたいな顔をして、安田さんは肩をそびやかしていたけれど、安田さんでも瞬殺かもしれない。確かに大型犬のサイズって、よく考えれば猛獣だ。人間が平気な顔で手を舐めさせたり、甘噛みさせたりしているのが、不思議に思えるくらい。カーゴに勝てる人類はたぶん、K—1の巨神兵セーム・シュルトか、スーパーサモア人マイティー・モーだけだろう。

がさり。アゲハ池の手前のシダの繁みが揺れた。

菅原がまた一歩、後ずさりする。早織ももう一歩。

ぽたり。菅原の首筋から早織の肩へヒルが落ちてきたけれど、悲鳴はこらえた。セーム・シュルトもマイティー・モーも近くにいてくれないいまは、カーゴに気づかれないように逃げるしかない。

この島に流れ着いたばかりの頃は、どこかにいるかもしれない危険な動物の番犬になってもらえるっていう期待を、みんなはカーゴに抱いていた。あげられるエサがなくて、危険な大型動物がいないとわかったから、追い払ったのも同然に野生に帰してしまったのだ。そのカーゴがこの島唯一の危険な大型動物になるなんて。カーゴはきっと人間の身勝手を怒っているだろう。

冷たい汗をかいて後ずさりをしながら、早織は日に日にふくらんでいるお腹をさすり続けた。

ママはだいじょうぶでちゅよ。ママはだいじょうぶでちゅよ。

61

右頬が痛み出したのは、最初、ウミガメに叩かれたせいだと思っていた。一週間前からだ。三日前からは腫れてきて、喋り言葉もおかしくなってきた。

歯が痛《いら》い。

賢司は上半身裸で波打ち際に横たわり、頬を海水で冷やしている。時刻は朝。空のまだ低い位置にある日が顔に照りつけていた。日の光でさえ痛みを刺激した。

ああ、痛ひ。

「ウミガメの祟りじゃないか」と課長は真顔で言う。確かに初めて違和感を感じらのは、米国産牛カルビよりはるかに歯ごたえのあるウミガメの肉にかぶりついた時からった。

「知覚過敏だよ。よくある。平気平気」楽観的な見通しを口にして頬をついてくる主任も、何度目かにつっついた時に賢司が怪鳥の叫びをあげるのを見て、顔を曇らせた。「抜けるのかな」

抜けない、と思う。ウミガメは関係なひ。虫歯ら。今年の春、治療に行った歯医者の言葉をいま頃になって思い出した。「右下5番もCの1です。いまのうちに治療しておきましょう」

その時は、当面、疼いていた歯が治ったのをこれ幸いと通院するのをやめた。後悔しても遅いが、痛くなるまでほうっておくというつもの悪癖が仇になってしまっらようらっら。

昨日から固形物はいっさい受けつけない。歯と歯がわずかに触れただけで、頭蓋骨を揺さぶられるような激痛が走るのだ。今朝はココナッツミルクすら飲めなくなった。口を開けただけで痛むからだ。

「俺がガキの頃は正露丸を詰めて治したもんだ」

部長はそう言う。早織さんが宝石を貸与する手つきで正露丸を渡してくれたが、逆効果だった。少しでも動くと虫食いに詰めた丸薬がころころ転って患部を刺激する。賢司も洞窟の中でころころ転げまわった。ひとまわり小さくなった貴重な正露丸は、早織さんに返却した。

昨夜は一睡もできなかった。だからこうして波打ち際に横たわって、頬を冷やしている。とはいってもいまは夏。海水がひんやり冷たく感じるのは最初だけで、大きめの波が来るたびに骨が震えるような痛みが全身を貫く。

ベースキャンプから朝飯の匂いがただよっていた。今日の朝飯は昨日獲ってきた水鳥のココナッツ煮らろう。まったく興味がなひ。

近づいてくる足音がする。みんな薄情だ、と恨みながらも、いざ誰かが来ると、思う。頼むから放っておいてくれ。仁太が顔を横向きにして覗きこんできた。

「だいじょうぶ？」

「だひじょうぶ、じゃないかもひれない」

涙目で答える。子ども相手に訴える調子で。

「何か口に入れなきゃだめだってみんな言ってる」

「いらい」

いまなら、言える気がした。何度も口にしかけては、怖じ気づいて喉の奥へ押し戻していたセリフを。このひと言だ。

「俺が一人で筏に乗って、島を出ます」

犠牲的精神なんて美しいものじゃない。歯医者にかかりたい一心で、だ。運搬用の筏でだって行ってやる。真剣に計画を練っていた時には、ブランケットを帆にできないか、なんてことも考えていたが、そんなものもいらない。この苦痛がいつまでも続くのなら、海で溺れ死んだほうがまし。本気でそう思えていた。

湿らせた椰子の繊維で頬を押さえて、ベースキャンプに戻った。決意を口にするためだ。誰もが心配そうな顔を向けてくるが、しょせん人の痛み。わかりはしないだらう。激痛で歪んでみえるみんなの顔を見回して、賢司は宣言した。

「あのぉ、おれがこのひまを、れていきまひゅ」

命を賭した決意表明だったのだが、誰にも聞き取れなかったらしい。主任が椰子の器を突き出してきただけだ。

「いいから、せめてココナッツミルクを飲みな」

「いいれす」痛みより空腹のほうが何十倍も楽ら。

賢司に見せつけるように、歯並びのいい丈夫そうな歯で鳥の腿肉を嚙みちぎっていたサイモンが、ウインクをしてきた。

「あたし、治しましょう」

「え？」

サイモンが慈悲深い笑みを浮かべて重々しい英語で言った。

「アイ・アム・ア・ドクター」

え？　ほんと？

「いひゃ《ドクター》？」

「フッフゥン」

重々しく頷いた髭面は、言われてみれば知的に見えなくもない。世間からテロリスト呼ばわりされているとはいえ、地球環境や生態系の危機を訴えている組織のメンバーだ。もともとの職業が医師であっても不思議はなかった。

「シッ・ダウン・プリーズ。そこ座って」

ドクターサイモンが気取ったしぐさで、部長が座布団がわりに使っている平たい石を指し示す。歯科医というわけではなさそうだし、医者だからと言って魔法のようにあっさり治療してもらえるとも思えなかったが、いまだったら、怪しげな宗教のお札だって頬に張っただろう賢司は、ドクターという言葉にただただすがる。素直に指示に従い、恥ずかしがりの少女のように両手で頬を押さえて座りこんだ。

「まず、ココナッツワイン、飲んで」

早織さんがしずしずと椰子の器を運んできた。

「なんのためら？」

「あれよ、ほら、ステリリゼイション」

「消毒」

主任が通訳し、賢司に器を差しだしてきた。言われたとおり何口か飲んだ。腹に何も入っていない体にたちまち酒がまわり、頬が熱くなる。アルコールは痛みを鈍らせるどころか、痛みに熱い芯を加えた。

「もういいれすか」

突き返した器を受け取る主任は、器の手前まで顔を近づけてきて、頬の腫れ具合を確かめた。涙目で曇った視界いっぱいに主任の顔が広がる。魚眼レンズで眺めているようだった。

主任と入れ替わりに、サイモンが魚眼レンズの距離まで顔を近づけてきた。賢司の目を覗きこんだまま言った。

「カチョー、来て。このヒト、押し倒して」

は？

「ああ、間違え。押さえて」

課長が賢司をはがい締めにする。なぜか野々村氏もやってきて両足を押さえられた。サイモンが背後に片手をひらつかせると、主任がどこかへ飛んでいった。全員がグルであるように思えるのは気のせいだろうか。

「待っれ、俺、考えたんれす……こうなっらら、俺が……」

一人で筏に乗って、救助を呼んでくる、と続けるつもりだったのだが、次の言葉のために開いた口に、サイモンが指をつっこんできた。

「オウオウオウ」陽気なメロディをリフレインするように、もう一度オウオウオウと声をあげ、太い指で患部を押す。「ここ、ね」

空まで飛び上がりたかったが、飛べなかった。手足を押さえつけられていたからだ。主任がサイモンに手渡したものが何かを知った瞬間、もう一度、飛ぼうとした。9番アイアン。仁太用の銛だ。

銛の切っ先が虫歯にあてがわれた。サイモンのもう一方の手には石が握られている。やつの大きな手の中では小ぶりに見えるが、野球のボールぐらいはありそうだ。おいっ。治療って、これか。

「ヘヒ、ロク」

ヘイ、ドク、と言ったつもりだ。サイモンが首をかしげる。通じたはずなのに。

「ドク？　誰のこと？」

「ラヒッ」嘘《ライ》か？　と叫んだつもりだった。続けて絶叫した「やめろ」はもう自分の耳にも動物の鳴き声にしか聞こえなかった。

サイモンが石を振り上げ、呪文のように呟いた。

「ウミガメを思え」

次の瞬間、衝撃が走った。後頭部が裂け、頭蓋骨が外へ飛び出したかと思うほどの。閉じたまぶたの裏に閃光が走る。仕掛け花火並みの盛大な光だ。口の中にどろりと血があふれ、鉄錆に似た臭いが鼻孔を抜けていく。

「おわっらのはぁ?」終わったのか?

サイモンが唇をVの字にして微笑む。本物の——本物といっても外国ドラマの中の——腕ききのドクターのような自信に満ちた微笑だ。

「うふふ、まだよ」

「へ?」

うふふ、うふふ、と笑いながら、また石を構える。もうやめれくれ。こいつ、絶対にSだ。

もう一撃。

口の中が破裂した。

舌の上に砕片がころがった。歯だ。血とよだれが入り混じって顎に垂れる。頬を伝っているのは涙だ。大人の涙を見た仁太が目を丸くしている。恥ずかしいがどうしようもない。

偽ドクターが声をかけてきた。

「気分、どう？」

サンキュー、と言ったつもりだったが、アンキェになってしまった。自分を騙したクソ野郎どもに腹は立ったが、賢司が一人で漂流するより、クソ野郎どもと十人で漂流したほうがまし、といまほど思えた時はなかった。ロビンソン・クルーソーは、どうしてたんだろう、虫歯。

仁太が脱脂綿がわりの椰子の繊維を持ってやってきた。気持ちはわかるよ、ぼくも歯医者は大嫌いだって顔で。ありがとうと言った。

「あいあと」

地獄の疼痛が単純な傷の痛みに変わったとたん、頭の中に浮かんでいた一人で颯爽と筏を漕ぎだす光景は、きれいさっぱり消えていた。

62

十二月に入ると、太陽の光がますます強くなった。赤道から千数百キロ南にあるらしいこの島に、夏がやってきたのだ。

常夏に思えるここにも、多少は季節の移ろいがあるようで、椰子の樹上やアダンの繁みには新しい果実が実り、マンゴーやバナナは赤く熟し、珊瑚礁の魚影が濃くなった。

賢司は釣ったばかりの魚を石ナイフでさばいて、バナナの葉の上に並べている。今夜の料理当番なのだ。メインディッシュはナポレオンフィッシュの蒸し焼き。レシピは簡単だ。地面に穴を掘り、焼けた石を並べ、下ろした身を包んだバナナの葉をその上に置く。穴を埋め戻し、その上で焚き火をすること一、二時間。

一日中火を絶やさないメインの焚き火——パラダイス関係者の間では「本部」と名づけられている——から火を移して、蒸し焼きを開始し、あらかじめ並べて置いた石の五徳の上に、ヘルメットの鍋を置く。ヘルメットはもう真っ黒で、見た目は本物の鉄鍋と変わらなくなっている。

鍋に張った水の中には、ヤシガニのハサミ。一本でダシが取れる。こちらではヤシガニとタロイモのココナッツミルク煮をつくる。おおむね評判が悪い賢司の料理の中では、好評な一品のひとつだ。タロイモは老人がベースキャンプ近くを散策中に発見した。さといもに似た味がする。きぬかつぎではなく、やつがしらのほうの。

「本部」の周囲には、シャコ貝の殻を三つ並べた。これはフライパンがわり。どれもさしわたしが二十センチ以上だが、これが特大サイズというわけじゃない。珊瑚礁の深みには、もっとでかいのがあちこちで口を開けている。うかうかしていると手足を挟まれて抜けなくなるから、珊瑚に体を預ける時には注意が必要だ。息つぎのできない深さで、抱え上げられないほどの重量級に挟まれたら、死ぬ。

四十センチ級の殻は、主任と早織さんが洗面器がわりに使っている。もちろん身は食用。小さいもののほうがうまい。シャコ貝が手に入った時には、野々村氏が料理番を買って出て、やし酒を使った酒蒸しにする。

これまでに捕獲した最大のものは、およそ七十センチ。洗い物の桶として利用されている。こいつが獲れた時には、シャコ貝の周りに全員が集まり、記念写真を撮るかわりに、仁太が絵日記帳にスケッチをした。早織さんが殻の上にポーズをつけて立ち、藪内が「やぁ、ビーナス誕生だね」と、カメラがないのが残念そうな声をあげた時には、他の全員が塞がらない口を突き合わせたもんだ。

シャコ貝の殻の上にココナッツオイルを垂らし、ウミガメの卵を割り入れる。目玉焼きだ。サイモンはどうせ食わないと言うに決まっているが、とりあえず全部で十個。ウミガメの卵は、なかなかいける。黄身がこってり濃厚で、水鳥の卵より卵らしい味がする。茹で玉子にすることも多い。なぜか茹でても固まらないのだが、それはそれで部長に「草津の温泉卵」と評される味わいがある。

卵は西海岸から採ってくる。上陸するウミガメが増えてきたのだ。夏場が産卵シーズンなのだそうだ。

とはいえ、ウミガメの姿は、あれ以来見かけていない。上陸していることがわかるのは、砂浜に小型ブルドーザーのキャタピラー痕かと思うような、ヒレで砂浜を掻いた痕跡が残っているからだ。

おかげで卵は簡単に見つけられる。ウミガメの足跡を辿っていくと、浜辺の奥、波の届かないあたりで、砂が掘り返された場所に突き当たる。そこを三、四十センチほど掘れば、ピンポン玉に似た卵が次々と出てくる。チューリップが一斉に開いたパチンコ台みたいに。多い時には百個以上。

「今日は、プティ・サレはなし？」

野々村氏が鍋を覗きこんできた。伸ばしっぱなしの山羊鬚が漬かりそうだ。

「あれ、もうやめたほうがいいです。臭いがきつくなってきました」

ウミガメの塩漬け肉は、椰子の殻に小分けにして、洞窟の奥の涼しい日陰に保存してある。この一カ月半ほどの常食だ。だが、そろそろ賞味期限切れ。気温が上がってきたせいだが、カーゴに食い荒らされなかったら、もう少しうまくさばけて長持ちさせられたはずだと藪内は言う。

「ねぇねぇ、またウミガメ、捕まえようよ。のたのたしてるから簡単だと思うんだよね」

野々村氏がのたのたした口調で言う。性格はあいかわらずだが、薄い髭が伸び放題で、ＩＴ企業の若社長風のもともと長めだった髪がさらに伸びた野々村氏は、四カ月前とは別人だ。美食腹がすっかり引っこんだし、会員権数千万円のコースで上品にゴルフ焼けしていた肌は、潮焼けで十円玉の色。蔓草をヘアバンドにした姿は、部長曰く、六〇年代のヒッピー。ひいき目に評すれば、色あせたアロハを着たキリスト。ありていに言えば、最近は少なくなった、昔ながらの野性派ホームレス。泰宝グループ本社ビルのロビーに入ったら、たちどころに警備員につまみ出されるだろう。

「いいですねぇ。ジョーが反対するだろうから、野々村さんが説得してくださいよ」

賢司の髪もだいぶ伸びた。似合わないと言われている髭はちょくちょく切っているけれど、髪は伸ばしっぱなし。これだけ長くなったのは学生時代以来だ。サラリーマンに戻ったら、服装規定の小うるさいパラダイス社内はおろか得意先にも眉をひそめられるだろうヘアスタイル。せっかくだから伸ばし続けて、ネクタイの鉢巻きで抑えている。

「僕が？　やだなぁ。ジョーちゃん、きっと、あなたなんてサイテーよ、とか言って、椰子の殻を投げつけてくるよ」

殻じゃなくて実のほうだろう。

焚き火のかたわらに、どさどさと椰子の実が落ちてきた。

「俺が言っとく」

椰子の実採りから戻ってきた課長だ。燃えさしの薪を手に取り、手製の葉巻に火をつける。乾燥させた葉くずを落ち葉で巻いたものだ。そうとうまずいらしく、だったら吸わなけりゃいいのにと思うほど顔をしかめて、青臭い匂いの煙を吐きだした。

「もう文句は言わないだろう。なんだかんだ言って、あいつがいちばんウミガメの肉、食ってるんだし」

課長の体形はあまり変わっていない。以前の早織さんが食べなかったコウモリやヤシガニやナマコ、野々村氏が残す魚の腸、サイモンが拒絶し続けているウミガメの卵、なんでも食うからだと思う。早織さんに「刃がこぼれる」と文句を言われながら、裁縫ばさみでこまめにカットしているから髭も目立たず、髪など以前より短くなっているぐらいだ。両サイドを刈りこみ、頭頂の毛だけ残した自称ラガーカットは、まるでモヒカンだ。

「お、目玉焼きか。一個じゃ足りない。二個ずつにしようぜ」

サイモンに厳しく言い渡されているから、掘り出した卵は全部取らない。人数分×五、五十個を取ると残りは埋め戻す。

ウミガメの子どもは、孵化し海に戻れる確率が六十%から七十%。無事海へ還っても、大型の魚に捕食されたりして、成長した個体になるのは、七、八千匹に一匹。そうして生存競争に勝ち抜いた稀少な成長個体も、漁船の網にかかってしまったり、人間が海に捨てたビニール袋を誤食したりして、次々と命を落としているのだそうな。

「あなたたち、そのきびしいプロバビリティ《かくりつ》、もっときびしくしてるの。おわかり？」とサイモンは胸の前で両手をひらひらさせて言う。

「カメの子が魚に食われるのがいちばん悪いんだろうが。なんで俺たちが、そんなことまで責任負わにゃならないんだ」という部長の言葉にも一理ある気がするのだが、賢司はこれからは、海水浴場で捨てられたビニール袋を見つけたら、ちゃんと拾おうと思っている。ここから脱出できたらの話だ。いまはビニール袋を喉に詰まらせて悶絶しているウミガメを見つけたかった。

賢司の向かい側に座って枝毛を歯で噛みとっていた主任が、新しい毛束を点検する寄り目のまま言った。

「ウミガメ、また見てみたいな。やっぱり、大きい？」

男たちよりこまめに洗濯しているのが災いして、主任や早織さんの服は、もうボロボロだ。

森の中や岩場や樹上にいることの多い主任のダークブルーのワンピースは、何度も繕って縫合痕がペイズリー柄になっている早織さんのポロシャツの比ではなく、片袖だけで肩にひっかかっている。半分ボロ布になった裾は、海藻をつるしたよう。ハリウッド映画に出てくる原始人の娘みたいだった。

「俺も塩漬け肉のやつ以来、見てない。あれよりでかいのも来てるらしい。うちのガキどもにも一度、見せてやりたいよ」

課長は子どもの話を臆面もなく口にするようになった。主任もそれに表情を変えることはない。

「誰も見てないんですよ。藪内さんの話では、ふつう上陸するのは、夜なんだそうで。それも深夜に近い時間帯」

「藪内君、詳しいよねぇ。水族館に勤めてたのかな」

システム・エンジニアだ。人の話がきちんと耳に入らない幸せな体質の野々村氏以外の誰もが、退屈な業務内容のことまで繰り返し聞かされている。

ひと口にＳＥと言いましても、僕のようなＰＭ的なＳＥもいれば、ＳＡでもあるＳ

Eもいまして。PMの場合はですね、なんていう誰にも期待されていない話は延々と語るのに、なぜそんなに魚や海に詳しいのか、と問いかけると、とたんに口が重くなる。父方の実家が九州で海に近かったから耳学問で覚えた。返ってくる答えはいつもそれだけ。

「じゃあ、夜行こう、ウミガメ狩り」

モヒカン頭の課長が、酋長のように腕組みをして言う。いまの課長は、何かを決める時に、部長や部下の顔色を窺ったりはしない。

「いいですね、行きましょう」

「でも、暗いと危なくない？　僕はパス」

野々村氏は不参加を表明。重要な事項は多数決で決めるが、それ以外のことは、基本的に本人の意志次第。それがここでのルールだ。パスをしても肉は食える。硬い脂身の多い部分になるだろうが。食い物を集めても、モノをつくっても、全員に分配する。焚き火の隅でこそこそ身を縮めたくないから、なにより死にたくないから、サボるやつはいない。

「確かに暗いと危ないな。海も森も。明るいうちに西海岸に行って、夜まで待ちましょう」

「オーケー」

　これで決定。根回しも、上司のハンコもいらないから、話が早い。

「私も行く」主任が片手をあげた。「ウミガメ、もう一度、見たい」

「あ、やっぱり、僕も行こうかな」

「ん、どこへ行くんだ。俺にも話を通せ」

　部長も戻ってきた。今日はずいぶん実働時間が長い。最近、雨が少なくて、キノコの生育状況が悪いのだろう。ポケットから出てきたのは、ジコボウ三本。そのかわり椰子の繊維で主任が編んだバッグから、アダンの実が出てきた。

　後頭部の髪ばかりがどんどん長くなっている部長は、ますます落ち武者じみてきた。黒く汚れたワイシャツの背中にひっかかった笹の茎が折れた矢に見える。学生時代は肩までの長髪だったのだそうだ。「フォークデュオ『わさび』ってのをやってたんだ。女たちにキャーキャー言われてなぁ。周りからはプロになれるって言われてなぁ。真剣に悩んだ時期もあったものよ」お得意の過去の美化を何度聞かされたことか。いつか焚き火の前で歌ったオリジナル曲を聞いたかぎり、やめて正解だったと思う。

「どこだ？　キャバクラか」

　主任が寄り目で枝毛を見つめたまま、冷たく言い放った。

「そうだよ。一人で泳いで行っといで」

ヤシガニのダシが出たところで、乱切りにしたタロイモを投入。ちゃんと主任に教わった面取りをしてある。ココナッツミルクも加えた。味噌があれば最高なのだが。ヤシガニのほぐした身を加えるのは、煮立つ直前。みんなが顔を揃えてからだ。

早織さんは、洞窟の手前のシュロの木陰で、細枝を使って編み物をしている。椰子の繊維で赤ん坊の産着を編んでいるのだ。片側に流した髪には今日も花が飾られている。ゴーギャンの絵の南国娘のようだった。ふっくらしているところもよく似ていた。最近の早織さんは、ヤシガニやコウモリも厭わず食べる。

サンドウェッジの鍬《くわ》を担いだ老人が、足踏みを繰り返しているだけに見える足どりで畑から戻ってきた。もともと少ない髪は早織さんがカットしているが、髭は伸ばしっぱなし。ひいき目に評すれば、仙人。ありていに言えば、鉄橋下の河川敷でよく見かけるタイプに見える。

老人は洞窟近くの藪を開墾して、タロイモを育てている。まだ種イモを植えたばかりで、収穫は半年後だそうだ。芽の出た古い椰子の実も植えている。こっちの収穫は三年後だとか。その実を収穫するまで、ここにいたくはないが、老人が漂着した時よりずっと元気なのは、なによりだ。

仁太は、まだ帰ってこない。西海岸で一匹もしとめられなかったのが悔しいらしくて、東海岸で漁を続けているのだ。藪内とサイモンが一緒だから放っておいてもだいじょうぶだろう。家族の帰宅を待つ主婦のように、焚き火をつついて鍋を弱火にした。妙に手慣れてきた自分の料理の腕に、賢司は焦りを覚えている。このままタロイモの面取りやヤシガニのダシ取りばかりうまくなっていいわけがない。

鼻歌でドリカムを歌っている早織さんに横目を走らせて、誰にともなく呟いた。

「だいじょうぶかな」

彼女のお腹はもう誰の目にもあきらかなほど大きくなっている。

「ジョーちゃんと二人だけになっちゃうもんねぇ」

野々村氏はウミガメ狩りの夜のことを心配しているらしい。藪内は百パーセント参加を表明するだろうし、サイモンと早織さんは間違いなく不参加だ。

サイモンは主任や早織さんに欲情のこもった視線を注ぐことを隠そうとしない。そういう野々村氏も隠そうとしているつもりらしいが丸わかりの目を向ける。

羨ましいバイタリティだ。賢司はもう何カ月も勃起した記憶がない。男の性欲というのは、案外にヤワなもので、考えてみればかなり露出度が高い主任や早織さんの姿も、日々見慣れてしまうと特に何も感じなくなる。

素肌をむき出しの女性が目の前をうろうろしている状況というのは、めったにないからいいのだ。きっとヌーディスト村に何日もいたら、たいていの男はEDになってしまうに違いない。

「そのことじゃなくて。このままじゃ危険だと思うんです」

「じっちゃんに残ってもらう？」

「いや、そういう心配はないんじゃないかと。妊婦さんだし」

主任がちらりと賢司に目を走らせた。わかってないね、と言いたそうな顔だった。

当の早織さんはいたってのん気だが、藪内は日に日に憔悴《しょうすい》しているように見えた。陸にいる時にはもともと精気の乏しい黒い顔が、アジの開きに眼鏡をかけさせたように見える。そりゃあそうだ。ここには産院どころか、薬らしい薬も、いざという時に取ってある正露丸三粒と救急絆創膏三枚しかないのだ。

「なんとかしないと。本気で――」言葉の続きは、目の前に並んだ硬い表情に押し戻された。

「わかってるよ」

課長が呟く。この島から脱出したい。誰もがそれを願っているのに、最近は話題にされなくなっている。みんな賢司と同じだ。はっきり口に出してしまうと、それだけで希望が消えてしまう気がするのだ。

「赤ちゃんのことなら平気だよ。私が取り上げてみせる」

主任が毎度のセリフを口にする。

「そりゃ無理だろう。お前、自分だって経験がないくせに」

主任は部長に、セクハラだよそれ、っていう目を向けたが、確かに危険すぎる。視線に首を縮めた部長が、てっとり早く怒鳴れる相手にいつものように賢司を選んだ。

「なんとかしないと、なんて口で言ってるだけじゃ、なんともならんぞ。なんとかの、『なん』は、なんにもない、の『なん』だ」

規則正しい生活と、日々の運動、文字通りのナチュラルな減量によって部長の体調は格段に良くなった。漂流当初というより会社のデスクにいた頃よりずっと。

「じゃあ、部長に何かアイデアはあるんですか」

丸顔が四角くなったせいで、「へ」の字に結んだ唇は位置を間違えた下駄の鼻緒のようだ。

「ない。俺は上がってきた企画を決裁する立場だから。好きに考えろ。責任は俺が取る」

課長が部長の顔を見ずに吐き捨てる。「責任?」

「いや、まぁ、ひとつ考えてみるか」

野々村氏が山羊鬚を撫でた。

「やっぱり、筏つくるしかないかなぁ」

顔にかかった水を振り払うように課長が首を振る。なにしろ最近ようやく水の中で目を開けられるようになったばかりだ。次の目標は息つぎ。

「なに言ってるんだ、野々村。ゴムボートですら九死に一生だったんだぞ」

いつの頃からか課長は野々村氏を呼び捨てするようになった。一学年違えば、神様と奴隷、という体育会系の掟に従うことにしたそうなのだが、それにしては、二つ年上のサイモンも呼び捨て。部長のことは、名前も肩書も呼ばない。

例外は早織さんだけ。早織さんだけは「さん」付けで呼び、接する物腰も柔らかい。藪内からこんな話を聞いたからだと思う。

「この島から出たら、うちのが手記を出版するって言ってるんですよ。彼女、文才がありますから。メールの返信の文章もいつもすごく簡潔でわかりやすいんです」

部長は、俺が先に書く、とライバル心を燃やしている。仮タイトルは『孤島の品格』あるいは『無人島90日ダイエット』(先頃、『無人島120日ダイエット』に改題）。ベストセラーになったら会社を辞めるんだそうな。「ぜひ、がんばって欲しい」主任は心からエールを送っている。

「確かにねぇ。沖に出たのはいいけれど、ひっくりかえっちゃったらねぇ。ましてそこにサメが……」

野々村氏がキリストに見えなくもない髭面で予言めいた言葉を口にすると、課長が大きな肩を震わせた。

筏で脱出するという議論はいつも尻つぼみで終わる。「九死に一生」は大げさでも、ゴムボートが沈まなかったのは七三ぐらいの確率だったことを誰もがわかっているからだ。もちろん「七」が沈んでいたほう。石斧で木を伐るのに膨大な時間が必要だとわかっているのに、いまだに丸太一本すらつくっていない。

藪内が海から戻ってきた。早織さんにカットしてもらっているうなじの毛を長く伸ばしたワイルドな髪形が、まるで似合っていない。筏を担いでいた。ふだん筏は斜め椰子の下に収納している。細かい性格の彼だけが気になる不具合があって、それを補修するつもりなのだと思う。

筏のもう一端を担いでいるのはサイモン。日に焼けたせいか、潮焼けのせいか、ライトブラウンの髪も髭も銀色に見える。１２０日ダイエットに成功したヘミングウェイのようだ。身長差があるから、筏は斜めに傾いでいる。夕日が濡れた筏を鈍く光らせていた。

結局、一匹も釣れなかったのだろう。ちょんまげ頭の仁太は不服そうだ。

仁太のヘア・スタイルはしょっちゅうかわる。主任と早織さんがおもしろがってあれこれいじるからだ。今日は主任がアレンジした日本昔ばなしの子ども風。早織さんが担当の時はポニーテールになる。鏡がないから本人は海でほどけるまで気づいていなかったが、おだんごにされていたこともあった。

仁太はサイモンに教わった英語まじりの不平をこぼしていた。

「まだできるよ。アイ・キャン・フィッシュ」

「ノーノー、フゥイッスィング。暗くなると、あぶないの。オオカミさんが多いから」

仁太が頬をフグにしてサイモンの尻を銛でつついた。

「ヘルプ」

サイモンが悲鳴をあげて、両手で尻を押さえる。筏がかたんと地面に落ちた。

賢司の頭の中でも、かたん、と音がした。ばらばらだった考えがひとつ所に収まった音だ。

そうか、その手があったか。なんでいままで気づかなかったんだろう。

63

「久しぶりに、マンゴーを採りにいこうよ」

主任の誘いはいつになく強引だった。便秘が酷くなったのかもしれない。

この島で暮らしていても、主任は常にゴーイング・マイウエイだ。「みんなで同じことをしたってしかたない。私は独自のルートを開拓する」そう言って一人で山へ出かけて、果実か鳥の卵を採ってくる。本人は意地を張って口にしないが、コンタクトレンズのない近視で木の上や崖を登るのは大変だと思う。

そのくせ寂しくなるらしくて、ときおり男たちの漁についてきたりする。銛漁の腕は仁太以下だから、海女みたいに素潜りをして、シャコ貝や真珠貝を狙う。体長五十センチの伊勢海老を捕らえたこともある。

マンゴーは二人で何度も採りに来ているから、もういちいち口に出さなくても、お互いのすべきことはわかっていた。

主任が無言でロープを投げ寄こしてきて、一端を腰に巻きはじめた。賢司も黙ってもう一端を体に結わえる。チーム登攀。アンザイレンだ。椰子の繊維のロープは以前よりずっと長くなったし、太くなったが、油断はできない。自分のロープよりむしろ、登攀でのヘマは自己責任というポリシーの主任が固く腰に結んでいるかどうかを確認した。

いつものように主任が先に登り、賢司が後を追う。

フリークライミング歴八年の主任は、この数カ月で大木にクライミングするコツを完全にマスターしたようだった。少しでももたつくと、以前より長さに余裕があるはずのロープが叱咤するように、ぴんと張る。

幹が二股に分かれるところまでは慣れたルートだ。石斧で手がかり《ハンドホールド》と足場《フットホールド》用の溝を穿ってある。どこを使うかは、二人それぞれ。身長差のせいで、最後には主任のハンドホールドが賢司のフットホールドになる。何度も主任の尻につき従っているうちに、賢司は高所恐怖症を克服した。いまなら高層ビルの窓拭きの仕事だってできそうだ。

マンゴーの木の股は、いまでは文字通りのゴンドラになっている。丈夫な枝を組み合わせた骨組みを、蔓草と椰子の繊維のネットで何重にも覆った、一畳半ほどのスペースがあるのだ。夏場のいまは凶暴なほどの葉の繁りに隠れているが、空から俯瞰したら、大きな鳥の巣に見えるだろう。

賢司に手伝わせて、主任がつくりあげたものだ。ここで見張っていれば、海岸からは見えない船の姿を見つけられるかもしれない。そう言って。実際、主任は時々ここへ登ったきり、夕方まで降りてこないことがある。一人で登れるのは主任だけだから、他の人間が声をかけることはできない。

島のマンゴーの木は、本当にこの一本だけだった。地上十五メートルまでは実を採りつくしているから、今日はさらに上を目指した。

樹頂に近い一帯は大コウモリたちの縄張りだ。賢司の主な仕事は、ベルトに差した長い棒で主任に襲いかかるやつらをたたき落とすこと。とはいえ、最近は連中に上位の捕食動物と認識されているらしく、攻撃をしかけられることはめったにない。

パラダイス社開発事業部があったビルの五階より高いだろう枝と、ゴンドラの間を二往復した。

「もうじゅうぶんじゃないですか」

賢司はライフジャケットからマンゴーを取り出して、ゴンドラの床にころがす。全部で十七個。

「十分休憩」

まだ続けるつもりらしい。やっぱり便秘か。ダイエットの必要はないはずだ。いまの主任はもう四カ月前の搭乗時に自己申告したとおりの体重になっていると思う。UVカットをとっくにあきらめた肌がよく日に焼けているから、よけいにそう見える。

いつものように細い方の幹に背中を預けた主任は黙って海を見つめていた。顎もちょっと細くなったかな。眩しげに目を細めると、まぶただけ白いことがわかる。

「なんだか、少し目が良くなった気がする。海ばっかり見てたからかな」

「ほんとですか」

今日は耳にピアスをつけている。ときどきつけないと穴が塞がってしまうそうだ。ふいに賢司は石ナイフの切っ先を尖らせるために使ってしまったダイヤモンドの指輪を思った。主任は指先でピアスを弄んで、海に話しかけるように呟いた。

「うん、悪いことばっかりじゃないね」

海に向かってひとりで頷いてから、こちらを向いた。

「ねぇ、例のプロジェクト、うまくいくと思う？」

賢司が提案した島を出る計画のことだ。

「もちろん」

断言した。主任の瞳が不安そうに揺れて見えたからだ。だめかもしれないが、これがだめなら、きっと他の何をやってもだめだ。主任が唇を笑ったかたちにして、小さく息を吐いた。

「今日が何の日か知ってる？」

何の日だっけ。ウミガメ狩りの日？

暗くなる前に西海岸に出かけることになっている。決行が今日になったのは、今夜が満月だからだ。藪内は言う。「満月の夜には、必ず来ます」

昨日のうちに段取りは決めてあった。

海浜植物の繁みに身を潜めて上陸を待つ。火は焚かない。ウミガメは音や光に敏感で、不穏を感じたら海へ戻ってしまうそうだ。深夜まで待つことになるから、いつものように「僕も行く」と言い出した仁太は置いていく。

捕らえたウミガメは、ひっくり返す（可能なら）か、ロープで繋いでおき、朝になるのを待って解体する。参加を表明した部長によれば、さばく直前に殺さないと肉が臭くなるそうだ。サイモンは計画を相談する日本語が理解できないふりをするのに疲れて、洞窟の外で石のナイフを研いでいた。

「クリスマス・イブだよ」

「あ」

そういえば。仁太の絵日記が正確ならばだが。海を見つめた横顔が言う。

「クリスマス、嫌いなんだ。いつも気分がざわざわする」

賢司に笑いかけてきた。なんでか、わかる、っていう顔で。もちろんわかる。

「去年のいま頃にはもう終わってたんだけどね」主語を抜いて、聞いてもいないことを教えてくれた。「いっつも自分で自分にプレゼントしてた。これも、そう」

首をかしがせ、一瞬顔をしかめて、耳からピアスを抜き取る。腋の下で伸びかけの毛がドット模様になっていた。どうするのかと思って見ていたら、海の見える方角に放り投げてしまった。

「今年は嬉しいな、みんなと一緒で」

髪を結わえていた草の茎をほどき、セミロングがロングになった髪を振った。汗の匂いがした。反射的に体をのけ反らせる。主任の匂いが嫌だったわけじゃない。昨日も今日も海に入っていない自分の臭いが、もっと強烈だろうことを思い出したのだ。

「まさか来年もここって、ことはないよね」

両手を床について顔を近づけてくる。賢司は反らした首を横に振った。

「ないです、絶対に」

「ほんと？」

賢司の断言など本気にしてはいないだろう。安心できる言葉が聞きたいだけだ。

「うん、ほんと」

今日の主任は心の三点確保が崩れてしまっているように見えた。たまには俺のほうが上からロープで支えないと。強い人に思えるが、強いばかりのはずがない。マンゴーの樹上に一人で籠もるのも、考えてみれば、早織さんとの冷戦の最中や、部長と口喧嘩をした翌日や、二人きりの機会に課長に何かを言われたらしい後、いつもそんな時だった。

四カ月間の漂流生活で賢司が知ったのは、人間は誰もが弱いってことだ。弱いから反目しながらも、身を寄せ合う。弱さを隠し合って、本当は多くはない強さを見せつけ合って、なんとか生きている。

ロングヘアの毛先が賢司の膝頭をくすぐる。折り畳んでいた両脚をさらに丸めて距離を置こうとする賢司に、主任は過敏症の猫みたいに鼻の根にしわを寄せた。

「私、臭い？」

「いや、ぜんぜん、そんなこと、ほんとうに」

あ、そう。と独り言みたいに呟いて、また視線を海に戻す。

「お、船だ」

「え」

思わず主任のかたわらに這い寄った。

船なんかどこにも見えない。半透明の青がどこまでも続いているだけだった。波頭の輝きで太陽が天頂から西へと傾きはじめたことがわかった。斜めすぐ下の主任の顔に木漏れ日がまだらをつくっている。よく焼けた顔がオリーブ色に見えた。

「あんたも臭くないよ。甘酸っぱい匂いだ」

それはきっと、ここへ這ってきた時に、うっかりマンゴーのひとつを潰してしまったからだ。定位置に戻ろうとしたら、肘をつかまれた。耳もとに囁かれる。

「貧乳は嫌い？」

「……いえ」

「そいつはよかった」

肘から指が離れたのは、片方しかないワンピースの袖を下に落とすためだった。オイアウエ！

日焼けした肌と、隠されていた肌との極端なコントラストは、もう一枚白いドレスを着こんでいたかのようだ。首に両手が伸びてくる。小さな乳房が縦長になった。男のマナーだ。一瞬だけ早く賢司のほうが先に背中に腕を回した。鎖骨に主任の息が吹きかかる。

「メリークリスマス」

汗の匂いとマンゴーの匂いが鼻から脳天に突き抜ける。

男の性欲なんて、ヤワ。

前言撤回だ。勃つ時には勃つ。自分とは別の生き物みたいに。賢司のペニスはひさしぶりに勃起した。とりあえず乳首の上、蚊に食われた痕にキスをした。

64

夜空をそこだけ丸く切り抜いたような満月が北の空に浮かんでいる。賢司たちは、人の背丈ほどあるアワダチソウの蔭に身を潜めて、月明かりがサーチライトのように光の帯をつくっている海を監視し続けていた。陸路を使って西海岸に到着したのは、日が落ちる直前だったから、もう五時間はこうしている。

ウミガメ捕獲隊は全部で六人。賢司と主任、課長と籔内と野々村氏、そして部長。久しぶりに㈱パラダイス土地開発のフルメンバーが顔を揃えた「大仕事」だ。

「十一時四十分だ」

課長は十一時を過ぎた時から几帳面に、十分置きに時刻を告げてくる。産卵の時間は深夜。勝負は十一時を回った頃から。藪内はそう言っている。

会社員時代には、終電間際まで残業をしていたことも珍しくなかったが、日が昇ると同時に起き、日が沈み飯を食ったらすぐに寝る、そんな日々を四カ月以上繰り返しているいまは、十一時は深夜だ。長い長い残業。賢司は睡魔が柔らかな指でそっと押し下げてくるまぶたをけんめいにこじ開けていた。

「ああ、酒が飲みたいな。もってくりゃ良かった」

部長が今日何度目かの同じぼやきを口にし、課長の冷たい言葉を浴びた。

「一人でとん吉に行ってろよ」

とん吉はパラダイス本社近くにある、部長の行きつけの居酒屋だ。

「ねぇねぇ、ウミガメのスープのクイズって知ってる？」

野々村氏の言葉に、退屈しきっていた藪内が食いついた。

「なんです、それ」

「ある男が、海辺のレストランで、ウミガメのスープを頼んだんだって。で、ウエイターに聞いたの。『これは本当にウミガメのスープかい』って。『ええ、もちろんです』ウエイターはそう答えたんだ。そうしたら、男はその夜に自殺しちゃったんだって。さて、なぜでしょう」

「ええ？……自殺？……なぜだろう……さっぱりわかりません」

「答えはね」

野々村氏の後の言葉を主任が遮った。

「やめな」

夜気を切り裂く鋭い声だったから、野々村氏は飛び立ちそうなほど背筋を伸ばした。答えを知りたがっていた藪内の背筋も。

有名なクイズだ。答えも知っている。正確に言えばクイズというより推理ゲームだから、答えはひとつではないのだが、ベスト・アンサーと呼ばれているのは、こんな解答だ。

『男にはかつて遭難し、無人島に漂着した経験がある。次々と仲間が死に、男も餓死寸前で意識を失いかけたが、残った人間たちがつくったウミガメのスープのおかげで助かった。生還した男がレストランで頼んだスープの中の肉は、ウミガメだと言われて食べたものとはまったく違う味だった。男が食べたのは人肉だったのだ。しかもおそらくは恋人の』

満月のおかげで、この島の壁のような闇はいつもより薄かった。暗黒の夜に慣れていた目には街灯がついているのではないかと思うほど。

「十一時五十分」

課長がまた時を告げる。藪内に「お前の情報は確かなのか」と苛立ちをぶつけるような声だった。

「ウミガメ祭りはこれからですよ。ねぇ、さっきのクイズの答え、わかりました」

死ぬまでに一度はウミガメのスープを飲んでみたかったから、と藪内が口にしたとたんだった。

波打ち際の向こうに、丸い影が浮上した。

最初は椰子の実が浮かんでいるのかと思った。すぐに椰子の実の背後に岩礁が現れる。もちろん岩礁があるはずもない場所だ。

打ち寄せた波が引くと、半身が露になった。月明かりが岩礁に見えた甲羅の紋様までくっきりと照らし出す。

波が寄せて引くたびに、発掘されつつある化石のように少しずつウミガメがその巨体を月の光に晒していく。

ほぼ真正面に上陸したウミガメは、まるで人間の存在を感知しているかのように少しずつ針路を変え、前ビレを緩慢だが精密な重機のように動かして、左手に進んでいく。

生身を初めて見た部長が息をのむ。「あれなら龍宮城に行けるな」

「静かに」主任もまばたきを忘れていた。

賢司は手にしたロープを握りしめた。

藪内が声を潜めて全員に指示を送る。「まだですよ。ここからが長いんですから」

課長が低い声で呟く。「十二時三分」

ほんの十メートルの距離で始まったウミガメの産卵を息を殺して見守った。卵も採るためだ。産卵場所を荒らさずにすむ距離まで離れた頃合いを見はからって、急襲する手はずになっている。ウミガメが産卵をする時に涙を流すというのは本当かどうか、ここからではわからなかったが、ウミガメは何かを念じるようにずっと目を閉じていた。

もう課長が時報をやめたから、どのくらい経ったのかはわからない。月が時計の短針二めもりほど西へ移動した頃、ようやく方向転換を始めた。ウミガメは酷く疲れているように見えた。来た時よりもさらにゆっくりと海へ戻っていく。藪内がカウントダウンを開始した。

「十」

65

いきなり、ぱちんと音がした。

自分のまぶたが開いた音だった。

すごいいきおいで目を覚ましたのはきっと、嫌な夢を見ていたからだと思う。

仁太は椰子の葉っぱの枕から顔を上げて洞窟の中を見まわす。

誰もいなかった。一瞬、夢がまだ続いているんじゃないかと思って、ほっぺたをつねってみる。痛い。

そこで完全に目が覚めて、思い出した。賢司たちは昨日の夕方からウミガメ狩りに行っているんだっけ。一緒に行きたかったのに連れて行ってはもらえなかった。夜更かしになるから、子どもはダメ、菅原さんにそう言われて。

洞窟に差しこんでいる光からすると、日が昇ったばかりのはずなのに、サイモンさんと早織さんもいない。じっちゃんがいないのはいつものこと。最近は誰よりも早起きで、サンドウェッジをかついで畑に行く。

早織さんは、アゲハ池に水浴びに出かけたのかもしれない。昨日の晩、匂いを気にして、偽レモンの汁を体に塗っていたし。サイモンさんは椰子の実採りだろうか。いつもの寝床にジャケットが畳んで置いてある。

目が覚めた時、誰もいないなんて、ここへ来て初めてのことだった。外へ飛び出してみんなを探しに行きたかったけれど、我慢して、自分に嘘をついて、のんびりあくびをしてみた。

ウミガメ狩りに連れていってもらえなかったのは、夜遅いってことだけが理由じゃない。子どもだから真っ暗な中でじっとしてはいられないだろう、子どもだからウミガメを殺すところを見せるのは早い、そう思われたからだ。なぜわかるのかと言えば、おとといの晩、寝たふりをして、賢司たちが相談している声を聞いたからだ。

子どもはダメ。まだ子ども。子どもだから。

いつまでも小さな子ども扱いされたくない。一人でいても平気なところを見せなくちゃ。みんなを探しになんて行くもんか、と仁太は決めた。

とはいっても、家で留守番するのと、わけが違った。テレビもない。休みの日に母さんがパートに出ている時には起きてすぐやっていたゲームもない。小太郎もいない。隣の家からいつも聞こえてくるＣＤの音もない。道路を走る自動車の音もない。三分もしないうちに胸がさわさわしてきた。

開いたままの絵日記に目がとまる。昨日、書きかけのまま眠ってしまったんだっけ。早織さんがいつになくキビシイ声で、子どもはもう寝なさいって言ったから。「宿題でもするか」わざと声に出してそう言って、書きかけの絵日記帳を持って外に出た。ひとりぼっちの洞窟の中が怖かったわけじゃない。嘘じゃないさ。中は暗くて、絵が描きにくいからだ。

日記はクリスマス・イブについてだった。

昨日は主任さんと賢司がクリスマス・チキンだって言って、コウモリを獲ってきてくれた。課長さんがまだお酒になっていない椰子の樹液を飲ませてくれた。でも、もちろんケーキはなし。プレゼントもなし。日が暮れる前に出発するウミガメ狩りの準備で、それどころじゃないって感じで、コウモリを焼きかけのまま出かけていった。だから一人で食べた。

仁太が描いていたのは、昨日のことじゃなくて、家でのクリスマスだ。今年のクリスマスの想像図。

クリスマスの週の土曜か日曜には、いつも家族みんなでお祝いをした。コージーコーナーでケーキを予約して、ケンタッキーのパーティバーレルを買って。

ほんとはおとといぐらいから姉ちゃんは参加してないんだけど、想像図のクリスマスでは、家族全員が顔を揃えている。昨日描いたケーキに色を塗った。おいしそうに見えるようにていねいに。

母さんはクリスマスの時だけ、緑色のテーブルクロスを出す。それにできるだけ薄く色を塗る。緑色の鉛筆が残り少ないからだ。

ご馳走の時用の青い大皿は塗らなかった。青色の鉛筆がもうないからだ。残り三センチになってからは、大切にちびちび使っていたのに。空や海には薄くしか色を塗らないようにして、早織さんにシェーバーを借りて削る時も絶対に芯は削らないようにして、芯が残り一センチになってからは椰子のたわしを巻きつけて。

なくなってしまったのは、何日か前、西海岸ですごくきれいな虹を見たからだ。この島では虹は珍しくないけれど、二つの虹が、空いっぱいに、十四本の橋みたいにかかることはめったにない。どうしても描いておきたかった。描いているうちに、たわしの中から芯が飛んで海に落ちた。オイアウエ！

青色がない絵日記を描いているうちに、また胸がさわさわしてきた。さっき見た夢のことを思い出したからだ。夢がほんとうで、ここでこうしてみんなを待っていることのほうが夢のように思えてきた。やっぱりじっちゃんたちを探しに行こうか、と思った時、

「ヨォホウー」

頭の上からふくろうみたいな声が降ってきた。

サイモンさんだ。いつもの椰子でつくったヘアバンドのかわりに、若いバナナの赤い葉っぱをターバンみたいに頭に巻いている。白シャツを袋にして肩にかついでいた。袋を下ろして仁太に笑いかけてきた。

「メリークリスマス」

とうもろこしの毛の色の髭がもじゃもじゃと生えたサイモンさんは、本物のサンタに見えた。本物のサンタがいないことを仁太はもう二年前から知っているけれど、いたとしたら、きっとこんな顔だ。サイモンさんが、ピザ屋のCMのサンタよりサンタらしい笑い顔を向けてきて、袋から椰子の繊維の包みを取り出した。細長い包みだ。

「ヒア・ユ・アー、開けてみて」

包みから出てきたのは、おおっ、石でつくったナイフ！　欲しかったんだ。握ってみた。長さは使ってない色鉛筆より少し長いぐらい。三分の一が柄で、仁太の手にちょうどいい大きさになっている。

「ボーイ、何かあったら、それを使うんだよ」

なんだか一人前になった気がして嬉しかった。ナイフを振って答える。

「うん。ありがと。サンキュー・ベリー・マッチ」

ほんとうに嬉しかったたし、心からお礼を言ったつもりだったのに、サイモンさんは眉と眉の間にしわをつくった。

「どうしたの、気にいらない？」

「ううん」

仁太の顔にコウモリ肉のかけらがついているって感じで覗きこんでくる。

「足りない？　ほかに欲しいものある？」

青色の鉛筆、なんて言えない。

「欲しいものは、これ。でも、お願いがひとつある」

「お願い？　なぁに」

「アイ・ゴー・トゥー・みんなのとこ。みんなのところに行きたい」

寂しかったんじゃない。嘘じゃないさ。みんながちゃんと元気な姿を見て、さっきの夢が、ただの夢だって確かめたいだけだ。

サイモンさんが顔をしかめた。ウミガメ狩りを見たくないことはよく知っている。しかめたけど、すぐに気前のいいサンタクロースの顔に戻った。

「オーケー、サンタクロースは、よい子のお願い、聞く」

66

目が覚めると、すっかり夜が明けていた。賢司は起き上がるより先にウミガメがいるはずの場所に目を走らせた。

だいじょうぶ。ちゃんといる。

甲羅を下にした体勢で砂浜に半分埋まり、前衛的なオブジェに見える姿を朝日に晒している。観念したのか、疲れ切ったのか、昨夜は必死で宙をかいていた足ひれはもう動いていない。

昨日の残業は打ち合わせどおりに事が進んだ。まず先頭の賢司が先端を大きな輪にしたロープをウミガメの胴体にかけた。主任と藪内、部長がそのロープを引っぱって足止めし、課長と野々村氏は二人がかりで、丸太を梃子《てこ》にして体をひっくり返した。

ウミガメはいままで見た中でいちばん小さかった。それでも甲羅のさしわたしは一メートル強。ロープをさらに二本使って、いちばん近い椰子の幹に繋いだ。

立ち上がって砂を払い落とし、蚊に食われまくった顔を、汗を洗面水がわりにしてつるりと撫でる。砂浜にじかに寝ていたのだ。初めてのウミガメ狩りに誰もが高揚して朝まで見張っていようと言い合っていたのだが、結局みんなも寝てしまったようだった。そこここで知らない人間が見たら打ち上げられた水死体にしか見えないだろう姿で横たわっている。

ただ一人、部長だけが起き出していて、獲物の前であぐらをかいていた。膝の上には、ここへ来る途中で拾った棍棒。

「おはようございます」

声をかけると、眼鏡の中の半眼を開いた。

「遅い。日の出が朝一《イチ》だと、言っておいただろうが」

全員が顔を揃えるのを待って、部長が重々しく宣言した。

「念仏を唱えろ」

ウミガメは朝日に炙られて、足ひれの虚しい空転を再開している。

「どっち？　南無阿弥陀仏？　南無妙法蓮華経のほう？」野々村氏が聞いている。

「どっちでもいい。アーメンでもいいから、祈れ。こいつに感謝しろ。感謝の謝は、謝罪の謝だ」

藪内がキャディのようにアイアンの錨を何本か差し出す。部長は4番アイアンを手にし、ひとしきり振ったが、首を横に振り、結局自分が用意した棍棒を握った。眼鏡を拭き、寝起きの腫れた目をしょぼつかせてウミガメを眺める。ウミガメもよく似た目で部長を見上げていた。

部長が「はっ」と息をひとつ吐き出して、棍棒を振り上げた。剣道二段だというのは、お得意の自分への水増しではないと思う。右足をすいっと前に出し、棍棒をやや斜め左に構える動作は、何万回も繰り返した手慣れたものに見えた。

夏の朝のねっとりした空気まで斬れるような鋭い音がした。部長が振り降ろした棍棒は眉間を正確に打ち抜き、ウミガメは一撃で動かなくなった。

藪内がナイフを取り出して解体を始めた。朝の光が薄桃色に染めた海岸に血の臭いが広がる。主任が保管しているセラミックナイフだったから、前回よりさらに手際が良かった。

レア・ステーキは好きでも、タルタルステーキはだめ、という野々村氏は、草叢に小便をしに行ってしまった。主任はずっと作業に背を向けている。

賢司は足ひれが自動車部品のように取り分けられるのを、それが義務であるように眺め続けた。

「ねぇ、塚本」

主任がかけてきた声はかすかに震えて聞こえた。返事する前にまた、今度はあきらかな震え声。

「カーゴが来たよ」

主任が見つめているのは、以前ウミガメが裂け目に落ちた岩場だ。砂浜に埋もれた山の頂のようなその上にカーゴがいた。前脚を踏ん張ってこちらを睨み下ろしている。長かった毛がすっかり抜け落ちている。背中に残っている毛もほつれ、灰色に汚れていた。脇腹には肋骨が浮き出ている。シルエットが激変していた。この島でなかったら別の犬かと思っただろう。

じつのところ、目ばかりぎらついているその姿は、犬にも見えなかった。未知の大型獣。あえて知っている動物にたとえるなら、牝ライオン。

67

サイモンさんと二人で筏を引っぱる。筏の上にはサイモンさんに少し遅れてどこかから帰ってきた早織さんが乗っていた。一人で残るのは嫌だ、そう言ってついてきたのだ。実際にはじっちゃんが残っているのだけれど、早織さんの勘定には、かわいそうに、じっちゃんは入っていないみたい。

焚き火の番が誰もいなくなってしまうから、じっちゃんに頼んだ。最近のじっちゃんならだいじょうぶのはずだけど、億が一、消えてしまったら、責任をとって仁太が火をおこすつもりだ。賢司に教わっていま火おこしの練習中なのだ。「億が一、大人になにかあった時のために」そう言われて。

早織さんはご機嫌だった。鼻唄を歌っている。髪には赤い花と緑の葉っぱを飾っていた。

恋人はサンタクロース、背の高いサンタクロース、私に会いにくるぅぅ。

目の前には、のこぎり山の裾野から続いている北の岩壁。あそこをぐるっとまわると西海岸が見えてくる。

隣で平泳ぎをしているサイモンさんに声をかけられた。

「なにが心配、仁太」

顔に何かついてるぞって言ってるように。サイモンさんは鋭い。日本語が下手なのに。日本語が下手だからかもしれない。顔つきだけで気持ちを読まれてしまうんだ。正直に言った。

「わかんない。でも変な夢を見たんだ。アイ・ルック・ドリーム」

喋りながら泳いだせいで、水をのんでしまった。塩辛い唾を吐き出してから答えた。

「どんな夢？」

「すごく嫌な夢。ベリーベリー・バッド」

英語ではうまく説明できない。日本語でも。

島に仁太だけが取り残される夢だ。

じっちゃんも、賢司も、サイモンさんも、他のみんなもいなくなってしまうのだ。

仁太はこの島で一人で銛突きをして、一人で椰子の実を採って、一人でヤシガニを捕まえて暮らしている。

夜も一人で焚き火をする。寂しくないように歌を歌ったり、ぶつぶつ独り言をいったりして、一本だけ残った三センチの紫色の鉛筆でもう書く場所も書くこともない絵日記帳に日付だけ書いて、それから広い洞窟で一人で眠る。洞窟の外に、おやすみなさいを言って。

洞窟の外には、九本の木の棒が立っている。

夢の中の仁太は、賢司と同じぐらいの年になっていた。

68

カーゴが吠えた。

鳴き声というより咆哮だった。「肉をよこせ」と言っているように聞こえた。

毛が抜け落ちた顔からは、間抜け面にも見えた愛嬌が跡形もなく消え失せている。口髭のようなたるみが萎《しぼ》んで露わになった顎門《あぎと》の奥には、大きく鋭い牙が仕込まれていた。深い皺に埋もれた小さな目は敵意に光っていた。

ウミガメの血の臭いに猛り立っているようだった。肩をいからせ、前足を突っ張っている。背中に残っている毛が逆立っていた。

いつかの課長の言葉を思い出した。「本気で襲いかかってくる野犬に勝ち目はない。ダルメシアンにも殺される」聞いた時には脅しだと思った。

脅しでもなんでもなかった。従順を捨て、人間を敵と見なしている大型犬は猛獣だ。目の前にいる、痩せたとはいえ賢司よりウエイトがあるだろうセントバーナードには、何をどうしたところで、一対一では太刀打ちできそうもなかった。

カーゴは岩に一石彫された彫像のように動かない。敵意と警戒の色しかない茶色の目でこちらを睨み据えていた。

草叢の間から野々村氏が顔を出した。カーゴの真横。距離は三十メートルも離れていないだろう。止める間もなくこちらへ歩きだしてから、全員の視線に気づく。「あれ、みんな、どうした——」岩場を振り返った。「の？」と発音するために口を開いたまま立ちすくんでしまった。

「背中を見せるな」課長が叫ぶ。

野々村氏が後ろ歩きをはじめた。斜め左の方向だ。草叢へ戻るつもりのようだったが、三歩目でカーゴの眼球が横に動き、四歩目で太い首が野々村氏を捉えた。

五歩目でカーゴの体が弾けた。岩を駆け降りたかと思うと、一秒後には、逃がさないと言っているように草叢の前に立つ。痩せたぶん俊敏になっている。距離は二十メートルに縮まった。

野々村氏が、今度は賢司たちのいる方向に、そろりと片足をあげた。そのとたん、弓を引き絞るように背中を丸めた。野々村氏は片足立ちのまま動けなくなった。

「やるしかない」

課長がロープを左の前腕に巻きはじめた。何重にも巻き、ギプスのように腕を太らせてから、右手でアイアンを構えて距離を詰めた。カーゴの視線が野々村氏から課長に移る。鼻の頭に皺を寄せて低く唸った。

課長はロープを巻いた左手を前方に突き出して、さらに数歩、慎重な足どりで近づいた。

「援護しろ」みんなにそう叫んでから、犬に聞かせまいとしているようなひそめ声でつけくわえた。「鼻が急所だ。だめなら後ろ脚を狙え」

部長が棍棒を上段に構えた。

「犬の肉はうまいらしいぞ。俺の祖父さんが言ってた。馬より上だと」

藪内は、この先しばらく飢えずにすむ全員の食糧を守るために、ウミガメの前でナイフをかまえた。

賢司は3番アイアンを両手で握りしめる。銛にしている鋭い切っ先を突き出すか、ヘッドを振り上げるか迷ったが、結局、ヘッドを武器にすることにした。

主任の前に立とうとしたら、ゴルフの握りで8番アイアンを抱きしめた主任が賢司の前に立った。賢司はさらにその前に立つ。

カーゴは人間たちの顔を眺めまわした。逃げずに迫ってくる姿に戸惑っているようにも、まず誰を狙おうか決めあぐんでいるようにも見えた。

69

北の岩壁を回って、西海岸のいちばん手前の椰子が見えた時、鳴き声が聞こえた。聞き慣れた声とは違っていたけれど、この島にいる犬は一匹だけ。

カーゴだ！

仁太は筏を引っ張っていたロープをほっぽり出して泳ぎだした。

クロールはまだ二十五メートルぐらいしかできない。途中で平泳ぎに切り換えた。みんなのより小さい自分の手足がもどかしかった。

「ああ、待って、置いていかないで」

早織さんが声をあげている。だいぶ進んだつもりだったのに、すぐ後ろから聞こえた。早く早くもっと早く。仁太は両手と両足をめちゃめちゃに動かした。

急にすいっとお尻が軽くなる。とたんに泳ぎのスピードが倍になった。泳ぎが突然うまくなったわけじゃない。手足をかかないのに前に進む。

「イエロー・キャブ《タクシー》、お呼び？」

サイモンさんが仁太のお尻を押してくれているのだ。片手だけでクロールをしながら叫んでいた。

「ちょっとぉ、早いわよぉ、あなた」

椰子の木がどんどん大きくなっていく。海岸にみんなの背中が見えた。その向こうには——

水を飲んでしまうとわかっているのに、仁太は叫んだ。

「カーゴ」

70

カーゴの背中が弓になった。垂れた耳が後方に向けて戦闘機の翼のようにまっすぐに伸びる。

今度は威嚇じゃなかった。牙を剝いた顎門に引っ張られるように巨体が矢になって飛んだ。

丸腰の野々村氏が「ひっ」と叫んで、両手で頭をかかえる。他の五人は息をのむとしかできなかった。

だが、狙いは野々村氏じゃなかった。二、三メートル手前で横へ飛び、こちらに方向転換した。いちばん御しやすいと踏んだのか、美味しそうだったのか、課長と賢司の間をすり抜けて、後方にいた部長に向かって疾走する。

「なぜ俺だぁ、馬鹿犬っ」

部長には棍棒を振り下ろす間もなかった。カーゴの巨体を浴びて上段の構えのままなぎ倒された。

現役時代は重量フォワードだった課長が、快速バックス並みのスピードで駆け出した。賢司も後を追う。カーゴに組み敷かれた部長はやみくもに棍棒を振りまわしている。力のない一撃がカーゴの後頭部を打ったが、棍棒のほうがはじき返されて、部長の手から消えた。

石に側頭部を叩きつけてしまった部長の顔は血まみれだ。その血を舐めようというのか、カーゴが長い舌をだらりと垂らした。

課長が叫んだ。

「喉に来るぞ」

部長が顎の贅肉に埋めて喉をガードする。カーゴが首ごと食いちぎってしまいそうな牙を剥いた。

課長の動きのほうがコンマ数秒だけ速かった。頭からのトライを決めて、カーゴの顔前にロープを巻いた左腕を差し入れる。大きな顎門がそちらに食らいついた。課長はカーゴを押し倒そうとして立ち上がりかけたが、相手にならなかった。カーゴが首をひと振りすると、課長の巨体も振りまわされ、仰向けに倒れる。倒れこんだ時にはもう上にのしかかられた。

背後で仁太の声が聞こえた。空耳でないことは確かだが、なぜここへ来たのかを訝っている暇はなかった。

「やれ、早く」

カーゴの下から課長が叫ぶ。ロープに食らいついた顎から涎が垂れ、課長の顔に落ちかかる。賢司はカーゴの深い皺が刻まれた鼻をめがけてアイアンを振り上げた。

71

サイモンさんに押してもらっている倍速のスピードもいまはもどかしかった。

しばらく見ないうちにカーゴはずいぶん痩せていた。毛もだいぶ抜けて、ボロボロのモップのようだった。

ようやく足がついた。裸足で来てしまったせいで岩の浅瀬をうまく歩けないサイモンさんより速く砂浜へ走る。そういう仁太も裸足で、尖った岩が足の裏を突き刺してきたけれど、痛がってなんかいられなかった。カーゴが部長さんに飛びついたのだ。

「カーゴ、僕だよっ」

部長さんとの再会を喜んでいるわけじゃないことは、もうはっきり聞こえる唸り声でわかったけど、カーゴだって怖がっている。なんでみんなわからないんだろう。カーゴは体が弱ってるんだ。こっちの側から見ればすぐにわかる。しっぽが助けてって言ってるみたいに丸まっていた。後ろ足がふらついて、いまにも倒れそうだった。

今度は課長さんに抱きついていた。

「カーゴ、やめてっ」

カーゴは振り向かない。無視してるの。聞こえないの。わからないの。日本語だから？

賢司がアイアンを振り上げた。仁太は走りながら、唯一知っているトンガ語で叫んだ。

「オイアウエ」

72

「オイアウエ」

仁太の声が聞こえた瞬間、カーゴの動きが止まった。後方に寝かせていた耳が木の葉のように揺れ、課長の腕から牙を離した。

「いまだ、やれ」

課長が叫んだが、賢司の腕は動かなかった。カーゴの目から凶暴さが消えたように見えたからだ。

カーゴが波打ち際へ振り向いた。仁太が叫びながら駆け寄ってくる。

仁太のことは覚えているのかもしれない。カーゴは近づいてくる方角に舌を突き出し、ひらりと動かした。まだ何十メートルも向こうにいる仁太の頬を舐めるように。

前脚の力が抜けた隙を狙って、課長が体の下からころがり出た。

賢司は猛獣に背を向ける愚を犯して、飛びつこうとする仁太を抱きとめた。

「やめろ」

「離してよ」

「だめだ、危ない」

心配はいらなかった。仁太の到着を待っていたように、カーゴが横ざまに倒れた。

さっきまでの凶暴さと敏捷さが嘘のようだった。倒れたままカーゴは起き上がらなかった。最初のうち、遠巻きにする人間たちに警戒の目を走らせながら舌を出して喘いでいたが、その喘ぎもすぐに弱々しくなった。

狂犬病かもしれない。課長はそう言って、手を伸ばそうとする仁太の体をはがい締めにしていたが、カーゴが目を閉じて、脇腹しか動かさなくなると手を離した。

仁太はウミガメ狩り用に持ってきた椰子の実の水筒をかかえて近づき、すくった水を飲ませようとしたが、もう舌も動かなかった。

「オイアウエ」

首にすがりついた仁太が汚れた体に頬をすりつけて叫ぶと、一度だけ目を開け、仁太のいる方向へ目玉をかすかに動かしてから閉じた。幕が引かれるようなゆっくりとした閉じ方だった。

賢司の隣で主任が洟をすすりあげた。

「この犬の本当の名前、最後にようやくわかったよ」

いまの顔を見られたくないのか、横顔を長い髪で隠して言葉を続けた。

「オイアウエだ」

課長が首をひねった。

「こんなに弱ってたのに、さっきはなんであんなに……」

何のためだろう。最後の残り火のような力を振り絞っていたらしい。

「ねぇ、見て」

遅れてやってきたずぶ濡れの早織さんが、カーゴが現れた大岩の裏手を指さした。

岩の向こう、アワダチソウの繁みの中で何かが動いている。この島にはいないはずの小動物だ。遠目には動く毛玉に見えた。

ふわふわの小さな毛玉がこちらへ近寄ろうとし、人間の姿に驚いた様子で、また草叢の中へ逃げこむ。一匹や二匹じゃなかった。

「ああ、あたしと同じだったのねぇ」

早織さんが呟く。

毛玉が細い声で鳴いた。

毛玉は五匹のセントバーナードの子犬だった。

73

南の森には、この島には数少ない広葉樹の大木が群生している。

「これかな」

一本の幹を叩いてみた。叩いても何がわかるわけでもないのだが、硬い芯のある頼もしい音に聞こえた。直径三十センチ強というのも手頃。艶々した褐色の樹皮も合格。なにより幹がまっすぐなのがいい。

生け簀で飼っていた伊勢海老三匹で正月を祝った翌日からプロジェクトを開始した。十人の命運をかけたプロジェクトは、今日で十日目。

賢司は背後で斧を構えている課長に声をかけた。

「じゃあ、これでお願いします」

「ああ」

課長が斧を振るう。白い斧の刃がすんなり幹に入った。プロジェクト用につくった新しい斧は、いままで使っていた石斧に比べると格段に切れ味がいい。

大量の丸太を用意しなくてはならないのが、プロジェクトの大きな難題だったのだが、それを救ってくれたのは、カーゴだった。斧の刃には、カーゴの骨を使っている。カーゴが死んだ後、ベースキャンプは久しぶりに揉めた。カーゴの肉を食うべきかどうかで。

賛成派の中心は、部長と賢司。反対派の論客はサイモンと課長。

「なぜ、ウミガメの肉があるのに、そんなことをする必要があるのか」サイモンはしごくもっともなことを言う。

なぜだろう。平等を期したかったのだ。何かに。

議論をすっ飛ばして、サイモン以上に強硬に反対したのは、早織さんだ。

「だめです。手厚く葬らなくては。美しい花々とともに。書けなくなっちゃう。好感度が下がります」

書けなくなっちゃう、というのは、ここを脱出した暁に執筆に取りかかるという手記のことだ。そんなわけで尻を叩かれた藪内もあっさり意を曲げて、反対に回った。

夏場の肉はぐずぐずしていると腐ってしまう。最後は多数決に委ねられることになった。結果には絶対に従う。賛成が上回ったら全員でちゃんと肉を食う。そう決めて。

主任が反対にまわった時点で結果は見えていた。賛成派は、賢司と部長と野々村氏と老人。仁太が賛成するはずがない。

だが、なぜか仁太は賛成にまわった。本人は理由を口にしなかったが。

これで五対五。

最後は、部長と課長のジャンケンで決めることになった。

部長が負けてよかったのだと、いまでは思う。

結果には従う。そう言ってはいたが、本当のところ、たぶん賢司には、カーゴを食うことはできなかっただろう。

骨を使うことにはもう、異論の声は上らなかった。ウミガメや魚、水生動物の骨は脆くて使えないが、陸上動物の骨が石より加工しやすく、道具として利用しやすいのは、水鳥の肋骨の釣り針や縫い針、嘴でつくった銛先が証明済みだった。石器時代から骨角器時代への大いなる進化。

肩甲骨と骨盤と頭蓋骨で、六本の斧をつくった。ただし硬くて丈夫そうな木だけを選んでいるから、これからが大変だ。電動ノコギリで切り倒すようにはいかない。切り倒すというより、木をほじりかえすように切れ目を入れ、後はロープを結んで折り倒す。二人がかりでたっぷり半日かかる。伐り口の反対側のもう一端を切断して丸太に仕上げるには、さらに時間が必要だ。

「今日はもう、一本倒したぞ、ノルマ達成だろが」

部長が文句を言う。汗を伝わせているこめかみから頬にかけての百足が這ったような火傷の痕は、傷口の血が止まらず、ドクターサイモンが焼いて止血した時のもの。賢司は梢の隙間から注ぐ光をプロジェクトのフローチャートのように眺めた。最近狂いはじめている課長の時計を見るまでもなく日没までの時間がわかる。あと四時間だ。きっぱりと首を横に振った。

「今日中にもう少し進めておきましょう。そのかわり明日は休みです」

「休みって、お前、どうせ食糧探しだろう」

課長も顔をしかめていた。ウミガメの塩漬け肉でしばらくは食いつなげるから、全員総出の食糧探しは、このところ一日置きだ。厳しくいかねば。なにしろ賢司は、会社員時代には経験したことのないビッグ・プロジェクトのリーダーなのだから。

「おいおい、お前は手伝わないのか」

「ええ、北の森を見てこないと」

北の森では、サイモンと藪内が伐採作業をしている。あちらのほうが工程的には大変だし、しかもあの二人は放っておくと、この島の大切な資源のひとつであるスガワラりんごの木を伐ってしまいかねない。

74

プロジェクト開始から三週間。二つの森で伐採した資材を、海路を使い、全員総出で東海岸へ運びこんだ。

南の森からは、直径三十センチ前後の褐色の木。早織さんによると、ローズウッドだそうだ。これは長さ七、八メートルの丸太にしてある。

丸太を十本、平行に並べて椰子のロープで厳重にくくりつけた。片側を舳先のかたちに整えてある。加工を担当しているのは主任と野々村氏だ。

北の森からは、別種の木が運ばれている。まっすぐな幹は少ないかわりに、より太い丸太がとれる樹木だ。こちらは数種類の長さに切断してある。長いもので二メートル半、短いものは一メートル弱。長さの調節が重要だから、ローズウッド（と思われる木）より慎重に時間をかけて十二本の丸太にした。

昨日から、漁は仁太一人に任せ、干物とカメの塩漬け肉ばかり食って作業にあたっている。今日は老人も畑仕事を休んで作業場にいた。仕事は木屑拾いと資源の無駄遣いについてみんなに説教すること。

北の森の丸太は樹皮をはがす。これにもカーゴの骨のナイフが活躍した。この木の地色は白に近いベージュ。ローズウッドの濃い褐色とは対照的だ。

ローズウッドを土台にし、その上に白い丸太十二本を縦横、あるいは斜めに組む。たっぷり手間をかけてズレや歪みがないように。一本でもはずれたら困るから、しっかりとくくりつける。

椰子の木に登った主任が上から指示を送ってきた。

「それ、もう少し右に傾けて。そっちのは十センチ下に。あ、もう少し上」

何度も丸太の並びを調整すると、チェックの厳しい主任がようやく両手で丸をつくる。

褐色のローズウッドを下敷きにした白い丸太は、上方から眺めれば文字に見えるはずだ。この四文字だ。

『ＨＥＬＰ』

縦三メートル、横八メートルの海に浮かぶＳＯＳフラッグだ。人を乗せずにこれだけを外洋に流す。それが賢司のプランだった。

「Pが三角の旗みたいに見えるけど、それはいいのかな」

ロープで材木をくくりつけている野々村氏が、懐疑的な哲学者を思わせる思案顔を向けてくる。問題ない。

組み立て作業は、波打ち際から少し離れた場所で行った。満潮時には水に浸り、全員で押せば進水できるぎりぎりの場所。もう救命ボートの二の舞はごめんだ。

料理番の早織さんに髪をパイナップルにされた仁太がベースキャンプからやってくる。

「ご飯だよー」

仁太が声をあげると、足元にまとわりついていた五匹もいっせいに鳴く。

「バウ」

「バウ」

「バウ」

「バウ」

「バウ」

カーゴの忘れ形見の子犬たちの名前は仁太がつけた。

「オー」と「イー」と「アー」と「ウー」と「エー」だ。

カーゴが人を避け、森の奥深くに潜み、時に人間の食糧を奪って攻撃までしかけてきたのは、子犬を産み、育てるためだったらしい。あくまでも推測だが。本当のところはカーゴ自身にしかわからない。

五匹の子犬たちを部長は「非常食」と呼んでいる。そのくせ仁太を除けば誰よりも手なずけるのに熱心だ。焚き火の前ではいつも非常食を膝に抱き、夜は非常食のひとつを胸に抱えて眠る。


「よし、じゃあ、今日はここまでにしましょう。ジョー、明日は、文字入れを頼む」

ＨＥＬＰの文字の下、一本だけ余った褐色の丸太には、ナイフでこんな文字を刻む。

『Ｗｅ　ａｒｅ　ｊｕｓｔ　ｌｉｖｉｎｇ　２００８―Ｊａｎｕａｒｙ』

これが発見され、引き上げられた時のために、丸太の余白にもその他の情報を英語で入れる。ラウラへ向かう途中で遭難したこと、その日付、島の形、時差から推定される位置。念のために課長が知っているかぎりのトンガ語も書き加える。

「オーケー」

サイモンが親指を立て、それからひとさし指を突き出した。

「こちらも、ひとつ、頼む」

「なに？」

「もしここを出られましたら、その時、私の名前、ひ・み・つ、にして。ポリスが来たら、エスケープ。みなさんとはさよなら。お助け、お願い」

「え、どうして、なんで、ホワイ？」

野々村氏は首をかしげていたが、賢司は知っている。椰子酒で酔っぱらった時に話してくれた。過激派環境保護団体マリンガーディアンの幹部である彼は、複数の容疑で国際指名手配されている。ラウラには偽造パスポートで入国するつもりだったそうだ。

首尾よくこの島を脱出できたら、サイモンはまた、ウミガメやイルカやクジラの命を救うために、人の命を奪うことも辞さない活動を再開するだろう。最近はウミガメの卵も食うようになったが、転向などしていないことは明らかだ。鍋の中の卵たちにそっと語りかけているのを聞いたことがある。「見てらっしゃい、あなたたち」

野々村氏を振り返ったサイモンが、両手を口もとにあててくすくす笑った。

「それを聞くのはヤボよぉ。ダメなヒト」

あと少し。あさってには、出航できるだろう。

75

焚き火の明かりで早織が読書（といっても本は旅行ガイドしかないのだけれど。いま読んでる『トンガのおすすめレストラン』のページを開くのは、もう百回目ぐらい）をしていたら、昌人に声をかけられた。初めてのデートの時みたいに他人行儀に。

「プラネタリウムへ行きませんか」

お得意の面白くない冗談だと思って、「はいはい」と生返事だけしたのだけれど、こっちの返事も聞かないで歩き出してしまった。昌人の冗談は面白くないうえにくどいのだ。しかたなくついて行った。

昌人は海に向かって歩いていく。まさか、いよいよ頭がおかしくなって、ここから泳いで行こうなんて言い出さないわよね。途中で引き返さなかったのは、暗くて一人で帰るのが怖かったからだ。何を考えているのかいまだにわからない丸くて大きな頭のシルエットを頼りに、早織は闇の中を歩く。

昌人は斜め椰子のところで立ち止まって、振り返った。

「ほら、ここに座って」

いやよヤシガニが出たらどうするの、と言いたかったけれど、今日の昌人はなんだか強引。

「座って」

まぁいいわ、強引なのは嫌いじゃない。

「上を見てごらん」

「なによこんな暗いところで、わぁ」

きれい。確かにプラネタリウム。肉眼で見える全部の星が顔を揃えていた。南十字星がクロスのネックレスみたいだった。

椰子の幹に頭を預けて、しばらく二人で空を見上げていた。ふいに昌人がこちらを向く。

「ねぇ、早織」

「なぁに」さん、はどうしたのよ。最近、呼び捨てが多いじゃないの。

昌人がぼうぼうに伸びた髭をつまんで、しばらく考えるふうをしてから、言葉を続ける。

「ここから戻れたらさ」

すぐそこの浜辺には、今日完成した「ＨＥＬＰ筏」が横たわっている。塚本くんが提案したこの計画に、昌人も他の人たちも、ずいぶん期待しているようだけれど、早織は懐疑的だ。この半年間、何度も期待を裏切られているから、もう失望したくない。無理をしなくても、そのうち誰かがきっと、ここにいる早織を見つけてくれるはずだ。早春の雪割草のように。

昌人が荒い鼻息を吐き出してから、続きの言葉を口にする。

「僕と島で暮らしてくれないか」

はぁ？　心の中の言葉の語尾が、若いコみたいにはね上がってしまった。実際に声にしたわけじゃないし、暗くて表情は見えなかったはずなのに、昌人はあわてた口調になる。

「ああ、いや、島って、ここじゃないよ。沖永良部島」

どこそれ？

「知らないかぁ。奄美大島のちょっと先、沖縄の手前」

長男だけど同居はしない、それが結婚を決めた理由のひとつだった。第一、昌人の実家は東京だ。

「なぜ、その、えーと、オギノ……」

「オキノエラブ島。父さんの実家。おじいちゃんが一人でまだ住んでる。小学生の時、おじいちゃんと約束したんだ。父さんが継がなかったおじいちゃんの仕事を、僕が継ぐって」

お祖父ちゃん？　結婚式の時に会っただけだ。昌人とはあまり似ていない、ずんぐりした体格でよく日に焼けた、しわしわの黒豆みたいな人だった。

「何をしてらっしゃる方なの」もしかして地方の議員さん？　お医者さん？　……あ、これは違うか。昌人が継げるわけない。地元で手広くビジネスをしている社長さんかしら。

「漁師」

「はぁ？」今度の言葉は心の中じゃなくて、実際に口からこぼれ出た。

昌人は片側のレンズがなくなった眼鏡で夜空を見上げた。レンズがないほうの瞳は案外につぶらだ。星に話しかけるように言う。

「それなりの修業は積んでる。おじいちゃんによれば、僕は筋がいいらしい。学生の時は、休みのたびに島へ行って漁船に乗ってた。アルバイトだけど、新米の漁師さんには、こっちが指示を送ったりしてた。漁師って人手不足でさ、たまに若い人が入っても長続きしないんだ。会社に入った時から思ってた。いまの仕事は本当の仕事じゃない。いまの自分は本当の自分じゃないって。でも、いまどき漁師なんてね、ってそのたびに自分に言い聞かせて、我慢してた。漁村は嫁不足だっていうし。ほら、僕、不足してない東京でもモテなかったから。でも、この島に来て、ようやくわかったんだ。本当の自分の気持ち。やっぱり約束を果たしたいんだ。いや、約束っていうより、夢かな。子どもの頃からの夢を叶えたいんだ。だって、なによりいまは早織がいるし」

馬鹿言わないでよ、理想の相手は誰でも名前を知っている会社のエリートか、青年実業家だったのよ、私。二部上場のシステム・エンジニアだって、ずいぶん妥協した結果なのに……

と、いままでの早織なら怒るところだが、「ふぅん」とごく普通に頷いてしまった。自分でも意外。

たぶんお腹の中に赤ちゃんがいるからだ。みんなは早織と、早織の赤ちゃんを助けるために、この島から抜け出す方法をあれこれ考えてくれたようだけれど、早織自身には焦りはない。この頃はおへその横をポコポコ蹴り上げてくる、まだ顔を知らないこの子と一緒なら、どこでだって生きていける気がしていた。そう、たとえこの島でだって。

否定も肯定もしていないのだが、早織の相槌を、Ｙｅｓだと思ったらしい。昌人が笑いかけてきた。お腹に手を触れてくる。

ふいに、日本に帰った時に出す手記のタイトルを思いついた。

『貴方がいたから生きぬけた』

早織は、南太平洋の無人島でようやく、三十二年間探し求めてきた、本当に大切な人を見つけた。

背伸びばかりして遠くを探していたその大切な存在は、自分の近くにいた。近くも近く、すぐ近く。お腹の中に。

そう、貴方よ、ベビーちゃん。

『無人島てんやわんや子育て日記』っていうのもいいかも。

産まれてきた子が、誰の子かで騒動になるかもしれない。九割方は昌人だろうけれど、こういう場合の詳しい計算方法がわからないいまは、島に来て二週間目の夜に誘われて、身を委ねたサイモンさんの子どもである可能性も否定できない。だったら、ごめんね、昌人。でもサイモンさんとは、その時と、クリスマス・イブの夜と、たった二回だけなのよ。あ、違うわ。三回だ。安田さんとは「なかった」の。お誘いはお断りし続けていたし、一度だけ受けた時も、向こうがEDになっちゃったし。

確かなことは、どっちにしたって自分の子どもであること。いまの早織はお腹から太い根っこが生えている気分だった。きっと、どこにでも根をおろせる。

「きれいだね、星」

「ええ、ほんとに」

あなたにも見せてあげたい。ほんとうにきれいよ。早織はお腹の中の子どもに、そっと語りかけた。

76

「出発ぅう」

仁太の声をまねて、バックコーラスのようにオーとイーとアーとウーとエーが鳴いた。

「バウ」

「バウ」

「バウ」

「バウ」

「バウ」

満潮の入り江に筏が滑り出すと、誰もが叫び声をあげた。歓声と、声援と、祈り。驚いた水鳥が飛び逃げるほどのてんでんばらばらの叫びが、賢司の背中を押す。

賢司はとびきり太い椰子のロープをたすきがけにして、筏を曳いていた。

島の北側、潮の流れが変わるポイントまでは、誰かが人力で筏を運ばなくてはならない。一歩間違えると一緒に外洋に放り出されかねない危険な仕事だが、何の相談も根回しも、この島の民主主義であるじゃんけんが持ち出されることもないまま、その「誰か」には賢司が任命された。やっぱり、そうなるか。

だが、一人じゃない。無人とはいえ全長八メートルの筏だ。単独では手に負えないから、助っ人がもう一人いる。

後ろから筏を押しているのは、ようやくバタ足を覚えた課長でも、素潜りをすると尻が浮いてしまう部長でも、早織さんのお腹がふくらむにつれて海に対する無謀なほどの勇敢さがしぼみはじめた藪内でも、オコゼの毒がいまだにトラウマになっているサイモンでも、もちろん早織さんや中村老人でも、「ぼくも行く」とはさすがに言わなかった仁太でもない。主任だ。

珊瑚に座礁しないように、右へ泳ぎ、左に水を掻き、慎重にバランスを取りながら少しずつ筏を進めた。懸命に機体を立て直そうとした名を知らないままのトンガ人機長のように。

珊瑚礁を抜けると、海岸の八人と五匹の叫びが遠くなった。夜明けから三時間。まだ太陽は東海岸の正面にある。日差しが目に痛かった。島は今日も鈷漁日和だ。

体を九十度回転させ、ハタを追いかける時より力をこめて水を掻く。筏は動かなかった。おかしいな。珊瑚にひっかかったか。大きく造りすぎたか。いや、そうじゃなかった。

「左に行きます」

主任に声をかけるのを忘れていた。

「指示遅い」

筏がゆっくりと旋回する。動きはウミガメ以上に鈍かったが、海岸と平行になったとたん、肩に食いこんでいたロープがゆるんだ。筏が流れに乗りはじめたのだ。

立ち泳ぎをしている主任が叫んできた。

「いけると思う？」

後ろで束ねた髪が小さな頭に張りついた姿は、水かきのついた小動物のようだ。

「ええ、ここを越えれば楽勝です」

「そうじゃなくて、この計画のこと」

主任が不安になる気持ちはよくわかった。岸から離れ、水面の高さから眺める海は、陸や浅瀬から望むより、さらに広く感じる。水平線の彼方まで波しか見えない光景は、賢司たちをここに押しとどめる壁のようだった。賢司は空元気と気取られない声で叫び返した。

「あたりまえじゃないですか」

安請け合いをしてから、この先当分、主任に悲しい顔をさせないように言葉をつけ足す。

「成功するまで、何度でも流しましょう。次の筏には賞金100万ドルって書いて。その次は200万ドル。部長のベストセラーの印税で払ってもらう」

出来の悪いジョークに、主任は、あはは、と笑ってくれた。

何度でも流すというのは冗談ではなく本気だ。もう一隻流せば可能性は倍。三隻流せば三倍だ。何度でもやってやる。筋肉痛に悩むみんなを説得して明日からでも新しい筏づくりを始めよう。海から戻れたら、だが。

青の絵の具を薄く水に溶かして、そこに緑を足したような色合いの海面を、焦茶の筏が、白褐色の四文字を乗せてゆっくりと進んでいく。

頭上を水鳥が横切っていった。

海に浮かんだＨＥＬＰの文字の前後を泳ぐ賢司と主任は、空の上から見れば、ピリオドかコンマにしか見えないだろう。

潮のポイントが近づいてきた。凪いだ海がそこだけ白く不吉に波立っている。筏は半年前、溺れたサイモンを見放すべきかどうか、二人で目で語り合ったあたりに差しかかっていた。

「もうだいじょうぶ。離れて」

主任に声をかける。迷っているような間ののちに、筏の速度がゆるんだ。

賢司自身は曳くのをやめなかった。まだだいじょうぶじゃないからだ。満潮のいまは水面下に姿を隠しているが、島の北端に近いこのあたりは岩礁帯になっている。そこを越えるまでは安心できない。なにしろ自分は会社にいた時にはサブにも回れなかった、プロジェクトのリーダーだ。半端な仕事をするわけにはいかなかった。

「危ない、戻れ」

主任の声が耳を刺したが、泳ぎ続けた。頭の中では、昔覚えた歌をがなり立てていた。

勇気りんりん　さぁ立ち上がれ

力を合わせて　みんなで行こう

何度歌っても思い出せなかったその先の歌詞が唐突に浮かんだ。

きっと見えるよ　希望の道が
「あなた、勇気ある」機長はそう言ってくれたが、賢司にはあいかわらず勇気なんてまるでない。無人島で死ぬのが怖いだけだ。怖がりだから、こうするのだ。

「戻れっ」

いったん遠ざかっていた声が、また近づいてきた。離れろって言ったのに。よせって言っても聞かないのは、あいかわらずだ。左手に視線を走らせる。のこぎり山の北側の裾が見えた。岩礁帯を越えたしるし。よし、もういいだろう。泳ぐのをやめて、ロープに手をかける。

そのとたんだった。後頭部に衝撃が走った。巨大なウミガメのヒレに平手打ちを食らったかのようだった。筏のへさきに打ち据えられたのだ。

ロープははずれなかった。背中を押してくる筏との間に挟まってしまった。まずい。ロープに余裕をつくるために、とっさに水中へ潜る。

筏の圧力からは逃れられたが、今度は凄い力で前方に引っぱられた。

ロープが胸に食いこむ。筏と潮流が共謀してロープを引き絞り、賢司を離すまいとしていた。まずいまずいまずい。

「戻って」

主任の叫びが聞こえた。賢司を呼んでいる。「塚本」という苗字ではなく下の名で。

「賢司、戻って。賢司っ」

戻りたかった。何としても。

こうなったら、一か八かだ。潮流に逆らわず、流れの方向に身を躍らせる。体を締めつけているロープがほんの少し緩んだ。力ずくでは無理だ。身をよじってはずしにかかる。脱臼しようが骨折しようが、死ぬよりはまし。普通ならありえない角度まで身をくねらせた。最後の息を吐き出して、叫んだ。

「オイアウエ」

言葉が泡になって水面に立ち昇る。

はずれた。

それでも体は流され続けている。もう肺にはしゃぼん玉ほどの泡を吐く空気もない。浮上しようにも、頭上には筏。この辺りの海水は、珊瑚礁の中とは大違いに透明度が低い。潮流とは逆方向に泳いでいるつもりだったが、本当にそちらに体が向いているのかどうかも定かではなかった。主任の声だけが頼りだった。

「賢司、賢司、賢司」

主任が叫び続けている方向に、やみくもに手を搔き、足を動かす。

きっと見えるよ　希望の道が

きっと会えるよ　明日の君に

どのくらいそうしただろう。酸欠で朦朧とした頭には、それがほんの数秒なのか、何十秒も経過してしまったのかもわからなかった。全身からは酸素とともに力も抜け落ちている。もうこれが最後のひと搔き、と頭が諦めるたびに体が勝手に動き、手足が水を搔く。

不透明な水中の向こうにぼんやりと、主任の足が見えた。この流れの中では無謀な立ち泳ぎ。ぼろぼろのワンピースの裾から突きでた、かえるみたいに伸び縮みしているその足めがけて、さらに水を掻いた。掻いた。掻いた。

空へ飛び立つ勢いで海上に浮かびあがった。全身を呼吸器にして熱い空気を吸いこむ。酸素が手足の先まで浸み渡った。

太陽の光が顔を叩く。青色の包囲網から抜け出た先も、青一色だった。

その青一色の中に、これ以上はないってほど両目を見開いた主任の顔があった。化粧がないぶん、よけいに目が丸く見える。

視線が合った瞬間、ハの字になっていた眉がつり上がった。こっちに来い、と言っているふうに主任が背を向ける。泳ぎだしたのは、岩礁帯の方角だ。

主任の後を追って、最初の岩礁にすがりつき、渦を巻く潮流に体を持っていかれないように力をこめ、方向を選び、次の岩礁をめざす。

四番目の岩礁に辿り着くとようやく、重しがはずれたように手足がまともに動くようになった。潮流を抜け出たのだ。

ベースキャンプからはずいぶん離れた場所だった。海岸線の向こうに靄《もや》にかすんだ北の森が見えた。

肩甲骨が剝き出しになった片袖ワンピースの背中が初めて振り返る。賢司の両の二の腕を摑んできた。

「脅かすな」

痛たたた。爪が食いこんでます、主任。自分で摑んだくせに、自分の両手が判断ミスを犯しただけだと言いたげに、すぐに賢司の体を突き放す。

「心配したじゃないか。独断で行動するな。直属上司命令だからね」

キノコはもういいから山菜や薬草を採ってこい、と部長に指を突きつけている主任に上司命令を語る資格はないと思うのだが、とりあえず謝った。手入れを怠っている眉は、いくらつり上げたところで半年前の迫力がないけれど、本当に怒っているふうに見えたから。

「ごめん」

「あんたが溺れてたら、私」

主任がオーやイーやアーやウーやエーにこっそり頬をすり寄せる時の顔になった。

「こうしようと思ってたんだ」

頭を押さえられ、海に沈められた。水の中で目をしばたたかせていると、顔が近づいてきた。束ねていた椰子の葉がほどけ、乳房にかかる長さになった髪が海草のように揺らめいている。岩藻をつつく魚みたいに尖らせた主任の唇から、小さな泡が、ぽっ、と零れ出た。

唇を重ねて、賢司の肺の中に息を吹きこんでくる。主任の体の中にあった息は、温かくて、塩辛くて、ココナッツミルクの香りがした。

一日も早くこの島から脱出する。もちろん賢司の決意は変わらないが、そのくせいまは、まったく違うことを考えていた。

このままずっと、こうしていたい。

77

四月六日か七日か八日　晴れ

たぶん今日辺り、ぼくは五年生になって居るはずですが、いまも南太平洋に居ます。居↑この漢字はおじいちゃんに習いました。のこり五センチのむらさきのえんぴつで此を書いてます。此↑この字もです。

今日、ぼくらは三つ目のいかだを海に流しました。いかだをひっぱるのは、いつものように賢司君と菅原さん。二人は海に出ると、遠くの海岸に泳ぎついて、しばらく帰って来ません。今日もそうです。早織さんがきげんのわるい声で、先にお昼を食べましょう、と謂っています。今日のお昼ごはんは、ぼくが昨日、初めてとったいせえびです。

とここまで書いた処で、さっきのは取り消し。消しゴムがないので、書き直します。いせえびは食べてません。賢司君と菅原さんは、いま驚いていると思います。ぼくが居なくなったことに。ぼくだけじゃなく早織さんとおじいちゃんも居ないことに。

　この字ががたがたしてへたに見えるのは、ぼくがべんきょうをなまけているせいでは有りません。ヘリコプターの上で書いているからです。

　窓から島が見えます。空から見ると、ぼくたちが暮らしていた場所は、びっくりするほど小さくて、ごちゃごちゃしていて、でも、きれいです。

人って、生きていけるんだ！

瀧井朝世

読み終えた時「無人島に一冊持っていくなら何にする？」という、よくありがちな質問をされたら、自分はこの本を挙げようと思った。荻原浩さんの『オイアウエ漂流記』。

トンガからラウラ諸島に飛び立った小型飛行機が遭難し着水、そして浸水。乗客はリゾート開発会社の社員四人と得意先の副社長、新婚カップル、祖父と孫の少年という日本人九人と外国人一人。そこにセントバーナード犬を加えた一行が救命ボートで流れついたのは無人島だ。なんとか上陸したものの救助がくる気配はない。時が過ぎ、のどの渇きが、空腹が、寒さが彼らを襲う。これはもう、待つだけではなく、自分たちでなんとかしなくちゃ！　その奮闘の様子が、下っ端《したっぱ》サラリーマン、新妻、少年の視点から交互に描かれていく。「オイアウエ」とは現地の言葉で、「おお」、「ああ」、「いやはや」など喜怒哀楽をすべて表す言葉らしい。まさに本書の展開も「おお！」

「ああ!」の連続である。

それにしてもメンバーに難あり。ボンボンの副社長は無人島にいながら「アイスティーが飲みたい」とほざくし、リゾート開発会社の部長は、彼にはペコペコ、部下たちには威張り散らす。新妻は夫に愛想を尽かしていて、周囲の男たちに目移りしている様子。八十四歳の老人は記憶が曖昧《あいまい》になってきており、時々意識が戦時中に戻ってしまう。そして正体の知れない、タトゥーだらけの外国人。彼らの嚙《か》み合わない会話に、本気で腹が立ったり、大爆笑したり。荻原さんらしい個性豊かなキャラクター造形に、この面々の珍道中が面白おかしく描かれるのだろうな、と思わせる。

が、それだけではなかった。本作はサバイバル冒険小説としても一級だ。島をめぐり、火を熾《おこ》す方法を模索し、水を求め、食物を獲得する。その様が細部まで丁寧に描かれていく。なるほど、火を熾すにはそうすればいいのか、などという驚きと発見がいっぱい。特に食物を獲得する過程は読ませてくれる。果物、魚介類、そして動物……。わずかな食物を分け合う際に起きる諍《いさか》いなど、極限状況の人々の心の動きも浮き彫りになる。その傍らで、人間に翻弄《ほんろう》されてしまったといえるセントバーナードのカーゴの姿は、切なくいとおしい。自分たちが生きていくために、人は一体どんなことをするのか。それが、ユーモアたっぷりの筆運びの合間合間に、時には残酷なくらい生々しく描写され、ふいに胸を突かれるのだ。

　印象的なのは、副社長や部長のワガママに、周囲も読み手もだんだん腹が立たなくなってくること。おバカで能天気すぎる、その図太さが救いになっている。まあ、たまに役に立つ仕事をしてくれている、という理由もあるのだけれど。そうして環境に順応し、関係性を築き、小さなコミュニティを作り上げていく彼らの変化を読み進めるうちに、こう思えてくる。「生きていけるじゃん！」。

　もちろん、無人島生活には文明社会にはない豊かさがあるなどという短絡的な感想を抱いたのではない。彼らの行動を実生活の教訓にしようとも思わない。この十人が感じさせてくれるのは、どんな状況でも、なんとか生きていけるんだという、ただその事実。その力強さが伝わってきて、エネルギーを注入してくれる。ああ、人間って生きていけるんだ。

　では、この物語はどこへ向かっているのか。たくましく生きる彼らの姿に、もう元の生活に帰らなくたっていいじゃないか……と勝手なことすら感じてしまうが、彼らだって脱出を企てているのである。はたして、それは成功するのかどうか。そうしたらラストシーンで「えっ。ええっ!!」。これはどういうことでしょう？　もう、嬉《うれ》しいような、切ないような、この先の物語も読みたくなるような。

だから、もしも無人島に行くのならこの本を携えて、そこでページをめくりながらこの結末について、自分だったらどうしたいか？　と考えてみたいと思ったのだ。……まあ、当然、そんな事態に陥りたくはないのですけれどね、絶対！

（フリーランスライター）

『波』二〇〇九年九月号より再録

解説

西村淳

「読む本が無くなったらどうしよう?」

こんな強迫観念に支配されて、日々の生活を送っている。一泊旅行でも、「飛行機で読む長編・移動電車で読む短めのもの・ホテルで時間が空いたとき……これだけで3冊。

それが往復分になるから合計6冊になり、スペアも加わると最低で旅行バッグに7冊は詰め込んでヨロヨロすることになる。しかし世に言う「活字中毒」かと言えばそうでもなく、飛行機で頁《ページ》をめくるとすぐまぶたが重くなってくる。

だが習慣と言うものは恐ろしく、海上保安庁時代は10数メートルの波が押し寄せ、うねりで翻弄《ほんろう》される船内でも、朝の用足しタイムには必ず文庫本を持ち込んだ。

マイナス40数度以下の南極大雪原で、頭蓋骨《ずがいこつ》がきしるほどの寒さの中キジ打ち(野外排便作業のことです)に及んだときも、必ず本を握りしめていた。

こんなこともあった。主要観測拠点S16から240㎞ほど離れた「みずほ基地」は、雪の下に埋もれた基地である。通路である雪洞内の一画に設置されたポリバケツに、ゴミ袋を入れた簡易トイレが設置されていたのだが、風が無いだけの状況なのに、あまりにも居心地が良くて持ち込んだ某女流作家の新潮文庫を一章も読んでしまった。

室内ではあるが、気温がマイナス35℃であることを忘れていたクルクルパーオヤジは、30数分後にウォシュレット代わりに持ち込んだウェットティッシュが石の様に固く凍り付き、往生することになる。

私が所属していた南極観測隊のメンバーは、高倉健やキムタクの様なスーパーマンなんて一人もおらず、本当に普通のオッチャン達で形成されている集団だった。

標高が3800mと富士山よりも高く、平均気温がマイナス57℃、最低気温がマイナス79・8℃——周囲1000㎞には人間はおろかウイルスも生存できず、物資補給は1年経《た》たなければまったく不可能の、いわば計算された遭難状態である「ドームふじ基地」は、別名「天国に一番近い基地」と呼称されていた。

普通に日常生活を送っていた人達が、こんな宇宙のような場所で越冬生活を送るとどうなるか？　意外なことに、ある日頭の回路がショートし、パンツ一丁で屋外に飛び出したり、雪原を転げ回ったり、包丁を振り回したりと言った「旅立つ人」は出てこなかった。みな淡々かつ静々と日常のルーチンをこなす日々が続き、目の前の小さな楽しみをこなしつつ、帰国の日を待ちわびていた。

そして『オイアウエ漂流記』である。

本書の登場人物は、誰もがいわば「キャラが立つ」メンバーばかりで、映画を見るようにページが進んだ。

漂流記や冒険小説には必ず頼りになるヒーロー&ヒロインが存在する。『十五少年漂流記』のブリアン、『燃えるタンカー』の航海士ブル、『死のサハラを脱出せよ』のダーク・ピット、燃える男シリーズのクリーシィ、駆逐艦カニンガムシリーズのアマンダ・ギャレット、海軍士官候補生のホーンブロワー等々。

彼らは強烈なリーダーシップを持つか、その状況を体験中に劇的に頼れる存在に変化し、チームを任務の成功や帰還に導いていく、いわば切り札もしくは虎《とら》の巻である。

そんな人物は本書には出てこない。

多分メンバーに入っていたら一番役にたったであろう機長も早々と物語から退場するし、最初の頁から登場する塚本賢司がその役を全うするかと思ったら、仕事のできないセールスマンが書く日報の様に「努力するも目標には達せず」状態が延々と続く。

サバイバルの知識が豊富と推定される藪内《やぶうち》氏も、新妻早織《さおり》さんの心をつかむことが主眼のようだし、密《ひそ》かに巻頭から目をつけていた孤島暮らしのプロ（？）大日本帝国陸軍の影を未《いま》だ引きずるじっちゃんも椰子《やし》の実割りで存在感を示すにとどまる。

漂流記にはヒーロー不可欠。この鉄板ルールが無い展開に、正直初めはうろたえた。それが菅原主任の劇的変身で大きく胸をなで下ろすことになるのだが、詳しくは本書をお読みいただきたい。

そしてゴルフバッグに固執しハーゲンダッツのクッキー&クリームやアイスティーレモン抜きをオーダーする野々村氏。普通に言えば「空気の読めない痛い人」に見えるが、実は切迫時や非常事態にこそ、こんな人が必要なのである。

「生野菜の盛り合わせ食べたいねえ。朝は抹茶と和菓子があるとねえ。新鮮な生ビールをグビグビとやりたいねえ」

毎日無い物ねだりをする観測隊員も実在した。

「馬鹿《ばか》たれ！　アホたれ！　そんな物がどこにある〜」と、他のメンバーに罵倒《ばとう》されたあげくそれでも彼は一言「でもやっぱり食べたいなあ」。

これが良いのである。

多少なりともみんながピリピリとしているとき、一見わがままに見えるが、しっかり自分のペースを守り、頑としてリズムを変えない人がいると、その「まったり波動」が周りに伝搬し、このような状況で一番陥ってはいけないパニックが大幅に押さえられる。

一見ヒールであるが、しっかり存在感を示す「パワ原」こと河原部長。

公務員時代にはこのような人物も少なからず存在し、陰でこっそりこう言っていた。

「この平目野郎が……」

訳すと「底にいて、上しか見ていない人」となる。

この「パワ原氏」前半はかきまわし、リズムを壊し、ついでに雰囲気も壊すといった徹底的に駄目な人であるが、コウモリ騒動あたりからにわかに颯爽《さっそう》としてくる。

こんなせりふがある。

「俺の実家は農家だ。家で鶏を飼ってた。(中略)俺や姉貴や弟や妹たちは、一羽一羽に名前をつけていた。ペットなんていないからペットがわりだった。(中略)でも、それも雄ならとさかが生え揃《そろ》うまで、雌も卵が産める間だけ、だ。ピースケもマメキチもコッコも、ある日突然いなくなる。いなくなった日の夕飯は鳥鍋《とりなべ》だ。しょうがない。俺たちは自分の家の食糧に勝手に名前をつけてただけだからな。覚えとけ。肉屋に並んでる肉の賞味期限ってのは、鶏や豚や牛の初七日の日取りみたいなもんだってことを」

外角低めに決まった直球、時速160㎞の真理をついた名ぜりふである。

この一言で物語はいっきに大人の読み物に趣を変え、現実感がヒタヒタと押し寄せてくるのを感じたのは自分だけではないだろう。

そしてカーゴの生き様には涙を止めることができなかった。

「うわー。『南極物語』のクライマックスやないけ〜」我がこんにゃく頭にはバンゲリスが高らかに鳴り響き、一年間厳しい南極の自然環境で生き抜いた「タロ・ジロ」の姿と、孤島に立つカーゴの誇り高きそして愛にあふれた勇姿がオーバーラップし、しばし陶然としてしまった。

まだ触れていない魅力的なメンバーがたくさんいるのだが、それは本書の中でお楽しみいただきたい。

私は小さいときから「漂流記」物が大好きで、『ロビンソン・クルーソー漂流記』『スイスのロビンソン』も大好きだった。

『十五少年漂流記』は何度も読み返し「南海の島に流れ着きたい」と妄想し、骨が突き通された肉・やしの実ジュース・大きな魚・パンの実・名前不詳の甘酸《あまず》っぱい果実・冷たい沢水等々に激しくあこがれた。救命ボートに積載されている非常用食糧も永年あこがれ続けた物だったが、海上保安庁時代に、チョコバーやゼリー状になった物や、マグロフレークの味がする物を試食する機会があった。しかしあまりのまずさに「あこがれの食べ物ランキング」から、瞬時に削除されることとなった。日本の救命ボートに積載されている非常食は、味はともかく命をつなぐ観点では、高カロリー・高脂肪で理にかなっていると思う。でもこれがこの世で最後の食事だと思うと、やっぱりいやである。だって本当にまずいのだから……。

本書は「サバイバルテキスト」としても、きわめて実用的だと思う。

スチールウールと電池で火をつける方法は、気温マイナス40℃、風速15m／sの南極でも見事に一発で着火し、盛大な炎を上げることができた。ドーム基地に向かう途中立ち寄ったみずほ基地で正月を迎えたときには、どうしてもバーベキューをやりたくなり、一見無謀な強風下のたき火を挙行した。前記の気温・風速だと、体感気温はマイナス55℃になる。「こんな風で、たき火なんかできない」と、止めるメンバーをしりめにこの方法で着火したのだが、見事に燃え上がり炭火があかあかと隊員の心まで温めてくれた。

椰子の実の割りかたやココナツの使い方・野生の果物の選別・灰塩の作り方・ウミガメの肉や卵の調理・木をこすりあわせる着火法等々も理にかない、もしこんな状況下におかれたら、役立つことは間違いない。

ただ「孤島に流れ着いたときの一冊」系の究極の本としてはお勧めできない。本書を孤島に持ち込んだとしても、面白さの余りあっという間に読破して、有り余る時間をもてあますことになるだろう。時間と暇をつぶす本としては、「辞典・電話帳・JR時刻表」類がもっとも適切であると思う。

もし貴方《あなた》が日頃の生活・通勤・仕事・人間関係等に疲れ、心におりのような物が溜《た》まっていたとしたら、本書は限りなく心をいやし、おりを溶かし、そして心のビタミン剤として、体を温めてくれるだろう。

そんな小さな幸せを『オイアウエ漂流記』は、間違いなく貴方の所へ届けてくれる本だと確信できる。

（平成二十三年十二月、南極料理人・著作家）

地図　ワタナベケンイチ

この作品は平成二十一年八月新潮社より刊行された。

荻原浩著
コールドゲーム
あいつが帰ってきた。復讐のために――。4年前の中2時代、イジメの標的だったトロ吉。クラスメートが一人また一人と襲われていく。

荻原浩著
噂
女子高生の口コミを利用した、香水の販売戦略のはずだった。だが、流された噂が現実となり、足首のない少女の遺体が発見された――。

荻原浩著
メリーゴーランド
再建ですか、この俺が？　あの超赤字テーマパークを、どうやって?!　平凡な地方公務員の孤軍奮闘を描く「宮仕え小説」の傑作誕生。

荻原浩著
押入れのちよ
とり憑かれたいお化け、№1。失業中サラリーマンと不憫な幽霊の同居を描いた表題作他、必死に生きる可笑しさが胸に迫る傑作短編集。

荻原浩著
四度目の氷河期
ぼくの体には、特別な血が流れている――誰にも言えない出生の謎と一緒に、多感な17年間を生き抜いた少年の物語。感動青春大作！

奥田英朗著
港町食堂
土佐清水、五島列島、礼文、釜山。作家の行く手には、事件と肴と美女が待ち受けていた。笑い、毒舌、しみじみの寄港エッセイ。

オイアウエ漂流《ひようりゆう》記《き》

新潮文庫　お－65－6

平成二十四年二月一日発行
平成二十四年九月三十日六刷

著者　荻《おぎ》原《わら》浩《ひろし》
発行者　佐藤隆信
発行所　株式会社新潮社
郵便番号　一六二―八七一一
東京都新宿区矢来町七一
電話　編集部(〇三)三二六六―五四四〇
読者係(〇三)三二六六―五一一一
http://www.shinchosha.co.jp
価格はカバーに表示してあります。

印刷・大日本印刷株式会社　製本・株式会社大進堂

ISBN978-4-10-123036-8 C0193